D1331953

Fantasmes interdits

———————

Invitation au désir

DEBBI RAWLINS

Fantasmes interdits

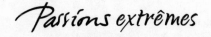

éditions **HARLEQUIN**

Collection : PASSIONS

Titre original : YOU'RE STILL THE ONE

Traduction française de ISABELLE DONNADIEU

HARLEQUIN®
est une marque déposée par le Groupe Harlequin
PASSIONS®
est une marque déposée par Harlequin S.A.

ÉDITIONS HARLEQUIN
83-85, boulevard Vincent Auriol, 75646 PARIS CEDEX 13.
Service Lectrices — Tél. : 01 45 82 47 47
www.harlequin.fr
ISBN 978-2-2803-1298-1 — ISSN 1950-2761

- 1 -

Vêtue de son pyjama de flanelle bleue et de sa robe de chambre, Rachel laissa sa mère préparer le petit déjeuner dans la cuisine et rejoignit le salon, où elle s'affala sur le canapé, son ordinateur portable sous le bras.

Aujourd'hui, c'était son anniversaire et elle ne travaillait pas. Elle était en congé. Enfin... Partiellement en congé car, sauf à quitter le ranch Sundance, elle ne pouvait s'arrêter complètement.

En ce moment même, dans l'aile réservée aux clientes, une douzaine de femmes étaient en train de se réveiller et de réfléchir à la tenue la plus adaptée pour l'excursion du jour — une promenade dans les collines environnantes.

En février, les températures descendaient très bas dans le Montana, mais les clientes du bed and breakfast apportaient davantage de tenues affriolantes destinées à séduire les mâles locaux que d'habits chauds.

Sans doute grâce aux hommes McAllister, ses frères, de vrais et séduisants cow-boys, les réservations abondaient. Ce qui était une bonne nouvelle pour les finances du ranch familial, une moins bonne pour la vie de Rachel.

Pourtant, elle n'avait pas le droit de se plaindre : c'était elle qui avait eu l'idée de transformer une partie du Sundance en bed and breakfast réservé aux femmes. La famille avait besoin de diversifier ses activités en attendant que le commerce du bétail reparte à la hausse, et elle avait pensé que recevoir des clientes serait une bonne solution. Une solution temporaire. Ensuite, elle pourrait retrouver sa liberté, vivre en ville, sortir le soir vêtue d'une minijupe et de talons aiguilles, les cheveux détachés, sans que personne ne la regarde comme si elle était une bête étrange. Avec un peu de chance, son diplôme universitaire lui permettrait de décrocher l'emploi de ses rêves : un poste de manager dans un hôtel de luxe, de préférence au soleil.

Mais c'était sa famille qui lui avait payé ses études ; par conséquent, elle se sentait redevable, même si personne ne lui faisait le moindre reproche, la moindre allusion. Elle était la plus jeune, la seule fille de la famille, et sa mère et ses frères étaient prêts à tout pour elle. Y compris, comme elle l'avait constaté après coup, à lui cacher l'état réel de leurs finances pour qu'elle ne les empêche pas de continuer à lui payer l'université.

Pourtant, elle aurait dû s'en rendre compte. Elle aurait *pu* s'en rendre compte si elle ne s'était pas uniquement préoccupée de sa vie à Dallas.

Pendant cinq générations, le ranch McAllister avait été l'un des plus prospères du Montana, alors, forcément, jamais elle n'avait imaginé qu'il puisse souffrir de la crise comme les autres entreprises agricoles. Mais elle ne s'était pas comportée en insouciante ingrate pour autant. Elle n'avait pas passé ses années à Dallas à s'amuser en encaissant le chèque que sa famille lui envoyait chaque mois : elle avait travaillé dur. Il ne lui était simplement jamais venu à l'esprit que le ranch puisse être moins rentable.

Rachel alluma son ordinateur portable. Pas question de penser à cela le jour de son vingt-sixième anniversaire. Aujourd'hui, elle allait se changer les idées. Elle allait s'amuser et profiter de la vie.

Elle vérifia ses courriels, heureuse de découvrir les cartes d'anniversaire plus ou moins humoristiques envoyées par ses amies de l'université. Celle postée par son ancienne colocataire, Ashley, valait particulièrement le détour. Elle représentait un homme nu, un gâteau d'anniversaire à la main.

Un sourire aux lèvres, elle jeta un coup d'œil en direction de la porte pour vérifier qu'elle était bien seule. Après avoir lu les derniers messages, elle secoua la tête, démoralisée : toutes ses amies lui avaient envoyé le même type de carte. A croire qu'elle n'avait vraiment aucune vie amoureuse !

« Mais tu n'as aucune vie amoureuse, ma fille », lui rappela sa raison. Cela faisait quasiment huit mois qu'elle était rentrée au ranch et, à l'époque, cela faisait déjà quatre mois qu'elle avait rompu avec Tom. Ce qui voulait dire que… que cela faisait un an qu'elle était seule.

A cette idée, elle lâcha un long soupir ; puis, se forçant à ne pas s'apitoyer sur son sort, elle cliqua sur le dossier contenant les photos prises lors de son anniversaire précédent.

Elle sourit en revoyant la photo de Katy en train de déboucher une bouteille de champagne.

— Ah, te voilà !

Elle sursauta en reconnaissant la voix de Jamie et cacha tant bien que mal l'écran avec un coussin.

— C'est toi sur cette photo, Rachel ? demanda la jeune femme en regardant par-dessus son épaule.

— Oui, marmonna-t-elle, gênée, avant de changer de sujet : Quoi de neuf, Jamie ?

— Laisse-moi voir !

Rachel appréciait la petite amie de son frère Cole et se réjouissait qu'elle se soit installée au Sundance la semaine précédente. Elle l'aimait déjà bien lorsqu'elle n'était qu'une cliente du ranch et la considérait aujourd'hui comme une amie. Malgré tout, elle n'était pas sûre de vouloir déjà partager avec elle cette partie de sa vie.

— Ce n'est pas intéressant, tu ne connais personne.

— Mais je te connais toi, Rachel. A propos, joyeux anniversaire !

— Merci. Enfin… Je crois, répondit-elle en tirant la peau de ses joues vers le bas, mimant une vieille femme.

— Tu n'as même pas trente ans !

— Mais le temps passe si vite…

Jamie ne répondit pas. Elle baissa de nouveau les yeux vers l'ordinateur portable.

— S'agit-il de photos d'Halloween ?

— Non, elles datent de mon dernier anniversaire.

— Génial !

Elle comprenait pourquoi Jamie avait pu penser qu'il s'agissait d'une soirée déguisée. Ici, elle était toujours vêtue d'un jean et d'une chemise en flanelle. Sur la photo affichée à l'écran, elle portait une jupe en cuir noir, un débardeur rose au décolleté plongeant et des talons aiguilles.

— Si je te montre ces photos, tu dois me promettre de ne rien dire à Cole, ni à qui que ce soit d'autre.

— Promis, fit Jamie en s'installant à côté d'elle.

Rachel tourna l'écran vers la copine de Cole.

— Tu habitais encore à Dallas, l'année dernière, n'est-ce pas ? demanda celle-ci.

— Je travaillais sur mon mémoire de fin d'études et je partageais une maison avec trois autres filles.

Jamie ouvrit une autre photo, représentant Chloé, Katy et Liz.

— Tes colocataires ?

— Oui. Nous nous sommes rencontrées lorsque nous vivions sur le campus. L'année suivante, nous avons trouvé une maison à partager. En divisant par quatre, la location ne nous coûtait pas plus cher que le loyer d'une chambre à l'université.

Jamie se tourna vers elle et la fixa, l'air surpris. Plongée dans ses souvenirs, Rachel avait parlé d'un ton un peu sec, elle en était bien consciente.

— On dirait que tes amies t'avaient organisé une belle fête, continua Jamie comme si de rien n'était.

— Pas vraiment… Nous allions juste partir danser dans un club lorsque quelqu'un a pris cette photo. Nous avons commencé à vraiment nous amuser bien plus tard dans la soirée.

— Dis-moi que tu ne t'es pas soûlée !

— Pourquoi crois-tu que mes souvenirs de la soirée sont flous ?

— Vraiment ?

— Non, rassure-toi. Je n'ai pas fait d'abus. D'ailleurs, impossible de perdre la tête perchée sur des talons aussi hauts.

— Tu veux dire que tu n'en avais pas l'habitude, que tu ne t'habillais pas ainsi tous les jours ?

— Non. Mais je possède tout de même trois autres paires d'escarpins.

— Dis donc, tu es une vraie amazone ! Tu sais qu'en quelques minutes tu viens de détruire l'image de femme parfaite que j'avais de toi. En fait, tu es une fêtarde alcoolique qui séduit les mâles juchées sur ses hauts talons.

Rachel éclata de rire.

— Comme tu y vas !

— Tiens, la preuve ! fit Jamie en montrant l'écran. Qui est cet homme à côté de toi, sur la photo ?

— Tom. Il était étudiant en droit. Nous nous sommes fréquentés pendant presque un an, mais ce n'était pas très sérieux entre nous. Nous savions dès le départ que nous n'aurions pas le temps nécessaire pour construire une relation durable.

Il était ambitieux et elle aussi ; tout allait bien entre eux, jusqu'à ce qu'un jour ils se réveillent lassés l'un de l'autre. Ils s'étaient rendu compte qu'ils ne partageaient plus grand-chose. Aucun n'était fautif, c'était simplement la vie.

— Vous voyez-vous toujours ?

— Non, mais il m'a écrit lorsqu'il a été embauché dans un grand cabinet d'avocats à Denver.

Elle s'arrêta à ces informations. En dire trop ne servirait à rien.

— Nous savions dès le départ que notre histoire se terminerait en même temps que nos études.

Jamie la dévisagea pendant quelques secondes, comme si elle réfléchissait à tout ce qu'elle venait d'apprendre.

— Tu n'avais pas prévu de rester au ranch, n'est-ce pas Rachel ?

Avant de répondre, elle jeta un coup d'œil derrière elle pour vérifier qu'elles étaient bien seules.

— Promets-moi que tu ne répéteras rien à personne. Même pas à Cole.

— Evidemment que je ne répéterai rien ! Mais tu n'es pas obligée de me dire quoi que ce soit. Nous avons tous nos secrets, et je ne me vexerai pas si tu préfères garder les tiens.

Rachel esquissa un sourire gêné. Elle n'avait pas voulu froisser Jamie, à qui elle faisait confiance.

— Je suis désolée, je sais bien que tu ne trahirais jamais un secret. Je suis simplement un peu angoissée.

— Toi, angoissée ? Je n'y crois pas une seconde, répondit Jamie en se levant. Allez, je te laisse tranquille.

— Attends ! Ce… ce n'est pas vraiment un secret. Mon frère t'a-t-il expliqué pourquoi nous avions lancé le bed and breakfast ?

Jamie se rassit.

— Il n'a rien dit de spécial. Il a juste mentionné le fait que le ranch avait quelques difficultés financières et que les chambres d'hôtes, c'était ton idée. Une idée brillante d'ailleurs, si je peux me permettre.

— Les garçons n'étaient pas emballés, mais ils s'y sont faits, parce que nous en avons déjà tiré profit et qu'ils savent qu'il s'agit d'une solution temporaire. Mais en proposant cette idée je me suis engagée à m'occuper de tout et…

— … et tu te sens coincée, conclut Jamie.

— Je n'irais pas jusque-là, mais c'est vrai que j'ai dû modifier mes projets.

— Ce qui veut dire ?

Rachel soupira.

— Ce qui veut dire que je ne pensais rester dans le Montana que le temps de l'été, pour passer du temps avec ma mère et réfléchir aux offres d'emploi que m'avaient faites deux grandes chaînes hôtelières.

— Te souviens-tu d'une conversation à propos de ton séjour au Sundance que nous avons eue en août dernier ? A l'époque, en t'écoutant, j'avais eu l'impression qu'il se passait quelque chose.

— Je m'en souviens.

Pouvait-elle être heureuse en restant à la maison, tel avait été le sujet de leur conversation, ce jour-là.

— Je n'attends de pitié de personne, je fais exactement ce que je dois faire. Je le dois bien à ma famille. Mais rester cinq ans de plus…

— Cole et toi avez vraiment un sens des responsabilités très développé. Cela doit être dans les gènes de la famille !

— Tu ne comprends pas : mes frères et ma mère ont payé mes frais de scolarité tous les trimestres, alors même que le ranch subissait des pertes financières.

— Mais le ranch est toujours en activité, vous n'avez pas mis la clé sous la porte. Il y a toujours de quoi manger sur la table tous les soirs, lui rappela Jamie d'une voix douce et rassurante. Je suis persuadée qu'ils n'agiraient pas différemment aujourd'hui.

— Je ne sais pas…

— Penses-tu que Cole et le reste de ta famille seraient heureux de savoir que tu sacrifies ton futur pour le ranch ?

Non, sans doute pas, songea Rachel. Lasse, elle se frotta les yeux. Bon sang, son anniversaire était en train de tourner au fiasco avant même d'avoir commencé !

— Je sais que c'est difficile pour toi de comprendre, lâcha-t-elle.

— Parce que je suis fille unique ? Ou parce que mes parents étaient davantage motivés par la défense du pays que par mon éducation ?

Elle se mordit la lèvre, consciente d'avoir blessé son amie.

— Ce n'est pas ce que je voulais dire, Jamie. Excuse-moi.

Elle connaissait son histoire familiale et jamais elle n'avait voulu lui faire de peine.

— Je te jure, je ne voulais pas…

— Détends-toi, je ne t'en veux pas. De toute façon, tu n'es pas bien loin de la vérité. Reste que je suis persuadée que ta famille n'a jamais imaginé que tu avais fait ces longues études simplement pour ouvrir un bed and breakfast.

Elle n'en était pas aussi sûre.

— Mes frères n'ont pas réfléchi à mon avenir, je suppose…

— Et Barbara ?

— J'ai passé de nombreuses nuits à me poser cette question. Même si ce bed and breakfast lui donne plus de travail, je sais que ma mère aime avoir du monde à la maison, discuter avec les clientes… Sans doute espère-t-elle que cela me suffise.

Hélas, cela ne lui suffisait pas. Se forçant à ne pas se laisser aller, à ne pas s'apitoyer sur son sort, elle se redressa.

— Je suis vraiment heureuse que tu sois ici, Jamie, et

lorsque Shea emménagera à son tour ce sera encore mieux. Mais j'ai besoin de bouger, j'ai besoin d'un nouveau défi.

Tout en parlant, elle vit le visage de Jamie se refermer et les remords l'envahirent. Apparemment, la jeune femme avait envie qu'elle reste au Sundance. Mais elle ne pouvait pas comprendre : blogueuse dans le domaine du tourisme, même si elle s'était aujourd'hui installée dans le Montana, elle partait régulièrement vers des destinations exotiques. En plus, la vie dans un ranch était encore toute nouvelle pour elle, tout comme elle le serait pour Shea, la petite amie de son frère Jesse. Tandis que pour elle, ce n'était que la routine.

Malheureusement, elle ne pourrait pas partir avant longtemps. Sa famille ignorait tout de son désir de fuir, et elle ne voulait pas lui faire de peine en lui avouant qu'elle rêvait de les quitter.

— Que dirais-tu d'aller à Tahiti ? lui proposa soudain Jamie.

Tahiti ? Elle éclata de rire.

— De quoi parles-tu ?

— Tu pourrais me remplacer pour certains de mes voyages. En échange, je prendrais ta place. Cela me permettrait de me poser un peu. Et toi, de t'évader.

— Tu as perdu la tête !

Pourtant, l'idée était tentante...

— Je suis sérieuse, insista Jamie. Réfléchis-y, et on en reparlera. Pour en revenir à aujourd'hui, ta maman a prévu un dîner spécial pour ton anniversaire, un gâteau... En attendant, nous allons passer la journée ensemble. Au programme, une balade en ville et un arrêt chez Cut and Curl. Une halte dans un salon de coiffure ne te fera pas de mal !

Rachel rit de nouveau. Jamie était-elle déjà allée chez

Cut and Curl ? Sans doute pas, car si tel avait été le cas, elle ne qualifierait pas l'endroit de « salon de coiffure ».

— Et ce n'est pas fini, continua Jamie en levant la main pour l'empêcher de l'interrompre. Je vais t'offrir le grand jeu : manucure, pédicure, Brushing… Et des mèches ! Que penses-tu de quelques mèches violettes ?

— Tu as vraiment perdu la tête !

— Ensuite, nous irons boire des bières au Watering Hole. Qui sait, nous croiserons peut-être un homme qui vient d'arriver en ville, et tu vivras une aventure torride avec lui.

— Parle moins fort…

Soudain honteuse, Jamie mit une main sur sa bouche.

— Allez, reprit celle-ci, va te préparer pendant que j'aide ta maman et Hilda avec le petit déjeuner.

Rachel regarda l'heure sur l'écran de son portable. 7 h 30. Grâce à Jamie, elle se sentait beaucoup mieux. Elle attrapa son ordinateur et monta dans sa chambre, un sourire aux lèvres. Finalement, cette journée ne s'annonçait pas si mal que cela.

— On dirait des bêtes vivantes ! s'exclama Jamie en étudiant, l'air perplexe, les perruques accrochées dans la vitrine de Cut and Curl.

— Parle moins fort ! Sinon, tu deviendras le sujet de conversation de tout Blackfoot Falls pendant une semaine.

— Pitié, j'ai déjà donné ! J'ai déjà été le sujet de conversation numéro un la semaine dernière, lorsque j'ai emménagé au ranch.

— Ne sous-estime pas ces femmes, murmura Rachel en la poussant vers la porte. Ce sont les reines des ragots.

— Sais-tu que lorsque je viens en ville elles passent leur temps à m'examiner sous toutes les coutures, comme si elles pensaient que je n'étais pas assez bien pour Cole.

Cela n'étonna pas Rachel. Les femmes ici considéraient

les garçons des alentours comme leur propriété privée, et les mâles McAllister encore plus que les autres.

Elle pénétra dans la boutique et réprima un sentiment de nausée en sentant la forte odeur de laque. Tout à coup, elle avait envie de faire demi-tour. Malheureusement, ce n'était pas possible : Sally, la propriétaire, et sa cousine Roxy les avaient déjà repérées. De même que les deux clientes installées sous les casques à mise en plis. L'une d'elles était Ruth Wilson, une institutrice à la retraite. A côté d'elle se trouvait Libby Perkins.

— Joyeux anniversaire, Rachel, lança cette dernière. J'ai croisé ta mère au supermarché tout à l'heure, en train d'acheter les ingrédients nécessaires pour confectionner ton gâteau.

— Merci, madame Perkins.

Visiblement heureuse d'avoir été la première à lui souhaiter un bon anniversaire, Libby Perkins attendit que tout le monde l'imite avant de se réinstaller sous son casque.

Tout à coup, Rachel se souvint de ce que lui avait promis Jamie le matin même. Elle se tourna vers son amie, qui admirait les posters épinglés au mur.

— Ne demande surtout pas de pédicure, lui soufflat-elle discrètement.

Jamie haussa les sourcils, étonnée.

— Tu es sûre, Rachel ?

— Fais-moi confiance.

— Alors, que puis-je faire pour vous, mesdemoiselles ? leur lança enfin Sally en soufflant sur ses ongles rouges, le regard commerçant sous ce qui lui servait de sourcils : un trait de crayon de la même couleur que ses cheveux décolorés.

— J'aimerais un shampooing et un Brushing, et aussi une manucure, dit Rachel.

— Bien sûr, répondit Sally, avant de dévisager Jamie. Et pour vous ?

— La même chose. Et aussi des mèches, bleues si c'est possible. Et toi, Rachel ?

Sally la fixa avec un regard curieux et amusé à la fois.

— Oui, Rachel ? Veux-tu toi aussi des mèches ?

— Pourquoi pas. Je suis assez tentée par le violet.

— Mais tu vas tuer ta mère ! s'exclama Roxy en s'approchant du comptoir.

— Je vous rappelle, mesdames, que j'ai vingt-six ans aujourd'hui.

— Es-tu en train de dire que tu n'écoutes plus ta mère, Rachel McAllister ?

— Non. Je dis simplement qu'elle ne m'a pas donné d'ordre depuis bien longtemps.

— Laissez-moi juste une minute pour tout préparer, annonça Sally en se dirigeant vers l'arrière-boutique. Roxy, tu viens m'aider ?

Une minute ? Rachel savait bien que l'attente serait un peu plus longue que cela. Elle entraîna Jamie un peu à l'écart.

— Le décor est particulier, mais ne t'inquiète pas, Sally n'est pas une mauvaise coiffeuse. Elle se tient au courant des modes pour éviter que les jeunes femmes de la ville n'aillent se faire coiffer à Kalispell.

— Et toi, où vas-tu ?

— A Kalispell, avoua Rachel en retenant un fou rire.

— Dans ce cas-là, la prochaine fois que tu y vas…, chuchota Jamie.

— Promis, je te le dirai.

Son amie attrapa un magazine sur le comptoir et le feuilleta quelques instants avant de plisser le front, comme si elle s'était souvenue de quelque chose.

— Pourquoi avoir changé d'avis concernant la pédicure ?

— Parce que Sally ne possède pas le matériel.

— C'est dommage.

— Je sais.

— Donc ce n'est pas la peine non plus que je demande une épilation brésilienne.

A ces mots, elle éclata de rire, si fort que Sally et Roxy leur lancèrent des regards curieux.

— Si tu leur demandes, elles vont t'étrangler.

— Mais non, elles seront bien trop occupées à parler de toi et de tes mèches violettes.

— Elles diront que tu as une mauvaise influence sur moi, que tout cela est ta faute, répliqua Rachel en souriant.

— Si je comprends bien, je perds dans tous les cas ? ironisa sa peut-être future belle-sœur.

Oui, à Blackfoot Falls, les étrangers, *a fortiori* s'ils venaient de la ville, perdaient dans tous les cas…

— Vous m'avez l'air de bien bonne humeur, mesdemoiselles, fit Sally en revenant. Attendez de voir quand vous aurez quarante-six ans…

— Comment peux-tu le savoir, Sally ? Tu n'as guère plus de trente ans.

La coiffeuse éclata de rire. Cela faisait des années qu'elle déclarait à tout le monde qu'elle avait trente-neuf ans.

— Etes-vous sérieuse, vous voulez vraiment des mèches ? demanda-t-elle.

D'une même voix, Jamie et Rachel répondirent par la positive. La coiffeuse leur présenta alors des échantillons de couleurs avant d'aller préparer les mélanges.

Le séchoir de Mme Perkins venait de s'éteindre, quelques minutes plus tard, lorsque la porte de la boutique s'ouvrit. Toutes les têtes se tournèrent alors vers Louise, dont les joues étaient aussi rouges que si elle venait de courir un marathon.

— Vous ne croirez jamais qui je viens de croiser devant la boutique d'Abe ! s'exclama la nouvelle venue.

— Si nous n'avons aucune chance de deviner, dis-le-nous, rétorqua Sally, impatiente.

Louise demeura silencieuse quelques instants, dévisageant toutes les femmes l'une après l'autre, comme pour vérifier qu'elles l'écoutaient bien.

Puis son regard s'arrêta sur Rachel.

— Matt Gunderson. Je viens de croiser Matt Gunderson !

2

Matthew Gunderson…

Rachel sentit toutes ses forces l'abandonner. Elle ne pensait pas avoir dit quoi que ce soit, mais, à voir comment toutes les femmes la fixaient, elle commençait à avoir quelques doutes.

Matthew Gunderson…

Cela faisait dix ans qu'elle ne l'avait pas vu. A l'époque, elle avait eu un faible pour lui, mais elle n'était qu'une adolescente. Elle n'avait que seize ans lorsqu'il était parti de Blackfoot Falls.

Les quelques personnes qui étaient au courant de son coup de cœur ne l'avaient pas pris au sérieux. D'abord parce qu'il avait trois ans de plus qu'elle et qu'il était donc un homme. Et ensuite parce qu'il était un Gunderson. Or, tout le monde ici savait que les McAllister et les Gunderson étaient irréconciliables, en tout cas selon Wallace Gunderson.

— Matt Gunderson, répéta Sally d'un ton rêveur. Il était un bien bel homme la dernière fois que je l'ai vu. Grand, élancé, avec des yeux bleus perçants… Il ressemble à son père. Wallace était séduisant quand il était jeune, avant de se mettre à boire comme un trou. Au fait, depuis combien de temps Matt est-il parti ? Dix ans ?

— Il a eu de la chance de ne pas hériter du mauvais caractère de son père, lui répondit Louise. Mais, dix ans, c'est long. Beaucoup de choses ont pu se passer. Si cela se trouve, il s'est mis à boire comme son père.

— Pas Matt, intervint Ruth Wilson. Il a toujours été calme, réfléchi, intelligent… Il ne deviendra jamais alcoolique.

Il avait été l'élève de Ruth, comme la plupart des jeunes du comté.

— J'espérais que Matthew irait à l'université, continua l'ancienne professeur. Je l'ai encouragé, de même que sa mère. Au fait, il était revenu pour son enterrement, il y a trois ans. On dirait que vous l'avez oublié

— Je ne l'ai pas oublié, rétorqua Libby Perkins, à l'évidence vexée. Catherine Gunderson était une femme magnifique. Si je me souviens bien, Matt est revenu deux semaines avant sa mort, l'a soutenue pendant ses derniers instants avant de repartir sitôt la cérémonie terminée.

Rachel n'était pas allée à l'enterrement. A l'époque, elle vivait à Dallas et révisait pour ses examens. En fait, elle n'avait appris le décès de Catherine Gunderson qu'une semaine après les faits. En ne l'informant pas tout de suite, sa mère lui avait évité de décider si elle voulait rentrer au pas. A l'époque, égoïstement, cela ne l'avait pas dérangée. Et puis elle n'aurait pas eu envie de revoir Matt dans de telles circonstances.

Les femmes continuèrent à parler des Gunderson, en particulier de Wallace et de son allure ces derniers temps. Etait-ce en raison de son alcoolisme ou de sa mauvaise santé que Matt était de retour dans le Montana ? Les deux hommes s'étaient-ils réconciliés ?

Rachel tenta d'arrêter d'écouter la conversation et de penser à autre chose. En vain. Elle ne parvenait pas à maîtriser sa nervosité. Elle ne parvenait même plus à parler à Jamie. Il lui suffit de jeter un coup d'œil à son amie pour savoir qu'elle était curieuse de la situation.

Pourquoi elle-même réagissait-elle ainsi ? Cela n'avait aucun sens. Tout comme il était absurde de repenser à toutes ces chaudes soirées d'été qu'elle avait passé à nager avec Matt.

Elle était encore adolescente alors, mais suffisamment grande pour voir combien le comportement du père de Matt était injuste et méchant.

Tout avait commencé entre eux lorsqu'elle était partie se promener et, l'apercevant qui marchait devant elle, l'avait suivi jusqu'à la barrière de bois blanc qui séparait leurs deux propriétés. Matt avait fait semblant de croire que cette rencontre était le fruit du hasard. Ensuite, ils avaient pris l'habitude de se retrouver presque tous les jours. Elle s'approchait de la portion de la barrière sur laquelle il travaillait à ce moment-là, lui souriait, flirtait. Un jour, il avait ôté son chapeau et sa chemise et, sous le coup de l'émotion, elle faillit faire pipi dans sa culotte ! (Si elle racontait à Jamie son histoire avec Matt, elle passerait ce détail sous silence…) Un autre jour, ils avaient fait la course jusqu'à la crique. Il l'avait laissée gagner puis l'avait embrassée pour la féliciter. Un baiser rapide, mais si doux pour elle, qu'elle avait cru défaillir.

Jusqu'à ce jour-là, elle n'avait jamais embrassé de garçon, encore moins avec la langue, mais dès ce premier baiser elle avait eu envie de plus. De ce jour malheureusement il décida de ralentir leur relation, de maintenir une certaine distance entre eux, lui répétant qu'elle était trop jeune.

Cela ne l'avait pas empêchée de rêver, le soir. Cela ne l'avait pas empêchée de se demander si elle garderait son nom le jour où elle deviendrait sa femme. Rachel Gunderson ou Rachel McAllister-Gunderson ?

Hélas, à son grand regret, Matt avait respecté sa promesse pendant tout l'été, se contentant de chastes baisers de loin en loin.

En février, un jour avant son anniversaire, elle avait pris la décision d'offrir sa virginité à Matt. La moitié des filles de sa classe se vantaient d'avoir déjà couché avec un garçon, alors pourquoi pas elle ?

Ce jour-là, persuadée qu'ils allaient faire l'amour pour la première fois, elle avait emporté une couverture et était partie le retrouver dans leur abri secret. Mais Matt n'était jamais venu au rendez-vous. Le lendemain, elle avait appris qu'il avait quitté la ville, lui laissant simplement une lettre.

Pendant des jours et des jours, elle n'avait fait que pleurer. Puis, deux mois plus tard, elle avait couché avec un garçon de sa classe et l'avait beaucoup regretté.

Mais tout cela était de l'histoire ancienne, lui rappela la petite voix de la raison. Elle n'était plus une adolescente amoureuse aujourd'hui. Elle avait changé. Et lui aussi avait dû changer. Mais elle n'imaginait pas possible qu'il soit devenu comme son père. Matt était sûrement resté un homme bon, car un homme foncièrement bon ne devient pas mauvais.

— Je n'en peux plus, murmura soudain Jamie lorsque Sally s'éloigna pour attraper une serviette. Es-tu toujours partante pour la manucure ?

— Non, je n'ai plus très envie, répondit Rachel, à voix basse elle aussi.

— Voilà qui est clair.

Malheureusement, elles devaient au moins attendre que leur couleur prenne pour pouvoir partir. C'était d'autant plus long que, régulièrement, les coiffeuses étaient interrompues par des arrivantes qui voulaient savoir si elles étaient au courant du retour de Matt.

— Je pense qu'il n'y en a plus pour très longtemps mais, si Sally éteint encore une fois le séchoir pour pouvoir discuter, je crois que je vais devenir folle.

— C'est pourtant exactement ce qui se passera dès que quelqu'un d'autre poussera la porte, répondit Jamie.

Elle se tourna vers Roxy.

— En fait, nous n'avons plus beaucoup de temps, reprit-elle. Je crois que nous allons nous passer de la manucure.

Lorsque Sally revint de son arrière-boutique, Jamie l'informa de leur décision. Pour toute réponse, la coiffeuse les foudroya du regard, avant de leur demander cinquante dollars.

Jamie paya tandis que Rachel saluait tout le monde, puis elles sortirent enfin dans la rue et éclatèrent de rire.

— Le violet te va bien, lui lança Jamie en examinant sa coiffure.

Rachel promena une main dans ses cheveux.

— J'étais tellement pressée de sortir que je n'ai même pas jeté un coup d'œil dans le miroir.

— C'est… surprenant !

— Merci de ton soutien ! En échange, promets-moi que je serai là lorsque tu montreras ta coiffure à Cole.

— Je suis persuadée qu'il adorera.

— Moi aussi, fit machinalement Rachel en balayant du regard la rue principale.

Elle soupira, déçue.

— Tu pensais qu'il serait toujours en ville, pas vrai ?

Surprise, elle se tourna vers Jamie.

— Tu parles de Cole ?

— Arrête de jouer à l'innocente avec moi alors que cela fait deux heures que je n'entends parler que d'un homme. Allons au Watering Hole, tu me raconteras tout.

— Parle moins fort, s'il te plaît, on risque de nous entendre !

Sa remarque était injuste : il n'y avait personne à l'horizon. Mais elle était nerveuse comme une première communiante. Jamie l'avait percée à jour.

— Ta coiffure te va très bien, Rachel. J'espère vraiment que tu croiseras quelqu'un.

— Aucune chance.

De toute façon, elle ne voulait pas voir Matt maintenant. Il y aurait forcément trop de monde autour. Et puis, il devait déjà être parti.

Quelques minutes plus tard, elles arrivèrent enfin devant le Watering Hole. Jamie pesta contre la porte qu'elle n'arrivait pas à ouvrir.

— Je n'arrive pas à croire que le pub est fermé à cette heure, s'énerva-t-elle.

— Essaye encore, la porte est parfois diffici…

Elle s'interrompit brusquement. A environ un pâté de maisons du bar, marchant seul dans la rue…

… Matt !

Ses cheveux étaient plus longs et plus foncés que dans son souvenir.

— Est-ce lui ? demanda Jamie, qui venait de réussir à ouvrir la porte.

— Oui, répondit-elle dans une voix proche du murmure, en le regardant s'approcher d'un 4x4. Oui, c'est bien lui.

— Il est très beau. Tu devrais aller le saluer.

— Non. Enfin… Je le ferai, mais pas maintenant.

A cet instant, Sadie leur cria depuis l'intérieur d'entrer ou de sortir mais de fermer la porte car la chaleur sortait. Jamie referma.

— Nous ne pouvons pas rester dehors, fit Rachel en pivotant vers l'entrée du pub. Entrons.

Mais Jamie ne bougea pas.

— Qui est-ce, avec lui ? demanda-t-elle.

Curieuse, Rachel se retourna. Elle aperçut une grande femme aux longs cheveux noirs qui avait rejoint Matt. Il lui tint la portière du véhicule ouverte.

— Aucune idée.

Sans doute Matt s'était-il casé ; elle avait toujours pensé qu'il était le genre d'homme à se marier. Sauf que, comme une idiote, c'était elle qu'elle avait imaginée à son côté devant l'autel !

Matt chaussa ses lunettes de soleil et s'installa au volant, nerveux. Heureusement, Nikki ne semblait pas avoir envie de discuter.

Trois ans plus tôt, lorsqu'il était revenu voir sa mère avant qu'elle trépasse, il s'était tenu éloigné du village. Il appréciait la plupart des habitants de Blackfoot Falls, mais il n'avait pas eu envie de répondre à leurs questions.

La plupart de ces questions auraient concerné sa carrière de cow-boy de rodéo : il avait gagné de nombreuses compétitions ces dernières années et commençait alors à être célèbre sur le circuit professionnel.

Au début de sa carrière, il s'était promis de ne jamais attraper la grosse tête après que des vétérans du circuit lui eurent démontré que quelques dollars de plus pouvaient changer un homme, le transformer en personnage méprisable. En un homme aussi méprisable que Wallace.

Sauf que son père avait toujours été méprisable, et pas uniquement avec lui. Son mauvais caractère s'abattait également vers sa femme, ce que Matt ne pouvait supporter. Il n'avait jamais compris pourquoi elle avait toujours refusé de quitter cet homme, et sans doute ne le comprendrait-il jamais.

Aujourd'hui, son père était malade, et Matt pouvait honnêtement dire que cela ne lui faisait ni chaud ni froid. Tous les sentiments qu'il avait pu éprouver pour son géniteur avaient disparu voici des années. S'il était revenu dans le Montana, c'était uniquement pour Nikki. Elle avait besoin de faire la paix avec le vieil homme tant que c'était encore possible.

Il devait aussi penser au ranch. Lone Wolf appartenait à sa famille depuis plus de cent trente ans. Selon le testament, la terre devait être transmise à un autre Gunderson. Ce qui voulait dire, que le vieil homme l'accepte ou pas, que Nikki avait le droit à la moitié de la fortune puisque du sang Gunderson coulait dans ses veines.

Quant à lui, il était prêt à tout lui céder : la terre, la maison... Le ranch faisait des bénéfices — du moins était-ce le cas aux dernières nouvelles. Contrairement à lui, Nikki avait besoin de cet argent. Pour quitter son emploi de serveuse et aller à l'université.

Sa mère lui avait parlé de Nikki une semaine avant de mourir ; il ne l'avait finalement rencontrée qu'un an plus tard, à Houston. Aujourd'hui encore, il avait parfois du mal à se faire à l'idée qu'il avait une sœur. Officiellement, elle n'était que sa demi-sœur mais, pour lui, il était son frère, point. Elle faisait partie de sa famille, et il voulait pour elle tout le bonheur du monde. Il était prêt à tout pour cela, y compris à voir une dernière fois son père pour faire en sorte que le vieil homme la reconnaisse et l'ajoute à son testament. Mais Wallace avait-il encore de l'argent à léguer à sa bâtarde ? Son penchant pour l'alcool ne l'avait-il pas ruiné ? Sans compter qu'en plus de la méchanceté et de l'alcoolisme son père avait un autre défaut, celui de mener une guerre implacable et incessante aux McAllister, quitte à mettre en jeu les finances du ranch.

Il se força à prendre une profonde respiration pour rassembler ses esprits. Il ne parvenait pas à penser aux McAllister sans y associer Rachel...

Il ne s'attendait pas à la voir pendant son séjour, et il le regrettait. Mais une femme aussi jolie et intelligente que Rachel n'avait rien à faire dans un village perdu comme Blackfoot Falls, il le savait bien. Elle devait mener une brillante carrière dans une grande ville du pays. Peut-être même était-elle mariée...

Il se souvint tout à coup de la nuit de son départ, dix ans plus tôt.

— Tu sembles nerveux, remarqua soudain Nikki, le tirant de ses pensées. Si tu as changé d'avis, nous pouvons toujours repartir à Houston.

— Non, ça ira.

— Je suis sérieuse, Matt, nous ne sommes pas obligés d'y aller. Ce vieux bâtard niera sans doute être mon père, et nous aurons fait tout ce trajet pour rien.

Depuis qu'il l'avait rencontrée, Nikki qualifiait toujours Wallace de « bâtard ». Un soir, après plusieurs verres de tequila, il lui avait fait remarquer que techniquement c'était elle la bâtarde. Pendant de longues secondes, elle n'avait pas répondu, et Matt s'était demandé s'il n'avait pas commis une grave erreur. Puis elle avait éclaté de rire, si fort que le serveur du bar leur avait demandé de se calmer un peu. Cette anecdote avait renforcé le lien qui commençait à les unir.

— Pourquoi souris-tu ? lui demanda-t-elle

— Je me demandais juste comment tu allais l'appeler. Tu as le choix entre Wallace, bâtard, vieille canaille, monsieur Gunderson, papa chéri… Tu devrais commencer à y réfléchir.

— Je pensais à « salaud »… Mais après réflexion je crois que je n'aurais jamais dû accepter de venir. Puisque tu ne te décides pas à démarrer, tu ne veux pas que nous allions faire un tour dans ce bar, là-bas ? J'ai bien besoin d'un verre.

— Il s'appelle le Watering Hole, certains l'appellent aussi « Chez Sadie », du nom de la propriétaire. Je n'y suis allé qu'une seule fois car j'ai quitté Blackfoot Falls avant mes vingt et un ans.

— Pourquoi y es-tu allé, alors ? Pour trouver le salaud ou…

— Tu as deviné.

Matt n'oublierait jamais le jour où sa mère l'avait envoyé chercher son mari au Watering Hole.

Il venait juste de fêter son seizième anniversaire et une jument était en train d'accoucher prématurément. Catherine pensait que Wallace serait furieux s'il n'était pas mis au courant, et elle avait raison. Malheureusement, Matt savait que son père agonirait sa pauvre femme de reproches de toute façon. Mais, à la minute où Wallace l'avait aperçu à la porte de chez Sadie, sa rage s'était abattue sur lui. Il ne l'avait pas frappé, mais l'avait copieusement insulté pendant tout le trajet jusqu'au ranch.

Ce jour-là, pour la première fois de sa vie, Matt avait failli frapper son père. Mais, il s'était forcé à se calmer, pour sa mère. C'était aussi pour elle qu'il n'avait pas quitté la ville sitôt le lycée terminé, deux ans plus tard. Mais quand il avait fini par prendre la décision de partir, à dix-neuf ans, c'était également pour elle.

La vie était parfois ironique...

— Puisque ce bar représente un mauvais souvenir, n'y allons pas, décida Nikki. Et puis le plus tôt nous serons arrivés, le mieux ce sera.

Après quelques kilomètres à regarder droit devant, Matt s'autorisa un regard en coin vers Nikki. Elle fixait l'horizon. A part les montagnes Rocheuses, au loin, le paysage était désert jusqu'au ranch de Lone Wolf, surtout au mois de février.

— Tu n'es pas trop déçue qu'il n'y ait pas plus de neige ? demanda-t-il.

— Un petit peu. Heureusement, il en reste un peu sur les montagnes.

Lorsque Matt était enfant, la neige ne fondait jamais avant le mois de mars. Mais cette année l'hiver semblait particulièrement doux. C'était du moins ce qu'il avait fait remarquer aux clients de la supérette pour tenter d'échapper à leurs questions un peu trop personnelles. Tous avaient voulu savoir, en l'interrogeant de manière plus ou moins détournée, qui était Nikki ; il leur avait simplement expliqué qu'il s'agissait d'une amie.

— C'est joli, reprit Nikki. Très différent de Houston.

— C'est vrai. Peut-être neigera-t-il ce soir, soyons optimistes !

Il savait que sa sœur rêvait de voir la neige.

— Penses-tu que nous resterons suffisamment longtemps pour y assister ?

— Oui, répondit-il après un moment d'hésitation.

La vérité était qu'ils ne repartiraient pas tout de suite, pour la simple raison qu'ils devraient peut-être attendre que Wallace dessoûle.

— Nous arriverons d'ici dix minutes. As-tu des dernières questions ?

A ces mots, il la vit se raidir, comme si la nervosité la gagnait de nouveau.

— Ne penses-tu pas que nous aurions dû appeler avant ?

— Non.

Il n'était pourtant pas aussi confiant qu'il voulait bien le laisser croire à Nikki. D'ailleurs, en quittant la supérette, il s'était demandé s'il n'aurait pas dû appeler Lucy pour la prévenir de son arrivée.

Lucy n'était pas simplement l'employée de maison du ranch, c'était aussi une sainte. Elle avait été engagée un mois après sa naissance et avait donc assisté à toutes les colères de Wallace. Elle avait aussi beaucoup aidé sa mère lorsque celle-ci était tombée malade ; aujourd'hui, elle s'occupait encore de Wallace trois fois par semaine.

Oui, il aurait dû appeler Lucy.

Mais c'était trop tard maintenant, songea-t-il en pénétrant sur les terres des Gunderson, dans ce ranch où il s'était promis de ne jamais revenir.

3

Wallace était allongé sur le vieux canapé du bureau, ivre mort, la bouche entrouverte, ses cheveux gris en désordre, une bouteille vide renversée sur le sol à côté de lui.

Matt observa la scène avec dégoût. Il était néanmoins soulagé d'avoir demandé à Nikki de l'attendre dans sa voiture. Un tel spectacle l'aurait sûrement choquée. Personne ne devrait avoir à y assister. Et, pourtant, combien de fois sa mère avait-elle retrouvé son mari dans le même état ? Chaque fois, elle commençait par déposer une couverture sur Wallace avant d'aller se coucher, seule.

Il n'avait jamais compris cette patience infinie dont elle faisait preuve, ni sa tolérance. Il n'avait jamais compris non plus pourquoi elle était restée dans ce mariage maudit. Il l'avait bien suppliée de partir, de quitter cet homme qui la rendait malheureuse, mais chaque fois elle lui répondait qu'elle aimait son père et que peut-être, un jour, il changerait.

C'était elle qui l'avait informé de la relation entre Wallace et Rosa Flores. Elle était au courant depuis des années et savait même qu'un enfant était né de cette relation extra-conjugale. Même cela ne l'avait pas poussée à divorcer. Non, elle était restée, jusqu'au bout.

Aujourd'hui sa mère était décédée et elle lui manquait énormément.

Certains jours, il ressentait de la colère envers son père. Mais également envers Catherine. Jamais personne ne parviendrait à le convaincre que le stress de la vie avec

Wallace n'avait pas précipité sa mort. Elle affirmait l'aimer Aimer… Que voulait dire ce mot ? L'amour était censé rendre heureux, plus fort…

Hélas, l'amour pouvait également rendre stupide.

Matt baissa les yeux vers Wallace. Il le trouvait plus petit, plus frêle que l'homme qui l'insultait chaque jour lorsqu'il rentrait du lycée, et qui lui faisait peur. Pendant des années, il avait ressenti de la haine pour lui. Ce soir, il ressentait aussi de la pitié.

La lettre qu'une amie de sa mère lui avait envoyée pour l'informer que son père était malade ne précisait pas la maladie dont il souffrait. Sans doute s'agissait-il d'un cancer, ou bien d'une cirrhose.

Réprimant un juron, il ramassa les magazines éparpillés sur le sol et les posa sur la table basse. Pourquoi cherchait-il au fond de lui un peu de pitié pour ce vieillard alcoolique ? Il avait toujours connu son père en train de boire.

Il jeta un coup d'œil sur le bureau, sur les verres sales, le courrier ouvert… Lucy ne devait pas travailler aujourd'hui, sinon la pièce ne serait pas dans un tel désordre. Tant mieux. Ainsi, elle ne serait pas vexée qu'il ne l'ait pas prévenue de son arrivée.

En attendant, il était hors de question qu'il fasse entrer Nikki ; pas tant que Wallace serait dans cet état. Il voulait que le vieil homme soit sobre le jour où il rencontrerait sa fille.

Il sortit du bureau et s'arrêta dans la cuisine. Elle semblait à peu près propre, comme le reste de la maison — à l'exception du repaire de son paternel. Sans doute la chambre d'amis dans laquelle il avait l'intention d'installer Nikki n'avait-elle pas été utilisée depuis bien longtemps, mais elle y serait mieux que dans son petit studio.

Il sortit de la maison et s'aperçut que la nuit était tombée. De là où il était, il ne voyait pas Nikki. Il devinait néanmoins qu'elle était toujours dans la voiture. Elle n'en serait jamais sortie sans lui.

Il tourna la tête et regarda en direction du bâtiment abritant le dortoir. C'était l'heure du dîner pour les ouvriers agricoles, dont certains travaillaient à Lone Wolf depuis plus de vingt ans. Matt appréciait un des hommes en particulier, mais il n'avait pas envie de le voir avant d'avoir pu parler à Wallace.

Il avança et Nikki ouvrit alors la portière.

— Tu es resté bien longtemps à l'intérieur, Matt.

— Je suis désolé.

— Alors ? Nous partons ou nous restons ?

— Nous restons, répondit-il en ouvrant le coffre et en sortant leurs bagages.

Elle ne bougea pas. Elle continua simplement à fixer la maison de bois et de pierre datant des années 1920.

— Comment a-t-il réagi en te voyant ? insista-t-elle, curieuse.

— Il n'a rien dit. Il dort, répondit-il, embêté de ne pas oser lui dire clairement la vérité.

Pourtant, contrairement à sa mère, il n'avait pas à protéger Wallace. Il n'avait donc aucune raison de lui cacher la vérité.

— Il est ivre, avoua-t-il alors. Et je doute qu'il se réveille bientôt.

— Dans ce cas-là, nous ne pouvons pas entrer.

— Bien sûr que si. Cette maison est aussi la mienne.

Il était tenté de dire qu'elle était aussi à elle, mais il se retint : il savait qu'elle refusait toujours d'admettre qu'elle était une Gunderson.

— Je vais t'installer dans la chambre d'amis, puis nous trouverons quelque chose à manger pour le dîner dans la cuisine. A moins que tu ne préfères retourner au village.

Elle referma doucement la portière.

— Je n'ai pas encore faim, mais je préférerais sortir, si cela ne te dérange pas.

— Pas de problème.

Il ferma le coffre d'un coup de coude.

— Après le dîner, je te propose que nous fassions un petit détour jusqu'à un autre ranch, le Sundance.

— Ce soir ?

— Oui, ce serait sans doute mieux.

De toute façon, il ne pouvait pas quitter le Montana sans avoir vu Barbara McAllister.

— Je ferais mieux d'attendre dans la voiture, murmura Nikki tandis qu'ils approchaient de la maison des McAllister, allumée comme si une fête s'y déroulait.

— Tu les apprécieras. Tu ne pourras pas rencontrer des gens plus sympathiques. En plus, les trois frères sont très beaux !

— J'imagine qu'ils doivent être flattés de savoir que tu l'as remarqué.

Matt lui sourit, heureux de voir qu'elle était suffisamment détendue pour plaisanter. Rencontrer des gens simples et ouverts comme les McAllister lui donnerait une bonne impression de Blackfoot Falls. Il lui avait dit qu'ils pourraient sans risque leur avouer qu'elle était sa sœur, mais elle préférait pour l'instant être présentée comme une amie.

Lorsqu'ils arrivèrent devant le porche, il se tourna vers elle pour vérifier qu'elle allait bien.

— Comment te sens-tu, petite sœur ? Ça va ?

Elle n'était pas timide, mais elle rougissait toujours lorsqu'il l'appelait petite sœur.

— Vous autres, habitants de la campagne, avez vraiment de drôles d'habitudes. Si quelqu'un sonne à ma porte alors que je n'attends personne, jamais je n'ouvrirai, moi.

— Je sais bien.

— Et pourtant tu n'as pas appelé pour annoncer ton arrivée.

Curieux, il jeta un coup d'œil à l'intérieur, par la fenêtre.

Il n'allait pas l'admettre, mais tout à coup il avait quelques doutes concernant sa visite surprise. La salle à manger était en effet comble. Pleine de jeunes femmes — de nombreuses jeunes femmes...

C'était bien sa chance si Barbara organisait ce soir une soirée Tupperware !

— Nous pouvons encore faire demi-tour, lui murmura Nikki, comme si elle devinait ses doutes.

— Mais non, tout ira bien.

Il frappa puis attendit, écoutant les rires qui s'échappaient de l'intérieur. Au bout de quelques instants, la porte s'ouvrit sur une jeune femme blonde.

— Entrez, leur lança-t-elle tout de go.

Il jeta un coup d'œil derrière elle, espérant apercevoir Cole, Trace, Jesse ou quelqu'un d'autre de sa connaissance. Mais non, il ne voyait que des femmes, une dizaine de femmes installée autour de la cheminée. Toutes étaient bien habillées, comme si elles étaient en vacances dans une luxueuse station de ski.

Hélas, il ne reconnaissait toujours personne...

Son regard s'arrêta soudain sur une paire de fesses parfaitement moulée dans un jean usé. Sous le charme, il remonta vers la taille fine et s'attarda sur les épaisses boucles auburn qui descendaient en cascade sur les épaules de la jeune femme.

Il ne connaissait qu'une seule femme possédant des cheveux d'une couleur aussi profonde. C'était...

— Rachel ?

La jeune femme se retourna soudain et écarquilla les yeux.

— Matt ?

— Que... Que fais-tu ici ? bredouilla-t-il.

— Moi ? Mais j'habite ici. Entre, Matt.

Seigneur, Rachel… Il ne s'était absolument pas attendu à la voir ici. Il se sentait complètement déstabilisé. Malheureusement, il ne pouvait pas fuir, au risque de passer pour le dernier des imbéciles. La seule solution pour lui était donc d'entrer. Mais ses pieds lui semblaient cloués au sol.

— Je… Je peux revenir demain si tu préfères. Tu as des invités. J'aurais dû appeler avant de passer.

Derrière lui, il entendit Nikki laisser échapper un petit rire. Oui, elle lui avait conseillé d'appeler, ce n'était pas la peine de le lui rappeler en se moquant de la sorte.

— Entre, Matthew Gunderson, pour que je puisse fermer la porte. Ensuite, nous ferons les présentations.

Il essuya ses pieds sur le paillasson puis essaya de pousser Nikki dans le salon. Elle résista et, d'un signe de tête, elle lui indiqua que c'était à lui d'entrer en premier.

— Je suis heureuse de te voir, lui lança Rachel dès qu'ils pénétrèrent dans le salon.

Elle le dévisagea, sembla hésiter quelques secondes puis l'enlaça. Sans réfléchir, il referma ses bras autour d'elle, priant pour qu'elle ne sente pas les battements affolés de son cœur.

L'étreinte fut brève. Rachel ne semblait pas très à l'aise, mais sans doute était-ce sa faute. Peut-être l'avait-il tenue un peu trop serrée. Il se força alors à reculer.

— Je suis Rachel, fit-elle en tendant la main vers sa sœur. Ne vous inquiétez pas, il ne s'agit pas d'une véritable fête.

La voix de Rachel était un peu plus aiguë que dans son souvenir.

— Voulez-vous un verre ? reprit-elle.

Nikki se tourna vers lui et, d'un regard, lui demanda s'ils devaient rester ou partir. D'un battement de cils discret, il lui indiqua qu'elle pouvait accepter.

— Avec plaisir, fit alors sa sœur. Je prendrais bien une bière.

— Nous avons aussi du vin, des margaritas et un drôle de punch préparé par Trace.

Rachel s'interrompit en voyant qu'il la dévisageait.

— Pourquoi me regardes-tu ainsi, Matt ?

— Tes cheveux… Tu as des mèches violettes sur le côté.

— Ah oui, fit-elle en passant une main dans son épaisse chevelure, comme si elle venait juste de se souvenir de cette incongruité capillaire.

— Bon Dieu, Matt, intervint Nikki, ne joue pas les vieux passéistes. C'est la mode !

— Je sais bien. Mais Rachel n'est pas le genre à…

Il se tut. Qu'en savait-il ? Il ignorait tout de Rachel McAllister, ce que lui confirmèrent les regards que lui lançaient les deux femmes. Les yeux couleur chocolat de Nikki étaient en train de lui dire qu'il se conduisait comme un imbécile. Quant au regard émeraude de Rachel, il semblait plutôt amusé.

— Venez chercher à boire, reprit celle-ci. Je vous offre un verre, même si mes cheveux sont violets.

Matt se souvenait d'autre chose concernant Rachel : lorsqu'elle était gênée, elle retombait très vite sur ses pattes. Il lui avait toujours envié cette facilité qu'elle avait de changer de sujet, d'aller toujours de l'avant, de ne jamais rester sur un échec. Il ne possédait pas ce don. Une fois qu'il était déstabilisé, il avait beaucoup de mal à se reprendre. Après avoir gagné de nombreux titres, après avoir répondu à de nombreuses interviews, il aurait dû être plus à l'aise. Mais non, il était toujours aussi emprunté.

— C'est l'anniversaire de Rachel, lui chuchota la blonde qui leur avait ouvert la porte lorsqu'ils passèrent devant elle.

Honteux, il blêmit. Il connaissait la date de son anniversaire, évidemment qu'il la connaissait, mais il l'avait complètement oubliée.

Il n'avait jamais regretté d'avoir quitté Blackfoot Falls, mais il regrettait d'avoir quitté Rachel. Et de l'avoir quittée la veille de son seizième anniversaire…

Si elle devait se forcer à sourire pendant une minute de plus, elle allait finir par avoir des crampes.

A la minute où elle avait entendu dire que Matt était de retour en ville, Rachel avait su qu'elle finirait par le croiser. Mais jamais elle n'aurait imaginé qu'il viendrait frapper à sa porte. Surtout ce soir. Et, maintenant, elle regrettait d'avoir laissé Trace lui faire boire un verre de son punch car sa tête tournait et elle parlait comme un perroquet, d'une voix beaucoup plus haute que d'habitude.

Elle devait à tout prix trouver ses frères si elle voulait avoir une chance de se reprendre. Ils discuteraient avec Matt, et ainsi elle pourrait s'échapper.

Evidemment, la présence de Matt à Blackfoot Falls avait été évoquée au dîner. D'après ses frères, qui avaient suivi sa carrière sportive, il avait beaucoup de succès : il était devenu une véritable star dans son domaine, le rodéo. Personnellement, elle se souvenait seulement avoir vaguement entendu sa mère dire qu'il avait rejoint le circuit professionnel sept ans plus tôt.

En fait, ce n'était que le jour où elle avait quitté le Montana qu'elle avait pu penser calmement à Matt. A partir de ce moment-là, la sensation de manque s'était faite moins pressente. Et lui ? Savait-il à quel point il lui avait fait du mal ? A quel point il avait brisé son cœur tendre ? Sans doute pas. A l'époque, il pensait qu'elle était trop jeune et considérait l'affection qu'elle lui portait comme une simple phase — la post-adolescente fleur bleue qui s'éprend du premier mâle un peu plus âgé qui croise son chemin.

Rachel se campa devant une grande table sur laquelle étaient posés des seaux de glace, des verres, des bouteilles de vin et un grand saladier contenant le punch de Trace, ainsi que les restes du gâteau. Comme l'inscription « Bon anniversaire » avait été mangée, personne ne pouvait plus deviner que le dessert avait été fait spécialement pour elle. Tant mieux !

— Alors, fit-elle en attrapant deux verres et en vérifiant qu'ils étaient propres. Nous avons de la bière dans le grand salon et des margaritas dans la cuisine. Et ceci est… le punch de mon frère.

— Trace prépare des cocktails à présent. J'ai peine à le croire !

— Eh oui, il n'avait que dix-sept ans quand tu es parti, mais c'est un homme à présent.

A ces mots, elle vit le sourire de Matt s'estomper. A l'évidence, il repensait à la nuit où il l'avait laissée, à cette lettre maladroite qu'il lui avait écrite. S'ils avaient été seuls, elle lui aurait dit qu'elle lui avait pardonné, et cela n'aurait pas été un mensonge.

Même si le fait de le voir ce soir la mettait mal à l'aise.

Elle se raidit soudain, honteuse. Elle aurait pu rebondir autrement sur la remarque de Matt. Elle n'était pas obligée de mentionner que cela faisait dix ans.

Dix ans et un jour.

Que diable lui arrivait-il ? Jusqu'à ce qu'elle voie Matt, elle n'avait pas vraiment pensé à lui. Et, même si cela avait été le cas, elle devait se rendre à l'évidence à présent : il avait Nikki aujourd'hui. Il avait tourné la page.

— Avez-vous fait votre choix ? leur demanda-t-elle en se raclant la gorge pour se forcer à maîtriser son émotion.

— Finalement, je crois que je vais prendre du punch, répondit Nikki.

Celle-ci jeta un coup d'œil vers Matt, qui lui répondit

d'un simple signe de tête. A voir leur évidente complicité, Rachel fut envahie par la jalousie. Pourtant, elle n'avait aucune raison de réagir ainsi. Elle n'avait aucun droit sur Matt.

Résolue à se reprendre, elle attrapa la pince à glaçons. Mais la petite amie de Matt la coupa dans son élan :

— Matt, je sais que tu as envie d'une bière alors va avec Rachel la chercher, proposa-t-elle.

Rachel releva les yeux et remarqua que son ancien flirt la fixait de son regard bleu, encore plus perçant que dans son souvenir. Etait-elle trop jeune à l'époque pour percevoir cette intensité ?

— Tu veux une bière ? bredouilla-t-elle, déstabilisée.

— Oui. Sauf si tes frères les ont toutes bues.

— J'espère que ce n'est pas le cas, répondit-elle en faisant le tour de la table.

Elle stoppa et se retourna vers Nikki :

— Servez-vous en gâteau, n'hésitez pas.

Elle se sentait un peu gênée de manquer ainsi à ses devoirs d'hôtesse, mais elle devait bien s'avouer qu'elle avait envie de passer du temps seule avec Matt, même si c'était seulement quelques minutes entre deux portes.

— Merci, répondit la jolie brune. Ce gâteau a en effet l'air appétissant. Je vais peut-être me laisser tenter.

Matt fronça les sourcils et fixa sa copine, qui l'ignora et s'approcha du saladier de punch.

— Tu veux l'attendre ? demanda-t-elle à Matt.

Elle remarqua soudain une petite cicatrice sur son menton.

— Non, elle s'en sortira très bien. Je n'ai aucune raison de m'inquiéter pour elle.

Sauf qu'il s'inquiétait, Rachel le voyait parfaitement, et elle était déçue que ce soit le cas. Et honteuse de réagir ainsi…

Matt effleura soudain le creux de son dos et, instantanément, son corps se réveilla. Cette réaction était incongrue, absurde, et pourtant elle ne pouvait nier les décharges électriques qu'elle venait de sentir glisser le long de son dos. Elle espérait juste que ces réactions étaient uniquement la conséquence du punch de Trace. Elle n'était pas le genre de femme à voler un homme à une autre ; or, Matt était avec Nikki. Pourtant, elle n'avait pas l'impression qu'ils étaient mariés, et pas seulement parce que aucun d'eux ne portait d'alliance. Elle se maudit intérieurement : si elle n'avait pas autant parlé lorsqu'ils étaient arrivés, sans doute lui aurait-il présenté Nikki lui-même. Ainsi, elle aurait su où exactement en était leur relation.

— Dis-moi si je me trompe, Rachel, mais j'ai l'impression de ne connaître personne à ta petite fête.

Elle sursauta. Non pas à cause de la question de Matt, mais parce que sa bouche était désormais très près de son oreille ; elle pouvait sentir son souffle chaud glisser dans son cou.

Elle se rendit soudain compte que toutes ses clientes fixaient Matt, certaines sans dissimuler leur intérêt. Pour la première fois depuis l'ouverture du bed and breakfast, elle regretta que seules les femmes soient acceptées… Elles avaient participé à la conversation, au dîner, et avaient donc pu en déduire que Matt était ce fameux cow-boy de rodéo dont ses frères avaient parlé.

— Non, tu ne les connais pas, répondit-elle.

Il ne devait pas être au courant de la nouvelle activité du ranch de Sundance.

— Il s'est passé beaucoup de choses depuis un an, ajouta-t-elle.

Ils passèrent à côté de Carla, une femme en provenance d'Indianapolis, qui détailla le seul mâle de la pièce des pieds à la tête avec une moue gourmande.

— Continue à avancer, murmura-t-elle à Matt. Sinon, tu risques de ne jamais voir la couleur de ta bière.

— Je sais bien. Malheureusement…

Ces mots la firent aussitôt sourire, peut-être parce que le ton qu'il avait employé montrait qu'il commençait à en avoir assez des fans trop insistantes.

Comment se comportait-il face à ses admiratrices ? se demanda-t-elle soudain. Elle n'avait jamais été intéressée par le monde du rodéo, mais elle savait que certaines femmes suivaient les champions comme s'il s'agissait de rock stars.

Matt avait toujours été séduisant avec ses yeux bleu lagon. Elle n'était pas la seule à le penser. Autrefois, la moitié des filles étaient amoureuses de lui ! Mais elle ne lui avait connu qu'une seule petite amie, lorsqu'il avait quinze ans.

Aujourd'hui, elle trouvait qu'à presque trente ans il était encore plus séduisant qu'à dix-neuf ans ; plus mûr, plus confiant.

Dans le couloir, il lui attrapa soudain le bras.

— Rachel, attends !

Elle se figea ; son cœur faillit s'arrêter. Avait-il remarqué qu'elle le dévorait du regard ? S'il voulait lui dire qu'il était avec Nikki et qu'elle ne l'intéressait plus, elle allait mourir de honte. Surtout ce soir, le jour de son vingt-sixième anniversaire.

Dix ans après…

Il riva son regard au sien et demeura immobile pendant de longues secondes au milieu du couloir. Puis il lui sourit.

— Je suis content de te voir, dit-il.

— Moi aussi, balbutia-t-elle en cillant furieusement.

— Je suis désolé d'avoir oublié.

— Oublié quoi ?

Il baissa la tête, s'approcha de sa bouche, et elle retint son souffle.

Mon Dieu, il allait l'embrasser !

Il allait l'embrasser…

Sur la bouche…

Mais il tourna légèrement la tête et déposa un baiser tendre sur sa joue.

— Joyeux anniversaire, ma Rachel.

4

Rachel se moquait qu'il soit si beau, qu'il lui donne la chair de poule ou bien que les témoins soient bien trop nombreux pour qu'elle puisse cacher son crime : elle allait l'étrangler.

Vu la façon dont il l'avait regardée, dont il s'était penché vers elle, évidemment qu'elle espérait un autre genre de baiser. Et après il l'appelait « ma Rachel »…

Elle ne comprenait vraiment pas le Matt adulte. Autrefois, il répondait à ses blagues par des sourires, mais elle gardait toujours la main. En fait, l'avait-elle réellement connu ? Peut-être s'était-elle fait des idées. Peut-être les sourires de Matt étaient-ils seulement des sourires de bienveillance.

Perdue, elle retint son souffle et ferma les yeux.

— Merci, répondit-elle ensuite en se forçant à se reprendre. Viens.

Elle l'entraîna vers le grand salon.

— Regardez qui voilà ! lança-t-elle à la cantonade en entrant dans la pièce.

Cole et Trace, qui étaient en train de jouer au billard, relevèrent la tête. Jamie était là aussi.

— Salut, Matt, fit Cole en posant sa queue de billard contre le mur et en lui tendant la main. Ça fait plaisir de te voir.

Trace tendit son verre à Krista.

— J'aurais dû deviner que vous autres chenapans seriez

en train de jouer au billard, répondit Matt en saluant les femmes d'un simple geste de la tête.

— « Chenapans » ? répéta Sandy, une jolie blonde arrivée la veille, en dévorant Matt du regard.

— Il fait le fanfaron, ce soir, expliqua Trace à la jeune femme, mais autrefois nous gagnions toujours contre lui.

— C'est vrai, admit Matt, en enfouissant les mains dans ses poches. Vous comptez les points ?

Cole éclata de rire et se tourna vers son frère.

— Non. Certains d'entre nous sont trop occupés en ce moment et n'ont pas le temps de s'entraîner…

— Ce qui veut dire, fit Trace avec un sourire moqueur, que je suis en train de lui mettre une sacrée pâtée.

— Jamais de la vie ! intervint Jamie pour défendre son amoureux.

— Merci, ma chérie, répondit Cole, avant de faire les présentations. Matt, voici Jamie.

— Je vois que certaines choses ont changé, ici, fit Matt. Ravi de faire votre connaissance, Jamie.

— Moi de même.

— Maintenant, tu sais pourquoi mon frère n'a plus le temps de jouer au billard, reprit Trace.

Il se tut puis reprit sa queue des mains de Sandy, qui le fixait comme si elle attendait quelque chose.

— A propos, continua-t-il alors, voici…

Il s'interrompit, le regard soudain paniqué.

— Heu… veux-tu une bière, Matt ? demanda-t-il.

Ecœurée par la muflerie de son frère, qui avait déjà oublié le prénom de Sandy, Rachel leva les yeux au ciel. Elle avait très envie de se moquer de Trace, mais elle se retint. Ce ne serait pas très gentil pour la jeune femme…

Elle fit plutôt le tour de la table de billard pour attraper deux verres sur l'appui de fenêtre.

— Sandy, Krista, voulez-vous un autre verre ?

— Pas moi, merci, répondit Krista. Le punch de Trace était un peu fort.

— Pas pour moi non plus, répondit à son tour Sandy en sortant une bouteille de bière du réfrigérateur.

— Ne vous inquiétez pas, je ne laisserai plus jamais Trace jouer les barmen.

Elle regarda Matt prendre la bière que Sandy lui tendait.

— Merci, dit-il à la jeune femme, avant de lui adresser un de ses sourires dont il avait le secret, un sourire capable de la faire fondre sur place. Je ne me souviens pas qu'il y avait autant de jolies femmes lorsque j'habitais à Blackfoot Falls.

— Beau et charmeur, répondit Sandy d'un ton enjôleur, que rêver de plus… Décidément, les hommes du Montana ont tout pour eux !

Rachel bouillonnait intérieurement. Sandy était vraiment ridicule à minauder ainsi.

— Il ne reste plus qu'une bière, Rachel, reprit celle-ci. Veux-tu que j'aille en chercher d'autres ?

— Je vais m'en occuper, dit-elle.

— Non, c'est ton anniversaire, intervint Jamie. Ne bouge pas. Sandy, Krista, vous venez m'aider ?

Suivie des deux jeunes femmes, Jamie sortit de la pièce, non sans lui avoir adressé un long regard entendu.

— Eh bien, dis-moi, tu mets ces femmes dans tous leurs états, Gunderson ! s'exclama Trace sitôt les trois femmes sorties. Tu n'en rencontres pas assez sur la route ?

— Apparemment, tu ne t'en sors pas trop mal non plus, rétorqua Matt en rigolant. En plus, tu n'as pas besoin de t'accrocher à un taureau en furie, toi !

— C'est vrai, il ne s'en sort pas trop mal, confirma Cole.

Trace jeta un coup d'œil en direction de la porte avant de répondre.

— Ces femmes m'épuisent !

— Elles ne sont arrivées qu'hier, Trace. N'exagère pas.

— Toi, tu me comprends, Matt, fit Trace avant de s'interrompre pour boire une gorgée de bière. Je suis sûr que…

— Stop ! ordonna-t-elle.

Elle était pressée de changer de sujet de conversation. Elle n'avait pas envie d'entendre parler des exploits sexuels de son frère — et encore moins de ceux de Matt.

— Rachel a raison, ajouta Cole en faisant les gros yeux à leur frère. Mieux vaut changer de sujet.

Cole pensait-il vraiment qu'elle ne savait pas que Trace enfreignait parfois les règles du bed and breakfast ? Elle n'ignorait pas qu'il avait couché avec une poignée de clientes ces derniers mois.

— Matt, j'ai entendu dire que tu étais là pour voir ton père, reprit Trace.

Matt but une longue gorgée, comme pour se donner le temps de réfléchir à sa réponse.

— C'est vrai, répondit-il ensuite, je suis ici pour Wallace. Où est Jesse ?

Apparemment, Matt ne voulait pas parler de son père. Il était aussi pressé de changer de sujet qu'elle quand il s'était agi de ses conquêtes féminines.

— Il est parti dans le Wyoming pour quelques jours. Il aide une association de défense des animaux.

— C'est bien.

Tout le monde demeura silencieux pendant que Trace essayait de pousser une boule dans un trou. Mais soudain des éclats de rire dans la salle à manger se firent entendre et, déconcentré, son frère laissa échapper un juron.

— Quelles sont les nouvelles du coin ? en profita pour demander Matt. Qui sont toutes ces femmes ?

— C'est vrai, tu n'es pas au courant, dit-elle. J'allais te l'expliquer tout à l'heure et puis je me suis arrêtée. Nous avons créé voici quelques mois des chambres d'hôtes spécialement dédiées aux jeunes femmes.

— *Tu* as créé, précisa Trace, et elle le foudroya du regard.

— Pourquoi ? demanda Matt sans relever la nuance apportée par son frère.

— Pour l'argent. Les ranchs subissent la crise de plein fouet. Espérons que ce n'est que temporaire.

Cole et Trace avaient repris leur partie de billard ; Matt ne semblait pas intéressé par le jeu. Il la regardait l'air curieux, pensif. Ce n'était ni le moment ni l'endroit pour rentrer dans le détail des finances du ranch. De toute façon, elle n'avait pas envie d'en parler, avec Matt ou qui que ce soit d'autre.

Ce dernier tourna la tête en direction du billard et elle en profita pour l'examiner en détail.

Son torse lui semblait plus large aujourd'hui, plus puissant, plus musclé. Elle devinait que sous sa chemise, sa peau devait être ferme et ses abdos parfaitement ciselés. Cette musculature n'était pas étonnante. Matt faisait du rodéo, il devait être en forme s'il voulait rester sur le taureau le plus longtemps possible.

Après son torse, elle s'attarda sur ses bras, sur ses biceps, impressionnants... Stop ! lui ordonna soudain la petite voix de la raison. Elle devrait vraiment arrêter de le regarder ainsi. Ce n'était pas du bétail !

— C'est donc ici que vous vous cachiez, fit soudain une voix féminine derrière elle.

Elle se retourna et se retrouva face à Nikki. Aussitôt la honte la gagna : elle avait complètement oublié la jeune femme.

— Oh ! nous ne nous cachions pas ! Nous...

Elle s'interrompit en comprenant que la fiancée de Matt avait dit cela sur le ton de la plaisanterie.

— Votre maison est splendide, reprit cette dernière en lui souriant. Et ce salon est immense !

Elle ne semblait pas en colère, ni gênée. Ouf !

— Bonsoir, lança-t-elle à Cole et Trace avant que Matt ait eu le temps de faire les présentations.

Sans doute parce que ses deux frères s'étaient arrêtés de jouer en la voyant.

— Voici mon amie Nikki, précisa Matt. Et voici Cole et Trace.

Bonne nouvelle, il avait parlé d'« amie » et non de « femme ». Mais Nikki était-elle son *amie* ou sa *petite amie* ? Elle aurait aimé pouvoir douter, mais malheureusement il ne fallait pas se faire d'illusions…

— Vous êtes les frères de Rachel, n'est-ce pas ? demanda Nikki en repoussant ses cheveux avec sensualité et naturel à la fois.

Elle ne flirtait pas, ne semblait pas jouer. Elle était simplement une de ces femmes sexy en toute occasion, une femme confiante comme elle aurait aimé être.

— J'ai beaucoup entendu parler de vous.

— Bonsoir, Nikki, répondit Cole en posant sa bière, juste au moment où Jamie revenait, deux packs de bière à la main. Je te présente ma moitié, Jamie.

— Nous nous sommes déjà croisées dans l'autre pièce, répondit Nikki. Attends, je vais t'aider.

Elle prit un pack des mains de Jamie. Rachel se força à ne pas intervenir. Apparemment, les filles n'avaient pas besoin d'elle. Elles avaient d'autant moins besoin d'elle que Trace venait de se précipiter vers le réfrigérateur pour l'ouvrir.

Elle regarda son frère s'accroupir et ranger les bouteilles que lui tendait une à une Jamie.

— Y a-t-il autre chose à ranger ? demanda-t-il avant de se relever, laissant son regard s'attarder sur Nikki.

A l'évidence, cela ne le dérangeait pas de flirter aussi ouvertement. Il était vraiment incorrigible.

— Sandy et Krista apportent deux autres packs, répondit Jamie. Mais je crois qu'elles ont fait un détour.

Trace se contenta d'un simple hochement de tête. Il ne semblait plus si pressé de voir les deux autres jeunes femmes revenir.

Après leur partie, Cole et Trace arrêtèrent de jouer pour discuter avec Matt et Nikki. Ils s'installèrent avec Jamie dans le coin un peu plus intime, sur le canapé et les fauteuils qui entouraient la large table basse en chêne. La table de billard fut prise d'assaut par des résidentes. Rapidement, la pièce devint tellement bruyante que Rachel eut envie de calme et de solitude. Pressée de s'échapper, elle ramassa les verres vides qui traînaient et les emporta dans la cuisine.

L'évier était vide une heure plus tôt lorsque sa mère, en proie à une migraine, était partie se reposer. A présent, il était rempli d'assiettes et de verres, qu'elle commença à ranger dans la machine, savourant sa solitude retrouvée.

Sa journée d'anniversaire avait vraiment été riche en émotions. Elle ne risquait pas de l'oublier de sitôt !

Matt Gunderson. Ici, en personne. Elle avait l'impression de vivre un rêve. Chaque fois qu'il avait laissé son regard bleu azur s'attarder sur elle, tous ses sens avaient réagi. Parfois, quand il penchait la tête, elle retrouvait l'ancien Matt. A d'autres moments, elle ne le reconnaissait plus du tout et se trouvait simplement face à un inconnu qui faisait battre son cœur un peu plus vite.

Elle se promit de faire quelques recherches sur internet avant de se coucher. Juste par curiosité, pour savoir ce que son ancien béguin était devenu. Mais que sa relation avec Nikki soit sérieuse ou pas, elle savait à quoi s'en tenir : apparemment, il avait tourné la page.

Si seulement il ne l'avait pas embrassée : elle aurait alors pu fantasmer et espérer un peu plus longtemps.

— Tu as besoin d'aide ?

La voix de Matt…

Se rendant soudain compte qu'elle était penchée, les fesses en l'air et la tête presque dans lave-vaisselle, elle se raidit puis se redressa.

Lorsqu'elle se retourna enfin, Matt ne lui fit pas croire qu'il n'avait pas regardé ses fesses. Ce qui augmenta encore son malaise.

— J'ai presque terminé, choisit-elle de répondre, de façon aussi assurée que possible.

— C'est ton anniversaire. Tu ne devrais pas faire la vaisselle.

— Ce n'est qu'une journée comme les autres.

Il posa sa bouteille vide sur la table.

— Si je comprends bien, tu as arrêté de compter les jours jusqu'à ton anniversaire sitôt Noël passé.

Touchée qu'il se souvienne de son tic d'enfant, elle esquissa un sourire.

— Tous les enfants attendent leur anniversaire avec impatience ; or, je ne suis plus une enfant. J'ai passé l'âge.

— Non, répondit-il d'une voix sensuelle. Tu n'es en effet plus une enfant.

Gagnée par la nervosité, elle attrapa un torchon. Elle avait besoin de s'occuper les mains pour tenter de se calmer, de se maîtriser. Sinon, elle risquait de perdre la tête.

— Veux-tu une autre bière ? lança-t-elle.

— J'en ai déjà bu deux, c'est assez.

— J'imagine que tu dois te surveiller ; pour être toujours en forme.

C'était une remarque innocente, mais elle ne put néanmoins s'empêcher de laisser son regard s'attarder sur ses puissants biceps. Aussitôt, sa raison la rappela à l'ordre, et elle leva les yeux vers lui.

— Où est Nikki ?

— Elle discute avec tes frères et Jamie. Cole a trouvé

une fiancée vraiment charmante. Je peux voir combien elle le rend heureux, il irradie de bonheur.

— C'est vrai, Jamie est une fille fantastique. Je suis heureuse qu'elle soit ici. Attends, fit-elle, soudain en alerte. Tu as laissé Nikki avec Trace ? Mais tu es fou !

— Elle est assez grande pour se défendre.

— Oui, mais…

Elle détourna le regard, soudain mal à l'aise d'aborder le sujet. Matt posa un doigt sur son menton et l'obligea à tourner la tête.

— Il n'y a rien entre Nikki et moi, Rachel. D'accord ?

— Ce ne sont pas mes affaires.

Elle pensait ce qu'elle venait de dire, et pourtant la curiosité la dévorait. Elle ne put s'empêcher de reprendre :

— Dans ce cas-là… Pourquoi l'as-tu amenée ici ?

— C'est compliqué.

— Je comprends.

Ils étaient vraiment proches l'un de l'autre. Sans doute aurait-elle dû reculer, mais son corps ne semblait plus lui répondre. Son esprit était trop occupé à se demander pourquoi il avait tenu à lui expliquer sa relation avec Nikki.

— Tu ne me dois aucune explication, Matt.

— Il y en a pourtant une bonne. Mais ce n'est pas à moi de décider de te la dire. Et toi ? Tu as quelqu'un dans ta vie ?

— Ici ? A Blackfoot Falls ? Bien sûr que non !

Aussitôt ces mots prononcés, elle regretta le ton condescendant qu'elle avait utilisé. Ses frères, Matt et de nombreux autres hommes bien étaient nés ici. Ils ne méritaient pas un tel mépris.

— Et ailleurs ?

— Non plus, admit-elle en serrant le torchon entre ses mains.

— Honnêtement, je ne pensais pas te voir ici.

— Ce point aussi est compliqué.

Une lueur amusée dansait dans le beau regard de Matt.

— Je suis sérieuse !

— On dirait que nous avons beaucoup de choses à rattraper, répondit-il en repoussant une mèche de cheveux qui venait de glisser sur ses yeux. Tu es une femme aux cheveux violets désormais, tu n'es plus la même…

Zut, elle avait complètement oublié ses cheveux ! Néanmoins, l'humour de Matt la fit sourire.

— L'année dernière, j'avais opté pour le rose.

— Combien de temps tient la teinture ?

— Tout dépend combien de temps j'ai envie de faire enrager Cole et Jesse, ou combien de temps je peux supporter les sarcasmes de Trace.

Pour toute réponse, il lui sourit, provoquant une flambée de chair de poule sur tout son épiderme. Elle reconnaissait ce sourire : c'était celui qu'il lui réservait lors de leurs escapades secrètes à Mill Creek. C'était là qu'ils s'étaient embrassés pour la première fois. S'en souvenait-il ? Même si ce n'était pas forcément un bon souvenir pour lui : elle manquait cruellement d'expérience à l'époque.

Et si c'était pour cette raison qu'il ne l'avait embrassée que sur la joue, tout à l'heure ? Parce qu'il avait un mauvais souvenir…

Embarrassée, elle se racla la gorge et recula. Tout à coup, elle avait honte.

— Tu as grandi, lui fit-elle remarquer pour s'aventurer sur un terrain plus sûr.

— Dans mon souvenir, Trace et moi mesurions exactement la même taille lorsque je suis parti. Il m'a dépassé, aujourd'hui.

— Mes frères sont des géants, c'est dans les gènes des McAllister.

Elle ferma la porte du lave-vaisselle avant de poursuivre.

— Selon l'histoire de la famille, les hommes McAllister mesurent toujours au moins un mètre quatre-vingt-cinq.

— C'est ce que doit mesurer Trace. Je mesure un mètre quatre-vingt-deux, et il n'est pas beaucoup plus grand que moi.

Pourquoi cette conversation sans intérêt ? se demanda soudain Rachel. Elle se doutait bien que Matt ne se sentait pas inférieur parce qu'il mesurait quelques centimètres de moins que ses frères. Etait-ce possible qu'il soit lui aussi troublé ?

Ne sachant rien de l'homme qu'était devenu Matt, elle ne pouvait imaginer ce qu'il pensait. Cela la rendait un peu triste, d'ailleurs. Qui savait comment le succès l'avait transformé ? Il était un champion aujourd'hui, il avait gagné beaucoup d'argent, la gloire…

Elle laissa la conversation s'éteindre d'elle-même et rinça l'évier. Lorsqu'elle se retourna, Matt était appuyé contre la table et la regardait.

— Tu ressembles beaucoup à ta mère, remarqua-t-il d'une voix caressante. Petite et…

— Je ne suis pas petite, je mesure un mètre soixante-cinq !

— Doucement, Rachel, ce n'était pas une critique.

Elle allait répliquer vertement lorsque Nikki et Jamie entrèrent dans la cuisine, portant des verres et des bouteilles vides.

Elle sourit, se forçant à masquer sa déception à l'idée que son tête-à-tête avec Matt était terminé. Elle devait plutôt se réjouir d'avoir pu l'avoir juste pour elle pendant un petit quart d'heure.

— Tu recycles ? lui demanda-t-il comme si de rien n'était, en attrapant la bouteille vide que tenait Nikki.

Pour toute réponse, elle se contenta de lui montrer d'un geste un bac bleu, près de la porte. Non seulement la question était banale, mais le ton qu'il venait d'employer était trop froid et détaché à son goût.

Aurait-il changé au point de lui avoir menti concernant sa relation avec Nikki ?...

— Tu as tout rangé ? s'étonna Jamie en posant les verres dans l'évier. Mais arrête, Rachel, tu n'es pas censée travailler aujourd'hui !

— Je sais, mais Barbara a la migraine alors j'ai un peu avancé dans le rangement.

— Je peux t'aider ? proposa Nikki.

— C'est gentil, mais ça ira. Le lave-vaisselle est plein. Je vais le faire tourner pendant que nous retournons dans le salon.

Matt posa les bouteilles vides dans le bac bleu.

— Je voulais saluer ta mère, Rachel, lui annonça-t-il. Pourras-tu lui dire que je repasserai ?

— Bien sûr.

Elle se força à ne pas avoir l'air trop surprise. Elle ignorait que Matt et sa mère se connaissaient suffisamment pour qu'il lui rende visite.

— Je peux aller la chercher tout de suite, si tu es pressé.

— Non, pas la peine. Je vais être dans les parages pendant un moment.

A ces mots, elle vit Nikki adresser un regard surpris à Matt. A l'évidence, la jeune femme avait d'autres projets...

5

— Elle ne t'a pas oublié, lui lança Nikki sitôt qu'ils quittèrent le ranch de Sundance.

— Qui ?

— Arrête de faire l'innocent, Matt ! Tu sais très bien que je parle de Rachel. D'ailleurs, cette fille me plaît bien. Je la trouve jolie, sympathique… Bref, tu as ma bénédiction.

— Quel soulagement ! rétorqua-t-il d'un ton sec.

Les bières qu'il avait bues ne l'avaient pas décontracté. Au contraire, il se sentait maintenant énervé, irritable, tendu, et il ignorait pourquoi. Tout ce qu'il savait, c'était que la remarque de Nikki avait encore accru son agacement.

— Pour ta gouverne, sache qu'elle n'avait que seize ans lorsque je suis parti.

— Si je comprends bien, tu n'as jamais dansé le boogie-woogie avec elle ? ironisa sa sœur.

— Tu ne m'as donc pas écouté ? Rachel avait seize ans !

— Je vois donc que mon frère est un homme de prin-cipes. Si seulement je pouvais en trouver un comme toi…

Il se détendit un peu et laissa échapper un petit rire.

— Attention à ce que tu espères. J'ai cru que les yeux de Trace allaient sortir de leurs orbites lorsqu'il t'a vue !

— Il est beau, mais… Non merci. J'ai déjà eu des aven-tures avec des hommes comme lui, et je n'en veux plus.

— Tu en es sûre ? Parce que tu ne t'es pas vraiment montrée claire…

— Tu es vraiment un abruti !

Amusé, il sourit. Il connaissait le goût de sa sœur pour les injures en tout genre.

— Je crois que tu te trompes sur Trace, affirma-t-il.

— Tu rigoles ? N'as-tu pas vu comment il flirtait avec les deux autres femmes ?

— C'était la blonde qui flirtait, pas lui. Lui était simplement poli.

— De toute façon, cela n'a aucune importance, murmura-t-elle avant de tourner la tête pour fixer le paysage nocturne.

Il ne répondit pas et laissa le silence s'installer.

— Sommes-nous encore loin ? lui demanda-t-elle au bout de quelques minutes.

— Encore un quart d'heure.

— Veux-tu aller au Watering Hole ?

— Si tu repousses sans cesse ta rencontre avec Wallace en allant te réfugier dans les bars, tu risques de finir alcoolique !

— Cela m'est égal.

— A vrai dire, je ne suis pas impatient de le voir non plus.

— Je sais.

En effet, il ne s'en était jamais caché. Nikki alluma la radio, comme pour se changer les idées, mais n'obtint qu'un désagréable grésillement. La radio ne fonctionnait pas très bien à l'est de Kalispell. Il le lui avait déjà dit tout à l'heure.

— Tu n'entendras rien ici, désolé.

Manquant d'air, il déboutonna son col. Il était toujours aussi nerveux et agité. Il ne cessait de repasser les événements de la soirée dans sa tête.

— J'ai enfin compris, pour le gâteau au chocolat, dit-il.

— De quoi parles-tu ?

— Tu détestes le gâteau au chocolat et je m'étonnais que tu en veuilles, mais j'ai fini par comprendre. Tu voulais simplement me laisser un peu de temps seul avec Rachel.

— C'est gentil de ma part, non ? répondit-elle en continuant à manipuler la radio.

— Si tu es aussi gentille que tu le prétends, éteins cette radio. Ce crépitement m'énerve.

— Tu es la seule personne que je connaisse qui ne possède pas de lecteur de CD ou MP3 dans sa voiture, Matt.

Il ne répondit pas. Les yeux rivés sur le pinceau de ses phares qui déchirait la nuit noire, il laissa les souvenirs revenir à lui.

— Rachel et moi étions amis autrefois. Nous avions l'habitude de nous retrouver pour aller nager dans une crique.

— Elle avait un faible pour toi ?

— Disons que… Nous nous appréciions mutuellement. Mais nous étions simplement amis.

— Vous ne vous êtes jamais embrassés ?

Cette question attisa sa nervosité.

— En quoi cela te concerne-t-il ?

— Cela ne me concerne pas, mais je suis curieuse.

— Bon, si tu veux tout savoir, oui, nous nous sommes déjà embrassés. Tu es contente ?

— Avec la langue ?

— Bon Dieu, Nikki !

— D'accord, d'accord, j'arrête de t'embêter.

Il esquissa un sourire puis replongea dans ses souvenirs.

— Tu t'entendrais très bien avec Rachel. Comme elle, tu es têtue comme une mule. Il y a dix ans, elle m'a harcelé pendant des semaines pour que je l'accompagne à Mill Creek, et j'ai fini par céder. C'est un miracle que Wallace ne nous ait jamais vus, sinon…

— Sinon quoi ?

En entendant la question de Nikki, il regretta d'avoir parlé de son paternel. Nikki savait que Wallace n'avait pas été un bon père, ce n'était pas la peine de lui dire à quel point. D'un autre côté, cela l'aiderait sans doute si elle comprenait qu'elle n'avait rien manqué en ne grandissant pas à ses côtés.

— Wallace était très strict. Je n'avais pas le droit de sortir avec mes amis ou d'avoir la moindre activité. Sitôt le lycée terminé, je devais rentrer au ranch et me mettre au travail.

— Ce n'est pas être strict, cela. C'est être méchant ! Pouvais-tu au moins inviter des amis chez toi ?

— Non.

— Même Cole et Trace ? Vous étiez pourtant amis.

Il tourna en direction du ranch et, instantanément, l'air devint plus lourd dans la voiture. La nervosité de Nikki était telle qu'il avait l'impression qu'il pouvait la toucher.

— Cole et Trace étaient très sportifs, ils avaient de nombreuses activités donc ils n'étaient pas souvent libres. Mais c'était sans doute pour le mieux, car Wallace déteste les McAllister.

— Pourquoi ? Je les ai trouvés plutôt sympathiques.

— Je ne sais pas trop. Peut-être est-il jaloux.

Il aperçut enfin les bâtiments du Lone Wolf au loin et il ralentit.

— Nous arrivons.

— Je sais, répondit-elle d'une petite voix, mais je ne suis pas sûre d'avoir envie de le rencontrer.

Il ne pouvait pas lui en vouloir… Il ne répondit pas et continua à rouler. Au loin, il apercevait les lumières du dortoir. Sans doute les ouvriers agricoles étaient-ils en train de jouer aux cartes ou de discuter. Ou bien de se demander pourquoi le fils de leur patron était revenu dans le Montana.

En revanche, la maison principale semblait plongée dans l'obscurité, et la voiture de Wallace était invisible.

Il était parti.

— Quelle est cette délicieuse odeur que je sens ? lança Trace en entrant dans la cuisine.

Rachel releva la tête et sourit à son frère.

— Ne serait-ce pas l'odeur de tes fameuses lasagnes ? reprit-il.

Il ne s'était pas trompé, elle avait bien préparé un plat de lasagnes. Mais il était hors de question qu'il y touche.

— Tu devrais être dans le pré avec les chevaux au lieu d'être ici dans la cuisine. Il n'est même pas encore midi.

Trace ne répondit pas. Enlevant ses gants de travail, il regarda autour de lui, examina la cuisine comme s'il cherchait quelque chose.

— Où sont-elles, Rachel ? Où sont tes lasagnes ?

— Cela ne te regarde pas. Elles ne sont pas pour toi.

— On dirait que quelqu'un est de mauvaise humeur ici.

Pas vraiment, elle était simplement pressée. Mais il était vrai qu'elle aurait pu être plus joviale.

— Veux-tu déjeuner ?

— Tu me proposes des lasagnes ?

— Non. Si tu veux tout savoir, j'ai préparé ces lasagnes pour Matt et Nikki.

— Ils viennent déjeuner ?

— Non, je vais leur apporter.

— Au ranch ?

— Oui.

Sans doute Trace allait-il la traiter de folle ou d'inconsciente mais, personnellement, elle n'avait jamais eu de problème avec Wallace Gunderson.

— Pourquoi fais-tu cela, Rachel ?

— A ton avis ? Je suis une fille gentille, c'est tout.

Si elle était parfaitement honnête avec elle-même, ce n'était pas l'unique raison... Elle avait très envie de revoir Matt.

— Je vais y aller avec toi, Rachel. Donne-moi juste une minute que je me change.

— Non.

Elle ne voulait surtout pas que son frère vienne avec elle.

— Je n'ai pas besoin d'un garde du corps.

— Je sais, mais je serai heureux de revoir Matt.

Trace était un garçon sympathique, il avait de nombreuses qualités, mais il ne savait pas mentir.

— Je sais bien que tu cherches un moyen d'échapper aux leçons d'équitation.

— Tu as tort, Rachel. Et, pour ton information, sache que j'ai déjà confié cette mission à Josh.

— Génial ! Grâce à toi, Cole va encore me reprocher d'employer les ouvriers agricoles pour des missions liées à l'activité hôtelière.

— Ne t'inquiète pas, il ne sera pas fâché. Je te le promets.

Son frère s'essuya les mains avant de reprendre.

— Pourquoi es-tu aussi fébrile, Rachel ? Est-ce à cause de Matt ?

— Bien sûr que non, répondit-elle en rangeant la vaisselle.

Elle n'avait aucune intention de discuter de Matt avec son frère.

— Je me souviens que tu avais un faible pour lui, autrefois, poursuivit-il.

En entendant ces mots, elle se raidit. Sa première impulsion lui commanda de nier en bloc, mais elle hésitait. Après tout, c'était de l'histoire ancienne.

— Non, finit-elle tout de même par répondre.

— Bien sûr que si ! Nous le savions tous.

— Vraiment ? Et moi qui pensais que j'avais été discrète. De toute façon, cela n'a aucune importance aujourd'hui. Il est avec Nikki.

— Ils ne sont qu'amis, affirma Trace.

Elle avait passé la moitié de la nuit à réfléchir aux mots prononcés par Matt la veille au soir. Elle le croyait lorsqu'il affirmait qu'il n'était pas en couple avec Nikki et, pourtant, elle percevait un lien puissant entre eux, un lien qu'elle ne parvenait pas à s'expliquer.

— Il ne couche pas avec elle, si c'est ce qui te dérange, ajouta son frère d'un ton rassurant.

— Rien ne me dérange. Mais comment le sais-tu ?

— C'est une intuition. Si tu poses la question à Cole, il te répondra la même chose.

— Jamais je ne poserai la question à Cole !

Elle lança un coup d'œil inquiet en direction de la salle à manger, mais il était trop tard pour se demander si quelqu'un était en train de les espionner.

— N'en parle à personne, insista-t-elle. Ne parle de rien, s'il te plaît.

— Ne t'inquiète pas, je serai muet comme une tombe.

Elle esquissa un sourire. Elle adorait son frère — du moins quand il ne la faisait pas enrager.

— C'est gentil. Pour te remercier, je te préparerai des lasagnes demain. Juste pour toi.

— J'y compte bien.

— En attendant, je vais au ranch Gunderson, seule, et…

Elle s'interrompit et hocha la tête. Elle venait d'avoir une intuition.

— Tu insistes car tu as envie de revoir Nikki, n'est-ce pas ?

— C'est vrai que cela ne me dérangerait pas de la revoir, répondit Trace en sortant un cookie de la boîte à gâteaux.

Voilà une information intéressante qu'elle pourrait monnayer à l'avenir… En attendant, elle préférait laisser tomber le sujet. Son esprit était trop occupé par Matt.

Elle ne cessait de repenser au moment qu'ils avaient partagé dans la cuisine, à l'alchimie qu'elle avait cru ressentir. Si Nikki n'était pas un obstacle, elle allait devoir réfléchir à ce qu'elle ferait si elle se retrouvait une nouvelle fois seule avec Matt. Le problème était qu'ils ne se trouvaient pas à Dallas : elle n'était pas libre comme l'air. Elle devait rester disponible pour les clientes et n'avait par conséquent que peu de temps à consacrer à sa vie privée.

En plus, même dans un lieu public, une discussion avec Matt risquait d'alimenter les rumeurs et au ranch et à Blackfoot Falls…

La résidence Gunderson était en bon état, mais moins imposante que dans son souvenir. Rien d'étonnant à cela : elle n'était pas revenue au ranch depuis le départ de Matt. Apparemment, les volets avaient été remplacés récemment et les fenêtres repeintes.

Elle gara la voiture de sa mère à côté du 4x4 de Matt, devant la maison. Elle ne voyait pas la voiture de Wallace, mais cela ne voulait pas dire que le vieil homme n'était pas chez lui. Il possédait une voiture neuve, alors peut-être la rangeait-il dans le garage. A moins qu'il ne l'ait prêtée à un de ses employés. Elle avait en effet entendu dire qu'il conduisait de plus en plus rarement et que, quand c'était le cas, il était toujours accompagné par un de ses hommes.

Elle n'aimait pas Wallace, mais cela ne l'empêchait pas d'avoir de la peine pour lui. L'homme était veuf depuis trois ans et avait dû avoir du mal à se remettre de la mort de sa femme. Lorsque son père à elle avait succombé à un cancer, elle se souvenait que sa mère avait eu les pires difficultés à remonter la pente.

Elle sortit de la voiture, fit le tour jusqu'à la portière passager et attrapa le plat de lasagnes.

Deux ouvriers agricoles qui travaillaient dans le pré la saluèrent d'un geste de la main ; elle leur répondit de la même façon, même si elle ne les connaissait pas. Autrefois, elle connaissait tout le monde à Blackfoot Falls. Ce n'était plus le cas aujourd'hui, loin de là.

Remontant l'allée, elle frissonna. Ce n'était pas dû au froid. L'hiver était étonnamment doux cette année, mais cela n'avait pas eu de conséquences négatives sur les réservations du bed and breakfast. Au contraire, les clientes étaient toujours plus nombreuses ; sans l'aide de Jamie, elle n'aurait bientôt plus aucune vie, elle ne ferait que travailler.

Le plat sous le bras, elle se recoiffa avec les doigts puis se racla la gorge avant de frapper à la porte.

Quelques secondes plus tard, Matt lui ouvrit.

En le voyant enfin, avec son jean noir et sa chemise ouverte, elle ne put s'empêcher de sourire. Il était aussi beau qu'un dieu grec.

— Salut, marmonna-t-elle d'une voix émue, incapable de quitter son torse puissant du regard.

— Entre, répondit Matt en reculant.

Elle essuya ses bottes sur le paillasson puis avança.

— Je ne vais rester qu'une minute.

— Ne t'inquiète pas, Nikki est dans sa chambre et Wallace n'est pas rentré de la nuit. Je viens de préparer du café. En veux-tu une tasse ?

— Oui, volontiers, répondit-elle en laissant son regard s'attarder sur sa peau ferme et imberbe.

— Désolé de te recevoir ainsi, je sors de la douche.

— Voilà pour toi, rétorqua-t-elle tout de go en lui tendant les lasagnes alors qu'il commençait à se boutonner.

— Qu'est-ce que c'est ? demanda-t-il en prenant le plat, renonçant par conséquent à fermer sa chemise.

— Le dîner ; ou bien le déjeuner, comme tu veux. Je les ai préparées ce matin.

Elle se força à se détourner les yeux, à ne pas le manger du regard, et pourtant elle en mourait d'envie.

— Tu n'auras qu'à glisser le plat dans le four.

— Merci. Enlève ton manteau et viens dans la cuisine.

Elle le suivit sans attendre. Elle ne voulait surtout pas lui laisser le temps de fermer sa chemise…

Elle avait conscience de se comporter comme une midinette, comme une adolescente enamourée. Mais on était en février, et elle doutait avoir l'occasion de voir Matt torse nu prochainement. Elle voulait donc en profiter pendant que c'était encore possible. Incapable de résister à la tentation, elle l'examina avec attention.

Matt posa le plat sur la table puis se retourna. Instantanément, la nervosité la gagna et, gênée, honteuse même, elle fit semblant d'avoir le bras coincé dans la manche de son manteau.

— As-tu besoin d'aide, Rachel ?

— Non, c'est bon.

Ignorant sa réponse, il l'aida à retirer son manteau. Peut-être avait-il deviné qu'elle faisait semblant. En tout cas, il n'en laissa rien paraître. Il posa son manteau sur une chaise puis laissa son regard azuré s'attarder sur son pull vert.

— Tu le remplis bien, finit-il par murmurer avec malice.

— Je pensais exactement la même chose à ton propos, rétorqua-t-elle.

Puis elle continua son examen, plus détendue à présent qu'il lui avait avoué avoir maté sa poitrine… Elle remarqua deux cicatrices sur son flanc. Il dut sentir son regard car, tout à coup, elle eut l'impression qu'il devenait nerveux. Aussitôt, il commença à boutonner sa chemise.

— J'ai eu quelques accidents, expliqua-t-il comme s'il devinait sa curiosité. Les taureaux ne sont pas toujours très tendres. D'ailleurs, je crois qu'il est temps que je change de métier.

Elle était étonnée. D'après ce que lui avait dit Trace, Matt était un champion du rodéo ; généralement, les champions ne prenaient jamais leur retraite : ils déclinaient et d'autres prenaient leur place. A moins que…

— Tu vas bien, n'est-ce pas ? lui demanda-t-elle, soudain inquiète.

— Ce n'est rien. Elles sont plus laides que méchantes.

— Je ne parlais pas des cicatrices.

Elle effleura sa main, et il se raidit, renonçant à fermer les derniers boutons du bas.

— Et elles ne sont pas laides.

Elle passa un doigt sur la première des cicatrices et sentit instantanément tous les muscles de Matt se tendre.

— Rachel, murmura-t-il d'une voix aussi faible qu'un souffle. Que fais-tu ?

Jusqu'où allait la cicatrice ? Elle avait envie de savoir, mais n'osait pas aller voir. Elle mourait aussi d'envie d'embrasser la peau rosée, mais elle se retint.

— Dis-moi la vérité, Matthew. Tu vas bien ?

— Oui, je te le promets.

Il se tut, mais continua à la dévisager. Rachel ne détourna pas le regard. Elle se noya au contraire dans l'azur infini de ses yeux.

— Les rodéos de Houston n'ont-ils pas lieu en février et mars ? reprit-elle enfin.

Elle se força à retirer sa main. Et pourtant elle n'en avait aucune envie. Elle voulait continuer à le caresser, à le toucher, à s'enivrer de l'envoûtante odeur de pin de son savon. Elle voulait le redécouvrir — le découvrir, plutôt, corrigea-t-elle intérieurement.

— Trace m'a dit que tu avais gagné de nombreux titres, ces dernières années.

— Que veux-tu dire ?

Il semblait à cran et, aussitôt, elle regretta ses mots.

— Pourquoi es-tu dans le Montana et non au Texas alors que la saison des rodéos va recommencer ?

— Je ne peux pas te forcer à me croire, Rachel, mais je vais bien, répondit-il en reculant et en finissant de boutonner sa chemise. Je suis simplement revenu car j'avais des affaires à régler. Mais je participerai prochainement à des rodéos au Texas.

— Je te crois, Matt. Je te crois, mais… J'ai tapé ton nom sur Google ce matin et…

Il la coupa en lâchant un long soupir. Il leva les yeux au ciel, en apparence fâché.

— Je n'ai rien fait de mal ! Ce n'est pas comme si j'avais lu ton journal intime.

— Google, Facebook, Twitter… J'en ai vraiment marre d'internet.

— C'est vrai qu'internet est parfois un peu chronophage, mais j'aime bien les réseaux sociaux.

— Pas moi. Je ne suis qu'un pauvre cow-boy, répondit-il d'un ton las en sortant le lait du réfrigérateur. Que je gagne ou que je perde, pourquoi le public devrait-il s'intéresser à ma vie privée ? Tout cela m'échappe.

Elle avait lu plusieurs articles concernant le début de sa carrière, des articles qu'il voudrait sans doute voir disparaître de la Toile. Mais sa réaction ne faisait qu'accroître sa curiosité. Elle pourrait l'interroger, bien sûr… Mais, à voir sa nervosité, elle devinait que ce ne serait pas une bonne idée.

Alors, elle se contenta de mettre un sucre dans son café.

— Ce qui m'attriste, c'est que pendant toute la durée de mes études tu as participé à des rodéos à Dallas. Tu ne m'en as jamais informée…

A ces mots, il se figea. Il semblait perdu.

— Serais-tu venue me voir si tu l'avais su, Rachel ?

— Evidemment !

Il posa la bouteille de lait puis s'appuya contre le plan de travail et riva son regard au sien.

— Dis-moi la vérité. Tu serais vraiment venue ? Même après la façon dont j'ai quitté Blackfoot Falls ?

6

Rachel hocha la tête. Elle semblait réfléchir très sérieusement à sa question, ce qui lui faisait plaisir.

— Oui, finit-elle par répondre. Je serais venue te voir.

C'était une bonne nouvelle. Matt regrettait néanmoins que Rachel n'ait pas été plus spontanée, plus enthousiaste.

Il pouvait toujours insister, lui demander si elle aurait accepté de dîner avec lui, mais il devinait qu'il n'obtiendrait rien de mieux. Après réflexion, c'était sans doute mieux de rester dans le flou.

— Par contre, reprit-elle, je n'aurais pas été à l'aise si je m'étais retrouvée au milieu d'une bande de fans hystériques te lançant leur petite culotte.

— Elles sont folles, marmonna-t-il en remuant son café. Avait-il déjà mis du sucre ? Il ne se souvenait plus.

— Es-tu en train de rougir, Matt ?

— Non.

— Si ! Je le vois.

Elle éclata de rire puis posa une main sur son bras et le serra. Sa température grimpa de quelques degrés.

— Dis donc, tu es vraiment musclé.

— Il faut bien cela pour tenir sur un taureau en furie.

— Je me demande si je n'ai pas raté ma vocation…

Elle n'enleva pas sa main, et il profita de l'instant. Il aimait sentir ce contact sur son bras ; il aimait qu'elle soit si près qu'il pouvait apercevoir ses petites taches de rousseur sur son nez. Il aimait sentir son parfum de miel et regarder ses appétissantes lèvres couleur framboise.

Il aimait tellement cela que c'était la deuxième fois depuis qu'elle avait quitté son manteau qu'il sentait son sexe se réveiller. A cette idée, un sentiment de gêne l'envahit. Si elle baissait les yeux, elle allait forcément voir le renflement de sa braguette, et il mourrait de honte.

— Je suis désolée, Matt, répondit-elle d'un ton qui ne calma pas ses sens. Je ne voulais pas t'embarrasser. Je trouve simplement adorable que tu rougisses.

— Je ne suis pas embarrassé, rétorqua-t-il, piqué au vif.

Au même instant, elle écarquilla les yeux. Elle n'avait pas baissé le regard, elle n'avait donc pas vu son érection. Et pourtant il devinait à sa bouche entrouverte et ses yeux pétillants qu'elle avait perçu son excitation. Elle semblait même avoir envie de vérifier ce qu'il en était…

— Je…, marmonna-t-elle, les joues rouges et la voix hésitante. Et que penses-tu de la douceur de cet hiver ?…

Elle s'interrompit pour éclater de rire, comme si elle avait renoncé à jouer avec lui, comme si elle avait renoncé à faire semblant et se détendait enfin.

— Tu es vraiment terrible, Matt !

— Il y a une minute, tu me trouvais adorable.

— J'ai menti.

Emu, il lui attrapa le poignet puis s'approcha et prit sa joue en coupe dans sa main.

— Tu as toujours vu le meilleur en moi, Rachel. Toujours. Tu m'as toujours compris mieux que personne.

— Matt… Tu m'as brisé le cœur.

Il vit des étincelles de mélancolie envahir son beau regard émeraude et il devina qu'elle aurait aimé ne pas avoir prononcé ces mots. D'ailleurs, lui aussi regrettait qu'elle les ait prononcés.

Il n'avait jamais su comment elle avait réagi à son départ,

mais il s'était interrogé, il s'était posé des questions. Il avait aussi essayé de se trouver des excuses.

— Tu étais si jeune…, finit-il par avancer.

C'était une excuse facile ; c'était néanmoins la vérité : elle était jeune. Malgré tout, il savait qu'il s'était conduit comme un lâche et, aujourd'hui encore, il s'en voulait.

— Oui, j'étais jeune, acquiesça-t-elle en haussant les épaules. Seize ans, c'est l'âge des cœurs brisés, des premières amours… Enfin, ça l'était à l'époque. Aujourd'hui, c'est plutôt treize ans.

— Les temps changent, les femmes aussi.

— Tu dis cela comme si c'était mal, répondit-elle d'un ton malicieux.

Elle avait toujours aimé blaguer avec lui, se moquer de lui. Autrefois, elle le faisait souvent rougir, ce qui avait tendance à l'énerver. Malgré tout, il ne pouvait rester longtemps loin d'elle. Elle l'attirait comme un aimant.

Matt prit son café et s'approcha de la table de la cuisine. Il avait besoin de s'asseoir pour se remettre de ses émotions. Même si son corps semblait avoir compris que sa relation avec Rachel était mal partie, il refusait de tenter le diable et de risquer de mettre sa libido au supplice.

La jeune femme méritait sans doute qu'il lui donne des explications pour son départ, mais ce n'était pas le moment : Nikki était en haut et Wallace risquait d'arriver d'une minute à l'autre. Ignorant quoi faire, quoi dire, il se contenta de la regarder discrètement par-dessus sa tasse.

— Je devrais y aller, finit-elle par lui annoncer en se levant. Je tombe mal.

— Pourquoi dis-tu cela ?

— Tu n'as pas encore vu ton père, et j'imagine que tu ne veux pas de témoin lorsqu'il arrivera.

— En fait, je l'ai déjà vu, lui avoua-t-il en repensant au vieil homme ivre allongé sur le canapé.

— Je croyais… J'ai dû mal comprendre.

— Techniquement je l'ai vu, mais nous n'avons pas pu discuter puisqu'il était ivre mort lorsque je suis arrivé.

— Je suis désolée, Matt. Tu as dû être très déçu.

— Non, et je n'étais pas surpris non plus. Le bon point, c'est que cela a permis à Nikki de s'installer tranquillement.

Il regretta d'avoir évoqué sa sœur quand il remarqua que la curiosité teintait le regard de Rachel. Il se doutait qu'elle se posait des questions sur sa relation avec Nikki. Que celle-ci rencontre enfin Wallace aujourd'hui ou pas, il avait envie de tout avouer à Rachel. Maintenant que Nikki avait rencontré les McAllister, sans doute ne lui en voudrait-elle pas, mais… Non, la décision ne lui revenait pas.

— Ne m'en veux pas si tu trouves que je me mêle de ce qui ne me regarde pas, Matt, mais je veux que tu saches que si l'ambiance devient trop pesante ici nous avons de la place pour toi et Nikki au Sundance.

— C'est gentil, mais nous ne resterons pas longtemps.

— Je déteste cela, répondit-elle avec une pointe de déception dans la voix.

— De quoi parles-tu ?

Sa réaction le touchait, mais il se força à afficher un visage impassible et à refouler ses émotions.

— Je suis heureuse de te revoir, de savoir que tu vas bien et que tu n'as pris pas la grosse tête, mais triste que tu aies vu ton père dans ces conditions.

— Tu craignais vraiment que j'attrape la grosse tête ?

— Ne fais pas l'innocent. Trace m'a dit que tu possèdes un des meilleurs palmarès de tous les temps.

— C'est gentil de la part de Trace de suivre ma carrière. J'aime beaucoup tes frères ; je regrette de ne pas les avoir mieux connus lorsque j'étais plus jeune.

Elle lui adressa un sourire triste qui le bouleversa.

— Ton père, lui, n'a pas beaucoup de fans, reprit-elle.

— Ne t'inquiète pas à son sujet, la coupa Matt, conscient de l'amertume de son ton. Il n'a que ce qu'il mérite.

La sympathie qu'il voyait dans le beau regard de Rachel le mettait en colère. Il ne voulait pas qu'elle ait de la peine pour Wallace. Il ne le méritait pas. Lui ne ressentait ni haine ni amour pour son père, rien que de l'indifférence. D'ailleurs, il n'était même pas sûr que Wallace se souvenait qu'il avait un fils.

— Ecoute, fit soudain Rachel en posant la main sur la sienne. Je sais que ton père est malade. Je ne sais pas si c'est lié à son alcoolisme ou pas, mais je veux juste que tu saches que je trouve admirable que tu aies réussi à oublier vos différends pour venir le voir. C'est tout. Maintenant, je te promets de ne plus aborder le sujet.

Matt desserra le poing. La caresse de Rachel l'avait apaisé un peu. De quoi était-elle au courant ? se demanda-t-il soudain. Sa mère lui avait-elle parlé ? Non. Plus il y réfléchissait, plus il avait l'impression qu'elle ignorait tout, comme la plupart des habitants de Blackfoot Falls.

Ce n'était pas pour son père qu'il était revenu, et Rachel le comprendrait bien assez tôt. En attendant, il était touché qu'elle ait une si haute opinion de lui. Même lorsqu'elle n'était qu'une adolescente, elle l'avait toujours défendu bec et ongles contre Wallace. Et elle ne lui avait jamais reproché de ne pas lui tenir tête.

Pour le bien-être de sa mère, il s'était forcé à ne jamais perdre son calme, même lorsqu'il aurait eu l'âge de faire mal à son père, de le rouer de coups jusqu'à ce qu'il lui demande pardon. Oui, il aurait été capable de battre le vieil homme. Mais il s'était contrôlé, jusqu'à ce qu'il n'en puisse plus. S'il n'était pas parti, leur relation aurait dégénéré. Cela l'aurait certes soulagé — momentanément du moins —, mais cela n'aurait fait que blesser sa mère. Or, il s'y était toujours refusé.

Il revint brusquement au présent en entendant Rachel se racler la gorge.

— Te souviendras-tu de la température pour réchauffer les lasagnes ou veux-tu que je l'écrive ?

— Tu ne pars pas déjà, quand même ?

— Tu sembles avoir pas mal de choses en tête…

— Je suis désolé. C'est juste que ça me fait bizarre d'être ici.

— Je ne me vexerai pas si tu préfères être seul, Matt. Je comprendrai.

— J'ai envie que tu restes, répondit-il avant de reculer sa chaise, la faisant grincer contre le carrelage.

— Que ce bruit est désagréable ! Si tu l'avais fait chez moi, tu aurais été de corvée de vaisselle pendant une semaine !

— Ta mère est sévère, dis donc.

— Ce n'est pas sa règle, c'est la mienne.

Amusé, il éclata de rire. Rachel savait toujours comment lui changer les idées.

— J'imagine que tu n'avais pas le choix si tu voulais te faire respecter par tes frères.

Il but une gorgée de café et grimaça. Le breuvage était froid. Il alla vider sa tasse dans l'évier. Rachel se leva pour l'aider, alors qu'il lui avait dit de rester assise.

Devant l'évier, ils ne parlèrent pas, ils fixèrent tous les deux la vaisselle jusqu'à ce qu'elle trouve une éponge et commence à nettoyer le plan de travail. Sa présence le ramenait dix ans en arrière.

Si à l'époque Rachel s'était posé des questions sur son attitude passive face à la sévérité de son père, elle ne lui en avait jamais parlé. Elle ne l'avait non plus jamais jugé. Après réflexion, cela ne l'étonnait pas : Rachel était une jeune fille bien élevée. Elle avait grandi dans la famille idéale jusqu'à la mort de son père, lorsqu'elle avait quatorze ans.

Il était prêt à parier tout son argent que Gavin McAllister n'avait jamais levé la main sur elle.

Tout le monde dans la région appréciait le père de Rachel et admirait la façon dont il traitait sa famille, la façon dont il travaillait. Barbara et lui avaient donné naissance à une belle génération : trois fils exemplaires et une fille très forte. A son enterrement, tous les habitants de la région pleuraient.

Wallace Gunderson et Gavin McAllister… On ne pouvait trouver deux hommes plus dissemblables. Personne ne viendrait à l'enterrement de Wallace, personne ne pleurerait, à part peut-être Lucy. L'employée de maison était d'une loyauté à toute épreuve, d'une loyauté… étonnante. Soit elle espérait être canonisée, soit elle continuait à travailler par fidélité à la mémoire de sa mère. Il ne voyait pas d'autre explication possible.

Après avoir lavé les tasses, Matt se rassit dans l'espoir que Rachel accepte d'arrêter de récurer le plan de travail.

— Combien de temps as-tu l'intention de rester au Sundance ? demanda-t-il.

Comme elle lui tournait le dos, il ne put voir sa réaction sur son visage. Il l'avait néanmoins vue se raidir.

— C'est une drôle de question. A part pour mes études, j'ai toujours vécu ici.

— Oui, mais le fait d'aller à l'université a dû changer ta manière de voir le monde. Depuis, tu as peut-être de nouvelles envies, de nouvelles ambitions.

Elle se retourna, ouvrit la bouche pour répondre puis la referma. Apparemment, sa question l'avait mise mal à l'aise. Ce n'était pourtant pas son but.

— Tu as l'air heureuse. Je ne sais pas pourquoi je t'ai posé la question. Excuse-moi, Rachel.

— Le bed and breakfast est sous ma responsabilité ; du moins pour le moment.

Il avait compris hier soir que sa présence au Sundance était due au fait qu'elle souhaitait aider sa famille. Elle n'avait pas voulu lui donner de détails, se contentant de dire que c'était compliqué, mais il connaissait Rachel. Elle n'hésitait jamais à se dévouer, à aider les autres, même si cela voulait dire renoncer à ses propres rêves pendant un moment.

Il ne pouvait lui reprocher de ne pas penser à sa vie personnelle pour aider sa famille. La générosité était en effet une des qualités qu'il appréciait le plus chez elle.

— Et ensuite ? Quels sont tes projets à long terme ?

— J'aimerais travailler dans le domaine du tourisme ; j'ai un diplôme de management d'hôtel. C'est ironique, n'est-ce pas ? J'ai appris à gérer les grands hôtels et aujourd'hui je m'occupe de petites chambres d'hôtes familiales au fin fond du Montana.

— C'est une bonne expérience.

— Peut-être…, répondit-elle d'un ton las en se laissant tomber sur une chaise. Ma mère et mes frères n'ont aucune idée de ce que je ressens, alors ne dis rien, s'il te plaît.

— Je serai muet comme une carpe.

Il but une gorgée du café chaud qu'il s'était resservi, déçu de voir que Rachel ne pouvait pas se livrer à sa famille.

— Tu te rendras peut-être compte que tu n'es pas douée pour t'occuper des clients et tu changeras tes projets. J'ai séjourné dans une quantité d'hôtels, et j'ai vu les efforts que les employés devaient faire pour répondre aux besoins des hôtes capricieux.

— Cela fait partie du travail.

— Peut-être, mais je connais ton caractère. Je sais que, toi aussi, tu peux être capricieuse.

Elle esquissa un sourire rêveur.

— Je peux me conduire comme une adulte quand c'est nécessaire.

— La preuve : tu as des cheveux violets.

Elle sembla se retenir pour ne pas éclater de rire.

— Pour ton information, sache que les mèches violettes sont à la mode.

— Voilà une information capitale.

— Je suis sérieuse, Matt !

— Tu ne crois pas que tu risques d'avoir du mal à trouver un emploi de manager avec une telle coiffure ?

— Peu importe, je ne cherche pas de travail en ce moment.

— J'ai entendu dire que les dirigeants des chambres d'hôtes sont beaucoup moins à cheval sur les principes.

Tout en parlant, il la vit retrouver une expression neutre, presque triste. Déterminé à lui faire retrouver le sourire, il tendit la main pour la caresser.

— Tu sais que je ne fais que blaguer, Rachel.

Elle esquissa un sourire, mais pas celui qu'il désirait, un sourire las.

— Tu étais un garçon si gentil autrefois.

— Gentil ? Tu dois me confondre avec quelqu'un d'autre.

Il retourna sa main et plaqua sa paume contre la sienne pour tenter de lui communiquer l'émotion qu'il ressentait.

— De combien de temps penses-tu avoir besoin pour remettre le ranch sur les rails ?

— Tout ira mieux lorsque les cours de la viande se stabiliseront et que le prix du maïs arrêtera de monter.

— En d'autres mots, tu n'as aucune idée.

— Hélas, non.

— Je suis désolé, Rachel, répondit-il tout en se demandant comment il pourrait l'aider. Ta famille ne mérite pas cela.

— Tout le monde a du mal en ce moment.

Il baissa les yeux vers leurs mains jointes. Comment pouvait-il l'aider sans qu'elle le repousse ? Il avait de l'argent. Beaucoup d'argent.

Lorsqu'il avait commencé à bien gagner sa vie, il avait

dépensé sans compter pendant les premiers temps. Des voitures de sport, de belles femmes qu'il invitait dans des endroits chics... Il donnait même des billets à tous ceux qui lui demandaient. Mais un jour un ancien cow-boy de rodéo l'avait remis dans le droit chemin, lui conseillant de penser à son futur. « Sinon, tu finiras en vendant des sandwichs devant les corrals. » Il avait alors suivi son conseil, même si c'était davantage pour prouver à Wallace qu'il était un homme responsable.

Rachel bougea la main puis riva son regard au sien. Elle possédait un regard unique, des yeux d'un magnifique vert émeraude, d'une couleur qui rappelait la campagne du Montana au printemps. Combien de fois s'était-il enfui dans les collines avec Rachel ? A l'époque, il la désirait tant qu'il avait passé de nombreuses nuits éveillé à tenter de maîtriser son désir.

— Tu es bien silencieux, tout à coup. A quoi penses-tu, Matt ?

— Je ne crois pas que tu veuilles savoir.

— Je pourrais te surprendre.

Elle lui adressa un regard sexy, un regard de défi, pour tenter de le convaincre.

— Dis-moi, insista-t-elle.

— Je le ferai si tu viens plus près de moi.

Elle fronça les sourcils, comme si elle se demandait ce qu'il manigançait, puis sourit lorsqu'il recula sa chaise.

— J'espère que tu as une bonne raison de me faire lever, lança-t-elle.

— Je ne crois pas que tu te plaindras...

— Quelle confiance en vous, Matt Gunderson !

— C'est vrai, j'ai confiance.

Il la regarda faire lentement le tour de la table, en effleurant le rebord de ses doigts fins, son regard plongé dans le sien. Elle allait le rejoindre lorsque les chiens se mirent à aboyer dehors.

Elle se figea net.

— Ce n'est rien, répondit-il en reconnaissant les chiens des ouvriers agricoles.

— Ton père est peut-être rentré.

— Rachel…

Ces chiens n'allaient sûrement pas le stopper dans son élan. Désormais, plus rien ne pouvait l'arrêter.

Déterminé, il se leva, attrapa sa main et l'attira à lui.

Elle entrouvrit la bouche de surprise.

Sa peau était si douce dans sa main qu'il ne pouvait pas se retenir. Il devait caresser sa joue.

Il baissa alors la tête, et elle leva la sienne. Leurs bouches se rencontrèrent et, instantanément, son cœur se mit à battre à toute allure dans sa poitrine, comme si un torrent venait de sortir de son lit, bousculant tout sur son passage. Il avait passé la moitié de la nuit à attendre ce moment, presque la moitié de sa vie…

Emu, il referma ses bras autour de sa frêle silhouette, et les mains fines de Rachel resserrèrent leur étreinte. Sa raison l'abandonna. Il approfondit alors leur baiser, savourant la douceur et la sensualité de ses lèvres. Des lèvres qu'il reconnaissait après toutes ces années.

Lorsqu'il glissa sa langue à la rencontre de la sienne, elle ne résista pas. Les feux d'artifice du plaisir se déclenchèrent en lui. Ce baiser-là était une nouveauté pour eux. Rachel était une vraie femme aujourd'hui. Une femme séduisante qui l'attirait et le faisait vibrer.

Impatient de découvrir le reste de son corps, il laissa une main glisser le long de son dos étroit. Il mourait d'envie de caresser ses seins ronds et pleins, de la posséder. Si seulement ils n'étaient pas dans la cuisine…

Soudain, elle rompit l'étreinte.

— Matt… Les chiens…

Il lui sourit et la regarda, si belle avec ses joues roses et ses yeux brillants.

— Ils aboient toujours.

— Je n'ai pas envie de penser aux chiens, répondit-il avant de reprendre possession de sa bouche.

Elle répondit à son baiser puis recula.

— Je dois y aller.

Déçu, il fit un pas en arrière. Il la sentait tendue à présent et devinait que le charme était rompu.

— As-tu un stylo ? demanda-t-elle.

Il n'arrivait plus à réfléchir calmement, mais se souvint qu'autrefois il y en avait toujours un à côté du téléphone. Il alla le chercher et le lui tendit avec le bloc de Post-it.

— Mon numéro, dit-elle simplement. Appelle-moi quand tu veux.

Puis elle sortit de la maison sans même se retourner.

7

Matt constata que Rachel ne s'était pas trompée : les chiens s'étaient bien mis à aboyer parce qu'une voiture s'était engagée dans l'allée. Mais il ne s'agissait pas de Wallace, simplement d'un ouvrier agricole qui rentrait.

La jeune femme quitta néanmoins le ranch. C'était la solution la plus sage car son père finirait bien par rentrer à son tour. En plus, il devait songer à Nikki. Envisager la situation dans son ensemble le rendait terriblement nerveux.

Il venait à peine de retrouver Rachel et il attendait déjà avec impatience leur prochaine entrevue, pour discuter, bien sûr, mais surtout pour l'embrasser. Avec un peu de chance, il la déshabillerait et pourrait partir à la découverte de sa peau laiteuse, de ses courbes affolantes, de ses pleins et déliés.

A l'évidence, il avait sous-estimé les conséquences de ses actes, lorsqu'il l'avait quittée. Heureusement, il savait désormais qu'elle ne l'avait pas oublié ni ne l'avait détesté au motif qu'il s'était conduit comme un lâche. Cette nouvelle le rendait heureux, optimiste, léger, comme si un poids venait de lui être ôté de la poitrine.

Une demi-heure après le départ de Rachel, il aperçut Petey qui se dirigeait vers l'étable. Sans attendre, il sortit.

Aussi loin qu'il s'en souvienne, Petey avait toujours travaillé au ranch. L'homme était renfermé, silencieux, mais droit et honnête. Enfant, il gardait ses distances avec lui : son visage mangé par la barbe l'effrayait un peu, de même que la rumeur qui voulait qu'il ait tué un ours à mains nues. Mais aujourd'hui il savait que ce n'était qu'une légende.

Après avoir quitté Blackfoot Falls, Matt n'avait jamais repensé à Petey, jusqu'à l'enterrement de sa mère. Ce jour-là, vêtu d'un costume marron élimé, l'homme s'était assis au deuxième rang de l'église, juste derrière la famille, alors que les autres ouvriers se tenaient debout à l'arrière. Comme il n'avait plus de barbe, Matt ne l'aurait pas reconnu, mais Petey s'était présenté à lui et, les yeux remplis de larme, lui avait dit combien sa mère était une femme bonne et honnête.

Assis à côté de lui pendant la cérémonie, Wallace s'était lui contenté de fixer le cercueil recouvert de fleurs. Jusqu'à cet instant, il n'avait pas cru pouvoir haïr son père plus qu'il ne le haïssait déjà, mais il s'était sous-estimé. Heureusement, il avait appris suffisamment tôt que la haine rendait les hommes faibles et fous.

— Petey, cria-t-il en accélérant dans l'allée.

L'homme se retourna et le dévisagea.

— C'est bien toi, petit ?

— Tout dépend à quel petit tu fais référence.

— Je parlais d'un bon petit, marmonna l'homme.

— Dans ce cas-là, c'est bien moi, répondit-il en serrant la main que lui tendait l'homme.

— Une star du rodéo comme toi doit serrer la main plus fort, sinon on va te traiter de mauviette !

Matt éclata de rire puis, les souvenirs l'envahissant, fut gagné par le malaise. Il revit le cercueil de sa mère descendant en terre, les larmes de cet homme imposant qui contrastaient avec l'absence de larmes dans les yeux de Wallace.

— Il doit falloir être fort pour tenir sur un taureau en furie, reprit Petey.

— En effet, sinon on risque la mort.

Petey lâcha un petit rire puis promena une main dans

ses cheveux, plus gris qu'autrefois, sans jamais cesser de le dévisager.

— Je ne t'imagine pas en cow-boy, Matt.

Petey n'était pas le premier à lui faire cette remarque. Des journalistes lui avaient dit la même chose dans le passé.

— La rage des Gunderson me coule dans les veines. Ce qui me met à égalité avec les taureaux.

— La douceur de ta mère coule également dans tes veines. Ne l'oublie jamais.

— Je ne l'oublie pas. C'est d'ailleurs ce qui me permet de garder la tête froide et d'aller de l'avant.

— Avant que tu deviennes célèbre, ta mère avait l'habitude de me dire que tu pratiquais l'équitation.

Après l'enterrement, il s'était interrogé sur la relation de sa mère avec Petey. Mais il n'avait posé aucune question à l'époque. Et il n'en poserait aucune aujourd'hui.

— Je ne voulais pas l'inquiéter.

— C'est ce que je me suis dit, fit Petey en remettant son chapeau. Elle s'inquiétait tout de même, comme toutes les mères, mais elle était fière de toi, que tu gagnes ou pas.

— Lorsque j'ai commencé à gagner des compétitions, à faire la une des journaux, je ne pouvais plus lui cacher la vérité. Elle ne m'a jamais félicité ou demandé ce que j'allais faire avec tout l'argent que je gagnais, elle m'a juste demandé si je savais combien le rodéo était une activité dangereuse.

— Elle découpait tous les articles de journaux parlant de toi…

Petey s'interrompit soudain. Tout à coup, il semblait songeur.

— Chaque fois que ta mère parlait de toi, elle rayonnait. Elle était vraiment fière de toi, fière de t'avoir bien élevé.

— Oui, elle m'a bien élevé, répondit Matt, la gorge soudain serrée. Je suis heureux que tu aies été là pour elle.

— Elle nous manque à tous.

Ce n'était pas vrai, songea Matt en se tournant vers la maison. Sa mère ne manquait pas à Wallace, mais ce n'était pas la peine de le mentionner, ni de se fâcher. Il était d'abord là pour Nikki. Il ne devait pas l'oublier.

— Sais-tu où se trouve Wallace ? demanda-t-il alors à Petey.

— Aucune idée. Nous nous parlons rarement.

— Ce n'est pas plus mal.

— Tu ne l'as pas encore vu ?

— Non. Enfin, il était ivre lorsque je suis arrivé hier. Et quand je suis revenu il était parti.

Petey se frotta la barbe, comme s'il hésitait à lui parler.

— Il y a peut-être plus que l'alcool dans son comportement, fit l'homme d'une voix hésitante. Mais, dis-moi, es-tu ici parce qu'il est malade ou bien parce que tu te maries ?

— Je ne me marie pas, je n'en ai que faire s'il est malade, et s'il est seul c'est sa faute. Dis-moi plutôt, Lucy vient-elle souvent ?

— Trois fois par semaine. Elle prépare les repas, vérifie qu'il mange bien. En d'autres mots, elle prend soin de lui, contrairement aux deux abrutis qui le suivent comme son ombre.

— De qui parles-tu ?

— Tu ne les connais pas encore ? Tu finiras bien par les rencontrer. Tony est le moins pire des deux. Le problème, c'est davantage l'autre. Il a mauvais caractère et possède beaucoup plus de muscles que de cervelle.

Cette description ne ressemblait pas à celle des hommes que Wallace avait l'habitude d'embaucher.

— Sont-ils originaires des environs ?

— Non, personne ne les connaît, ils ne parlent à personne. Ils ne quittent pas Wallace d'une semelle, sauf pour aller au Watering Hole.

Il était sur le point de poser d'autres questions à Petey lorsque les chiens recommencèrent à aboyer.

D'un geste de la main, Petey lui montra le 4x4 de Wallace, approchant à toute allure. Celui qui tenait le volant était inconscient de conduire aussi vite ! Son père conduisait plutôt bien, autrefois, mais peut-être avait-il changé sous l'effet de l'alcool.

— Je ferais mieux de retourner travailler, lui annonça Petey en le sortant de sa réflexion. Je suis content de te voir, petit.

— Qui est-ce ? Wallace ?

— A mon avis, il s'agit plutôt de Tony, ou bien de l'autre abruti. Ton père ne conduit plus que très rarement.

Matt regarda le véhicule s'approcher, hésitant à aller prévenir Nikki. Il n'avait pas envie d'avoir de spectateurs lorsqu'il verrait Wallace. Les deux hommes qui « veillaient » sur ce dernier ne l'intéressaient pas. Du moment qu'ils ne faisaient rien de mal, il n'avait pas à se mêler de leur vie.

Finalement, il choisit de rentrer dans la maison.

Les hommes l'avaient sans doute vu, alors il ne lui restait plus qu'à espérer qu'ils ne fassent pas demi-tour, que Wallace ne renonce pas à rentrer. Nikki était tellement nerveuse qu'elle n'accepterait pas d'attendre éternellement.

Partir plus tôt que prévu ne l'aurait pas dérangé, avant hier soir. Mais maintenant qu'il avait revu Rachel il n'en avait plus envie. Elle était si belle avec ses épaisses boucles auburn, son large sourire, ses yeux vert profond et ses taches de rousseur. Elle était magnifique, mais elle était aussi intelligente et généreuse…

Elle avait été témoin de sa peine, de son désespoir, de ses frustrations, mais elle ne l'avait jamais abandonné. Elle l'avait toujours accepté, elle l'avait toujours soutenu. Il devait donc à tout prix régler le problème avec Nikki, le plus vite possible. Ensuite, il serait libre de passer du temps avec Rachel.

Rêveur, il rentra dans la maison puis se positionna derrière la fenêtre de l'entrée et regarda le 4x4 se garer devant l'étable. Wallace avait intérêt à rentrer vite, il ne se sentait vraiment pas d'humeur à patienter.

La porte du conducteur s'ouvrit enfin.

Petey avait raison : ce ne fut pas Wallace qui sortit, mais un homme aussi musclé et carré qu'un taureau de compétition. Il entendit deux autres portières claquer, ce qui voulait dire que Wallace était là.

— Salut.

Il se retourna en reconnaissant la voix de Nikki.

La jeune femme était dans l'escalier, les mains enfouies dans les poches de son jean.

— Tu vas bien ? demanda-t-il, un peu angoissé.

— J'ai entendu les chiens. C'est lui ?

— Je crois. Attends dans ta chambre, et je t'appellerai.

— D'accord. Préviens-moi simplement si ce n'est pas lui.

Il la regarda remonter à l'étage et se concentra de nouveau sur la fenêtre. Mais il ne voyait plus personne à côté du 4x4. Où étaient passés les trois hommes ? Wallace avait-il l'intention de rentrer ? Et, si oui, utiliserait-il la porte principale ou celle de la cuisine ?

Il accrocha sa veste au portemanteau et tendit l'oreille. Il n'entendait aucune voix, ce qui était bon signe. Si Wallace rentrait, ce serait donc seul.

Prenant une profonde respiration pour rassembler son courage, il se dirigea vers le salon et se carra dans le fauteuil de cuir rouge. Que son père ait l'intention d'aller se cacher dans son bureau, de monter ou de s'installer dans la salle à manger, il pourrait le voir de là où il était assis.

*
* *

Au bout de quelques minutes, Wallace finit par entrer dans la pièce. Il jeta un coup d'œil vers lui mais ne s'arrêta pas. Il continua son chemin jusqu'au bar, attrapa une bouteille de whisky et se servit un verre.

Il sembla ensuite hésiter quelques secondes puis attrapa un second verre.

— Est-ce ta femme qui a préparé le plat qui est dans la cuisine ? lui demanda-t-il enfin, sans même prendre la peine de se retourner.

Matt ne répondit pas. Il se contenta de le regarder, éberlué. C'était tout ce que Wallace avait à lui dire ? Alors qu'il ne l'avait pas vu depuis trois ans ? Il n'en revenait pas. D'un autre côté, il n'avait aucune raison d'être surpris. Après tout, ils ne s'étaient pas dit un mot lors des funérailles de Catherine puis, sitôt la cérémonie terminée, il était reparti.

— As-tu bu ?

Ses gestes semblaient bien coordonnés, mais Matt avait toutes les raisons de se poser la question.

— Pas encore, répondit son père en s'approchant enfin et en lui tendant le verre. Tu es revenu pour fabriquer mon cercueil ?

— Je n'ai jamais su me servir d'un marteau, mais je suis prêt à tenter l'expérience.

— Tout n'est donc pas perdu pour toi, petit, fit-il avant de vider son verre d'un trait.

Matt le regarda se resservir de whisky et serra les poings, nerveux.

— Peux-tu arrêter de boire quelques minutes, s'il te plaît ? Je voudrais te présenter quelqu'un.

Wallace reposa la bouteille, mais ne se retourna pas. Il se contenta de le regarder dans le miroir situé derrière le bar. Son cadre de bois, fabriqué par son arrière-grand-père, était encore en parfait état. En revanche, le miroir lui-même présentait de multiples éclats, souvenir d'un jour de colère de Wallace.

Il n'avait guère plus de douze ans à l'époque. Son père n'avait simplement pas supporté de se voir dans le miroir et, de rage, avait lancé son verre. Matt n'avait pu lui reprocher ce geste car lui aussi avait du mal à le regarder sans éprouver de la colère.

Au bout de quelques secondes qui lui parurent interminables, Wallace se retourna enfin. Il avait l'air étonné.

— Tu veux vraiment que je la rencontre ?

Comprenant enfin, il éclata de dire : son père pensait qu'il lui amenait sa fiancée ou sa femme.

— Oui, je suis venu pour obtenir ta bénédiction.

— Où est-elle ?

— Elle est à l'étage.

— Dans ce cas-là, elle ferait bien de descendre avant que je change d'avis et que je me serve un autre verre.

— Tu devrais t'asseoir.

— Qui es-tu pour me donner des ordres ?

Il secoua la tête. Il se conduisait vraiment comme un imbécile. Mettre Wallace en colère juste avant qu'il ne rencontre Nikki était une mauvaise idée.

— Comment vas-tu ? choisit-il alors de lui demander pour tenter de l'adoucir.

— Mal.

— Y a-t-il quelque chose que je devrais savoir ?

Wallace sembla hésiter quelques instants.

— Lucy, finit-il par marmonner.

— Oui. Qu'y a-t-il avec Lucy ?

— Est-ce elle qui t'a écrit ?

— Non. Je ne l'ai pas vue depuis l'enterrement de maman.

Son père ne répondit pas. Il le dévisagea, comme pour tenter de lire en lui.

— Pourquoi es-tu ici, Matthew ?

— Je te l'ai déjà dit : je voudrais te présenter quelqu'un. Mais il ne s'agit ni de ma femme ni de ma petite amie.

Il se dirigea vers les escaliers. Il n'avait rien de plus à dire à son père. En revanche, Nikki et lui avaient sans doute beaucoup à se dire.

La jeune femme avait dû écouter la conversation car elle ouvrit la porte de sa chambre avant même qu'il ne frappe.

— Tu es prête, Nikki ?

— Où est-il ?

— Dans le salon.

— Ivre ?

— Pas encore.

Il passa un bras autour de son épaule pour tenter de la rassurer.

— C'est toi qui as la main, Nikki. Tu peux lui dire ce que tu veux. Sache que je serai toujours de ton côté.

— Merci.

Il prit son temps pour descendre puis l'attendit en bas. Au pied de l'escalier, elle lui fit signe d'entrer en premier dans le salon. Il fit alors quelques pas dans la pièce, puis se raidit en ne voyant pas Wallace.

Il finit par l'apercevoir sur le tabouret à côté du bar, frêle, chétif. Il avait du mal à s'habituer à cette nouvelle image de son père, autrefois si fort, viril, imposant, impressionnant. Effrayant.

Sa sœur le rejoignit d'un pas indécis.

— Voici Nikki, annonça-t-il lorsqu'elle pénétra dans la pièce.

Il garda son regard fixé sur le vieil homme, le vit avaler sa salive puis écarquiller les yeux. Il demeura silencieux.

— Wallace Gunderson, lança enfin Nikki sur le ton du défi, vous ne ressemblez pas du tout à votre photo.

Wallace continua à secouer la tête, comme s'il n'en revenait pas.

— Rosa, finit-il par murmurer d'une voix blanche.

Nikki sursauta, et Matt lui prit le bras pour la rassurer. Il refusait qu'après tous ses efforts elle fuie parce que Wallace l'avait prise pour sa mère.

— Rosa, répéta Wallace.

— Wallace, c'est Nikki, pas Rosa.

Sa sœur demeura immobile, impassible, mais Matt devinait la colère qui grondait en elle.

— Vous n'avez aucun droit de prononcer son nom, finit-elle par lancer. Plus jamais. Entendu ?

— Mais… Pourquoi ?

— Nikki est ta fille, Wallace. Ta fille et celle de Rosa.

Elle fit un pas en arrière. Elle était tendue et pâle.

— Je ne peux pas, Matt, murmura-t-elle, tremblante. C'est trop dur.

— S'il te plaît…

— N'insiste pas.

Il voyait bien qu'elle se retenait pour ne pas pleurer.

— Ne me demande pas cela, le supplia-t-elle d'une petite voix.

— Je n'ai aimé que deux femmes, lança soudain Wallace. Je sais que c'était mal, mais je les ai tant aimées toutes les deux que…

Il s'interrompit et baissa la tête, comme s'il avait honte.

Etonné, Matt le dévisagea. L'homme venait d'admettre qu'il avait aimé Rosa. Mais ce qui le surprenait beaucoup plus, c'était qu'il avouait, pour la première fois, qu'il avait aimé Catherine, sa femme, qui s'était dévouée corps et âme pour lui. Lors de son enterrement, il n'avait rien dit. Et pourtant il l'aurait aimée ? A cette idée, son cœur se serra.

— Je suis désolée, Matt, fit Nikki en se précipitant hors de la pièce.

Il la rattrapa en bas de l'escalier et la retint par le bras.

— Attends, Nikki ! Nous savions tous les deux que ce serait difficile.

— C'était stupide, et inutile. Je ne peux pas rester ici plus longtemps. C'est impossible. Je dois rentrer à Houston.

— Attends une minute. Je vais monter avec toi.

Il jeta un nouveau coup d'œil vers Wallace, qui avait recouvré de la force et était en train de se servir un nouveau verre.

— Très bien, répondit sa sœur. Tu peux me regarder faire mes bagages.

— Et si tu allais au Sundance ? Te sentirais-tu mieux si tu t'installais là-bas ?

Elle s'arrêta au milieu de l'escalier et se retourna vers lui.

— Je suis malade rien qu'à l'idée d'être dans la même maison que cet homme.

— Je sais et je comprends.

En fait, il était totalement perdu. Nikki, Rachel, Wallace, sa mère… Tout se mélangeait dans sa tête.

— Laisse-moi quelques jours, Nikki. Laisse-moi un peu de temps pour tenter de convaincre Wallace.

Elle le fixa, comme s'il venait de lui parler dans une langue inconnue.

— D'accord, répondit-elle néanmoins. Quelques jours, mais pas plus.

8

L'humeur de Rachel s'améliora grandement après le coup de fil de Matt. Hilda et sa mère lui proposèrent aussitôt de la remplacer dans la cuisine afin qu'elle puisse aller préparer une chambre pour Nikki. Peut-être pensaient-elles qu'elle allait se précipiter à l'étage pour vérifier son maquillage avant l'arrivée de Matt, mais ce ne fut pas le cas.

Peut-être savaient-elles qu'elle lui avait préparé des lasagnes. Peut-être savaient-elles également qu'elle était allée le voir ce matin. Cela lui importait peu. Son amour de jeunesse n'était pas un secret, et, si Hilda et sa mère la suspectaient d'avoir toujours des sentiments pour Matt, où était le problème ?

Ce qui lui importait, en revanche c'était ce baiser, et les émotions qu'il avait fait naître en elle — et aussi en lui ; elle n'était pas aveugle, elle avait aperçu le renflement au niveau de son entrejambe, elle avait deviné son désir.

Arrivée à l'étage, elle esquissa un sourire rêveur. Ce baiser l'avait ravie, mais aussi excitée, et elle était bien décidée à aller plus loin. Mais comment et où ? Le lieu risquait en effet d'être un problème. Sans compter qu'elle ne pouvait pas oublier Nikki. Elle ne pouvait pas l'ignorer complètement, à moins que Trace ne s'occupe de distraire la jeune femme…

Mais Nikki en serait-elle ravie ? Elle avait quelques doutes sur la question.

Elle ralentit l'allure, soudain honteuse de ne pas se

préoccuper des raisons qui avaient poussé Matt et Nikki à changer leurs projets. Pourquoi Nikki ne voulait-elle plus rester à Lone Wolf ? Matt semblait un peu mal à l'aise lorsqu'il l'avait appelée pour lui demander si elle acceptait de l'héberger. Peut-être était-ce juste parce qu'il n'était pas seul...

Cela faisait déjà une semaine qu'elle ne s'était pas rasé les jambes, se souvint-elle soudain en passant devant sa chambre. Elle allait devoir s'en occuper si elle espérait aller plus loin avec Matt.

A moins qu'elle ne soit en train de se faire des illusions. Peut-être Matt allait-il se contenter de déposer Nikki, et elle ne le reverrait pas avant qu'ils ne quittent Blackfoot Falls.

Non, il était hors de question que les choses se déroulent de cette façon ! Matt ne se conduirait pas ainsi avec elle, pas après le baiser de ce matin. Et elle allait tout faire pour que ce ne soit pas le cas.

Pourtant, lui rappela la voix de la raison, dix ans plus tôt, il était parti sans la prévenir... A ce souvenir, l'angoisse revint rôder. Pour la conjurer, elle se répéta qu'ils avaient tous les deux changé. Et puis, de toute façon, ils finiraient tous les deux par quitter le Montana.

Elle ouvrit la porte de la chambre où dormirait Nikki et remarqua avec soulagement qu'Hilda avait déjà changé les draps et passé le chiffon sur la commode et les tables de chevet. Tant mieux, elle n'aurait pas à le faire. Elle remercia en silence la vieille employée de maison de la famille McAllister.

A cet instant, elle entendit la sonnette de la porte. Elle posa alors les serviettes de toilette sur le lit puis ressortit en courant.

Lorsqu'elle arriva sur le palier, elle vit, sans surprise, que sa mère l'avait déjà précédée à la porte.

Nikki se tenait à côté de Matt, pâle, le visage fermé. La

honte l'envahit alors. Quelque chose de terrible avait dû se passer pour que la jeune femme soit dans cet état. Et pendant ce temps, comme une égoïste, elle rêvait d'avoir Matt pour elle toute seule…

— Salut, Nikki. Je t'ai ratée tout à l'heure, quand je suis venue au Lone Wolf, lança-t-elle.

— Ce n'est pas ta faute, j'étais cachée dans ma chambre, répondit la jeune femme d'une petite voix. Mais, rassure-toi, ce n'était pas toi que je fuyais. En tout cas, merci de m'accueillir alors que je sais que vous avez déjà beaucoup de travail. Préférez-vous que je paye maintenant ou au moment de partir ?

— Mon Dieu, Nikki, intervint Barbara avant d'enlacer la jeune femme, mais vous êtes notre invitée. Vous et Matt êtes toujours les bienvenus ici.

— Mais…, fit la jeune femme en se tournant vers Matt.

Celui-ci ne la regardait pas. Il la fixait, elle, lui souriant avec tant de tendresse que son cœur palpita allègrement dans sa poitrine.

— Ce n'est pas la peine d'insister, répondit-elle alors, se forçant à détourner le regard. Ma mère a élevé quatre enfants, elle aura toujours le dernier mot.

— Je ne veux pas être considérée comme une œuvre de charité, insista Nikki.

— Ce n'est pas le cas, répondit Matt. Je payerai ta chambre, et ainsi il n'y aura pas de problème.

— Je peux la payer moi-même.

— Je suis désolé, madame McAllister, marmonna-t-il en passant une main lasse dans ses cheveux, elle est insupportable ! Elle ne m'obéit jamais.

Sa mère éclata de rire.

— Ne t'inquiète pas, Matt, j'ai maté trois garçons…

Trois garçons ? Et elle, alors ? Elle l'avait oubliée ?

— … et ma fille, bien sûr.

A ces mots, Nikki parut se détendre un peu. Par contre, l'humeur de Matt semblait toujours aussi sombre, ce qui lui faisait de la peine. Le problème devait être lié à Wallace, elle ne voyait pas d'autre explication possible. Matt avait toujours souffert du caractère de son père, qui n'avait jamais compris combien il avait de la chance d'avoir un fils aussi gentil, aussi bon…

— Rachel ?

Elle sursauta en entendant Matt prononcer son prénom. Elle s'était perdue dans ses pensées. Elle releva la tête et vit qu'il la fixait, comme tout le monde dans l'entrée.

— Rachel, répéta sa mère d'une voix douce. Pourquoi ne montres-tu pas sa chambre à Nikki ?

— Bonne idée.

— Avant, j'aimerais vous parler, si vous aviez quelques minutes à m'accorder, fit Matt. A toutes les deux et à vous aussi, Hilda. J'imagine que les garçons sont au travail.

Rachel se tourna vers l'employée qui se tenait debout devant la porte de la cuisine. Elle travaillait pour eux depuis des années et faisait quasiment partie de la famille.

— Viens, Hilda, lui lança-t-elle, ignorant le regard gêné de la vieille femme.

— Pouvons-nous parler ailleurs que dans l'entrée, hasarda Nikki d'une voix tremblotante.

— Nous pouvons nous installer dans le bureau de Cole, ou bien prendre un café dans la cuisine, proposa Barbara. Il n'y a personne d'autre à la maison en ce moment. Jamie est partie faire quelques courses en ville, et j'ignore à quelle heure elle sera de retour.

— La cuisine, c'est très bien, répondit Matt.

Ils s'installèrent en silence autour de la table. Rachel nota combien Hilda semblait nerveuse. Quant à elle, son ventre était noué, sa gorge serrée. En revanche, à sa grande

surprise, sa mère ne paraissait pas curieuse, comme si elle
était déjà au courant de ce que Matt avait à leur dire.

Voilà qui était étrange…

Matt s'assit à côté de Nikki et serra sa main dans la
sienne. Rachel se mordit l'intérieur de la joue. Elle se força
à se calmer, à ne pas s'emballer.

— Nikki…, commença-t-il. Nikki est ma sœur.

Rachel eut l'impression que sa mâchoire était brusquement tombée sur la table, comme dans les dessins animés.

— Demi-sœur, corrigea Nikki.

Matt releva la tête, se tourna vers elle, puis vers Hilda
et Barbara.

— Personne d'autre n'est au courant, précisa-t-il sans
attendre. Ni Lucy ni aucun ouvrier agricole du ranch.
Wallace ne l'a rencontrée que ce matin et, quand nous
sommes partis, il était en train de se soûler.

Le silence s'installa, et le malaise de Rachel grandit.
Elle devrait dire quelque chose, mais quoi ? Elle s'obligea
à réfléchir. Elle avait passé toute sa vie à Blackfoot Falls
et elle aurait été au courant si Catherine Gunderson avait
eu un autre enfant. Nikki devait donc être la fille de
Wallace. De plus, même si cela lui avait toujours semblé
étrange, Catherine avait toujours été folle amoureuse de
son mari. Avait-elle été au courant de son infidélité et de
ses conséquences ?

Elle se décida à parler :

— Si je peux te poser la question, Nikki : Wallace
était-il au courant avant ce matin ?

— Oui, mais il ne m'avait jamais vue.

— Je… Je n'aurais jamais dû te poser la question. Je ne
sais pas pourquoi je l'ai fait… Je suis désolée.

— Ne t'inquiète pas, répondit Nikki en lâchant un petit

rire nerveux. Vous le connaissez tous mieux que moi. Wallace est… Ce n'est qu'un salaud, égoïste et méchant.

Elle s'interrompit pour se tourner vers Matt.

— Je voulais partir, mais mon frère ici présent m'a convaincue de rester quelques jours. J'ai besoin de réfléchir au calme ; ensuite, nous verrons.

Rachel riva son regard à celui de Matt puis détourna la tête, refusant qu'il aperçoive les lueurs de panique dans ses prunelles. Il ne pouvait pas déjà repartir alors qu'ils venaient juste de se retrouver ! C'était impossible.

— Voudrais-tu t'installer à la maison aussi, Matt ? proposa sa mère. Tout le monde serait content de t'avoir ici. Certaines de nos clientes peuvent être un peu… envahissantes, mais je suis sûre que Rachel serait capable de les maintenir à distance.

Elle tiqua. Qu'est-ce qui prenait à sa mère de parler ainsi ? Elle la fusilla du regard et vit alors Hilda et Nikki qui souriaient. Elle se tourna vers Matt. Lui aussi semblait amusé.

Mon Dieu, tout le monde était au courant… La honte ! Elle leva les yeux au ciel : mieux valait en rire qu'en pleurer.

— S'il le faut, reprit-elle alors, déterminée à garder l'humeur légère, je suis prête à te préparer un T-shirt indiquant que tu es hors compétition.

— Merci, mais…

Matt s'interrompit puis, secouant la tête, redevint sérieux. En quelques secondes, la bonne humeur avait disparu. Le moment de légèreté était terminé, mais heureusement Matt ne semblait pas gêné par sa dernière remarque. Dix ans plus tôt, il aurait été écarlate, mal à l'aise, mais il était célèbre aujourd'hui. Elle avait tendance à l'oublier, mais il devait être habitué à repousser les fans — ou à les séduire…

A propos de séduction, se faisait-elle des illusions

lorsqu'elle pensait qu'elle l'intéressait toujours ? C'était pourtant lui qui l'avait embrassée en premier.

De toute façon, s'ils avaient une aventure, elle serait uniquement sexuelle. Ils ne feraient aucun projet d'avenir.

— Tu devrais t'installer ici, Matt, insista Nikki en prenant la main de son frère. Nous nous amuserions bien.

Il ne répondit pas, mais elle devina qu'il allait refuser l'offre. Elle le voyait à sa raideur, à son visage fermé et dur.

Cependant, pourquoi était-il prêt à loger chez Wallace après leur entrevue houleuse ? Cela lui échappait.

— J'y penserai, finit-il par répondre.

— Ce qui veut dire non, fit Nikki en soupirant. Tant pis.

— Ne t'inquiète pas, je ne serai pas loin, la rassura-t-il.

Rachel sourit, touchée par la tendresse avec laquelle ils se comportaient. Matt semblait très heureux d'avoir une petite sœur et de ne plus être seul.

— Nikki, le village organise un grand bal à l'occasion de la Saint-Valentin, après-demain, choisit-elle soudain d'annoncer pour tenter de détendre l'atmosphère. Si tu n'as rien à te mettre, je te prêterai quelque chose.

— Le bal a toujours lieu ? s'étonna Matt.

— Bienvenue à Blackfoot Falls, la ville où rien ne change jamais ! Donc, oui, la tradition du bal perdure.

— Dommage que je ne danse pas.

— Je ne danse pas non plus, l'informa Nikki.

— Peu importe, vous viendrez tous les deux, vous vous installerez à côté du buffet et vous mangerez tranquillement.

— Je vois que tu es toujours aussi autoritaire, murmura Matt en rivant son regard au sien.

— C'est vrai, répondit-elle, le cœur en fête.

Il la regardait avec une telle affection qu'elle avait l'impression qu'ils étaient seuls dans la cuisine, seuls au monde. Hélas, le bruit d'un moteur la ramena vite à la réalité.

— Voilà Jamie qui rentre, annonça Hilda en se levant. Je vais aller l'aider à rentrer les provisions.

Matt se leva à son tour mais, d'un geste de la main, Hilda lui ordonna de se rasseoir avant de sortir.

— Est-elle originaire d'ici ? la questionna Nikki.

— Hilda habite avec nous depuis des années, lui expliqua sa mère. Elle était déjà avec nous avant la naissance de Rachel.

— Et même avant la naissance de Trace. Ben n'a-t-il pas l'âge de Jesse ? vérifia-t-elle auprès de sa mère.

Puis elle se tourna vers Nikki :

— Hilda a un fils, Ben, et une fille. Ils sont venus du Mexique avec elle, et nous avons grandi avec eux.

— Ici ? Tous ensemble ?

— La maison est grande.

Tout en prononçant ces mots, elle vit la surprise se peindre sur le visage de Nikki. Quant à Matt, il avait l'air content que Nikki soit au courant de tout cela. Pourquoi ? Manigançait-il quelque chose ?

— Hilda est un peu notre grand-mère à tous, expliqua-t-il à sa sœur. L'autre jour, tu me demandais où j'avais appris autant de gros mots en espagnol…

— Ce n'est pas Hilda qui te les a appris, le coupa sa mère.

— Et pourquoi ne m'en a-t-elle appris aucun, à moi ? demanda Rachel.

— Doucement, mesdames. Vous ne m'avez pas laissé finir. C'est Ben qui a parfait mon éducation en espagnol, pas Hilda. A propos, que devient-il ?

Pour toute réponse, Rachel se contenta d'un hochement de tête, tout en jetant un coup d'œil nerveux en direction de la porte. Matt répondit d'un battement de cils. Il avait compris qu'il valait mieux changer de sujet.

— Je vais monter ton sac, Nikki, proposa-t-il. Ensuite, il faudra que j'y aille.

— Vraiment ? demanda-t-elle en même temps que Nikki.

— J'ai des choses à faire.

— Quoi ?

Elle était heureuse que Nikki pose la question : cela lui évitait de le faire elle-même et d'avoir l'air trop curieuse.

— Je t'appellerai, se contenta d'annoncer Matt à sa sœur en se levant.

— Quand ?

— Demain matin.

— D'accord.

— Je vais reprendre du café, intervint sa mère. Quelqu'un d'autre en veut ?

— Accepteriez-vous de m'accompagner à la porte, madame McAllister ? demanda Matt d'une voix timide.

— Bien sûr. Mais seulement si tu m'appelles Barbara à partir de maintenant.

Rachel se leva, mal à l'aise et déçue. Elle aurait aimé raccompagner Matt. Elle aurait aimé passer quelques instants seule avec lui.

— Je vais t'aider à t'installer, proposa-t-elle alors à Nikki pour tenter de masquer sa déception.

— Merci. Tu sais, j'aimerais vraiment payer la chambre.

— Aucune chance, répondit-elle en adressant un dernier sourire à Matt avant que celui-ci ne sorte.

Au même instant, Jamie arriva dans la cuisine.

— Salut, lança cette dernière à Nikki. J'arrive, et tout le monde part ? Je suis vexée !

— Matt s'en va, expliqua-t-elle à la fiancée de Cole, mais Nikki reste. Elle s'installe ici pour quelques jours. Je vais lui montrer sa chambre.

— Puisque c'est comme ça, répondit Jamie, taquine, je ne t'enverrai même pas une carte postale la prochaine fois que j'irai en Europe.

— En Europe ? S'étonna Nikki une fois à l'étage. Elle plaisantait ?

— Non, elle tient un blog de voyage.

— Voilà un travail sympathique.

— Mais elle vit ici aujourd'hui. Elle a quitté Los Angeles il y a un mois.

Elle poursuivait cette conversation sans pouvoir s'empêcher de se demander ce que Matt était en train de dire à sa mère. Depuis la fenêtre du palier, elle aperçut celle-ci toucher tendrement le bras de Matt et lui adresser ce sourire qu'elle réservait d'habitude à ses enfants quand elle voulait les consoler.

Etrange…

— Je ne sais pas de quoi ils parlent, lui murmura Nikki comme si elle devinait ses pensées. Je n'en ai pas la moindre idée.

— Ma curiosité est-elle aussi évidente que cela ?

Nikki lui sourit.

— Je poserai la question à Matt tout à l'heure.

— Et tu me raconteras tout ?

— Je ne sais pas… Matt est quand même mon frère — ou plutôt mon demi-frère, mais il n'aime pas quand je dis cela.

— J'ai remarqué et je n'en suis pas surprise, répondit Rachel en souriant.

Elle aimait le fait que Nikki soit loyale et ne trahisse pas la confiance de Matt. Lui aussi était loyal.

— Je suis heureuse qu'il t'ait. Matt est… C'est un homme formidable, mais sans doute le sais-tu déjà.

— Oui, je le sais. Pourtant, cela ne m'empêche pas de me moquer de lui parfois, même si je ne devrais pas. Ce n'est pas sa faute s'il a été élevé par un salaud.

— Wallace ne méritait pas une femme comme la sienne ; ni un fils comme Matt.

— J'ai donc eu de la chance dans mon malheur, répliqua Nikki.

Aussitôt, Rachel regretta les mots qu'elle avait prononcés. Elle parlait à la fille de Wallace, elle l'avait complètement oublié.

— Je crois que ta chambre va te plaire, reprit-elle, se forçant à changer de sujet. Elle est petite mais offre une belle vue sur les montagnes Rocheuses.

— J'espère qu'il neigera. Je n'ai jamais vu la neige.

Rachel lui ouvrit la porte, puis se dirigea sans attendre vers les rideaux pour les tirer. Elle voulait montrer la vue à Nikki, mais surtout apercevoir Matt une dernière fois.

Elle le vit monter dans son 4x4, et aussitôt son pouls accéléra. Elle regrettait qu'il ne veuille pas rester et ne lui dise pas pourquoi. Elle n'avait pourtant aucun droit d'attendre une explication de sa part. Il ne lui devait rien.

Peut-être avait-elle tort d'espérer de nouveaux baisers. Peut-être ne l'avait-il embrassée que pour s'excuser de son départ, dix ans plus tôt.

9

Matt savait qu'il prenait en risque en allant chez Rachel et en espérant qu'elle accepte de venir faire un tour de voiture avec lui. Elle avait un bed and breakfast à gérer, des clientes à occuper… En plus, après les fortes chutes de neige de la nuit, sans doute se devait-elle de leur trouver de nouvelles activités.

Plus que dix minutes avant d'arriver au ranch de Sundance.

Impatient, il prit une profonde respiration pour se forcer à ralentir. Les routes n'étaient pas glissantes, mais ce n'était pas la peine de prendre des risques inconsidérés. Même si l'inconscience faisait partie de son caractère. Il l'avait un peu oublié car son métier l'obligeait au contraire à ne prendre que des risques calculés, mais les dix minutes passées le matin même avec Wallace lui avaient rappelé quel homme il pouvait être.

Oui, dix minutes avec son père avaient suffi pour lui faire perdre son calme. Le vieil homme lui avait dit qu'il n'avait pas reconnu Nikki avant et qu'il n'avait aucune intention de le faire aujourd'hui. Cela l'avait instantanément rendu fou de rage.

Heureusement que sa sœur n'était dans la pièce à ce moment-là, sinon elle aurait à coup sûr pris le chemin du retour. Le pire était que rien de ce qu'avait fait ou dit Wallace ne l'avait surpris ou choqué. Inconsciemment, il s'était attendu à ces réponses, à ce comportement. Comment avait-il pu croire que son père se conduirait de façon différente ? Comment avait-il pu espérer quoi que ce soit de la part de cet homme foncièrement mauvais ? Il s'en voulait d'avoir été aussi bêtement naïf !

Il savait pourtant quel mauvais père avait été Wallace. Un mauvais mari, un mauvais père, un homme méprisable… Pendant presque dix-neuf ans, Matt avait fait tout son possible pour le contenter. En vain. Wallace ne lui avait jamais accordé la moindre attention. Et pourtant il tentait encore aujourd'hui d'obtenir son approbation.

Il remarqua soudain qu'il avait de nouveau accéléré, et il se força à ralentir. Il avait vendu sa Corvette, l'année précédente. Il l'avait fait pour Nikki, car elle parlait toujours de cette voiture comme d'un cercueil sur roues.

Sa sœur était bonne avec lui, bienveillante, affectueuse ; elle lui avait donné une raison de vivre après la mort de sa mère. Pourtant, aujourd'hui, il se comportait comme un égoïste car il ne rêvait que d'une chose : passer du temps seul avec Rachel.

Evidemment, par politesse, il demanderait à Nikki si elle voulait les accompagner ; si elle acceptait, eh bien elle viendrait. Mais ce n'était pas ce qu'il désirait. Ce qu'il désirait, c'était Rachel.

Rachel pour lui tout seul.

Cela ne faisait que deux jours qu'il l'avait retrouvée, et déjà elle lui faisait l'effet d'une drogue. Avec elle, il se sentait mieux, il se sentait un homme meilleur. Elle l'apaisait et le rendait heureux.

Sa raison lui répétait qu'il avait perdu la tête, qu'il se faisait des illusions, mais son cœur lui affirmait qu'être proche d'elle était la meilleure chose qui puisse lui arriver.

L'allée menant au ranch de Sundance avait été déneigée, remarqua-t-il soudain, en revenant à la réalité. A mesure qu'il approchait du ranch, son humeur s'allégeait. Oui, il allait mieux car il savait qu'il allait voir Rachel dans quelques minutes…

Sans doute avait-elle d'autres projets, mais tant pis. Son projet à lui ? Plonger dans son regard émeraude, lui sourire, caresser son épaisse chevelure bouclée… Et peut-être, s'il avait de la chance, l'embrasser.

A cette idée, son cœur s'emballa. Il leva les yeux au ciel. Il était vraiment pathétique ! Un vrai adolescent. Rachel ne lui avait fait aucune promesse.

Pour être poli, il décida de l'appeler et composa le numéro de téléphone qu'elle lui avait donné.

Elle répondit à la quatrième sonnerie.

— J'ai une question, lança-t-il sans préavis.

— Oui, répondit-elle d'une voix si chaleureuse qu'il l'imagina sourire.

— Ta mère te laisse-t-elle sortir avec des garçons ?

— Ça dépend.

— De quoi ?

— De ce que tu as prévu.

— Mon 4x4 a une banquette arrière très large…

Tout en parlant, il aperçut au loin le rideau d'une fenêtre de l'étage s'écarter.

— Matthew Gunderson, est-ce toi qui approches du ranch ?

— Si je dis oui, vas-tu appeler le shérif ?

— Non. J'arrive, cow-boy.

— Rachel, attends…

Trop tard, elle avait déjà raccroché.

Pourquoi diable ne pouvait-elle pas être comme les autres femmes, capable de marcher et de parler en même temps ?

En l'attendant, il composa le numéro de Nikki. Il devait l'appeler pour être sûre qu'elle ne pense pas qu'il l'évitait.

Il l'avait eue en ligne, la nuit dernière, et avait perçu combien elle était excitée par la neige. Elle semblait même s'être remise de ses émotions. Il pouvait donc se détendre et arrêter de s'inquiéter. Malheureusement, il n'y arrivait pas. Il ne cessait de repenser à ce que lui avait dit Lucy lorsqu'elle était passée au ranch tout à l'heure avec des provisions.

Sa sœur ne décrocha pas. Matt en fut surpris : elle se séparait rarement de son téléphone. Il espérait que c'était simplement le signe qu'elle était sortie s'amuser. Avec un des frères McAllister ?…

Il lui laissa un message puis raccrocha. Au même moment, il aperçut Rachel ouvrir la porte.

Il se gara puis, sans attendre, bondit hors de sa voiture.

— Dépêche-toi, Matt, il fait froid.

— Nous sommes dans le Montana, ma chérie, répondit-il en levant la main vers son chapeau pour l'enlever.

— Garde-le.

— Quoi ?

— Ton Stetson, rétorqua-t-elle avant de l'attraper par le bras et de l'attirer dans la maison. Garde-le.

— Pourquoi ?

Elle ferma la porte derrière lui puis se retourna.

— Tu sais bien, Matt…

— A vrai dire, non, je ne sais pas.

Elle jeta un coup d'œil derrière lui, comme pour vérifier que le salon était désert et que personne ne se trouvait dans l'escalier.

— Tu es là pour voir Nikki ?

Pourquoi lui posait-elle cette question ? Ne comprenait-elle pas qu'il n'était venu que pour elle ?

— Je suis ici pour toi. Maintenant, explique-moi pourquoi je ne peux pas enlever mon chapeau.

Pour toute réponse, elle agrippa sa veste puis se mit sur la pointe des pieds.

— Tu es beaucoup trop beau avec, murmura-t-elle dans le creux de son cou, attisant tous ses sens.

— Vas-tu m'embrasser ou cherches-tu simplement à me faire perdre la tête ? répliqua-t-il d'une voix rendue rauque par le désir qui venait de s'emparer de lui.

Il se trouvait dans *sa* maison, il devait respecter *ses* règles à elle, et bien se conduire…

— Je serais ravie de t'embrasser, répondit-elle en lui adressant un sourire enjôleur. Mais pas ici.

— Si je comprends bien, le Stetson t'excite. Si je ne le portais pas, tu ne me regarderais même pas, plaisanta-t-il.

— Oui, c'est à peu près cela.

— De mon côté, je me disais que j'aimerais bien te voir sans ton gros pull.

A ces mots, il vit ses joues s'empourprer et ses beaux yeux se mettre à briller comme des pierres précieuses. Il y plongea et se noya dans le désir qu'il voyait se refléter dans les prunelles émeraude. Puis, des idées osées plein la tête, il lui caressa la main.

— Viens faire un tour en voiture avec moi, Rachel.

— Avec plaisir. Laisse-moi juste quelques minutes.

— Ne tarde pas trop, sinon je risque de me mettre à ramper devant toi.

— Voilà une idée tentante, susurra-t-elle d'une voix enchanteresse.

Elle recula soudain. Des voix provenaient de la cuisine. Matt se raidit, honteux d'avoir oublié Nikki. Il devait lui proposer de venir aussi, il n'avait pas le choix. Rachel comprendrait. Mais sa sœur ne risquait-elle pas de se sentir mise à l'écart et de vouloir rentrer à Houston ?

— Salut, Matt ! lancèrent plusieurs voix en même temps.

Il se retourna et reconnut Sandy, la blonde qui lui avait offert une bière l'autre soir.

— Bonjour, mesdemoiselles, répondit-il en ôtant son chapeau.

Ces femmes au bronzage et aux sourires artificiels étaient sans doute très gentilles ; elles lui donnaient néanmoins envie de fuir et de se cacher.

Avant qu'aucune n'ait eu le temps de répondre, Rachel les informa des activités prévues pour la journée. Au même instant, Nikki et Jamie apparurent.

— J'ignorais que tu devais passer, lui lança sa sœur.

Elle lui fit discrètement signe de la rejoindre dans le salon, loin des autres.

— Je t'ai laissé un message.

— Nous n'avons pas de projets, n'est-ce pas ? demanda-t-elle en se retournant, sans doute pour voir Jamie.

Mais celle-ci avait disparu.

— Non, je voulais juste vous proposer, à Rachel et toi, de venir faire un tour en voiture.

— Rachel vient-elle ?

— Oui, elle a accepté.

— Tant mieux, car je n'en ai pas très envie. Et ne me fais pas croire que tu es vexé, je ne te croirai pas.

Il sourit en remarquant le regard empli de malice de Nikki. Sa sœur refusait sans doute de venir pour lui laisser la possibilité d'être seul avec Rachel. Il faudrait qu'il pense à la remercier.

— J'ai prévu une sortie avec Jamie et deux clientes, lui expliqua Nikki. Nous allons faire du ski de fond.

— Mais… tu n'as pas de vêtements appropriés ! Tu vas mourir de froid !

— Ne t'inquiète pas, grand frère. Je me suis occupée de tout.

— Tu vas faire du shopping ? demanda-t-il en sortant son portefeuille.

— Arrête, Matt.

Elle plaça les mains sur ses hanches, lui fit les gros yeux et prit un air autoritaire avant de reprendre.

— Si tu me donnes un seul dollar, je me fâche !

— Mais tu ne peux pas faire du ski en jean. Ton pantalon sera trempé et tu auras froid. Je vais te donner de l'argent, les vêtements de ski coûtent cher, tu sais.

— Je n'ai aucune intention de m'acheter des habits que je ne pourrai pas porter une fois rentrée à la maison. Si mon jean est trempé, je le changerai, c'est tout.

Il demeura silencieux, se rappelant que les autres femmes pourraient l'entendre.

— Arrête de me traiter comme un bébé, Matt, insista-t-elle. Tout va bien : je vais faire du ski et je vais m'amuser comme une folle.

Puis, sans un mot de plus, elle monta à l'étage.

Matt baissa les yeux, honteux. Il n'avait pas voulu vexer sa sœur. Il admirait vraiment son indépendance et tous les efforts qu'elle faisait pour la garantir. Mais, en même temps, il voulait sincèrement l'aider et lui faciliter la vie. L'argent — et il en avait beaucoup — n'avait aucune valeur pour lui, elle le savait bien.

— Ne t'inquiète pas, lui lança soudain Rachel, le sortant de sa réflexion. Entre mes vêtements et ceux de Jamie, elle trouvera de quoi s'équiper. D'ailleurs, je lui ai déjà sorti un de mes pantalons de ski.

Il se retourna et vit que le salon était vide. Enfin une bonne nouvelle ! Soulagé, il sourit à Rachel.

— Tu es prêt ? lui demanda-t-elle en passant son bras sous le sien. Dépêchons-nous avant que Trace ne me voie et ne me demande d'accompagner la randonnée à ski.

— Allons-y !

Ils allaient passer la porte lorsque Barbara McAllister apparut en haut de l'escalier. Elégante avec son pantalon de laine gris et son pull couleur crème, elle avait des cheveux auburn comme Rachel, mais plus courts. Matt eut l'impression fugitive qu'elle se sentait prise en faute, comme un enfant la main dans le pot de confiture.

— Où vas-tu, maman ? lui demanda sa fille.

— Je... je croyais que vous étiez partis avec les autres.

— Les garçons n'avaient pas besoin de moi alors j'ai décidé de profiter de Matt pendant un moment.

— Vous êtes tout en beauté, Barbara, intervint-il.

— Merci, répondit cette dernière en rougissant.

— Tu ne m'as toujours pas dit où tu allais, maman.

— Juste faire quelques courses, répondit précipitamment Barbara.

Elle se hâta de descendre l'escalier, la tête baissée.

— J'ai laissé des vêtements de ski sur mon lit, pour le cas où Nikki en aurait besoin. Ils ne datent pas d'aujourd'hui, mais ils sont chauds. Je suis désolée, mais je suis en retard, il faut vraiment que j'y aille.

— Maman, ton manteau...

— Ah oui, j'oubliais ! A plus tard.

Barbara s'éloigna. Matt se tourna vers Rachel. Elle semblait perplexe.

— C'est la quatrième fois que je vois ma mère avec du maquillage depuis Thanksgiving, lui expliqua-t-elle d'une voix songeuse. As-tu remarqué qu'elle n'a pas répondu à mes questions ?

Amusé par la situation, il éclata de rire.

— Je vois que tu es aussi protectrice avec ta mère que je suis protecteur avec Nikki !

— C'est vrai.

Incapable de résister plus longtemps à la tentation, Matt prit alors le magnifique visage de Rachel entre ses mains et plaqua sa bouche contre la sienne.

*
* *

Elle se laissa aller entre ses bras, et il se détendit à son tour. Tout à coup, il se souvint que Jamie et Nikki étaient toujours dans la maison, et sans doute aussi Hilda. Ce n'était pas très prudent d'embrasser Rachel ici...

Il allait stopper l'étreinte lorsque Rachel approfondit le baiser. Instantanément, il oublia tout. Et, lorsqu'elle autorisa sa langue à rencontrer la sienne, le désir prit possession de son corps et sa raison s'évanouit.

Ensorcelé, il la saisit par les hanches, qu'il plaqua contre les siennes, contre son désir déployé. Puis il frotta le renflement de son sexe durci contre son ventre et l'entendit laisser échapper un délicieux gémissement qui électrisa encore plus ses sens.

Elle noua ses bras autour de son cou. Matt laissa ses mains vagabonder jusqu'aux fesses rondes, parfaites de Rachel. Il les agrippa, les caressa, les empoigna.

Hélas, sa raison le rappela de nouveau à l'ordre. Un des frères McAllister pouvait à tout moment les surprendre, et sans doute ne seraient-ils pas heureux de voir leur petite sœur dans cette position...

Il se força alors à s'écarter.

— Nous devrions y aller.

— Où ? demanda-t-elle avant de se baisser pour ramasser son Stetson.

Il ne s'était même pas aperçu qu'il était tombé.

— Je ne sais pas. As-tu un manteau ?

— Ah oui, mon manteau...

Elle semblait perdue. Etait-ce ce baiser qui l'avait mise dans cet état ? Il l'espérait.

— Il est dans la cuisine, expliqua-t-elle. Je vais le chercher.

— Très bien. Rendez-vous dans la voiture.

Elle disparut, et Matt sortit.

Lorsqu'elle le rejoignit, il lui ouvrit la portière côté

passager et elle grimpa à l'intérieur, les yeux brillants comme si c'était Noël.

— Il t'en a fallu du temps, fit-il en mettant le contact. Je m'impatientais !

— N'exagère pas, il m'a fallu moins d'une minute ! Je ne me suis pas brossé les cheveux, je n'ai pas pris mon sac. Je n'ai même pas mis mon manteau sur moi !

Matt laissa le regard glisser vers ses seins et, incapable de résister à la tentation, il les caressa à travers le pull. Rassuré par le désir qu'il voyait miroiter dans ses yeux brillants, il poursuivit ses caresses, s'attardant sur un téton qu'il sentait durcir sous son contact.

Son désir grimpa encore d'un cran.

Il mourait d'envie de la voir nue, de caresser sa peau, de la sentir onduler langoureusement sous ses caresses.

Il mourait d'envie de lui faire l'amour. Tout de suite. Il la désirait même tant que c'en était douloureux.

Il n'avait pas pensé sans arrêt à elle pendant les dix dernières années, mais il avait suffi qu'il la revoie pour qu'il ait l'impression de l'avoir quittée la veille.

A son contact, toutes les femmes qu'il avait connues lui semblaient tout à coup n'avoir été que des… remplaçantes, des figures de substitution. Il ne les avait pas utilisées, ce n'était pas son genre, mais jamais avant aujourd'hui il n'avait compris qu'il ne les avait séduites que pour remplacer la femme qu'il n'avait jamais pu avoir.

— Nous devrions vraiment y aller, murmura Rachel d'une voix étouffée. Nous devrions même déjà être partis.

Obéissant, il démarra.

— Je suis désolé, je n'aurais pas dû te caresser ainsi ici. On aurait pu nous voir.

— Ne t'inquiète pas.

— Mais sache que je te caresserai de nouveau. Tu peux compter là-dessus !

10

Rachel ajusta la petite grille orientable d'où sortait l'air chaud pour qu'il ne lui arrive pas dans le visage. Il lui avait suffi de repenser à la caresse de Matt pour que ses joues s'empourprent et que sa température atteigne des sommets. Tous ses sens étaient en éveil, elle avait la chair de poule, elle tremblait, elle bouillait.

— As-tu froid ? lui demanda Matt.

— Au contraire ! Je crève de chaud.

— Tu devrais mettre ton manteau sur la banquette arrière.

Elle baissa les yeux et constata qu'elle s'était enveloppée dans son manteau comme dans une couverture en le serrant contre elle, comme pour se protéger de Matt. Elle n'avait pourtant aucune raison d'agir ainsi. Elle n'avait pas peur de lui, ni de son désir.

— J'ai oublié mes gants.

— Tu n'auras qu'à prendre les miens, répondit-il en lui montrant d'un geste de la tête la paire de gants posée sur le tableau de bord.

Il s'agissait d'un modèle en cuir, couleur chocolat.

— Ils seront trop grands. Et puis de toute façon tu en auras besoin pour toi.

— Si tu préfères, nous pouvons faire demi-tour pour aller chercher les tiens.

— Jamais de la vie ! J'ai eu de la chance de pouvoir m'échapper sans que mes frères me voient, je ne veux pas tenter le diable. A propos, Matt, tu ne m'as toujours pas dit où nous allions.

— Nous allons à Weaver Ridge. Je voudrais jeter un coup d'œil sur un chalet que m'a mère m'a légué.

— Oh...

Elle connaissait les lieux car sa mère était elle aussi originaire de cette petite ville.

— Ne crois-tu pas qu'il y a trop de neige ?

— Il n'est tombé que dix centimètres.

Il fit un signe de la main au conducteur de la voiture qu'ils croisaient.

— Je crois que c'était Roy Tisdale. Il travaille toujours au bureau du shérif ?

— Oui. Il doit résoudre une grosse affaire en ce moment : une succession de vols dans des ranchs de la région. D'ailleurs, nous en avons été victimes. Notre remorque à chevaux a été volée.

Il jeta un coup d'œil dans son rétroviseur avant de tourner à gauche vers Weaver Ridge.

— Votre remorque a été volée ?

— Oui, la grande, un modèle Exiss.

— Quand ?

— Au mois d'août dernier. Cette histoire de vol a commencé lorsque Mme Clements a cru avoir égaré son Land Rover. Elle a appelé Noah et... Tu sais que Noah Calder est le nouveau shérif, n'est-ce pas ?

— Oui, j'ai entendu dire qu'il était revenu. Il était policier à Chicago avant, non ?

— Il a d'abord intégré l'armée, puis a travaillé à Chicago quelques années et aujourd'hui il est de retour. Il est parti du Montana pendant si longtemps que j'imagine qu'il a eu du mal à se réhabituer à la vie ici. Blackfoot Falls est...

Elle ne termina pas sa phrase, ne trouvant pas les mots.

— Oui, Blackfoot Falls est…, répéta-t-il, sans quitter la route du regard.

Ils approchaient des montagnes, et Matt devait se concentrer sur la route. Elle avait l'impression que son humeur avait changé.

— Dis-m'en plus sur les vols, Rachel.

— Certains objets ont été retrouvés quelques jours plus tard, dans un champ. Au départ, Noah pensait que quelqu'un voulait le faire devenir chèvre, qu'il s'agissait d'une espèce de jeu de la part d'un habitant des environs.

— Ce que je ne comprends pas, c'est comment on peut voler une remorque à cheval sans se faire prendre ?

— Le vol a eu lieu pendant la nuit. Nous avions ouvert le bed and breakfast deux semaines plus tôt, nous étions tous très occupés. Nous n'avons pas fait attention.

Elle détailla son profil. Il était vraiment très séduisant lorsqu'il portait son chapeau. En cet instant, elle trouvait même que c'était le plus bel homme du monde.

— Avery Phelps et quelques autres nous en ont voulu d'attirer des touristes dans la région et nous ont tenus, indirectement, pour responsables des vols.

— J'imagine que Wallace faisait partie de ces personnes…

Elle ne répondit pas, refusant de lui avouer que ses frères avaient considéré Wallace comme l'un des suspects.

— Je crois que Noah est revenu à Blackfoot Falls car ses sœurs sont parties et qu'il veut prendre soin de ses parents qui vieillissent. Mais, maintenant qu'il a une petite amie à New York, je ne sais pas trop ce qu'il va faire.

— Il a une petite amie à New York ?

S'il avait remarqué qu'elle avait volontairement changé de sujet, il n'en fit rien paraître. Tant mieux, cela l'arrangeait.

— Comment l'a-t-il rencontrée ? continua-t-il.

— Tout est la faute des diaboliques McAllister et de leur maudit bed and breakfast, plaisanta-t-elle.

— La petite amie de Noah est une ancienne cliente ? D'abord Cole, puis Jesse et Noah. Rachel McAllister, tu es effectivement diabolique !

— Tu t'es trompé sur l'ordre. Noah est tombé amoureux avant Jesse. Et puis pour être précis, Noah a rencontré Alana en ville avant même qu'elle n'arrive au ranch.

Elle recula son siège pour mieux le voir. Elle avait envie de plonger dans son regard azuré, de s'y noyer et de tout oublier — le ranch, la famille…

— Par contre, reprit-elle, je pense avoir ma part de responsabilité dans le fait que mes frères sont devenus des hommes raisonnables.

Pour toute réponse, il lui sourit. Pourquoi ? Elle était très sérieuse.

— Il faudra bien que quelqu'un s'occupe de donner des petits-enfants à ma mère ! expliqua-t-elle d'un ton léger.

— Tu as donc décidé que c'était à Cole et Jesse de s'y mettre…

— Imagines-tu Trace marié ?

— Et toi ? Tu pourrais toi aussi te marier et avoir des enfants.

Elle, mariée ? A cette idée, le fou rire la gagna.

— Dans une autre vie, j'imaginais devenir Mme Gunderson, lança-t-elle une fois son hilarité calmée.

C'était une blague, évidemment, une mauvaise blague qu'elle n'aurait pas faite si elle avait pu penser clairement. Mais Matt annihilait sa raison. Il lui faisait tourner la tête, lui donnait le vertige, la faisait parler sans réfléchir aux conséquences de ses paroles.

Il fixait l'horizon comme si soudain il avait peur de la regarder.

— Je plaisantais, Matt, ne t'inquiète pas. Tu sais comment sont les filles de seize ans.

— A vrai dire, non.

— Elles sont un peu… naïves et stupides.

— Personnellement, je n'ai jamais compris les filles.

Elle baissa les yeux et se mordit la lèvre, soudain nerveuse, mal à l'aise.

— Tu n'ignores pas que j'avais un faible pour toi et que, comme toutes les adolescentes, je rêvais. J'imaginais me marier avec toi, avoir des enfants…

Elle se tut, attendant sa réaction, anxieuse. Mais il ne dit rien, ne tourna pas la tête, ne réagit pas. L'avait-elle vexé ? Avait-elle commis une erreur irréparable ?

— Ne t'inquiète pas, poursuivit-elle alors d'un ton aussi décontracté que possible. Tout cela, c'était il y a dix ans. Aujourd'hui, seul ton corps m'intéresse !

— Bon Dieu, Rachel ! lâcha-t-il en rougissant.

Il passa une main sur sa nuque, comme il le faisait chaque fois qu'il était troublé. Etait-il troublé ? Autrefois, elle savait comme faire. Et elle aimait voir qu'elle lui faisait de l'effet.

— Tu es vraiment une femme unique.

— Je…

Elle s'interrompit et baissa les yeux. Il semblait si sérieux tout à coup qu'elle avait l'impression d'avoir perdu tous ses moyens.

— Oui ? insista-t-il en regardant sa bouche à la dérobée, puis ses seins.

Apparemment, il avait vite recouvré ses esprits, constata-t-elle. Et maintenant les rôles avaient été inversés : c'était elle qui était gênée. Elle qui serrait nerveusement les jambes et priait pour que ses joues ne deviennent pas rouge cerise.

Son corps était en feu…

Rachel priait pour que le chalet de la mère de Matt soit accessible. Il serait sans doute poussiéreux et envahi de toiles d'araignée, mais, du moment qu'ils pouvaient y pénétrer et profiter d'un peu d'intimité, elle serait heureuse.

— Dans combien de temps crois-tu que nous arrive-rons ? demanda-t-elle pour rompre le silence équivoque qui régnait dans l'habitacle.

— Dix minutes, je pense, répondit Matt d'une voix un peu absente.

Pendant qu'elle tentait de dompter les réactions torrides de sa chair, Matt était passé à autre chose, semblait-il. Il tourna à gauche, et elle remarqua qu'il y avait beaucoup plus de neige qu'à Sundance.

— Il faut que je te dise, reprit-il. J'ai eu une longue conversation avec Lucy hier. Wallace est mourant.

— Je suis désolée, Matt…

— Devrais-je être triste ?

— Oui, car il reste ton père, même si tu ne lui ressembles en rien. Tu es humain et…

Elle lâcha un long soupir.

— Je suis désolée, répéta-t-elle.

— Tu sais mieux que personne combien je détestais cette ordure, Rachel. Tu es au courant de tous les mauvais coups qu'il m'a faits, de toutes les insultes qu'il m'a lancées.

Elle posa sa main sur la sienne pour le rassurer et lui montrer qu'elle le soutenait quoi qu'il arrive.

— Le détestes-tu toujours ?

— Non. Je ne ressens plus rien pour lui.

Elle n'était pas convaincue par sa réponse, mais n'en dit rien.

— As-tu annoncé la nouvelle à Nikki ?

— Pas encore.

— Comment penses-tu qu'elle réagira ?

— Je ne sais pas. Nous savions que nous le trouverions soit malade, soit alcoolique. Malgré cela, elle a beaucoup hésité avant de venir.

— A propos, comment l'as-tu retrouvée ?

— Grâce à ma mère.

Rachel digéra cette surprenante information.

— Elle était au courant ? Depuis combien de temps ?

— Peut-être vingt ans.

— Mon Dieu ! s'exclama-t-elle.

— Le pire, c'est qu'elle n'en a jamais rien dit à Wallace.

— Mais elle t'en a parlé.

— Seulement sur son lit de mort. Il m'a fallu ensuite un an pour me faire à cette idée, puis oser contacter Nikki. A vrai dire, je ne suis pas très fier de toutes mes hésitations.

— Il n'y a rien d'étonnant à cela : ta mère venait de mourir, tu étais sous le choc.

Ces mots durent le rassurer car il lui sourit.

— Avant que ma mère ne meure, je lui ai promis de prouver que Nikki était une Gunderson ayant des droits sur le ranch. Garde cela pour toi, car Nikki ne le sait pas et elle ne serait pas contente. Elle ne veut rien de Wallace, si ce n'est qu'il reconnaisse qu'il a eu une fille. En revanche, moi, j'aimerais bien qu'elle reprenne le Lone Wolf.

Rachel allait de surprise en surprise. Que sa sœur reprenne le ranch ? A vrai dire, elle n'imaginait pas Nikki vivre ici. Pourquoi voulait-il le lui léguer ?

— Tu ne veux pas t'occuper du ranch ?

— Je ne sais pas encore. Tout ce que je sais, c'est que j'ai gagné assez d'argent pour voir venir et que je ne pourrai pas pratiquer le rodéo éternellement. En fait, je pense même arrêter prochainement.

— Mais tu gagnes beaucoup de titres, tu es populaire… Tu pourrais décrocher de juteux contrats publicitaires, non ?

— Sans doute, mais je n'en veux pas.

Rachel s'en voulait pour ce sentiment peu honorable, mais elle devait bien s'avouer qu'elle était un peu jalouse de l'argent que possédait Matt. Elle n'en voudrait pas pour elle, non, mais pour Sundance. Ainsi, sa famille serait à l'abri du besoin, et elle n'aurait plus à s'inquiéter.

— Ne peux-tu pas trouver des contrats avec des marques qui te plaisent ?

— Le problème, c'est que je n'aime pas me faire prendre en photo et c'est ce que veulent tous les annonceurs. Si j'avais des enfants, peut-être accepterais-je, simplement pour mettre de l'argent de côté pour leur éducation. En attendant, avec tout ce que j'ai gagné et épargné, j'ai de quoi bien vivre. Mais je risque de finir seul.

Elle n'était pas d'accord avec ce pronostic pessimiste. Les fans dans le monde du rodéo étaient fidèles et, d'après ce qu'elle avait lu sur internet, tout le monde adorait Matt.

Sans compter qu'il était beau comme un dieu !

A propos, pourquoi voulait-il changer de vie ? se demanda-t-elle soudain prise d'angoisse.

— M'as-tu menti hier, lorsque je t'ai demandé si tout allait bien ? Tu es sûr que tu n'es pas malade ?

— Quoi ? fit-il sans détourner la tête de la route, désormais très enneigée. Non, bien sûr que non !

— Peut-être devrions-nous faire demi-tour, dit-elle en entendant les roues patiner sur la glace.

— Nous ne sommes plus très loin. Pourquoi m'as-tu demandé si je n'étais pas malade ?

— Parce que la plupart des gens dans ta situation ne voudraient surtout pas que tout s'arrête.

— C'est vrai, mais j'ai envie d'élever du bétail. Et, si je dois reprendre un ranch, autant le faire quand je suis encore jeune pour pouvoir en profiter.

Elle sourit, reconnaissant là le Matt d'autrefois. Un homme sensible et simple, heureux de vivre à la campagne. Il n'avait pas attrapé la grosse tête ni n'avait laissé ses mauvaises relations avec son père le rendre amer. C'était formidable.

Cependant, Rachel ne comprenait pas pourquoi il ne voulait pas reprendre le Lone Wolf. Cela la chiffonnait un peu qu'il désire que Nikki s'occupe du ranch. Elle n'avait rien contre la jeune femme, mais… En fait, ce qui la dérangeait, c'était que le désir de Matt de rester dans le Montana semblait lié à Nikki.

— Ma conduite t'inquiète ? lui demanda-t-il soudain. Je sais toujours conduire sur la neige, tu sais. Ça ne s'oublie pas.

— Je réfléchissais…

— Tu me fais toujours peur quand tu dis que tu réfléchis.

Apercevant soudain le chalet, Rachel se redressa, ignorant volontairement les mots qu'il venait de prononcer.

— Quand es-tu venu ici pour la dernière fois, Matt ?

— Après l'enterrement de ma mère. Deux générations de sa famille sont enterrées dans ce village. J'étais venu leur dire que j'étais désolé que Catherine soit enterrée avec les Gunderson et pas avec eux. Quand j'y repense… On fait parfois des choses étranges lorsqu'on perd quelqu'un.

— Je sais, fit-elle en posant la main sur sa cuisse.

Il la prit puis la porta à sa bouche et l'embrassa, réveillant instantanément ses sens.

— Je sais que tu sais, répondit-il.

La voiture sauta dans un nid-de-poule, et Matt reposa les deux mains sur le volant. Rachel regarda par la vitre, songeuse. Ils savaient tous les deux combien il était douloureux de perdre un être proche. Matt avait été là pour elle lorsque son père avait succombé à un cancer. Maintenant qu'elle y repensait, leur relation avait commencé au moment où il l'avait découverte en train de pleurer dans un champ, une semaine après l'enterrement. Ce jour-là, elle avait emprunté le fusil de Cole, croyant que tirer lui permettrait de se détendre et d'évacuer sa rage. Elle avait pris son cheval et galopé au hasard comme si elle avait le diable aux trousses. Puis elle s'était arrêtée, avait mis pied à terre et commencé à tirer sur un arbre.

Soudain, Matthew Gunderson était sorti du bois. Si elle avait tiré plus bas, sans savoir qu'il était là, elle aurait pu… Il était en dernière année de lycée et elle le trouvait mignon, mais elle ne le connaissait pas vraiment.

— Que se passe-t-il ? lui demanda Matt en se garant, comme s'il devinait ses tourments.

— Regarde, la porte est bloquée par la neige, lança-t-elle, refoulant ses douloureux souvenirs.

— Le vent a dû souffler fort hier soir.

Le soleil étant caché par les nuages, la neige n'avait pas pu fondre.

— Nous n'allons pas pouvoir entrer.

— Il y a peut-être une fenêtre ouverte. Tu as trop froid pour sortir ?

— Pour qui me prends-tu ? protesta-t-elle. J'ai grandi dans le Montana. Tu crois qu'un peu de neige va m'arrêter ?

Elle sortit de la voiture avant qu'il ait eu le temps de faire le tour pour lui ouvrir la portière et se mit à courir vers le chalet. Mais la neige était plus épaisse qu'elle ne pensait et rendait sa progression difficile.

— Ça va, Rachel ?

— Super !

Il la rejoignit puis la prit dans ses bras. Aussitôt, oubliant sa fierté, elle s'accrocha à son cou.

— J'aurais pu arriver toute seule…

— Tu es capable de tout, toute seule, répondit-il d'un ton étrange, comme s'il était déçu.

— Tu dis cela comme si c'était négatif…

— Non, pas du tout. Tu as toujours été forte et indépendante ; je suis heureux de voir que tu n'as pas changé.

Il lui sourit, mais d'un sourire lui parut soudain un peu triste. Peut-être cela n'avait-il rien à voir avec elle ; peut-être pensait-il simplement à son père.

— Enlève mon chapeau.

Il baissa la tête, et Rachel obéit. Alors, il l'embrassa avec gourmandise. Peu à peu, le baiser se fit plus intense, et elle s'abandonna. Il ne semblait pas pressé d'entrer, plutôt déterminé à lui faire perdre la tête. Et elle était partante !

Savourant le contact avec son corps puissant, s'enivrant de son parfum musqué, elle ferma les yeux et se laissa aller. Au bout de quelques secondes, elle rompit néanmoins le baiser, à bout de souffle.

— Tu peux me déposer, Matt.

— J'ai envie de te garder dans mes bras pendant une semaine. Un mois. Pour toujours !

Ce n'était que des mots, elle ne devait pas se faire d'illusions. Il avait simplement besoin de quelqu'un sur qui compter. Il pouvait le nier, mais elle savait que la nouvelle de la mort de son père l'avait touché. Un homme moins sensible que lui aurait pu passer outre, mais pas Matt.

Elle passa une main dans son épaisse chevelure et posa l'autre sur son torse. Elle pouvait sentir son cœur battre à toute allure contre sa poitrine.

— Cherchons un moyen pour entrer.

— Es-tu sûr que c'est une bonne idée ? lui demanda-t-elle en promenant un doigt sur ses lèvres gourmandes.

Il lui adressa un sourire sensuel, un sourire si envoûtant, si sexy qu'elle sentit sa température grimper.

— J'y compte bien, répondit-il avant de la laisser glisser au sol.

Malgré les épaisseurs de vêtements, elle put sentir sa virilité durcie contre son ventre. Ce contact électrisa ses sens, attisa son désir.

— Je déteste cela ! grommela-t-elle.

— Quoi ?

— Vivre au Sundance tandis que tu es au Lone Wolf ! Nous n'avons aucune intimité.

— J'ai moi aussi pensé à ce problème. Kalispell n'est pas trop loin…

— Nous ne pouvons pas y aller, en tout cas pas cet

après-midi. J'ai promis d'aider à décorer la salle des fêtes pour le bal.

— Moi non plus je ne suis pas libre : je dois parler de Wallace à Nikki. Mais pourquoi pas ce soir, une fois que tu auras terminé ? Ou demain, après le bal ?

— Oui, pourquoi pas.

Il déposa un petit baiser tendre sur ses lèvres et, heureuse, Rachel ne put réprimer un sourire.

— Attends-moi ici.

— Où vas-tu ?

Elle croisa les bras pour tenter de se réchauffer après le vide créé entre ses bras par son départ et le regarda retourner vers sa voiture.

Allait-il chercher des préservatifs ? se demanda-t-elle tout à coup. Mais il bifurqua pour gagner l'arrière du chalet, qui semblait beaucoup plus accessible. Sans doute cherchait-il une fenêtre ouverte.

Elle jeta un coup d'œil en direction de la forêt. Ce n'était pas l'endroit idéal pour installer un ranch car le terrain était très en pente, mais le paysage devait être magnifique au printemps.

C'était vraiment dommage que personne ne se serve de ce chalet.

Après des minutes qui lui parurent interminables, Matt réapparut par l'autre côté de la bâtisse. Son manteau était couvert de neige, comme celui d'un homme qui avait perdu une bataille contre les éléments.

Finalement, peut-être était-ce mieux qu'ils ne puissent pas entrer. Ils avaient attendu déjà très longtemps, ils n'étaient pas à quelques heures près. Et puis elle ne voulait pas que leur premier corps à corps soit juste pour lui une façon de se débarrasser de sa douleur, d'évacuer sa rage contre son père.

— Au moins, nous avons essayé, lança-t-elle. Il reste toujours l'option Kalispell.

Il ne répondit pas. Il se contenta de lui faire un clin d'œil puis de lui prendre la main et de l'entraîner vers l'arrière du chalet.

11

— Croyais-tu vraiment que je ne trouverais pas un moyen d'entrer dans le chalet ? lui demanda Matt une fois sous la fenêtre qu'il avait entrebâillée. Quel manque de confiance en moi !

Il savait bien que c'était faux : depuis toujours, Rachel était son roc, la petite voix dans sa tête qui lui rappelait qu'il pouvait atteindre tous ses rêves, même si Wallace l'insultait et le traitait d'incapable.

— Tu es mon héros, Matt !

Lui, un héros ? C'était pourtant tout le contraire. Mais il ne dit rien. Il préféra l'embrasser plutôt que discuter. Le simple fait d'être seul avec elle attisait son désir et le rendait heureux. En fait, il lui suffisait de plonger dans son regard émeraude pour tout oublier. Elle était tellement belle... Elle avait toujours été d'une beauté à couper le souffle. Mais aujourd'hui elle l'envoûtait plus que jamais.

Au bout de quelques secondes, il rompit l'étreinte et s'intéressa à la fenêtre. Il tassa la neige avec son pied. Il portait de simples chaussures de cuir, pas très adaptées à une sortie en montagne. Il n'avait pas réfléchi avant d'aller chercher Rachel : il était bien trop pressé.

— Prête ?

— Je crois que je peux grimper toute seule.

Cette réponse était typique de Rachel. Elle ne renonçait jamais, ne demandait jamais d'aide, même si l'épreuve lui paraissait insurmontable. Depuis qu'elle était enfant, elle allait toujours de l'avant, faisant tout pour atteindre ses objectifs.

— J'en suis persuadé, mais acceptes-tu que je t'aide ?

— Oui, Matt. Je veux bien ton aide. Merci.

Il noua alors ses mains pour lui faire la courte échelle. Elle y posa un pied, puis s'accrocha à l'appui de fenêtre sur lequel elle s'assit. Elle se glissa ensuite dans le chalet.

— Il y a des meubles, lui cria-t-elle depuis l'intérieur. Mais ils sont tous recouverts de draps.

Quelques instants plus tard, elle sortit la tête par la fenêtre et lui tendit la main.

— Il vaut mieux que tu t'écartes, Rachel.

Obéissant, elle recula, et il se hissa à l'intérieur.

Le chalet était plus chaud qu'il ne l'avait imaginé, mais mieux valait tout de même essayer de fermer la fenêtre. Il avait réussi à l'ouvrir parce qu'elle avait du jeu ; il la repoussa alors autant que possible.

— Savais-tu qu'il y avait tout cela à l'intérieur ? lui demanda Rachel en visitant le salon, soulevant les draps un par un avec curiosité.

— J'ai un vague souvenir de ma mère m'expliquant qu'elle stockait du mobilier hérité de sa famille. Le canapé me semble en bon état…

Il commença alors à retirer le drap qui le recouvrait, n'écoutant pas Rachel qui lui criait de ne pas le faire.

— Trop tard, murmura-t-elle quelques instants plus tard, alors qu'un nuage de poussière volait maintenant partout dans la pièce.

— Bien joué, Matt !

Il attrapa son bras et, ignorant ses protestations, l'attira à lui et l'enlaça. Il pouvait sentir ses mains froides dans son cou, mais cela lui importait peu. Elle se réchaufferait très vite. En attendant, il avait besoin de l'embrasser, de la toucher. Il n'avait plus envie d'attendre. Et plus aucune raison de le faire.

L'impatience à son comble, il s'empara de sa bouche pulpeuse ; Rachel tremblait entre ses bras.

— Tu as froid ? Si tu veux, nous pouvons essayer d'allumer un feu dans la cheminée.

— Je n'ai pas très envie de prendre ce risque, objectat-elle en se reculant pour regarder l'escalier. Qu'y a-t-il à l'étage ?

— Je crois que les chambres sont vides, mais je veux bien vérifier, si tu veux.

Sans attendre sa réponse, il déposa un autre baiser sur sa bouche et monta. En haut, il découvrit quatre chambres, toutes vides, puis redescendit. Pendant son absence, Rachel avait replié le drap qui couvrait le canapé et l'avait posé sur le piano. Elle leva les yeux vers lui et lui adressa un sourire charmeur qui le réchauffa instantanément.

— Je n'ai pas eu de succès à l'étage. Il n'y a rien du tout.

— Ce n'est pas grave, le canapé a l'air en état.

— Mais il est très laid.

— Certes, mais il n'est pas couvert de poussière, lui fit-elle remarquer en retirant son manteau.

Son sexe durcit instantanément devant l'air mutin de Rachel. Dire qu'il ne l'avait pas encore touchée… En cet instant, une seule chose comptait : il était seul avec Rachel. Enfin ! Une partie de lui n'en revenait pas qu'elle soit toujours à Blackfoot Falls. Il l'avait imaginée partout sauf dans le ranch familial. Et pourtant…

Elle sortit sa langue et la passa sur ses lèvres avec une sensualité folle. Un torrent de désir jaillit alors en lui, annihilant sa raison, enflammant son sang comme une étincelle la poudre.

Incapable d'attendre plus longtemps, Matt jeta son manteau dans le fauteuil. Le moment dont il rêvait depuis si longtemps était enfin arrivé. Son désir grandissait en lui depuis des années : il ne pouvait pas patienter une minute de plus.

Il s'approcha de Rachel, l'enlaça et la tint serrée contre lui, s'enivrant de son envoûtant parfum. Elle sentait la vanille, comme autrefois, remarqua-t-il tandis que les souvenirs remontaient à sa mémoire.

Il scruta ensuite son beau visage, pour en graver chaque détail dans son esprit : ses joues roses, ses yeux brillants, ses lèvres sensuelles entrouvertes, son épaisse chevelure auburn.

Rachel lui plaisait. Elle le séduisait, le charmait. Elle l'ensorcelait, comme une fée, une magicienne.

— Que se passe-t-il, Matt ? lui demanda-t-elle soudain. Pourquoi souris-tu ainsi ?

— Nous sommes enfin seuls, tu es dans mes bras : je crois avoir toutes les raisons de sourire.

Il plaqua sa bouche sur la sienne et laissa les mains glisser le long de son dos jusqu'à trouver le bas de son pull. Puis, doucement, il le souleva, savourant le moment, l'anticipation avant la découverte. Son émotion était à son comble. Tout à coup, il la sentit frissonner.

— Tout va bien ?

— Oui, même mieux que bien, répondit-elle en fermant les yeux, un sourire de plaisir aux lèvres.

Rassuré, il lui caressa le dos, s'attardant sur sa peau aussi douce que la soie. Lentement, il dégrafa son soutien-gorge et prit en coupe ses admirables seins ronds et pleins.

Elle rouvrit alors les yeux et laissa échapper un petit soupir de plaisir qui le charma et alluma aussitôt de nouveaux foyers de désir en lui.

Rachel était une femme aujourd'hui, mais elle était aussi la jeune fille qu'elle était autrefois, cette jeune fille maniant détermination et naïveté jusqu'à lui faire perdre la tête.

Sans doute n'aimerait-elle pas qu'il lui fasse cette observation et lui dirait-elle qu'il avait perdu la tête, songea-t-il. Alors il demeura silencieux et se concentra sur la poitrine de Rachel. Il en pinça un téton entre deux doigts. C'était la première fois qu'il avait l'occasion de la caresser ainsi. Il n'avait jamais posé les mains sur ses seins nus autrefois. Lorsqu'ils se retrouvaient à Mill Creek, elle portait toujours le haut de son maillot de bain. Evidemment, il rêvait de glisser les mains sous le tissu, mais il n'avait jamais eu le courage.

Il posa sa bouche sur la sienne, s'en empara et, sans attendre, approfondit le baiser. Comme si elle partageait son impatience, elle lui mordilla les lèvres et les agaça du bout de la langue, attisant encore et encore son désir.

Matt se faisait l'effet d'un volcan sur le point d'entrer en éruption. Tous ses muscles étaient tendus désormais. Il n'était plus qu'un corps, un corps gouverné par ses pulsions. Il n'avait plus qu'une envie : renverser Rachel sur le canapé et la posséder. Il s'était juré d'aller lentement avant de la pénétrer, pour que leur première fois ensemble soit mémorable, pour lui offrir toute la tendresse qu'elle méritait. Mais la tentation était trop forte.

Il remonta une main vers ses seins enchanteurs et se força à ralentir l'allure, à calmer ses ardeurs. Mais Rachel ne semblait pas d'accord : elle reprit possession de sa bouche avec encore plus d'intensité et de gourmandise qu'avant.

Il devait agir, sinon il ne répondrait bientôt plus de rien.

Il se força donc à rompre l'étreinte, et elle le dévisagea, comme s'il venait de la priver d'oxygène.

— Cette dernière nuit, il y a dix ans, murmura-t-elle d'une petite voix, nous devions nous retrouver dans la cabane…

Oui, il s'en souvenait.

— J'avais décidé de t'offrir ma virginité, cette nuit-là.

— Rachel…

— Non, le coupa-t-elle en posant un doigt fin sur sa bouche, ne dis rien. Je voulais juste que tu le saches.

L'émotion le saisit, lui serrant la gorge. Combien de temps Rachel l'avait-elle attendu dans le froid, ce soir-là ? S'il n'avait pas quitté la ville, aurait-il accepté de lui faire l'amour ? Sans doute, oui. Après cette dernière dispute explosive avec Wallace, il aurait sans doute oublié tous ses principes et aurait fait l'amour avec Rachel McAllister. Mais il se serait détesté ensuite.

— Je suis désolé.

— Je t'ai dit de te taire !

Pour être sûre qu'il ne parle pas, elle écrasa son corps contre le sien et reprit possession de sa bouche. Elle semblait pressée qu'il la caresse de nouveau, déterminée à lui faire tout oublier. Obéissant à cet ordre muet, il posa alors une main sur son sein, le caressa, en taquina la pointe offerte et tendue. Mais cela ne lui suffisait pas. Il voulait aussi la regarder, la goûter.

Elle déboutonna sa chemise puis, glissant ses mains tremblantes sur sa peau, caressa ses cicatrices. A ce contact, il se raidit. C'était la première fois. Ses cicatrices ne le complexaient pas et elles n'étaient pas douloureuses. Ses blessures étaient guéries, et il savait que de toute façon il ne pouvait pas les faire disparaître. Et pourtant il avait légèrement sursauté, aujourd'hui.

Priant pour qu'elle n'ait pas perçu son mouvement, Matt continua à embrasser Rachel. Mais elle avait dû se rendre compte de sa réaction car ses baisers étaient un peu plus appuyés, un peu plus puissants.

Ce n'était pas surprenant : Rachel le connaissait mieux que personne, même dix ans après.

— Tes cicatrices ne me dérangent pas, Matt, si c'est ce qui t'angoisse. Je regrette simplement que tu aies souffert.

Emu par ces mots, par cette bonté, il plongea dans son regard et s'y laissa dériver.

Ses cicatrices étaient la preuve que le sang de Wallace coulait dans ses veines, la preuve qu'il pouvait parfois avoir aussi mauvais caractère que son père s'il ne se contrôlait pas. Car elles n'étaient pas seulement dues au rodéo.

Pendant ses premières années seul, loin du Montana, il s'était retrouvé plusieurs fois impliqué dans des bagarres, dans des bars. Il en avait même lancé un certain nombre, simplement parce qu'il était de mauvaise humeur.

— Veux-tu en parler ? lui demanda-t-elle en posant les mains sur ses joues.

Pour toute réponse, il secoua la tête et lui remonta son pull. Elle était si belle, si séduisante, si… parfaite qu'il ne pouvait pas s'arrêter de la dévorer du regard.

Au simple contact de la langue agile de Matt sur son sein, Rachel sentit toute raison l'abandonner, tout contrôle la déserter. Elle n'était plus désormais qu'une boule d'émotions. Si elle ne se reprenait pas, si elle ne calmait pas son impatience, Matt allait finir par penser qu'elle était toujours vierge !

Il abandonna ses seins puis reprit possession de sa bouche avec une gourmandise inouïe. Rachel n'avait jamais expérimenté de telles émotions, des sentiments aussi intenses.

Le corps en feu, elle enfouit les mains dans ses cheveux châtains et ferma les yeux. Matt pouvait faire tout ce qu'il voulait, elle s'offrait corps et âme. Le problème, c'était qu'il ne semblait pas savoir par où commencer. Il embrassa son cou, sa mâchoire, son menton, puis s'attarda sur ce petit point sensible et érogène, derrière son oreille.

— Il faut que tu enlèves ce pull, lui ordonna-t-il enfin d'une voix rauque, le regard brûlant.

Elle avait toujours eu un faible pour ses yeux couleur

lagon, elle n'avait jamais su leur résister. Il suffisait même qu'elle y plonge pour se sentir hypnotisée et que sa raison ne lui réponde plus.

— En échange, je voudrais bien que tu enlèves toi aussi quelques épaisseurs.

Sans attendre, Matt se débarrassa de sa chemise à carreaux. Il frémit, comme s'il se souvenait de ses cicatrices et avait honte de lui montrer. Mais son beau visage demeura impassible, contrairement à son visage d'autrefois, dans lequel elle pouvait lire toutes les émotions.

Refoulant ses questions, Rachel ôta son soutien-gorge, ses bottes et son jean, ne gardant que sa petite culotte, tandis que Matt enlevait à son tour son pantalon.

Il était tellement beau qu'elle avait envie de le regarder, encore et encore, jusqu'à la fin du jour. Mais plus que tout, elle voulait le sentir en elle.

Maintenant.

Sans doute ressentait-il la même impatience car, avant qu'elle ait pu dire quoi que ce soit, il la bascula sur le canapé.

Puis, sans un mot, il posa la bouche sur la sienne et l'embrassa avec une passion incroyable, faisant danser leurs langues, comme si ce baiser était vital pour lui.

Sans jamais cesser de l'embrasser, il laissa une main puissante descendre le long de son dos. Rachel ne put réprimer un frisson. Elle avait la chair de poule.

— Tu as froid ?

— Non, je suis juste excitée.

Pour toute réponse, il lui sourit, puis il déposa une nuée de petits baisers coquins à l'intérieur de ses cuisses avant de faire glisser sa culotte le long de ses jambes.

Ensuite, il se leva et se débarrassa de son caleçon.

Rachel eut le souffle coupé lorsqu'elle découvrit sa silhouette dorée par le soleil. Dieu qu'il était beau ! Son regard se fixa sur sa virilité impressionnante et, émerveillée, elle en eut l'eau à la bouche. Elle avait imaginé Matt nu des dizaines de fois, mais ses rêves avaient été bien inférieurs à la réalité qu'elle avait à présent devant elle. Une réalité qui la bouleversait et lui faisait perdre tous ses moyens.

La gorge nouée par l'émotion, elle le regarda attraper son portefeuille dans la poche de son pantalon, en sortir un préservatif puis se réinstaller sur le canapé.

— J'ai peur de te toucher, Rachel, murmura-t-il d'une voix émue. J'ai tellement rêvé de ce moment que j'ai peur de me réveiller et de découvrir qu'il ne s'agissait que d'un autre rêve.

— Viens, je vais te montrer que je suis bien réelle.

Il esquissa un sourire timide, et Rachel fondit. Elle ne pouvait résister à ce sourire, à cette tendresse.

Impatiente de découvrir chaque parcelle de son corps puissant, elle posa ses mains sur sa peau brûlante et ferme. Elle voulait tout, tout de suite.

Lorsqu'il glissa une main à l'intérieur de sa cuisse, elle redressa la tête pour l'embrasser. Puis il insinua la langue entre ses lèvres en même temps qu'il glissait deux doigts en elle. Elle chavira.

— Rachel, lâcha-t-il dans un souffle rauque, je ne peux plus attendre.

— Moi non plus.

Il déchira l'emballage du préservatif et, le cœur battant à toute allure dans sa poitrine, Rachel le regarda dérouler la protection sur son sexe tendu. Lorsqu'il riva de nouveau son regard au sien, ses yeux avaient pris une nouvelle teinte, plus profonde, plus intense, qui raviva encore son émotion.

Sans jamais la quitter du regard, il la pénétra avec une infinie douceur. Elle devinait qu'il faisait son possible pour se contrôler. Or, elle ne voulait pas qu'il se maîtrise. Elle ne voulait pas brider sa passion. Elle voulait s'enflammer, vibrer. Déterminée, elle noua ses jambes autour de ses hanches

pour l'attirer plus loin en elle, pour qu'il la remplisse entièrement. Au même instant, leurs regards se rencontrèrent,
et une décharge électrique la saisit. L'émotion était si forte,
les sensations si intenses qu'elle dut rassembler toutes ses
forces pour ne pas fermer les yeux. Elle voulait voir Matt ;
elle voulait voir les gouttes de sueur perler sur son front et
ses muscles se tendre. Elle voulait également qu'il continue
à la regarder comme si elle était la seule femme qu'il ait
jamais désirée.

Comme s'il devinait son impatience, il accéléra enfin son
tempo et, incapable de s'en empêcher, elle lâcha de petits
cris de plaisir. Le va-et-vient de son amant était parfait et
le plaisir qui la submergeait, incomparable.

Au bout de quelques minutes, il se retira. Mais, avant que
la sensation de manque l'envahisse, il la pénétra de nouveau,
avec une telle puissance que les prémices de l'orgasme
mordirent sa chair. Elle n'allait pas pouvoir résister bien
longtemps. A chaque nouveau coup de reins de Matt, elle
approchait un peu plus du paradis, de la jouissance parfaite.
Jamais elle n'avait ressenti un tel plaisir.

— Rachel, je ne vais pas pouv...

Il s'interrompit pour l'embrasser, avec une virulence
qui lui coupa instantanément le souffle. Aussitôt, tout son
corps se raidit, et elle s'arc-bouta contre lui.

Il murmura son prénom et, émue, elle le serra entre ses
bras, comme pour le garder en elle pour toujours.

Il donna une dernière poussée, et elle extériorisa sa
jouissance dans un cri avant de se laisser retomber sur le
canapé ; Matt la rejoignit presque aussitôt, dans un long
râle, secoué de spasmes.

Ensuite, il la tint serrée contre lui jusqu'à ce que leurs
respirations s'apaisent. Heureuse au-delà des mots, Rachel
esquissa un sourire rêveur. Faire l'amour avec Matt était
encore plus beau que dans ses rêves les plus fous.

Le soleil avait tourné et ne parvenait plus jusqu'au canapé. La température avait baissé dans la pièce, mais Matt n'avait pas froid. Il ne pouvait pas avoir froid, car Rachel était lovée contre lui.

— Si j'avais su que ce serait ainsi, murmura-t-il d'une voix encore endormie par le plaisir, je t'aurais invitée ici il y a dix ans !

— Menteur ! Tu avais trop peur de moi.

— Tu as raison. Tu jouais souvent les petits chefs.

— Matt !

— Es-tu en train de nier ?

— Non. En fait, j'adore te faire enrager.

Il demeura pensif quelques instants avant de reprendre, plus sérieux :

— La vérité, Rachel, c'est que si j'avais cédé à tes avances, tu aurais fui.

— Sans doute.

Il laissa une main remonter vers sa gorge, la caressant jusqu'à ce qu'elle lève la tête, puis plaqua sa bouche contre la sienne. Elle promena une langue tentatrice sur ses lèvres.

— J'ai failli craquer une fois, susurra-t-il,

— Quand ?

— La fois où Wallace a failli nous prendre en flagrant délit.

Il la vit réfléchir et, au bout de quelques secondes, sut qu'elle se souvenait. Ce jour-là, il était en train de réparer le système d'irrigation, au confluent de leurs deux ranchs. Elle l'avait rejoint sur sa jument. Il travaillait torse nu et il lui avait suffi d'un seul coup d'œil vers elle pour sentir ses hormones de post-adolescent s'affoler.

Il rêvait de lui faire l'amour mais savait bien qu'elle était trop jeune, qu'il devait se contenter de quelques baisers.

— Je me souviens, finit-elle par murmurer en fermant

les yeux lorsqu'il posa sa bouche dans le creux de son cou. Nous avons entendu son camion juste à temps.

— Comme j'étais tenté…

— De me suivre ?

— Non, de laisser Wallace nous voir, avoua-t-il avec un sourire crispé. N'aurais-tu pas aimé voir son regard s'il nous avait pris en flagrant délit ?

— Non, pas vraiment.

Il ne répondit pas. Pensif, il se contenta de fixer l'horizon.

— Wallace ne pensait qu'à me voir travailler. Il en voulait toujours plus et n'avait jamais imaginé que je puisse me rebeller. Tu imagines s'il m'avait trouvé avec une McAllister ? Il aurait pu avoir une crise cardiaque et cela aurait évité de nombreuses souffrances à ma mère.

Rachel tiqua. Ces mots la mettaient mal à l'aise, la dérangeaient. Gênée, elle se leva pour chercher ses vêtements. Si Matt pensait qu'il avait dépassé sa haine pour Wallace, que, comme il l'affirmait, il ne ressentait plus rien pour son père, il se trompait. Mais, dans ce cas-là, que faisaient-ils ici ? Quelle place occupait-elle dans son paysage mental et émotionnel.

— Rachel ?

Il semblait surpris et ne pas avoir remarqué qu'elle avait commencé à se rhabiller.

— Que fais-tu ? reprit-il.

Elle recula. Il ne l'embrasserait pas cette fois-ci.

— Je dois aller décorer la salle des fêtes.

— Oui, je m'en souviens, répondit-il en remettant son caleçon et son pantalon. Tu vas bien ?

— Oui. J'ai un peu froid.

Immobile, il la regarda remettre ses bottes. A l'évidence, il avait deviné qu'il s'était passé quelque chose.

— Veux-tu que je vienne t'aider à la salle des fêtes ?

— Pas la peine. Jesse, Trace et quelques autres se sont déjà portés volontaires pour installer l'estrade.

Il la dévisagea quelques secondes avant de reprendre :

— Je n'aurais pas dû parler de Wallace. Je suis désolé.

— C'est normal que tu penses à lui.

Même s'il avait pensé la conquérir pour faire enrager le vieil homme, cela ne voulait pas dire qu'il ne tenait pas à elle, se répéta-t-elle. Sinon, il aurait fait l'amour avec elle sans se soucier de son âge

Ils demeurèrent silencieux pendant tout le trajet de retour jusqu'au Sundance. Leur humeur à tous les deux semblait s'être assombrie après cette discussion autour de Wallace.

Matt la déposa au ranch mais n'essaya même pas de l'embrasser. Cela ne la dérangeait pas : elle n'avait ni envie ni besoin que tout le monde soit au courant de leur aventure. Il ne sortit même pas de sa voiture.

— A quelle heure vas-tu en ville ? lui demanda-t-il en ouvrant sa fenêtre.

— Dans un petit moment. J'ai quelques petites choses à faire avant.

— Je t'accompagnerais volontiers, mais je ne sais pas quand j'aurai l'occasion de parler à Nikki. Et je dois absolument avoir cette discussion avec elle.

— Ne t'inquiète pas. J'emprunterai la voiture de ma mère ou j'irai avec Trace.

Il ne répondit pas immédiatement ; il semblait perdu dans ses pensées.

— Je te retrouverai là-bas, finit-il par lui annoncer.

— Très bien. Je te donnerai du travail. Sans doute Nikki viendra-t-elle également. Après votre discussion, gonfler des ballons lui changera peut-être les idées !

— Je sais qu'elle aime passer du temps avec toi et Jamie.

C'est juste que… J'espérais que, toi et moi, on pourrait se retrouver après.

Elle aurait sauté de joie en entendant ces mots si une sorte de malaise ne la tenaillait pas toujours.

— J'ai une question, Matt. Ta relation avec moi était-elle une façon pour toi de te rebeller contre l'autorité de ton père ?

Son regard bleu demeura impénétrable, et la colère la gagna. Etait-il en train de *réfléchir* ?

— C'est drôle que tu me poses cette question. Je me demandais justement ce que moi je t'inspirais.

12

Rachel passa le reste de l'après-midi à courir dans tous les sens. Un autre jour, elle aurait sans doute dit que cette idée de bed and breakfast pour les femmes était la plus stupide qu'elle ait jamais eue ; mais aujourd'hui elle était heureuse de répondre à tous les désirs des clientes, même les plus farfelus, pour tenter d'oublier ses propres soucis.

Elle s'arrêta sur le palier de l'étage et ferma les yeux. Comment Matt avait-il pu savoir comment la toucher pour la faire vibrer autant ? Pour l'enflammer à ce point ?

Ce n'était pas le moment d'y penser...

Se forçant à se reprendre, à revenir au présent, elle rouvrit les yeux et redescendit. Penser à Matt n'était pas une bonne idée. Certes, elle gardait de merveilleux souvenirs de tous les moments passés avec lui à Mill Creek, mais ils avaient grandi depuis, ils avaient évolué.

Dans ce cas-là, pourquoi pensait-elle toujours le connaître ? Pourquoi pensait-elle l'avoir connu mieux que personne autrefois ? Elle était adolescente à l'époque, elle ne connaissait rien de la vie. Sa plus grande crainte à cette période était de porter la même robe que Mary-Jane Ledet.

Elle avait survécu au départ de Matt, à l'humiliation, avait avancé, vécu, et aujourd'hui elle cherchait les raisons pour lesquelles il avait sous-entendu qu'elle n'était que l'instrument de sa rébellion contre son père.

Elle ferait mieux de tout oublier. Il allait repartir,

peut-être pas demain mais bientôt, alors mieux valait ne pas s'emballer, ne pas se faire d'illusions.

Rachel jeta un coup d'œil par la fenêtre et aperçut Jesse qui l'attendait dehors. Elle attrapa alors son manteau et son sac.

— Quand vas-tu enfin t'acheter une voiture ? lui demanda son frère dès qu'il démarra.

— Qu'essayes-tu de me faire comprendre ?

— Rien.

— Tant mieux.

Elle laissa échapper un soupir de lassitude puis se força à se détendre.

— Pendant que tu seras avec Shea, pourrais-je utiliser ta voiture ?

— Pas de problème. En échange, je voudrais que tu me dises quel est le problème.

— Il n'y a aucun problème. C'est juste que… Avant, je n'avais aucun mal à emprunter la voiture de maman, car elle ne sortait jamais. Mais ces derniers temps, lorsqu'elle n'est pas en train de faire des courses, elle va rendre visite à des amis et… C'est bien, je suis contente pour elle. Mais je ne peux pas m'empêcher de trouver aussi cela étrange.

— Je ne parlais pas de la voiture, Rachel…

Elle se tourna vers Jesse. Elle n'avait pas de préféré parmi ses trois frères, elle leur faisait tous confiance. Mais, si elle pouvait parler à l'un d'eux de ses doutes concernant son futur, c'était bien à Jesse. Quelques mois plus tôt, ce dernier avait failli quitter le ranch, mais y avait renoncé pour aider sa famille. Il comprendrait alors pourquoi elle se sentait obligée de rester.

— Nous ne sommes pas forcés de parler si tu ne veux pas, dit-il.

— As-tu peur de ce que je pourrais te dire ?

— Au contraire, je t'écoute.

— D'abord, Jesse, sache que je suis heureuse que tu sois avec Shea et qu'elle emménage ici. Vous allez parfaitement ensemble. Deuxièmement, nous n'avons pas d'argent pour acheter une voiture de plus alors j'en emprunte une quand j'en ai besoin. Ensuite…

Elle prit une profonde respiration pour se donner du courage.

— Ensuite, je quitterai le ranch dès que les affaires iront mieux.

Pour toute réponse, il se contenta d'un geste de la tête. Il ne poussa pas de cri d'orfraie comme elle l'avait craint.

— Je ne veux décevoir personne, ni maman ni toi, mais je rêve de travailler dans un grand hôtel de luxe.

— Tu y ferais sans doute du bon travail.

— C'est tout ce que tu as à me répondre ?

— Tu es intelligente, organisée, douée pour les relations humaines… J'imagine que les grandes chaînes hôtelières se bousculeront pour t'engager. Personne, et surtout pas moi, ne veut que tu partes, Rachel. Mais je sais aussi que tu n'as pas étudié pendant six ans pour te contenter de diriger un modeste bed and breakfast au fin fond du Montana.

— Si je comprends bien, tu n'es pas surpris.

Jesse avait été le premier de la famille à partir à l'université, avant de rejoindre l'armée et de devenir pilote.

— J'espère que personne d'autre n'est au courant, ajouta-t-elle.

— Personne ne m'a parlé de rien.

Tant mieux, songea Rachel. D'un autre côté, peut-être devait-elle arrêter de s'inquiéter. Le problème, c'était que rien ne se passait comme elle l'espérait.

— Si tu veux, reprit-elle en changeant de sujet, je t'accompagnerai à l'aéroport, demain. Mais seulement parce que tu me prêtes ta voiture !

— Que se passe-t-il avec Matt ? lui demanda son frère en guise de réponse.

Elle croisa ses bras autour de sa poitrine, comme pour se défendre et se protéger.

— Est-ce Trace qui a vendu la mèche ? lança-t-elle, un peu agressive. Est-ce à cause des lasagnes que tu me poses cette question ?

— Je n'ai aucune idée de ce dont tu me parles, Rachel. Alors je vais répondre non.

Elle s'en voulait de ses réactions et de la façon dont elle avait répondu. Elle prit alors une profonde respiration pour se forcer à se détendre.

— Matt doit faire face à de nombreux problèmes. Tu dois être au courant pour Nikki. Et puis, il y a Wallace Gunderson. Je suis sûr que Matt ne m'en voudra pas si je te dis que son père est mourant. Mais ne le répète à personne car je ne sais pas s'il en a déjà parlé à Nikki.

— Il t'en a donc parlé en premier.

— Elle n'était pas à la maison lorsqu'il est passé tout à l'heure.

— J'aime bien Matt, et j'ai toujours été révolté par la façon dont Gunderson le traitait. Mais tu es ma sœur, et je n'ai pas envie de te voir souffrir.

Il n'avait pas envie de la voir souffrir ? Pourquoi disait-il cela ?

— C'est ridicule, Jesse. Matt et moi sommes amis.

— Tu ne peux espérer qu'il soit le même garçon qu'il y a dix ans.

Sa raison lui avait déjà rappelé cela, plus tôt dans la journée, et elle n'avait aucune envie que quelqu'un d'autre le lui répète. Jesse pouvait bien dire ce qu'il voulait, elle n'attendait l'opinion de personne. Elle connaissait Matt.

— Tu penses que Matt n'est qu'une star du rodéo capable

d'avoir toutes les femmes qu'il désire, mais tu te trompes, répliqua-t-elle. Il n'est pas comme cela. Pas du tout.

— Je suis d'accord, finit-il par avouer. Mais il a dû faire face à de nombreux démons, dans sa jeunesse. J'espère qu'il est apaisé aujourd'hui, mais je n'en suis pas sûr.

Rachel fixa son frère, se forçant à ignorer l'émotion qui la tenaillait. Que savait Jesse qu'elle ignorait ?

A moins qu'il ne s'agisse de quelque chose d'important, il n'aurait jamais abordé le sujet. De ses trois frères, il était le plus prudent, le plus raisonnable.

— Je ne comprends pas.

— Je te connais, Rachel. Tu as dû faire des recherches sur lui.

— Oui, évidemment, et j'ai lu de nombreux articles. Mais je ne comprends toujours pas ce que tu cherches à me dire.

— As-tu consulté des articles sur le début de sa carrière ?

— Quelques-uns.

— Alors tu dois savoir qu'il était un peu fou à l'époque, à la fois sur le terrain et dans sa vie privée.

— Il était jeune, mais il a changé aujourd'hui.

— Il a eu de la chance de pouvoir changer, car il a tout de même une histoire, des antécédents familiaux… Plusieurs journalistes ont qualifié son comportement de suicidaire. Il a été blessé, s'est battu… Cela ressemble-t-il au Matt que tu connais ?

Elle hocha la tête. Jesse avait raison.

Les cicatrices… Elle comprenait pourquoi Matt semblait aussi mal à l'aise chaque fois qu'elle les évoquait. Pourtant, les révélations de son frère ne la contrariaient pas. Elle n'avait pas peur que Matt soit devenu un autre homme, car elle savait qu'au fond de lui il n'était pas violent.

Malgré tout, Matt Gunderson avait brisé son cœur une

fois, elle ne devait pas l'oublier. Pourrait-il recommencer ?
Telle était maintenant la question.

La première chose que fit Rachel lorsqu'elle arriva dans
la salle des fêtes fut d'ouvrir toutes les portes et fenêtres
pour tenter de supprimer l'envahissante odeur de renfermé.
Même si ce n'était sûrement pas ces relents qui allaient
faire fuir les participants au bal !

Louise et Sylvia, qui allaient s'occuper de l'accueil,
arrivèrent quelques minutes après elle, de même que les
jumelles Mabel et Miriam Lemon, puis Gretchen, qui les
prévint qu'elle n'avait que quarante-cinq minutes avant
d'aller commencer son service au Watering Hole.

Sam, un ami de Trace qui venait de s'installer à Blackfoot
Falls, était en train de s'occuper de renforcer l'estrade. Elle
l'avait croisé à plusieurs reprises et l'avait trouvé sympathique
et bel homme. Le problème était qu'il savait que c'était le
cas et en jouait. Ce n'était donc pas un homme pour elle.

Peu à peu, tout le monde se mit au travail. Les femmes
bavardèrent tout en sortant des cartons les décorations
de l'année précédente, les hommes lançaient des jurons
entre leurs coups de marteau. Cette ambiance familière et
rassurante lui changeait les idées. Mais, lorsque ses amies
commencèrent à évoquer Matt, elle s'excusa sans attendre
et décida d'aller chercher sa Thermos de café.

Elle ne voulait pas penser à Matt. Si elle avait pu
refouler les images de leur après-midi, de leur corps à
corps sensuel, elle l'aurait fait. Mais c'était impossible,
car elle mourait d'envie de se noyer de nouveau dans son
regard bleu, de savourer sa tendresse, son expérience, de
le combler de plaisir.

S'approchant d'une fenêtre, elle jeta un coup d'œil vers
le parking puis, déçue de ne pas voir son 4x4, alla chercher
l'échelle dans le placard.

Si elle n'avait pas été aussi préoccupée, sans doute aurait-elle pensé à apporter une échelle en meilleur état. Heureusement, elle ne devait pas monter trop haut. Elle demanda alors à Miriam Lemon de tenir l'échelle pendant qu'elle accrochait au mur les cœurs en papier.

Une heure plus tard, sa tâche terminée, elle recula pour examiner le résultat.

— Qu'en pensez-vous ?

Personne ne répondit, alors elle se retourna vers Miriam et Mabel. A quatre-vingts ans, les sœurs jumelles étaient toujours inséparables.

— Tu nous demandes notre avis ? s'étonna Mabel.

— Oui. Sentez-vous libres de me donner franchement votre opinion.

Elle vit les deux femmes se consulter à voix basse et, aussitôt, regretta de leur avoir posé la question. Elles affirmèrent en effet que les cœurs n'étaient pas à la même hauteur, que les modèles roses et argentés ne convenaient pas à une fête comme la Saint-Valentin, que le traiteur était mauvais... Elle arrêta vite d'écouter leur logorrhée puis, discrètement, elle s'éloigna, espérant que les deux femmes ne s'en apercevraient pas. Hélas, elles la suivirent, continuant à tout critiquer, jusqu'à la position des tables.

C'était un cauchemar !

Les mots prononcés par Jesse revinrent soudain à sa mémoire, et l'angoisse l'envahit de nouveau.

Et si elle allait au Watering Hole chercher du café ? Une petite marche lui ferait du bien. Un peu d'air frais lui permettrait de reprendre ses esprits car plus le temps passait, plus elle se sentait perdre tous ses moyens.

Une fois dehors, elle prit une profonde respiration.

A l'ouest, le soleil était en train de se coucher entre les hauts sommets. La rue principale était déserte, mais ce n'était pas surprenant : à cette heure, la plupart des habitants étaient chez eux en train de préparer le dîner. Elle distinguait néanmoins quelques voitures garées devant le restaurant, et d'autres sur le parking du Watering Hole.

Elle plissa les yeux. N'était-ce pas Nikki qu'elle apercevait au loin, à côté d'un camion ?

Elle traversa Main Street puis jeta un nouveau coup d'œil. Oui, il s'agissait bien de Nikki, en train de discuter avec ce jeune type embauché au Lone Wolf l'automne dernier, le garde du corps de Wallace. Elle ne connaissait pas le nom du garçon, mais tout le monde l'appelait « le Gorille » car, depuis qu'il était arrivé à Blackfoot Falls avec un certain Tony, il ne quittait jamais Wallace d'une semelle.

Mais que diable faisait Nikki avec lui ? Il ne semblait pas son genre d'homme.

Soudain, elle vit la jeune femme le gifler. Il éclata de rire puis attrapa le poignet de Nikki, qui lâcha alors un cri et tenta d'utiliser son autre main pour se défendre.

Interloquée, Rachel se figea. Elle était trop loin pour aider et ignorait quoi faire. Mais, en voyant la colère du Gorille, elle recouvra ses forces.

— Laissez-la tranquille, cria-t-elle en laissant tomber la Thermos et en se mettant à courir.

L'homme ne lui jeta même pas un coup d'œil. Il attrapa l'autre bras de Nikki et le tordit, tandis que celle-ci se débattait et lui donnait des coups de genou.

La musique résonnait dans le bar, personne ne pouvait donc les entendre. Il fallait à tout prix qu'elle trouve de l'aide. Mais, avant d'avoir trouvé une solution, elle vit un véhicule freiner brusquement dans la rue. Matt en sortit puis se précipita sur le Gorille.

Soit l'homme fut surpris, soit la rage qu'il vit dans le regard de Matt l'effraya, mais il libéra aussitôt Nikki, la poussant violemment contre le mur de brique.

— Salaud ! hurla Matt en attrapant l'homme par la chemise. Tu la touches encore une fois, et je te tue !

— Va te faire voir, Gunderson. Tu ne me fais pas peur avec tes grands airs.

Rageur, Matt donna un puissant coup de poing à son adversaire. Jamais Rachel ne l'avait vu dans une telle colère.

— Matt, arrête ! cria Nikki. Laisse-le partir !

Mais Matt ne lâchait pas l'agresseur de sa sœur. Celle-ci lui prit alors le bras pour tenter de le calmer. Si elle ne l'avait pas fait, sans doute Rachel serait-elle intervenue car la colère qu'elle voyait miroiter dans le regard azur de Matt lui faisait peur à elle aussi.

— Matt, arrête ! lança-t-elle à son tour.

Le Gorille se tourna soudain vers elle, et elle retint son souffle, inquiète.

— Toi aussi tu me plais bien, ma jolie.

A ces mots, la nausée l'envahit. Matt perdit tout contrôle. Il écarta Nikki et se jeta sur le Gorille, qui le repoussa violemment.

Au même moment, la porte du Watering Hole s'ouvrit sur l'autre homme qui accompagnait Wallace partout, le dénommé Tony.

— Eddie, que se passe-t-il ? demanda-t-il.

Cette diversion permit à Matt, qui était en mauvaise posture jusque-là, de se reprendre. Il envoya une avalanche de coups sur le Gorille, le frappant jusqu'à le faire tomber par terre.

Tony n'hésita pas : il se rua sur Matt.

— Arrêtez, arrêtez, cria Rachel, de plus en plus désespérée.

Elle tenta de se placer entre les deux hommes, mais Matt l'écarta fermement. Paniquée, elle se tourna alors vers Nikki. A un contre deux, Matt n'avait aucune chance.

Celui qui s'appelait Eddie se releva ; avec Nikki, elles

tentèrent de le bloquer, de l'empêcher de foncer sur Matt. L'homme les repoussa comme si elles n'étaient que de vulgaires poupées de chiffon.

Sous le choc, Rachel ne savait plus que faire. Heureusement, Nikki sembla vite se remettre. Elle attrapa une bouteille trouvée par terre et la lança vers Tony. Il esquiva, mais cela permit à Matt de se dégager un peu de l'emprise des deux hommes qui s'acharnaient sur lui. Il tentait bien de riposter, mais il ne semblait pas faire le poids. Elle devait à tout prix réagir, trouver de l'aide. Elle ne pouvait rester ici sans bouger.

Elle aperçut soudain Trace, au loin. Elle lui fit signe, et il se mit à courir. Matt tomba lourdement sur le sol. Il se recroquevilla pour se protéger des coups de pied de Tony.

Nikki profita de ce moment pour frapper Eddie dans le dos avec une pierre. Elle le frappa même si fort que celui-ci tomba à son tour.

— Posez cette pierre, lui ordonna alors Tony.

— Allez au diable et éloignez-vous de mon frère ! rétorqua-t-elle.

L'homme s'arrêta, visiblement surpris.

— Sale peste, marmonna le Gorille en se relevant.

— Si tu m'appelles comme cela encore une fois, je te coupe la tête ! hurla Nikki, rageuse.

Matt se releva à son tour. Tony le frappa une nouvelle fois. Rachel poussa un cri de terreur.

— Tony, c'est votre ami qui a commencé la bagarre ! intervint-elle, paniquée, priant pour qu'il la croie.

Par miracle, il arrêta de frapper Matt et se tourna vers elle. Il fallait qu'elle profite de ces quelques secondes pour achever de le convaincre.

— Eddie s'en était pris à Nikki. Elle a essayé de le repousser, mais il a insisté violemment. Matt n'a fait que tenter de la protéger. J'ai tout vu.

Tout en parlant, elle vit la confusion marquer le visage de Tony. Il ne prenait pas la défense de son ami. Il n'aidait pas non plus Matt à se relever. Il se contentait de l'écouter, le visage sévère.

— Elle ne demandait que ça, contre-attaqua Eddie. On les connaît ces allumeuses qui disent « non » mais qui pensent « oui ».

A ces mots, elle vit Matt réprimer un juron et devina qu'il était prêt à frapper de nouveau. Heureusement, Nikki le stoppa dans son élan.

— Bon Dieu, Eddie, intervint alors Tony. Qu'est-ce qui t'a pris ?

— Tu ne vas pas me soutenir ? grommela le Gorille.

A cet instant, Trace les rejoignit et se jeta sur Tony. La bagarre recommença. Nikki et elle crièrent de toutes leurs forces et enfin des clients du bar, dont Jesse, sortirent et séparèrent les protagonistes.

Tony et Eddie grimpèrent dans leur camion et quittèrent les lieux sans un mot.

— Veux-tu que j'appelle la police ? proposa Jesse à Matt.

— Ce n'est pas la peine, ces abrutis seront virés demain. A moins que… Veux-tu déposer plainte, Nikki ?

— Non, murmura cette dernière, blême.

— Tu as été formidable, la félicita Rachel, un peu honteuse de n'avoir su quoi faire. Tu as très bien réagi.

— J'ai besoin d'un verre, fit la jeune femme. Et toi, Matt ?

— Merci, je vais passer mon tour.

Il semblait faire son possible pour masquer sa douleur, mais Rachel pouvait voir qu'il avait mal.

— Tu es blessé.

Quelle idiote ! Evidemment qu'il était blessé vu la manière dont il avait été frappé !

— J'aurai sans doute quelques bleus, c'est tout.

— Je t'emmène tout de même voir le médecin, annonça-t-elle en passant son bras sous le sien.

— Hors de question !

13

— Rachel a raison, tu dois voir un médecin, Matt, insista Nikki.

— C'est moins méchant que cela en a l'air, répondit-il, énervé. Et puis, j'ai connu bien pire.

— Cela ne peut pas faire de mal d'aller voir un médecin, répéta-t-elle.

— J'y penserai. Pour le moment, je voudrais juste rentrer.

Rachel aperçut soudain Roy descendre de sa voiture de shérif, garée juste derrière le 4x4 de Matt.

— Je crois que je n'ai pas coupé le contact de ma voiture, fit Matt.

— Je m'en occupe, intervint Jesse.

Ce dernier se tourna ensuite vers les hommes qui avaient aidé à stopper la bagarre.

— C'est fini, que tout le monde retourne à l'intérieur, ordonna-t-il.

Rapidement, tous les spectateurs se dispersèrent. Jesse se dirigea vers le véhicule de Matt, s'arrêtant pour discuter avec Roy.

— Je suis désolée, Matt, fit Nikki en examinant son menton égratigné. Tout cela est ma faute.

— Rien n'est ta faute, petite sœur. Tu ne voulais quand même pas qu'il pose ses sales pattes sur toi ?

— Non ! s'exclama la jeune femme dans un cri du cœur. Je lui ai dit de me laisser tranquille, mais… Je regrette que tu aies été obligé de t'en mêler. Je peux prendre soin de moi toute seule.

— Je serai toujours là pour toi, tu le sais, fit Matt en lui caressant le bras.

Rachel détourna le regard pour leur laisser un peu d'intimité. Elle avait l'impression que ce n'était pas la première fois qu'ils partageaient une telle discussion.

Elle avait de la peine pour tous les deux. Nikki avait à l'évidence des problèmes, et Matt voulait se conduire comme le grand frère idéal, celui capable de la consoler quoi qu'il arrive. Malheureusement, lui aussi avait ses problèmes.

Dieu, comme elle détestait Wallace Gunderson à cet instant ! Peu importait si le vieil homme était à l'article de la mort, il avait sa part de responsabilité dans les événements de ce soir. Avec un peu de chance, sa disparition permettrait à ses enfants de vivre en paix.

— Je vais m'occuper de toi, proposa Nikki en essuyant le sang au coin de la bouche de Matt avec son pouce. Nous allons te nettoyer puis appeler le médecin. Juste pour ne prendre aucun risque, d'accord ?

Matt soupira, ferma les yeux, et aussitôt Rachel sentit tout son corps se tendre. Elle avait envie de prendre soin de lui. Elle comprenait que Nikki veuille se charger de son frère, mais de son côté elle avait *besoin* de le faire.

— Nikki, appela soudain Trace. Je crois que Rachel peut s'occuper de Matt.

La jeune femme se tourna vers Trace, puis vers elle. Les hésitations que son visage reflétait la touchèrent. Mais Rachel refusait de renoncer : Matt était à elle, en tout cas ce soir.

— Matt ? fit Nikki, comme pour obtenir l'approbation de son frère.

— Va prendre un verre avec Trace. Ne t'inquiète pas pour moi.

Sa sœur sembla hésiter, mais elle finit par accepter d'un geste de la tête.

— Regarde, reprit alors Trace en désignant le coin de sa propre bouche. J'ai les lèvres gercées. Si tu veux jouer les gardes-malades, tu peux t'occuper de moi !

Nikki leva les yeux au ciel et éclata de rire. Matt l'imita, mais son rire se termina en grognement.

— Je vais bien, prévint-il sans attendre en voyant les regards inquiets se tourner vers lui. Allez-y.

— Très bien, fit Nikki avant de se diriger vers la porte du bar.

Trace ajouta qu'il la ramènerait au Sundance avant de la suivre dans l'établissement.

— Si ces deux finissent ensemble, je me demande qui je devrais plaindre, lança Matt.

— Ce n'est pas le sujet. Pour l'instant, il faut d'abord s'occuper de toi.

— Es-tu venue en voiture ou veux-tu que nous prenions la mienne ?

Elle allait répondre lorsque Jesse les rejoignit.

— J'ai dit à Roy que vous l'appelleriez si toi ou Nikki vouliez porter plainte, expliqua-t-il, avant de leur tendre un trousseau de clés. Noah est en voyage, vous pouvez utiliser la chambre d'amis chez lui. Il habite juste au coin de la rue.

Surprise, elle écarquilla les yeux.

— Est-ce Roy qui t'a donné ces clés ?

— Il me les a proposées car il savait que cela ne gênerait pas Noah. Mais j'ai mes propres clés. En fait, Cole et moi avons chacun un trousseau.

Il s'interrompit et la fixa, comme s'il devinait les questions qui venaient de l'envahir.

— Cela fait un moment que nous avons les clés, Rachel, lâcha-t-il en guise d'explication.

— Mais…

— Prends ces clés. Matt t'expliquera tout plus tard.

Jesse et Matt échangèrent un sourire entendu puis, sans un mot de plus, son frère s'éloigna.

Que se passait-il ? Elle ne comprenait rien. Perplexe, elle baissa les yeux vers les clés, dans sa main. Jesse avait-il changé d'avis concernant Matt depuis cet après-midi ?

Toujours perdue, elle se tourna vers le Watering Hole. Trace allait prendre soin de Nikki, et Jesse s'occuperait de rassurer leur mère si elle ne rentrait pas à la maison ce soir. Elle pouvait donc se détendre.

— Prenons ton 4x4, décida-t-elle enfin en rassemblant ses esprits.

— Noah habite au coin de la rue.

— Peut-être, mais il est hors de question que tu marches.

— Tu fais une montagne de pas grand-chose.

— Sûrement pas, répliqua-t-elle avant de lui prendre le bras pour l'aider à rejoindre sa voiture.

Heureusement, il ne semblait pas avoir trop de mal à marcher.

— C'est pas de chance, murmura-t-il. Avec le bal, demain…

— De toute façon, tu ne danses pas.

— Mal, c'est vrai. Mais aujourd'hui je n'ai plus honte de me secouer en bougeant les pieds.

— Voilà une bonne nouvelle. En attendant, monte pour que je puisse te soigner.

— Je peux tout à fait conduire.

— S'il te plaît, Matthew.

Il n'insista pas. Tant mieux, car elle aurait refusé de céder et de lui laisser le volant.

— Ce sont tes côtes qui te font souffrir, n'est-ce pas ?

— Oui, mais ce n'est pas grave. J'aurai simplement quelques bleus. Je devrais même être en état pour mon prochain rodéo, dans deux semaines.

L'idée de savoir qu'il allait bientôt grimper sur un taureau en furie ne la réjouissait pas, mais elle ne dit rien.

— Nous devrions peut-être nous arrêter au commissariat pour emprunter une trousse de premiers secours.

— J'en ai une dans le coffre de ma voiture, annonça Matt.

Elle ferma la portière puis fit le tour jusqu'au siège conducteur. Elle était contente de savoir que Matt transportait toujours une trousse de secours, mais elle ne pouvait s'empêcher de repenser aux paroles prononcées par Jesse plus tôt dans la journée : « J'espère qu'il est apaisé aujourd'hui, mais je n'en suis pas sûr. »

La maison du shérif n'était située qu'à quelques centaines de mètres. Il ne leur fallut donc guère plus de trois minutes pour la rejoindre.

— Noah possède une jolie barrière blanche, remarqua Matt d'un ton moqueur en marchant jusqu'à la porte sans son aide.

— La maison est un logement de fonction ; elle appartient au comté, répondit-elle en ouvrant la porte et en allumant la lumière. C'est la première fois que j'y viens.

Le canapé était usé, le parquet avait besoin d'être ciré, mais l'ambiance était chaleureuse.

— Assieds-toi pendant que je vais tout installer dans la salle de bains.

— Que veux-tu installer ?

Il toucha sa joue et son menton, puis jeta un coup d'œil sur ses doigts.

— Regarde, Rachel, je ne saigne plus. J'ai juste besoin d'un peu de coton et de désinfectant. Un analgésique peut-être.

— Et tes côtes ?

— Je t'ai déjà dit que ce n'était pas grave.

Elle examina avec sérieux la griffure qui balafrait son

beau visage puis baissa les yeux vers sa chemise de flanelle grise. Elle était déchirée au coude et tachée de sang.

— Viens avec moi, s'il te plaît.

La trousse de premiers soins à la main, Rachel prit le couloir et passa devant ce qui devait être la chambre d'amis.

Elle trouva la salle de bains, toute petite et habillée d'un horrible carrelage turquoise typique des années soixante-dix. Elle ferma la cuvette des toilettes et laissa passer Matt pour qu'il puisse s'asseoir, pendant qu'elle se débarrassait de son manteau.

Il avait déjà commencé à déboutonner sa chemise et l'avait sortie de son jean. Il était en train de tâter ses côtes comme le ferait un médecin ; il semblait savoir exactement quels signes chercher, preuve que ce n'était pas la première fois qu'il le faisait.

— Oui, c'est bien ce que je pensais, annonça-t-il au bout de quelques instants. Je n'aurai qu'un gros bleu.

— Je l'espère bien. Maintenant, peux-tu enlever ta chemise, s'il te plaît ?

Il grimaça mais obéit. Elle posa le vêtement souillé sur le bord de la baignoire puis ouvrit la trousse pour en sortir une compresse stérile et tout le nécessaire pour désinfecter les plaies. Elle se releva et le dévisagea ; son cœur battait soudain à toute allure dans sa poitrine.

— Je regrette que tu aies été obligée d'assister à un tel spectacle, Rachel.

— Tout ce que j'ai vu, c'est un frère qui défendait sa sœur. Je n'attendais rien de moins de ta part.

— N'attends rien de moi, sinon tu risques d'être déçue, rétorqua-t-il le visage sévère et la voix dure.

Elle se retourna, pour humidifier la compresse et surtout pour qu'il ne voie pas que ces mots l'avaient blessée.

— Je ne suis pas à la recherche d'une relation, Matt. Tu peux arrêter de t'inquiéter.

Pour toute réponse, il lui prit le bras et l'attira jusqu'à lui.

— Ce n'est pas toi, le problème, c'est moi. Je te décevrai à coup sûr.

— Tu dis cela parce que tu penses que j'attends quelque chose de toi ; or, ce n'est pas le cas.

— Bon Dieu, Rachel ! Je sais que je ne peux rien t'apporter de bon. Tu devrais le savoir, toi aussi.

Elle n'aimait pas ces mots, ni ce ton dur, mais elle se força à ne pas se laisser gagner par la colère.

— Est-ce à cause de Wallace que tu dis cela ? demanda-t-elle en posant la compresse sur sa joue. De toute façon, rien de ce que tu aurais pu faire ne l'aurait jamais satisfait. Tout simplement parce qu'il sait que tu es un homme meilleur que ce qu'il a jamais été. Même adolescent, tu étais meilleur que lui.

Il rejeta la tête en arrière puis esquissa une grimace tandis qu'elle continuait à nettoyer ses plaies. Elle regrettait de lui faire mal, mais elle n'avait pas le choix.

— Les seules bonnes choses que j'ai faites, je les ai faites à cause de toi, je les ai faites *grâce à toi*, Rachel. Chaque fois que je commençais à perdre la tête, il me suffisait d'imaginer ton visage, d'imaginer que tu me regardais, pour me maîtriser.

— Tu me donnes un peu trop de crédit, même si c'est vrai que je t'ai peut-être… aidé à te changer les idées, à une certaine époque.

Il posa une main sur sa hanche, et elle frissonna. Elle se força à poursuivre le nettoyage de son visage.

— Si j'avais voulu frapper Wallace, tu m'aurais dit que cela ne servirait à rien.

— Aujourd'hui, c'est ce que je te dirais, oui. Mais quand j'avais seize ans… Je n'en suis pas sûre.

Soudain gênée, assaillie par la honte au souvenir de la bagarre, elle détourna le regard.

— Je... je me sens humiliée, Matt.

— Pourquoi ?

— Dans la rue, tout à l'heure, je... j'ai perdu tous mes moyens. D'habitude, je sais gérer les urgences, je garde mon sang-froid ; mais lorsque Eddie m'a repoussée, j'étais tellement sous le choc que je n'arrivais plus à bouger. Contrairement à Nikki. Elle est formidable, elle...

— Ne te compare pas à Nikki, coupa-t-il. Elle a passé toute sa vie dans des quartiers difficiles. Elle a dû apprendre à se défendre pour se faire respecter. Tu n'as aucune raison d'avoir honte.

— Mais tu avais besoin de moi ! Ils t'avaient jeté au sol et, si je n'avais pas hésité, peut-être que...

— Regarde-moi, Rachel.

Encore mal à l'aise, elle prit son temps pour imbiber une nouvelle compresse. Puis, refoulant son malaise, elle se tourna enfin vers lui.

— La plupart de mes cicatrices sont des traces d'accidents du travail. Mais pas toutes. Lorsque j'ai quitté Blackfoot Falls, j'avais beaucoup de rage en moi ; contre Wallace, contre moi-même. Alors je me suis battu. Je croyais avoir réussi à évacuer toute ma colère, mais ce soir, lorsque j'ai vu ce type toucher Nikki... J'ai vu rouge. Et quand il t'a poussée je suis redevenu cet homme incontrôlable. J'avais envie de le tuer à mains nues. S'ils ne s'y étaient pas mis à deux pour me mettre à terre, je crois que...

— Tu aurais su t'arrêter à temps, j'en suis sûre, l'interrompit-elle en massant sa plaie avec de la pommade.

— Je n'en suis pas convaincu, et tu ne peux pas en être certaine non plus.

Si, elle en avait la certitude, mais elle n'insista pas : elle aussi avait eu envie de tuer cet homme...

— Quand j'aurai fini d'enduire cette pommade, j'irai te chercher de la glace pour éviter que la blessure ne gonfle.

Il ne répondit pas.

Dans le congélateur, Rachel ne trouva ni légumes ni viande surgelée qu'elle aurait pu utiliser pour poser sur la peau de Matt. Elle remplit alors de glaçons un sac en plastique.

Elle s'arrêta devant la chambre d'amis. Soudain, elle comprit pourquoi Noah avait prêté ses clés à ses frères. Amusée par cette découverte, elle entra dans la salle de bains avec un sourire aux lèvres.

— Pourquoi rigoles-tu ?

— Rien. C'est juste que…

Elle s'interrompit pour appliquer la glace contre sa joue.

— Devrait-on aussi mettre quelque chose sur tes côtes ? l'interrogea-t-elle.

— Non, ce n'est pas nécessaire. Dis-moi plutôt pourquoi tu riais.

— C'est à cause des clés… Noah a prêté un trousseau à Jesse et Cole et j'ai enfin compris pourquoi.

Incapable de se retenir, elle promena un doigt sur sa peau brûlante.

— Voilà ce que j'aime, murmura-t-il, laissant son souffle chaud réchauffer le creux de son cou. Alors, les clés ?

— Noah a prêté ses clés à mes frères pour qu'ils puissent inviter des femmes ici. Vivre au Sundance, c'est comme vivre au milieu d'une fête foraine : il n'y a aucune intimité. Ce qui est étrange, c'est que Trace ne semble pas faire partie des heureux bénéficiaires de la chambre d'amis… D'un autre côté, moi non plus je ne lui aurais pas prêté une clé de chez moi ! Mais ce n'est pas sa faute si les femmes tombent toutes à ses pieds.

Matt ne répondit pas. Il s'empara de la trousse et la posa au bord du lavabo. Il lui prit ensuite les mains et, soudain gagnée par l'émotion, Rachel riva son regard au sien.

Il souffrait. C'était de la douleur qu'elle voyait se refléter dans ses pupilles, pas du désir. Ce n'était pas possible de ressentir du désir juste après une bagarre, si ?

— Crois-tu que c'est pour cette raison que Jesse t'a confié sa clé, Rachel ? Parce qu'il savait que nous avions besoin d'intimité ?

— Mon frère a vu que tu étais blessé et que par conséquent je ne risquais rien, le taquina-t-elle.

— Je n'en suis pas aussi sûr, rétorqua-t-il avec malice.

Il lâcha ses mains mais, avant qu'elle puisse reculer, il empoigna ses hanches et la coinça entre ses jambes.

— Ce n'est pas raisonnable, Matt. Tu...

Elle s'interrompit net lorsqu'il plaqua sa joue indemne sur son sein : le désir venait de s'emparer d'un coup de son corps.

— Nous devrons simplement faire attention.

— Comment peux-tu penser à faire l'amour dans ton état ?

— Mais je ne pense à rien d'autre depuis que je t'ai vue le premier soir, Rachel.

Comme pour le lui prouver, il lui caressa le sein à travers son pull. Elle se mordit la lèvre pour réprimer un cri de plaisir.

— Matt...

Il glissa une main contre sa peau nue et, instantanément, elle frémit.

— Ne t'inquiète pas, c'est toi qui feras tout le travail, plaisanta-t-il.

— Peux-tu au moins garder cette compresse pendant un petit moment ?

— J'accepte de la garder jusqu'à ce que nous allions dans la chambre.

— Tu es vraiment incorrigible !

— Si cela te rassure, nous n'allumerons pas la lumière en grand, pour que tu ne voies pas mes plaies.

— Matt, dit-elle avant d'effleurer sa bouche de la sienne, ce soir, j'aimerais vraiment que tu te reposes. Demain sera un autre jour.

En soupirant, il retira sa main et reprit le sac de glace.

— Sais-tu où se trouve la chambre d'amis ?

— Oui, nous sommes passés devant tout à l'heure.

Elle lui tendit le bras pour qu'il s'appuie sur elle, mais il refusa son aide.

— Je peux marcher tout seul !

Elle le laissa alors avancer. Il semblait marcher sans trop de difficulté. Elle espérait juste ne pas regretter demain de ne pas avoir appelé le Dr Heaton. « Matt est un adulte, lui rappela la petite voix de la raison. S'il te dit qu'il n'a pas besoin de voir un médecin… »

— Comment te sens-tu ?

— A vrai dire, je me sens mieux que je pensais. Je te suis ?

— Non, reste devant.

— Tu veux être derrière moi pour me rattraper au cas où, n'est-ce pas ?

— Exactement.

— Je ne vais pas tomber.

Sitôt qu'ils pénétrèrent dans la chambre, elle le fit s'asseoir au bord du lit.

— Je vais aller te chercher un verre d'eau, puis nettoyer la salle de bains.

Il l'en empêcha en lui prenant le poignet.

— Cela peut attendre, non ?…

— Matt, nous sommes convenus de patienter jusqu'à demain.

— Tu l'as proposé, en effet, mais je n'ai jamais accepté…

14

— C'est n'importe quoi, murmura Rachel.

Elle était honteuse de ne pas être capable de faire preuve de plus de fermeté, de ne pas être capable d'empêcher Matt de lui enlever son pull.

Comme s'il ne l'entendait pas, il prit ses lèvres et repoussa son soutien-gorge pour prendre ses seins en coupe. Grisée, elle se laissa faire. A quoi bon protester, de toute façon ? Une discussion ne mènerait à rien. En plus, elle n'avait pas envie qu'il s'arrête. D'ailleurs, lorsqu'il rompit enfin le baiser, elle fut davantage déçue que soulagée.

— Aide un cow-boy à enlever ses vêtements, s'il te plaît, lui demanda-t-il en lui adressant un sourire si charmeur qu'elle devina qu'elle ne pourrait pas lui résister.

En même temps, il effleura avec sensualité sa cuisse, attisant les braises de son désir. Elle se força à bouger, à dégager ses jambes, car elle savait que si elle laissait sa main monter plus haut sa raison l'abandonnerait, et elle perdrait tout contrôle.

— J'imagine que tu veux aussi de l'aide avec ton jean.

— Je t'en serais très reconnaissant !

— N'en fais pas trop, s'il te plaît.

Elle se leva enfin, espérant qu'il n'avait pas remarqué que la chair de poule l'avait gagnée.

— Rachel, attends ! Je voudrais d'abord que tu me fasses un strip-tease.

Elle éclata de rire.

— Monsieur est bien exigeant.

Il la fixa longuement et avec sérieux avant de répondre, comme s'il voulait qu'elle sache qu'il ne plaisantait pas :

— Je rêve simplement de te voir de nouveau nue, Rachel. Cet après-midi était tellement... Je n'arrête pas de penser à toi.

— Moi aussi, admit-elle, soulagée de pouvoir enfin l'avouer. Je n'oublierai jamais cette journée. Jamais.

— Cela veut dire que tu ne regrettes rien ?

— Bien sûr que je ne regrette rien.

A ces mots, il sembla se détendre.

— Si nous étions ailleurs, je crois que je te kidnapperais et que je te garderais dans mon lit pendant une semaine tout entière.

— J'en serais ravie.

— Il faudra qu'on organise cela alors. En attendant, déshabille-toi. Je refuse de commencer. J'ai bien trop peur que tu me laisses en caleçon et que tu t'enfuies !

— Je ne m'enfuirai pas, Matt.

Elle nota qu'il avait légèrement tiqué à ses mots. Elle avait dû toucher un point sensible. Pourtant, ce n'était pas son intention.

Refoulant les excuses qu'elle voulait lui offrir, elle délaça ses chaussures, les enleva, puis fit glisser son jean le long de ses jambes et s'en débarrassa. Elle ôta ensuite son pull, le jeta au sol, avant de se délester de son soutien-gorge.

Une fois nue, elle releva les yeux vers lui. Aussitôt sa bouche s'assécha. Matt la regardait avec une telle intensité que, soudain, elle parvenait à peine à respirer. Malgré ses égratignures et ses bleus, elle ne voyait rien d'autre que son visage séduisant et le désir dans ses prunelles azur.

Les mains tremblantes d'émotion, des bulles de désir pétillant en elle, elle s'accroupit devant lui et le débarrassa de ses bottes et de ses chaussettes tandis qu'il lui caressait tendrement les cheveux. Ensuite, elle tapa les oreillers puis les plaça contre la tête de lit. Durant tout ce temps, Matt, toujours assis au bord du lit, ne cessa de s'intéresser à ses seins, donnant de petits coups de langue malicieux contre ses tétons durcis chaque fois qu'elle était suffisamment proche.

Ensorcelée par cette délicieuse torture, incapable de résister plus longtemps, elle abandonna peu à peu tout contrôle et lui offrit sa bouche. Elle le désirait tant, son impatience était telle que son sexe, désormais humide, la brûlait presque.

— Peux-tu monter tes jambes sur le lit ?

— Rachel…

— Je veux simplement que tu sois bien installé.

Il fixa sa bouche, puis ses seins, et comme par magie sa température grimpa de quelques degrés supplémentaires. Le corps en feu, elle le regarda ensuite monter une jambe, reculer les fesses vers la tête de lit, puis monter l'autre jambe. Alors, il déboutonna son jean.

— Il va falloir que tu m'aides, là, fit-il.

Il s'appuya sur ses coudes et leva les fesses pendant qu'elle tirait sur son pantalon, dévoilant l'impressionnant renflement de son caleçon.

Se forçant à détourner les yeux de cette vision enchanteresse, elle posa le jean au sol puis examina les lieux pour tenter de ralentir son rythme cardiaque. Mais elle avait du mal…

— Comment te sens-tu ?

— De mieux en mieux, répliqua-t-il, taquin.

Sa voix sensuelle alluma de nouveaux foyers de désir en elle. Ses joues s'empourprèrent, mais elle se força à garder le contrôle. Elle devait d'abord penser à Matt.

— As-tu des cachets antidouleur dans ta trousse de secours ?

— Oui, mais ils doivent être périmés.

— C'est tout de même mieux que rien.

— Je sais ce dont j'ai besoin, répondit-il en laissant son regard chaud et brûlant s'attarder sur son corps, électrisant tous ses sens. Viens ici, princesse.

— Je suis sérieuse, Matt !

— S'il faut que je vienne te chercher, je n'hésiterai pas.

Elle soupira. A quoi bon tenter de rester ferme alors qu'elle rêvait de se blottir contre lui ?

— Je n'aime pas le chantage, lui rappela-t-elle néanmoins pour ménager sa fierté. En plus, cela ne te ferait pas de mal de prendre un comprimé. Cela n'aura aucune conséquence sur ta virilité, ne t'inquiète pas.

Il ne sourit pas à sa boutade. Il ne grimaça pas. Il demeura impassible, continuant simplement à la dévorer du regard.

— Je ne veux aucune substance dans mon corps, Rachel. Pas maintenant.

Elle s'allongea à son côté puis se tourna pour lui faire face. Avait-il peur de ne pas être à la hauteur ?

— Matt…

Il effleura ses lèvres de sa bouche, ce qui fit courir sur sa peau de délicieux picotements, puis il vrilla son regard au sien.

— Il va falloir te débarrasser de ta culotte, ma chérie. Mais si tu préfères, je peux me débrouiller avec…

— Après réflexion, je me demande si tu ne t'es pas fait une belle bosse, le taquina-t-elle. Tu ne sembles plus avoir toute ta tête.

— Ma belle, ce n'est pas cette partie de mon corps qui m'inquiète pour le moment mais bien une autre bosse…

Il posa sa bouche dans le creux de son cou, et elle savoura la chaleur de son souffle. Lorsqu'il la mordilla, elle s'enflamma. Un volcan venait d'entrer en éruption sous sa peau. Tout à coup, sa raison ne lui répondait plus, son corps avait pris le contrôle. Elle s'arc-bouta et rejeta la tête en arrière. Elle le désirait tant, désormais, qu'elle ne pouvait plus attendre.

Ses jambes rencontrèrent soudain ses cuisses, et elle rouvrit les yeux. Elle plongea dans l'azur de ses yeux et laissa le bonheur d'être là l'envahir.

Elle baissa ensuite les yeux vers ses épaules, vers ses côtes rougies, puis vers son caleçon. A travers le tissu, elle devinait sa virilité tendue, durcie à l'extrême. Elle était surprise qu'il soit dans cet état car il devait souffrir.

— Tu vas bien ? lui demanda-t-elle, inquiète, en lui caressant doucement l'épaule.

— Il faut vraiment que tu arrêtes de me poser cette question.

— Promets-moi de me dire si…

— Promis. En attendant, je te propose d'éteindre la lumière et de ne garder que celle du couloir.

Elle demeura immobile quelques instants, hésitante, ne voyant que sa joue meurtrie, ne parvenant pas à oublier ses blessures.

Il captura alors sa main et la porta à sa bouche ; il l'embrassa avec une tendresse à couper le souffle, léchant chaque doigt, puis fit mine de se lever.

— Ne bouge pas, je vais m'en charger.

Elle se leva pour aller éteindre.

— Pousse un peu la porte, s'il te plaît. Il y a encore trop de lumière.

— Ton visage ne me fait pas peur. C'est juste savoir que tu souffres qui me…

Il leva les yeux au ciel, et elle se tut. Il avait raison, elle était en train d'exagérer.

— D'accord, je vais me taire. Maintenant, allonge-toi.

— Oui, madame.

Il positionna ses épaules contre les oreillers puis la suivit du regard jusqu'à ce qu'elle se glisse entre les draps.

— Pas de draps, ordonna-t-il en l'attirant à lui.

— Mais j'ai froid !

— Je vais te réchauffer.

Elle se laissa faire pour éviter qu'il ne bouge trop.

— Tu sais, nous pourrions attendre quelques jours que tu guérisses, cela ne nous ferait pas de mal.

— Je croyais que tu devais t'arrêter de parler…

Sans doute pour être sûr qu'elle se taise bel et bien, Matt plaqua la bouche contre la sienne. Instantanément, elle s'abandonna contre lui et l'embrassa en retour, tandis qu'il glissait une main sur son ventre ; il la laissa posée sur le renflement de son pubis.

Il approfondit leur baiser et laissa échapper un soupir rauque qui l'électrisa.

Quelques secondes plus tard, il commença à faire glisser sa culotte, et elle rompit le baiser pour terminer le travail. Elle en profita pour le débarrasser de son caleçon.

Même dans la pénombre, elle ne pouvait s'empêcher de fixer sa virilité. Elle était si puissante, si impressionnante. L'érotisme de ce spectacle lui coupait le souffle.

Lentement, elle laissa un doigt aller et venir le long de son sexe à la peau veloutée, puis en caressa l'extrémité.

— Approche-toi, commanda-t-il.

— J'espère que tu as d'autres préservatifs.

— Dans mon portefeuille, poche arrière de mon jean.

Regrettant de ne pas y avoir pensé toute seule, elle descendit du lit et trouva son pantalon. Elle lui tendit ensuite son portefeuille.

— Tu peux l'ouvrir.

Obéissant, elle trouva deux préservatifs dans une poche et les posa sur le lit, avant de s'intéresser de nouveau à son sexe. Elle mourait d'envie de le sentir en elle. Elle mourait d'envie qu'il l'envahisse, qui la possède, qu'il la comble. Et elle mourait d'envie que Matt la regarde comme il l'avait regardée tout à l'heure, après l'amour. Elle voulait de nouveau lire du désir et de la tendresse dans son regard, comme si elle venait de lui offrir le plus beau des cadeaux.

D'un geste, Matt la força à s'allonger. Il déposa un baiser sur la pointe de son nez, un autre sur son menton et un dernier derrière son oreille, la faisant sourire.

Lorsqu'il se redressa, elle aperçut enfin ce regard si particulier, ce regard qui la faisait fondre et lui prouvait qu'il ne pensait qu'à elle à cet instant. Son cœur se mit à battre à toute allure.

Il promena une main experte dans le creux de son cou puis descendit vers ses seins, puis son ventre. Il frotta un doigt agile le long de son intimité et lâcha un soupir de satisfaction qui lui donna la chair de poule.

Il entreprit alors de caresser son clitoris. Ses mouvements étaient lents mais précis, déterminés. Pour la première fois depuis qu'elle l'avait vu avec Nikki, devant le Watering Hole, elle parvenait enfin à se détendre totalement, à se laisser aller au plaisir et à la sensualité.

Malgré tout ce qu'il lui était arrivé, Matt était d'une beauté à couper le souffle. Il était même si beau qu'une partie d'elle avait envie d'allumer la lumière pour le voir mieux, pour absorber tous les détails de son corps d'apollon. Mais une autre partie d'elle appréciait la pénombre, le mystère.

Elle promena ses mains impatientes le long de son dos, et il laissa échapper un gémissement lorsqu'elle referma une main autour de ses fesses rondes et musclées.

Lorsqu'il plongea deux doigts en elle et l'agaça d'un lent mouvement circulaire, elle crut devenir folle. Elle captura sa bouche et l'entraîna dans un baiser fou. Elle tentait de se retenir car elle ne voulait pas jouir tout de suite. Et pourtant les signes avant-coureurs de l'orgasme la traversaient déjà.

De ses muscles internes, elle serra les doigts de Matt, qui

sursauta, surpris sans doute. Elle lui agrippa les épaules, enfonçant ses ongles dans sa peau brûlante.

— Que fais-tu ?

— Je m'occupe de tout. Dès que tu seras sur le dos.

— Quelle autorité !

Il cessa sa caresse mais n'obéit pas. Au contraire, il l'attira à lui et, avant même qu'elle ait eu le temps de s'en apercevoir, il l'embrassait de nouveau, avec une intensité débordante. Puis il adoucit son baiser, qui se fit plus tendre.

Rachel caressait sa peau brûlante ; elle referma la main autour de son sexe durci.

— Seigneur, lâcha-t-il dans une expiration.

Elle le masturba lentement, excitée par les gémissements qu'il exhalait de temps à autre.

— Rachel, murmura-t-il dans un souffle, on peut faire l'amour. Je n'en ai rien à faire de mes côtes. J'ai combattu des taureaux dans des états pires que celui-ci.

— Que veux-tu ?

— Toi, de toutes les façons possibles.

Sans attendre sa réponse, il l'embarqua pour un baiser d'une intensité incroyable.

— Aide-moi avec le préservatif, susurra-t-il lorsqu'il lâcha ses lèvres.

Rachel retrouva l'étui contenant la protection. Elle l'ouvrit. Elle ne quitta pas des yeux son beau visage tandis qu'elle déroulait le préservatif sur son sexe puissant. Elle ne voulait pas perdre une miette des expressions qui s'y succédaient.

Elle le serra entre ses doigts jusqu'à ce qu'il ferme les yeux, jusqu'à ce qu'il se morde la lèvre comme pour retenir un cri.

— Si tu tiens à moi, arrête ça tout de suite ! la prévint-il.

— Je te fais mal ?

— Non, c'est juste que je ne veux pas jouir tout de suite.

Soulagée par cette nouvelle, elle s'allongea de nouveau,

l'embrassant partout, découvrant chaque parcelle de son corps, le touchant, le caressant.

— T'ai-je déjà dit combien tu es belle, Rachel ?

Sans attendre sa réponse, il saisit sa bouche avec douceur, avec tendresse. Emue, elle rougit. Il lui avait déjà dit qu'elle était belle, et elle savait bien qu'il parlait sous le coup de l'émotion. Malgré tout, parce que Matt était une personne sincère, un homme honnête, le compliment la touchait particulièrement.

— Tu es d'une beauté à couper le souffle, continua-t-il d'une voix à l'intensité nouvelle. Si je pouvais, je passerais tous mes jours et toutes mes nuits à te montrer l'effet que tu me fais.

Tout en parlant, il caressait doucement ses seins. Il frotta sa paume sur son téton durci, électrisant tous ses sens, faisant bouillonner le sang dans ses veines.

— C'est bon…, haleta-t-elle.

— C'est juste un échantillon. Je veux te faire d'autres choses. Je veux inventer d'autres manières de te combler, encore et encore.

Il roula sur le côté ; son érection palpitait contre sa cuisse et Rachel adorait ce contact si érotique. Matt l'attrapa par l'arrière du genou et lui posa la jambe sur sa hanche. Ensuite, il caressa de nouveau son entrejambe, l'effleurant, en écartant les lèvres, frôlant son clitoris.

— Tu es tout ce qui me manque, dit-il en intensifiant ses caresses. J'ai essayé d'oublier que j'avais habité ici, que j'avais jamais entendu parler de Blackfoot Falls, mais je n'ai jamais pu t'oublier toi.

— Nous étions si jeunes…

— Trop jeunes.

Il la pénétra de deux doigts et commença à aller et venir. Elle se cabra, parcourue d'une lascive décharge électrique. Elle se rendit compte qu'elle lui serrait le bras très fort, mais elle ne pouvait pas s'en empêcher. Cette douce torture lui faisait complètement perdre la tête.

— Rachel, murmura-t-il lorsqu'il la pénétra enfin.

Elle répondit par un long soupir de plaisir puis se cambra pour se lover un peu plus contre lui.

Ce fut elle qui se mit à bouger en premier, puis Matt entreprit un lent va-et-vient, d'une volupté folle, les yeux rivés aux siens.

Il ne lui fallut pas longtemps pour atteindre des sommets de plaisir. Matt jouit en même temps qu'elle, dans un long cri animal, décuplant son extase. Ce moment était si fort qu'il resterait à jamais gravé dans sa mémoire.

Puis la main douce de son amant lui caressa le dos et, émue, alanguie, sous le choc, Rachel laissa couler les larmes qui lui étaient montées aux yeux.

Pour cette nuit, elle avait envie de croire que Matt était à elle et qu'elle était à lui.

Et puis, tant qu'elle y était, tant qu'elle rêvait, pourquoi ne pas imaginer que ce serait pour toujours ?...

15

Matt déposa Rachel au Sundance peu après l'aube.

Ils n'avaient pas beaucoup dormi, mais elle avait insisté pour rentrer avant le réveil des clientes, même si tous deux savaient bien qu'à cette heure-ci tout le monde devait être au courant des événements de la veille.

Sur le chemin du retour vers Lone Wolf, il trouva une boîte d'aspirine dans la boîte à gants et avala trois comprimés. Il avait refusé de prendre quoi que ce soit devant Rachel, car elle en aurait fait toute une histoire, mais il devait bien s'avouer qu'il avait mal ce matin.

Hier soir, il avait vu rouge et s'était battu. C'était aussi simple que cela. Il était en partie fautif, il en était bien conscient, mais cela ne voulait pas dire qu'il ne forcerait pas Wallace à licencier ses deux « gardes du corps ». Son père protesterait sans doute, mais il était temps que le vieil homme voie de quoi il était capable. Les deux hommes allaient quitter le ranch, ce point n'était pas négociable. S'il le fallait, il était même prêt à les expulser *manu militari*.

Approchant de la maison, il aperçut le camion de Tony et Eddie, garé devant le dortoir. Il avait espéré qu'ils seraient partis d'eux-mêmes, mais n'était pas vraiment surpris qu'ils ne l'aient pas fait. Sans doute pensaient-ils que Wallace les protégerait quoi qu'il arrive.

Se forçant à maîtriser la douleur qu'il sentait remonter en lui, il se gara, coupa le contact puis resta derrière le volant pendant une minute en respirant profondément.

Pour s'apaiser, il pensa à Rachel, à la douceur de sa peau, à la tendresse de ses caresses...

Il avait eu du mal à la quitter ce matin. S'il avait pu, il aurait passé toute la journée au lit avec elle, à lui faire l'amour, encore et encore. Leur corps à corps avait été tellement incroyable, d'une telle sensualité... Mais il y avait plus que le sexe, entre eux. Au côté de Rachel, il se sentait également renaître. Il avait l'impression de devenir un nouvel homme.

Elle n'avait pas changé — en tout cas pas sur les points importants. Elle était toujours aussi généreuse, aussi douce, aussi honnête. Et elle le défendait toujours. Personne ne le soutenait comme elle.

Il avait toujours aimé sa mère, mais il était conscient des limites de l'amour de cette dernière. D'ailleurs, lorsqu'il était plus jeune, il lui en avait parfois voulu de ne pas plus le soutenir face à Wallace.

Nikki était également une femme formidable. Elle était une sœur extraordinaire, d'autant plus qu'ils ne se connaissaient que depuis deux ans.

Mais Rachel était vraiment unique. Jamais elle n'avait cessé de penser à lui, il en était persuadé.

La porte du dortoir s'ouvrit soudain, et un homme qu'il ne connaissait pas en sortit et se dirigea vers les étables. Il attendit que la silhouette disparaisse avant de descendre de voiture, déterminé à donner à Wallace avant les autres sa version des faits.

Lorsqu'il poussa enfin la porte de la maison, tout y était silencieux.

Il se prépara un café puis alla jeter un coup d'œil dans le bureau de Wallace. Qui ne s'y trouvait pas.

Il espérait que leur conversation resterait cordiale et que son père n'en viendrait pas aux mains. Mais si jamais c'était le cas, il savait qu'il pourrait compter sur Petey pour l'aider.

Il monta à l'étage et remarqua que la porte de la chambre de Wallace était largement ouverte. Il y entra, pour vérifier que son père n'était pas ivre mort — ou simplement mort —, mais ne vit personne. Il redescendit alors au rez-de-chaussée et, par la fenêtre, observa l'activité dehors. Au loin, il apercevait des ouvriers agricoles, mais ni son père ni ses gardes du corps.

En attendant Wallace, il se servit une tasse de café puis retourna dans le bureau. Il examina attentivement la pièce. Elle était mieux rangée que l'autre jour, les papiers empilés bien proprement sur la table. Son regard s'arrêta sur un classeur, et il se souvint que Wallace détestait les ordinateurs et préférait les bons vieux dossiers comptables.

La situation financière du ranch ne le regardait pas, mais il était tout de même curieux. Il voulait savoir dans quel état était l'exploitation, au cas où Nikki choisirait de la reprendre.

Il passa de l'autre côté du bureau.

Un des tiroirs du bureau était entrouvert, et son regard s'accrocha soudain à un extrait de journal qui en dépassait. Il s'agissait d'une photo de lui, tirée d'un article du *Houston Chronicle*.

Curieux, il ouvrit plus largement le tiroir et découvrit toute une pile d'articles issus de différents journaux, et même des extraits d'articles de blogs. Certains étaient très anciens.

Sous le choc, il posa sa tasse.

Wallace ne lui avait jamais dit un mot à ce sujet. Evidemment, il savait que son père était au courant de son succès, qu'il n'avait pu échapper aux rumeurs qui circulaient dans Blackfoot Falls ; mais il n'avait jamais fait la moindre remarque. Pas un seul mot. Cela l'aurait-il tué de lui avouer qu'il était fier de lui ?

Il esquissa un sourire désabusé en remarquant qu'un

article déchiré avait été recollé avec du scotch. Sans doute était-ce l'œuvre de sa mère ou de Lucy. En tout cas, cela ne changeait rien au fait que Wallace l'avait conservé.

A cette idée, sa gorge se noua et un sentiment de malaise s'empara de lui. Il était touché, évidemment qu'il était touché, mais ce signe d'attention paternelle était trop petit, trop insignifiant, et arrivait bien trop tard pour qu'il pardonne à son père. S'il n'avait pas vu le tiroir entrouvert, jamais il n'aurait su que le vieil homme tenait un peu à lui. Par conséquent, Matt refusa de faiblir et d'oublier des années d'humiliations.

Le plus important aujourd'hui était le départ des deux gardes du corps, car Nikki n'accepterait jamais de revenir au ranch tant que les deux hommes y seraient.

Au loin, il entendit une porte claquer. Il reprit alors sa tasse et retourna dans la cuisine. Il y trouva Wallace devant l'évier, en train de se laver les mains.

— Nous devons parler, lança-t-il tout de go au vieil homme.

Ignorant si Eddie et Tony avaient eu le temps de donner leur version des faits, il était déterminé à imposer son autorité.

Vêtu d'un jean et d'une chemise, les cheveux en désordre, Wallace se tourna enfin vers lui.

— Matt ?

— Nous devons parler, Wallace. Tout de suite.

— Puis-je au moins me sécher les mains ?

Il ignora le ton sarcastique de son père. Ce n'était pas la peine de réagir et de risquer de le braquer.

— Tu veux une tasse de café ? lui demanda-t-il.

— Oui, merci.

Il observa son père sortir une bouteille de lait du réfrigérateur, puis du sucre du placard.

— Autrefois, tu buvais ton café noir.

— Mon estomac ne le supporte plus. Dis-moi, que t'est-il arrivé ? Tu es bien amoché.

Ainsi, il n'était pas au courant de la bagarre...

— Il y a eu un incident hier soir, devant le Watering Hole.

— Tu t'es battu ?

Matt se retint de lever les yeux au ciel en voyant la surprise de son père. Il n'aurait plus manqué qu'il le réprimande ! Wallace était pourtant un habitué des bagarres, lorsqu'il était plus jeune.

— Le responsable est un de tes hommes.

— Qui ?

— Eddie.

Tout en prononçant ce nom, il regarda Wallace s'adosser contre le comptoir ; un sentiment de pitié l'envahit. Son père semblait si vieux, si fragile, aujourd'hui. Mais, lorsqu'il plongea dans son regard noir, toute la sympathie qu'il avait pu ressentir s'évanouit.

— Il cherchait des noises à Nikki, j'ai été obligé d'intervenir.

— Que lui voulait-il ?

— Je ne lui ai pas demandé. Je passais devant le bar lorsque je l'ai vu qui la harcelait. Sait-il que Nikki est ta fille ?

— Non. Personne n'est au courant. Tony était-il là ?

— Il est sorti du bar pendant que je me battais avec Eddie.

— Il t'a fait ta fête ?

— Pour être honnête, je ne crois pas qu'il savait qu'Eddie avait posé la main sur Nikki. Mais pour moi cela ne change rien. Il doit lui aussi partir.

Wallace releva enfin la tête et le regarda droit dans les yeux.

— Et elle ? l'interrogea-t-il. Comment va-t-elle ?

A ces mots, Matt faillit faire tomber sa tasse tellement

il était surpris. Il ne s'attendait pas à cette question de la part de son père.

— Elle a ramassé une bouteille puis une pierre pour tenter de se défendre.

Ce récit amena un début de sourire sur le visage de son père, et Matt se détendit légèrement.

— Tu comprends que tu n'as d'autre choix que de licencier les deux hommes, Wallace.

L'espace d'un instant, celui-ci sembla hésiter ; puis il approuva d'un signe de la tête. Ces quelques secondes d'hésitation suffirent à attiser la colère de Matt. Il se força à ne pas s'emballer, se rappelant que son père, malade, se reposait sûrement beaucoup sur les deux hommes.

— Alors allons-y, fiston, trancha enfin Wallace en posant son café. J'imagine que tu préfères t'en charger toi-même.

Abasourdi, Matt le dévisagea. Avait-il bien entendu ? Son père l'avait appelé « fiston » ! Que se passait-il ?

Il refoula ses questions pour se concentrer sur ce qu'il devait faire et les possibles conséquences de ses actes.

Dehors, Wallace demanda à l'un des ouvriers d'aller chercher Eddie et Tony.

Les deux hommes devaient avoir été tirés de leur sommeil, pensa-t-il en les voyant sortir quelques minutes plus tard, les paupières lourdes et le visage marqué par la bagarre d'hier soir.

— Vous avez une heure pour rassembler vos affaires et quitter le ranch, leur lança-t-il sans préambule. Partez sans faire d'histoires, et nous ne déposerons pas plainte.

Les deux hommes le regardèrent, l'air incrédule. Puis Eddie se reprit et se tourna vers Wallace.

— Tu ne peux pas faire cela, chef !

— Tu n'aurais pas dû la toucher, Eddie. Nikki est ma fille.

Tony laissa échapper un juron et adressa un regard dégoûté à son ami, qui semblait toujours interloqué.

— Je vais préparer votre chèque, ajouta Wallace.

Tony acquiesça d'un simple geste de la tête, il semblait résigné.

— Viens, Eddie, dit-il ensuite à son collègue.

Matt toucha le bras de son père, puis ils firent demi-tour et reprirent le chemin de la maison. La sale besogne était faite. Il ne lui restait plus maintenant qu'à espérer qu'Eddie ne causerait pas de problèmes.

— Merci, dit-il à son père. Merci d'avoir fait ce qui était bien pour Nikki.

— Crois-tu pouvoir lui demander de revenir ici ? J'aimerais lui parler.

— Je peux toujours essayer.

Matt regarda son père monter avec difficulté les marches menant à la maison, et de nouveau la pitié lui broya les tripes.

Il savait bien que sa haine ne pouvait pas disparaître d'un coup de baguette magique, mais Wallace avait demandé à voir Nikki. C'était une première bonne nouvelle, il devait s'en satisfaire.

— En attendant, peux-tu ne pas boire ?

— Je vais essayer.

Depuis l'étage, Rachel aperçut le 4x4 de Matt approcher dans l'allée et elle se précipita en bas. A la seconde où il frappa à la porte, elle ouvrit et se jeta dans ses bras, avant de reculer en se souvenant subitement de ses côtes endolories.

Les égratignures sur son visage étaient toujours rouges et gonflées. Malgré tout, elle le trouvait beau comme un dieu et mourait d'envie de l'embrasser, de l'enlacer, de le cajoler.

— Tu ne m'invites pas à entrer ? lui demanda-t-il avec malice en ôtant son chapeau.

— Excuse-moi. As-tu réussi à dormir un peu ? As-tu remis de la glace sur tes blessures ?

— Oui aux deux questions.

Il s'arrêta devant elle, vérifia que personne n'était dans les environs puis posa la bouche sur ses lèvres. Le baiser fut beaucoup trop bref à son goût. Elle en voulait plus. Beaucoup plus.

— Je ne sais pas pourquoi j'ai peur qu'on nous voie, s'excusa-t-il. Je suis majeur, après tout.

— C'est vrai, mais tu as surtout l'air de sortir de prison ce matin. Enfin, je ne vais pas me moquer car, vu ce que nous avons dormi, je dois moi aussi avoir une sale tête…

Matt éclata de rire.

— Je vois que tu parviens à rigoler sans grimacer, c'est une amélioration, nota-t-elle.

Elle glissa ensuite son regard vers son torse musclé, caché sous une chemise bleue.

— Comment vont tes côtes ?

— Bien. Mieux que je ne pensais.

Il lui adressa un regard sensuel et sa température grimpa de quelques degrés, tandis qu'un délicieux frisson glissait le long de son dos et éveillait ses sens.

— Pourquoi es-tu aussi bien habillé ? lui demanda-t-elle en l'invitant à la suivre dans le salon.

Avant de répondre, il l'enlaça de nouveau, l'entraînant dans un baiser gourmand. Incapable de résister, elle s'accrocha à ses épaules et s'abandonna à la volupté, heureuse, comblée.

— Joyeuse Saint-Valentin, ma Rachel, murmura-t-il d'une voix enjôleuse, repoussant les mèches bouclées autour de son visage.

— Je ne suis pas sûre que me faire risquer la crise cardiaque le jour de la Saint-Valentin soit une bonne idée…

— Je te promets que ce n'était pas mon objectif.

Elle baissa les yeux vers ses mains, qui tenaient son Stetson. Matt avait vraiment de belles mains ; qui avaient fait des miracles la nuit précédente.

Stop ! Elle ne devait pas penser aux événements de la

veille. Elle devait se concentrer sur le présent — et sur l'avenir proche.

— A quelle heure commence le bal ? lui demanda Matt.

— A 19 heures. Il n'est que 15 heures, tu es donc très en avance.

— Je sais, mais j'ai besoin de parler à Nikki pendant quelques minutes. J'espérais qu'ensuite tu accepterais de venir faire un petit tour de voiture avec moi, et peut-être d'aller dîner à Kalispell avant d'aller danser.

— Malheureusement je n'ai pas le temps d'aller jusqu'à Kalispell. Il faut que je me prépare.

— Je comprends, je m'y prends un peu trop tard. Mais peut-être pourrons-nous au moins faire un petit tour avant le bal…

Incapable de lui résister, elle approuva d'un large sourire.

— Bonne idée. En attendant, veux-tu que j'aille chercher Nikki ?

— C'est bon, je suis ici, lança une voix derrière eux.

Rachel se retourna. La jeune femme descendait les escaliers.

— Cole ne verra pas de problème à ce que vous utilisiez son bureau, proposa-t-elle, devinant qu'ils avaient besoin d'intimité.

— Le salon me convient, répondit Matt sans quitter Nikki des yeux.

— Dans ce cas-là, je vous laisse…

Elle avait beau être curieuse, elle ne voulait pas se mêler de ce qui ne la regardait pas.

Elle tourna les talons.

— Je les ai licenciés, entendit-elle Matt dire à sa sœur avant qu'elle ait eu le temps de faire un seul pas. Eddie et Tony sont partis, tous les deux. Et Wallace a demandé à te voir.

— *Tu* les as licenciés ? s'étonna Nikki. Il t'a obligé à t'en charger ? Il n'a même pas eu le courage de…

— Non, ce n'est pas ainsi que les choses se sont passées. Wallace a dû penser que j'éprouverais une certaine satisfaction à les renvoyer et m'a donc proposé de le faire. L'important, c'est qu'il n'a pas tenté de m'en dissuader. Il semblait même en colère contre Eddie.

Rachel se retourna et dévisagea Matt. Elle le trouva plus détendu, mais elle avait l'impression que cela n'avait rien à voir avec le départ des deux hommes. Il semblait plutôt se réjouir de la réponse de Wallace. En tout cas, c'était ce que lui indiquait le ton qu'il avait employé.

Nikki aussi semblait s'en être aperçue.

— Si je vais au ranch, sera-t-il ivre ? demanda la jeune femme.

— Il m'a promis d'essayer de ne pas boire, alors j'aimerais que tu lui donnes une autre chance.

— C'est vrai qu'il a licencié ces deux gars… En plus, je ne l'ai pas remercié pour l'argent. Je devrais au moins faire cela. Mais attention, cela ne veut pas dire que je lui pardonne !

Au mot « argent », elle vit Matt se raidir tout en essayant de garder un visage impassible. Nikki ne réagit pas. Elle semblait trop préoccupée par ses propres émotions.

— J'ai dit à Wallace que tu étais occupée par le bal, reprit Matt. Mais peut-être que demain matin…

— Oui, c'est mieux. J'ai besoin de me préparer. A propos, Rachel, j'ai envie de t'aider à préparer la soirée, pour me changer les idées. Mais si tu veux sortir avec Matt…

— Ne t'inquiète pas, répondit-elle à Nikki. Je voulais moi aussi avoir le temps de me préparer.

— Ah les filles, soupira Matt.

— Laisse-moi une heure et je t'appellerai, lui lança-t-elle en souriant.

— Je t'attendrais, répondit-il avant de l'embrasser une nouvelle fois. Puis-je faire quelque chose pour t'aider ?

— Oui, tu peux sortir d'ici.

Elle ne s'était pas rendu compte qu'elle avait posé ses mains sur son torse.

— Tu me déconcentres, Matthew Gunderson !

Nikki était repartie en direction de la cuisine, mais Rachel avait eu le temps de la voir lui adresser un clin d'œil complice.

— Très bien, répondit-il en remettant son chapeau, je vais y aller. Mais puis-je avoir un dernier baiser avant ?

— Non. Ou alors juste un, concéda-t-elle en le raccompagnant dans l'entrée.

Elle déposa un petit baiser sur sa joue. Hélas, le désir s'empara aussitôt de son corps. Elle se força néanmoins à se contrôler.

— A tout à l'heure, Matt.

Elle avait déjà perdu la tête la veille, et ils avaient fait l'amour… Même si elle tentait de garder leur relation légère, sans conséquence, elle ne pouvait nier l'évidence : son cœur battait à toute allure lorsqu'elle était à côté de Matt. Comme lorsqu'elle avait seize ans…

Lorsqu'il fut parti, elle jeta un dernier coup d'œil par la fenêtre. Elle sursauta en se retournant : sa mère lui faisait face.

— Tu m'as fait peur, maman !

— Je suis désolée, ma chérie.

Qu'avait-elle vu ? Cela n'avait pas d'importance, se rassura aussitôt Rachel.

— Tu avais besoin de moi ?

— En fait, c'est Jamie qui te cherche. Mais je regrette d'avoir raté Matt.

— Tu le verras au bal ce soir. Mais ça tombe bien que

tu sois là, je voulais te demander quelque chose. L'autre jour, lorsqu'il est venu te parler…

Elle s'interrompit en voyant arriver Jamie.

— Je suis heureuse de te trouver, lui lança son amie. Nous avons besoin de parler. Désolée Barbara, je ne vous avais pas vue. J'interromps quelque chose ?

— Non, répondit sa mère, avant de se tourner vers elle. Cela me gêne de raconter ma conversation avec Matt. Excuse-moi, Rachel.

— Je comprends. Je n'aurais jamais dû te demander.

Jamie fit demi-tour et remonta l'escalier, sans doute désireuse de ne pas les déranger.

— Attends, Jamie !

Barbara sortit, les laissant seules.

— Je dois réserver un vol pour Tahiti lundi au plus tard, lui expliqua Jamie. Je dois savoir ce que tu veux faire. Le départ est dans trois semaines.

Rachel la dévisagea, abasourdie. Avait-elle bien entendu ?

— Tahiti ?

— Nous en avons parlé, tu t'en souviens ? Je t'ai proposé de me remplacer pendant que je ferai ton travail ici.

Elle leva les yeux au ciel : elle avait complètement oublié.

Quatre jours plus tôt, l'idée lui semblait très alléchante. Mais c'était avant que Matt arrive. Aujourd'hui, elle ne savait plus que penser…

16

Matt s'engagea dans l'allée menant au ranch en vente, dont il avait vu l'annonce sur internet. Il n'avait pas encore avoué à Rachel pourquoi ils étaient là et ne s'était pas rendu compte qu'il leur faudrait autant de temps pour venir. Si seulement il avait réfléchi avant… Ils allaient devoir faire demi-tour dans cinq minutes s'ils voulaient arriver à l'heure au bal.

Malgré tout, il était heureux — de sentir Rachel à côté de lui, de pouvoir la toucher lorsqu'il en avait envie, l'embrasser lorsqu'il pouvait quitter la route des yeux pendant quelques instants.

— Où sommes-nous, Matt ? Je viens de voir un panneau « A vendre ».

— Ce ranch est en vente depuis environ un an. Il fait mille deux cents hectares.

Rachel resta silencieuse. Il la regarda fixer l'horizon, l'air perdu et un peu inquiet.

— Cherches-tu à investir ? le questionna-t-elle au bout d'un moment.

— J'aimerais me lancer un jour dans l'élevage de taureaux pour le rodéo. J'ai toujours pensé que je m'installerais au Texas, mais aujourd'hui j'envisage toutes les hypothèses.

Il conduisit jusqu'à apercevoir une poignée de bâtiments agricoles. Mais tout à coup ces étables et hangars l'intéressaient moins que les raisons du silence de Rachel. Il avait imaginé qu'elle serait un peu plus enthousiaste…

— As-tu rendez-vous avec un agent immobilier ? lui demanda-t-elle.

— Non, je voulais juste jeter un coup d'œil au ranch avant de prendre rendez-vous. Si jamais je prends rendez-vous : je n'ai pas encore décidé.

Peut-être pensait-elle qu'il lui faisait perdre son temps ?

— Je suis désolé de t'avoir emmenée ici, Rachel.

— Ne sois pas idiot, répondit-elle en posant une main sur sa cuisse. Je suis contente de cette sortie.

Matt était déçu de ne pas obtenir de réponse franche. Il était également frustré de n'avoir aucune idée de ce que Rachel pensait. Dix ans plus tôt, il la connaissait mieux, il la comprenait mieux.

Décidément, ce n'était vraiment pas son jour. D'abord, Nikki voulait remercier Wallace pour l'argent que sa mère et lui avaient fait parvenir en secret à la jeune femme. Et voilà maintenant que Rachel ne réagissait pas comme il l'espérait.

Pensait-elle qu'il essayait de faire pression sur elle ? Etait-ce cela le problème ?

Même si une partie de lui avait envie de revenir dans le Montana pour elle, il n'était pas prêt à l'avouer. Non seulement elle avait sa vie, mais en plus elle avait été très claire sur ce qu'elle pensait des hommes de Blackfoot Falls. Et il ne pouvait pas lui en vouloir d'avoir une aussi mauvaise opinion des cow-boys. Il avait toujours su qu'il n'était pas assez bien pour elle.

La route s'élargit. Matt en profita pour faire demi-tour.

— Que fais-tu ? s'alarma Rachel. Tu ne veux pas voir le ranch de plus près ?

— J'avais juste vu l'annonce ce matin, en surfant sur internet. Ce n'est pas important.

— C'est à cause de moi, n'est-ce pas ? En n'étant pas assez enthousiaste, j'ai tout gâché.

— Mais non, protesta-t-il.

Il passa un bras autour de son épaule, l'attira à lui et déposa un baiser sur ses cheveux soyeux.

— Tu n'as rien gâché du tout, princesse.

— Je suis juste un peu stressée, c'est tout. Je dois penser à plein de choses à la fois.

Matt aurait pu l'interroger, essayer de savoir ce qu'elle avait en tête de si stressant, mais il n'en avait pas le courage. Ou ne s'en sentait pas le droit. Mieux valait changer de sujet, décida-t-il.

— Ce matin, lorsque je cherchais mon père, j'ai trouvé dans son bureau une pile d'articles de journaux. Cette vieille crapule suivait ma carrière. Il le faisait depuis le début. Il ne m'en a jamais dit un mot.

— Lui en as-tu parlé ?

— Non. A quoi bon ? J'étais juste soulagé qu'il accepte de licencier Tony et Eddie. T'ai-je dit qu'il m'a aussi appelé « fiston » ?

Rachel ne répondit pas. Elle fronçait les sourcils et semblait soucieuse. Mais tout à coup elle esquissa un sourire et, instantanément, Matt se détendit.

— C'est bien, lança-t-elle. As-tu pu voir Lucy également ?

— Oui. Elle m'a expliqué que Wallace n'était plus capable de conduire, ou du moins ne devrait plus conduire, et que Eddie et Tony l'emmenaient partout, y compris chez le médecin. Elle espère que je reste pour les remplacer.

Il se tut. Rachel ne relança pas la conversation. Sans doute attendait-elle qu'il précise ses intentions. Mais, lui, c'était ses intentions à elle qu'il espérait connaître.

— Lucy ne peut pas l'accompagner à ses rendez-vous ? finit-elle par demander.

— Si, bien sûr. Mais elle ne va pas faire la tournée des bars de Kalispell avec lui.

— Et toi, le ferais-tu ?

— Jamais de la vie ! Je peux rester un moment, et seulement parce qu'il s'est bien conduit envers Nikki, mais je dois rentrer à Houston dans quelques semaines. Et puis je dois penser à ma sœur. Ils se verront demain, et j'espère que Wallace ne gâchera pas tout, mais j'ai quelques doutes.

Comme elle restait silencieuse une fois de plus, Matt en déduisit que quelque chose la dérangeait ou la tracassait. Oui, c'était évident, mais quoi ? Il faillit éclater de rire en constatant qu'avec elle il n'osait pas prendre le taureau par les cornes, un comble pour lui ! Donc, comme il n'osait pas aborder le sujet, il ne lui restait plus qu'à prier pour qu'elle se décide à lui dire quel était le problème.

Il passa une main dans sa nuque pour tenter de se détendre. Il espérait vraiment que Nikki ne mentionne pas l'argent devant Wallace. Sinon, elle se mettrait aussitôt en colère en apprenant la vérité et tout serait terminé. Peut-être devrait-il tout avouer à sa sœur avant. Elle lui en voudrait, évidemment, mais elle finirait bien par se calmer.

Et s'il demandait à Rachel son opinion sur la question ? Au moins, cela permettrait de rompre de silence de plus en plus pesant dans la voiture.

— J'ai besoin de ton avis, Rachel. J'ai peut-être fait quelque chose de stupide.

Il jeta un coup d'œil et vit qu'elle lui adressait un sourire fripon.

— Je suis sérieux.

— Je t'écoute.

— Pendant des années, ma mère a envoyé de l'argent à la mère de Nikki pour l'aider. Après son décès, je n'ai pas pensé nécessaire de dire à Nikki que j'avais pris la relève. Mais maintenant elle pense que c'était Wallace qui lui envoyait de l'argent. Si elle lui en parle et qu'il lui avoue qu'il n'a rien à voir dans l'histoire, elle va m'en vouloir.

— Sans doute.

Il soupira. C'était bien ce qu'il craignait.

— Elle est persuadée que Wallace n'est pas un homme si mauvais que cela puisqu'il lui a envoyé de l'argent pour participer à son éducation. Si je lui révèle la vérité, elle risque d'être déçue et de ne plus vouloir le voir.

— Nikki est une grande fille, Matt. Elle est capable d'accepter la vérité. En fait, elle mérite de connaître la vérité.

— Mais pourquoi lui faire de la peine si je peux l'éviter ? Surtout s'il y a une chance qu'elle ne l'apprenne jamais…

— On dirait que tu as déjà pris ta décision, répondit-elle d'une voix teintée de mélancolie.

Matt crispa les mains sur le volant. Le considérait-elle comme un lâche ?

— Ce n'est pas vrai, se défendit-il. Je n'ai rien décidé du tout. Mais tu as raison, il faut que je lui dise. Pas ce soir, car je veux qu'elle profite du bal. Et moi aussi !

Ces mots durent lui plaire car ils la firent de nouveau sourire. Elle lui adressa même un clin d'œil charmeur.

— T'ai-je déjà dit combien tu es adorable, Matthew Gunderson ?

Soudain soulagé, il éclata de rire et posa la main sur sa cuisse. Avec Rachel, la vie était toujours plus belle.

Ils arrivèrent au bal juste à l'heure. Rachel avait espéré y être en avance pour aider les sœurs Lemon, préparer le punch, le café et disposer les cookies sur les tables ; heureusement, Jamie et Nikki s'en étaient déjà chargées à sa place.

La salle était joliment décorée. Sans doute recevrait-elle quelques critiques de la part du comité d'organisation, notamment sur le choix d'un groupe de lycéens pour la musique, mais tant pis. Après tout, elle se démenait et faisait de son mieux.

Point positif pour elle : la salle était plus remplie qu'elle ne l'avait imaginé. Peut-être était-ce dû au temps clément, ou à la présence des clientes du Sundance. A moins que ce soit Matt qui ait attiré autant de monde. Car, que cela lui plaise ou pas, il était un véritable héros, ici.

Il ne semblait pas très à l'aise dans ce rôle. Lorsqu'un collégien le qualifia de « superstar », elle le vit même rougir.

— Hey, cow-boy, m'accorderais-tu une danse ? lui lança-t-elle.

— Si tu veux. Mais je dois vieillir car je ne sais pas du tout comment danser sur cette musique.

Rachel tendit l'oreille. Elle ne reconnaissait pas cette chanson, sans doute un tube très récent. Enervée, elle fronça les sourcils.

— Je leur avais pourtant ordonné de ne jouer que des airs connus. Ne bouge pas, je reviens.

Lorsqu'elle revint après avoir insisté sur les consignes auprès des musiciens — qui avaient immédiatement enchaîné par un grand classique des Beach Boys —, Matt s'était fait accaparer par quelques-unes des résidentes du Sundance.

Cette fois-ci, elle ne se précipita pas à sa rescousse. Elle s'adossa contre un mur et l'observa, tout en repensant à leur balade de cet après-midi.

Elle était tellement inquiète pour lui. Après tout ce qu'il avait vécu, il espérait toujours le soutien de son père. Evidemment, il ne l'avouerait jamais si elle lui posait la question, mais elle avait vu son beau regard s'illuminer lorsqu'il lui avait parlé des articles de journaux que Wallace avait collectionnés, et quand il lui avait avoué que son père l'avait appelé « fiston ».

Cette situation l'inquiétait : elle avait peur qu'il soit déçu une nouvelle fois. En plus, elle détestait qu'il soit prêt à accepter des miettes d'affection de la part de cet homme égoïste qui l'avait toujours rabaissé. Cette simple idée la rendait folle de rage.

Cette histoire d'argent avec Nikki n'avait pas apaisé sa

colère, au contraire. Matt aimait sa sœur et pourtant il était prêt à mettre sa relation avec elle en péril pour lui cacher la trahison de Wallace. En agissant ainsi, Matt protégeait son père ; il protégeait le fragile lien qu'il semblait avoir créé ce matin. Le vieil homme le méritait-il ou fallait-il encore y voir la névrose de Matt ? Après tout, se dit-elle, si cela lui permettait de faire la paix… Elle n'allait pas l'empêcher de croire que Wallace avait changé. Et puis, face à la mort, certains pouvaient en effet changer.

Mais autre chose la troublait. Hier, Matt semblait accepter l'idée de la mort prochaine de Wallace. Aujourd'hui, il envisageait d'acheter un ranch dans les environs. Qu'en penser ? Quelle que soit la motivation de Matt, il avait été déçu par sa réaction. En vérité, elle avait été trop surprise pour faire semblant d'être enthousiaste.

Tant pis, elle se rattraperait plus tard. La dernière chose qu'elle voulait était que Matt pense qu'il ne pouvait pas se confier à elle.

— Je croyais que tu voulais danser…

Elle sursauta en entendant sa voix. Perdue dans ses pensées, elle ne l'avait pas vu approcher.

— C'est vrai, mais je préférerais un slow.

— Moi aussi.

Il jeta un coup d'œil vers la piste de danse.

— C'est étrange, tous ces gens que je ne connais pas. Et je ne parle pas simplement de tes clientes.

— Moi aussi, j'ai eu du mal lorsque je suis revenue à Blackfoot Falls. Et pourtant, quand j'étudiais au Texas, je rentrais à chaque période de vacances.

Elle lui désigna Nikki d'un geste du menton.

— Ta sœur semble passer un bon moment, en tout cas.

La jeune femme discutait avec trois hommes. Elle portait une robe rouge qu'elle avait empruntée à Jamie. Rachel regretta soudain de ne pas avoir fait plus d'efforts pour s'habiller. L'hiver n'était pas encore terminé, et elle ne disposait pas de tenues appropriées. Elle possédait simplement quelques robes achetées à Dallas lorsqu'elle imaginait aller travailler dans un hôtel de luxe au soleil.

Elle repensa soudain à Tahiti et à l'incroyable offre de Jamie. Les chances d'avoir une autre opportunité de ce genre étaient minces, mais elle ne pouvait s'imaginer partir à l'autre bout du monde alors que Matt était là. Impossible.

— Que se passe-t-il, princesse ? lui demanda Matt en lui caressant la joue.

— Je réfléchissais… Je suis désolée pour tout à l'heure, lorsque tu m'as montré le ranch. J'aurais dû être un peu plus enthousiaste, mais… Tu rends ma vie très compliquée, Matt. Comment puis-je partir si tu reviens dans le Montana ? C'est impossible !

Il étudia son visage pendant des secondes, qui lui parurent durer une éternité, puis se tourna vers les danseurs. Instantanément, un vent de panique souffla sur son cœur. L'avait-elle blessé ? Il fallait à tout prix qu'elle fasse quelque chose pour se rattraper.

— Tu sais que je te taquine, n'est-ce pas ? fit-elle aves précipitation. Cette relation entre nous, elle n'est pas sérieuse, je suis au courant. Tu n'as donc aucune raison d'avoir peur.

— Veux-tu toujours danser ou préfères-tu sortir et m'embrasser sur le parking ? se contenta-t-il de répondre.

Elle éclata de rire et la confiance vint chasser ses angoisses.

— Attention à ce que tu fais, Matt, je suis une fille sérieuse ! Il va falloir bien te conduire si tu veux avoir ta chance tout à l'heure.

— Je crois t'avoir déjà prouvé que je pouvais être raisonnable.

L'intensité de son regard lui donna la chair de poule et, un peu gênée, elle vérifia que personne ne les observait.

C'était ridicule : tout le monde en ville devait déjà savoir qu'ils avaient passé la nuit ensemble chez Noah.

— Détends-toi, lui murmura-t-il, dans le creux de l'oreille. Tu as l'air tellement nerveuse que j'ai l'impression que tu vas avoir une crise cardiaque.

— La moitié des femmes ici sont jalouses et seraient très heureuses que je leur laisse le champ libre.

Malgré son ton léger et moqueur, elle était sérieuse. Toutes les femmes semblaient succomber à l'irrésistible charme de Matt.

Elle vit que Jamie avait finalement réussi à convaincre Cole de danser. Voilà qui était surprenant ! Quant à Trace, il était entouré de ses habituelles admiratrices.

— Qui est-ce ? lui demanda soudain Matt en lui montrant une jeune femme d'un geste de la tête. Elle n'est pas d'ici, mais ne ressemble pas non plus aux célibataires en folie du Sundance.

— C'est Annie Sheridan. Elle s'occupe d'un refuge pour animaux, à l'est du ranch de Cy Heber. Le refuge existait-il déjà quand tu es parti ?

— Oui, mais il était dirigé par un homme ; originaire de Boise, si je me souviens bien.

— Annie est là depuis près de deux ans. Elle fait un travail formidable.

Elle fit un signe à la grande blonde, qui les rejoignit sans attendre.

— Salut, Annie. Je suis surprise de te voir ici.

— Je me suis dit qu'il y aurait peut-être un bon buffet, répondit-elle en dévisageant Matt.

Rachel fit les présentations, gênée de l'intérêt qu'Annie portait à Matt. Puis elle se dit que peut-être cet intérêt n'était-il pas d'ordre personnel mais professionnel. Si elle s'intéressait à Matt pour lui demander un service, Rachel ne lui en voulait pas.

— J'ai beaucoup entendu parler de vous, Matt, commença Annie. Vous devriez passer au refuge, à l'occasion.

Rachel nota avec satisfaction qu'il s'était rapproché d'elle. Pour indiquer à Annie qu'il était pris ? En tout cas, elle en était heureuse.

— De mon côté, répondit-il, j'ai entendu dire que vous faisiez du bon boulot.

— J'essaye, mais ce n'est pas facile. Nos ressources sont limitées, et de temps en temps je dois refuser des animaux.

— Heureusement qu'il y a des gens comme vous. Je n'ai pas mon carnet de chèques sur moi, mais je serai heureux de faire un don à l'occasion.

— Merci. Nous avons besoin de toute l'aide que nous pouvons recevoir.

Annie était très belle. Ses cheveux blonds étaient si épais qu'elle semblait tout droit sortie d'une publicité pour un shampooing. Rachel ne savait rien d'elle, sinon qu'elle venait de l'Est. La jeune femme repoussait en effet toute question un peu trop personnelle.

Ils discutèrent quelques minutes, interrompus régulièrement par des gens qui venaient saluer Annie.

— J'ai une question pour vous, Matt, fit soudain cette dernière. Avez-vous déjà entendu parler de rodéos organisés au profit d'œuvres de charité, dans le Sud ?

— Oui. Je participe à l'un d'eux dans deux semaines.

— Qui les organise ? La ligue de rodéo ou bien les associations caritatives ?

Amusée, Rachel les écouta discuter. Elle aurait été prête à jurer qu'Annie savait tout sur le sujet, mais qu'elle posait ces questions seulement pour tenter de récolter plus d'argent. Matt finit par lui promettre d'organiser un petit quelque chose pendant l'été et Annie s'éloigna.

Cela voulait-il dire qu'il serait de retour cet été ? A cette idée, son cœur faisait des bonds de joie dans sa poitrine.

— Cette femme est très douée, remarqua-t-il. Elle m'a convaincu de l'aider sans même me le demander.

— C'est vrai qu'elle est douée. J'aurais dû te prévenir.

— Cela ne me dérange pas de l'aider. Penses-tu être là cet été ?

— Sans doute ; et l'été suivant aussi.

— Tu pourrais proposer à Cole de se lancer dans l'élevage de bêtes de concours. C'est un marché juteux. Ainsi tu pourras fermer le bed and breakfast.

— Essayes-tu de te débarrasser de moi ?

— Jamais de la vie !

Il leva la main et effleura sa joue, les yeux soudain très brillants.

— J'ai oublié de demander quelque chose à Annie. Peut-être pouvons-nous la rattraper.

— J'ai son numéro de téléphone, si tu veux.

Il ne l'écouta pas. Il s'empara de sa main et l'attira dehors. La fraîcheur de la nuit la fit frissonner. Malgré tout, cette soirée de la Saint-Valentin était parfaite — d'autant plus parfaite que Matt était là…

Elle le suivit à l'arrière du bâtiment.

— Je ne crois pas que tu trouveras Annie par ici, plaisanta-t-elle.

— J'ai menti. C'est toi que je veux.

Il l'attira entre ses bras et s'empara de sa bouche avec une gourmandise inouïe.

— Et que vas-tu faire de moi ? murmura-t-elle contre ses lèvres.

— Si je te le dis, tu risques de rougir.

Elle éclata de rire puis, tous les sens en éveil, le sang rugissant dans ses veines, se lova contre lui, heureuse de sentir l'excitation tendre son pantalon.

— Ce qui signifie que nous sommes d'accord sur ce point…

— Combien de temps devons-nous rester ici pour respecter les règles de la bienséance ? lui demanda-t-il, avant de déposer au creux de son cou une nuée de baisers sensuels.

Sous le charme, prête à s'abandonner, Rachel laissa échapper un soupir de bien-être. Elle se redressa en entendant soudain des voix se rapprocher. Elle avait l'impression de reconnaître celle de Nikki, en plus de celle d'un homme. Matt semblait lui aussi avoir entendu.

— Lâchez-moi ! cria soudain Nikki.

— Ne bouge pas, Rachel, lui lança Matt. S'il te plaît.

Elle ne répondit pas. Il savait qu'elle n'obéirait pas et finirait par le suivre, mais il n'avait pas le temps de se disputer avec elle.

Il trouva sa sœur au coin de la salle des fêtes, non loin de la porte. Tony, qu'il avait pourtant licencié le matin même, se tenait devant elle.

— Ecoute, était-il en train d'expliquer à Nikki, je voulais juste m'excuser. Je n'avais aucune idée de ce que faisait Eddie. Si je l'avais su, c'est moi qui lui aurais fait sa fête. Crois-moi.

— Très bien, vous avez dit ce que vous aviez à dire, répondit Nikki, les bras croisés devant la poitrine. Maintenant, vous pouvez partir.

— Ne t'inquiète pas, Nikki, fit Matt d'une voix ferme. Il s'en va.

Sa sœur se tourna vers lui, surprise.

— Oh ! Matt ! Ecoute, ce n'est pas la peine de t'énerver. Tony voulait juste s'excuser, c'est tout.

— Il n'a rien à faire ici.

— Tu n'avais pas besoin de nous virer, Gunderson, rétorqua l'ancien garde du corps de Wallace. Eddie était soûl, il n'a aucune excuse, mais nous aurions pu trouver une solution.

La porte de la salle s'ouvrit, et Trace sortit à son tour.

— Génial, marmonna Nikki.

— Tout va bien, prévint Matt pour éviter que la situation dégénère. Tout le monde peut rentrer.

Il ne mentait pas : Tony avait l'air en colère, mais on voyait bien qu'il ne cherchait pas la bagarre.

Sans un mot, Rachel obéit, suivie par Nikki et Trace. Tony s'éloigna. Puis il s'arrêta et jeta par-dessus son épaule :

— Je vais te dire une chose, Gunderson : tu devrais descendre de tes grands chevaux et t'intéresser un peu à ce qui se passe au Lone Wolf.

17

Matt se réveilla plus tard que d'habitude, mais aussi fatigué que s'il n'avait pas fermé l'œil de la nuit. Il avait passé de longues heures à rêver à Rachel et à repenser, entre deux phases de sommeil agité, aux mots prononcés par Tony.

Le bal s'était terminé peu après 23 heures, mais la situation avait commencé à dégénérer deux heures plus tôt, lorsque deux lycéens avaient été pris en train de cracher dans le punch. Ce n'était pas dramatique, sauf que Rachel s'était retrouvée au milieu d'une dispute ridicule et qu'il n'avait pas pu passer du temps avec elle comme il l'espérait. Ensuite, il n'avait pas pu la raccompagner chez elle. Elle avait aidé sa mère, Cole et Jamie à nettoyer la salle et, avant qu'il puisse réagir, elle s'était retrouvée dans la voiture de Barbara.

Etait-ce un coup de cette dernière ? Sans doute savait-elle que Rachel et lui avaient passé la nuit précédente chez Noah et voulait-elle éviter de nouveaux ragots. Pourtant, il avait fait attention à se comporter très sagement pendant le bal.

A moins qu'il ne soit simplement paranoïaque. Tout le monde était très fatigué.

Le parfum du café envahit soudain sa chambre. Il se leva. Il enfila un jean et une chemise de flanelle puis descendit.

La cuisine était déserte. Il trouva une cafetière pleine et un mot de Lucy lui expliquant qu'elle accompagnait Wallace chez le médecin à Kalispell.

A la lecture de ce mot, les scrupules l'envahirent car il

aurait dû se charger lui-même de cette tâche. A sa décharge, il n'était pas au courant : Wallace ne lui avait pas parlé de ce rendez-vous.

Il se servit une tasse de café puis s'installa derrière la fenêtre et observa les champs. Au loin, il apercevait des ouvriers agricoles en train de travailler.

Songeur, il repensa aux paroles de Tony. Il avait bien envie d'en parler à Petey. Mais si ce dernier avait été au courant de quoi que ce soit, sans doute lui aurait-il déjà tout dit.

Sa curiosité aiguisée, il mit ses bottes, sortit et prit la direction de l'étable. En chemin, il s'arrêta pour parler à un ouvrier qui réparait un tracteur. Ce dernier l'informa que Petey était sorti. Il poursuivit sa visite, vérifiant les bâtiments, les équipements.

Les animaux avaient l'air en bonne santé. Il était attentif à cette question car dans le passé son père avait été accusé de mauvais traitements. Personnellement, il n'avait jamais été témoin de quoi que ce soit de répréhensible.

Finalement, Tony s'était peut-être moqué de lui. Le ranch semblait en parfait état, rentable, entretenu par des ouvriers compétents.

Il remarqua un nouveau hangar, à l'arrière des bâtiments, en retrait. Intrigué, il décida d'aller jeter un coup d'œil dedans. Hélas, la porte était verrouillée à double tour.

Bizarre...

Peut-être abritait-il quelques nouveaux tracteurs, ou de nouvelles machines, mais cela n'expliquait pas pourquoi il était fermé à clé.

Etreint pas un malaise diffus, Matt retourna dans la maison et récupéra plusieurs trousseaux de clés dans le bureau de Wallace. Sans doute une de ces clés était-elle la bonne. Il reprit ensuite le chemin du hangar.

Après avoir essayé trois clés, il finit par trouver la bonne. Discrètement, il entrouvrit la porte, se glissa à l'intérieur du bâtiment puis alluma la lumière. Il examina les lieux. Au milieu du hangar, se trouvaient une remorque à cheval, ainsi que quelques selles. Bizarre. Pourquoi ce matériel ne se trouvait-il pas dans l'étable, avec les autres selles ?

Il s'approcha de la remorque et, tout à coup, il retint son souffle. Il s'agissait d'une remorque Exiss.

Celle qui avait été volée aux McAllister…

Rachel attendait Matt depuis dix minutes lorsqu'elle aperçut enfin son 4x4 au bout de l'allée. Elle lui avait trouvé une voix étrange lorsqu'il l'avait appelée pour lui proposer de faire un tour en voiture, mais il n'avait rien voulu lui dire au téléphone.

Elle attrapa sa veste puis sortit. Lorsqu'il s'arrêta, elle sauta dans la voiture. Sans un mot, il redémarra.

— Tu me fais peur, Matt. Que se passe-t-il ?

— Tu m'as manqué. Je voulais te raccompagner hier soir.

— Je sais bien, mais les événements se sont enchaînés et…

Elle s'interrompit en voyant son visage sérieux. Il semblait si tendu que la nervosité la gagna à son tour.

— Tu pars ? C'est cela, n'est-ce pas ?

— Non, pas aujourd'hui. A moins que quelqu'un ne me chasse.

Il n'en dit pas plus mais se gara sur le bas-côté.

— Pourquoi t'arrêtes-tu ?

Il la serra dans ses bras, enfouit son visage dans son cou et prit une profonde inspiration avant de répondre :

— J'aimerais rester dans tes bras pour toujours. Je rêve de me noyer en toi, princesse.

En entendant ces mots, elle retint son souffle, émue.

— Matt…

Elle ignorait quoi répondre. Il ne lui laissa pas la possibilité de dire quoi que ce soit : il plaqua sa bouche contre la sienne et l'embrassa avec une intensité foudroyante, comme si ce baiser était vital pour lui, comme si c'était le dernier.

Troublée, elle lui ouvrit sa bouche, fit danser sa langue avec la sienne et elle s'abandonna à cette délicieuse torture, tentant de refouler toutes les questions qui l'assaillaient.

Lorsque Matt rompit enfin l'étreinte, il lâcha un long soupir.

— De temps en temps, la vie est vraiment pourrie, lâcha-t-il, énigmatique.

Elle ne comprenait toujours pas où il voulait en venir.

— Dis-moi ce qui se passe, Matt.

Il passa une main sur son visage. S'il cherchait à en effacer toute trace de son angoisse, cela ne fonctionnait pas. Elle voyait bien qu'il était tourmenté, qu'il se sentait perdu.

— Je vais te dire quelque chose que tu n'as pas envie d'entendre, Rachel. Et après il est fort possible que tu me détestes, sachant qu'en plus, je vais avoir le culot de te demander que cela reste entre nous.

Il tenta de détourner le regard, mais elle prit son visage entre ses mains pour le forcer à la regarder. Jamais elle ne pourrait le détester. Jamais.

— Dis-moi tout, Matt.

— Ta remorque est dans un hangar du Lone Wolf.

— Quelle remorque ?

Elle avait froncé les sourcils. Voulait-il parler de…

— La remorque qui a été volée ? L'Exiss ?

Matt ne répondit pas. Il se contenta de la fixer, et elle comprit qu'elle avait bien deviné.

— Comment est-ce possible ? Et pourquoi ?

— Je ne sais pas. Tony m'a dit quelque chose d'inquiétant, hier soir, et j'ai commencé à regarder ce matin, à fouiner… Dans un nouveau hangar, j'ai découvert la remorque mais aussi des selles et d'autres équipements coûteux. J'imagine que tous ces objets ont été volés.

— Qu'a répondu ton père ?

— Je ne lui ai pas encore parlé : Lucy l'a accompagné chez le médecin.

— Je ne comprends pas. Que t'a dit Tony, exactement ?

— Que je devrais descendre de mes grands chevaux et voir ce qui se passe réellement au ranch.

— Apparemment, il avait quelque chose à voir dans cette histoire ; Eddie aussi, sans doute. Mais tu les as licenciés avant qu'ils aient la chance de rendre le…

Elle s'interrompit et soupira. Tout à coup, elle avait mal à la tête.

— Les vols ayant commencé l'été dernier, ils auraient eu tout le temps pour revendre les objets volés, reprit-elle. Alors pourquoi les garder ? Ce que je ne comprends pas non plus, c'est pourquoi Tony t'aurait poussé à chercher des preuves qui pouvaient l'incriminer.

— Cela n'a aucun sens.

— Noah et Cole soupçonnaient Avery Phelps d'avoir quelque chose à voir avec les vols, parce qu'il nous reprochait d'accueillir des clientes. La remorque a disparu juste après l'ouverture du bed and breakfast, et ensuite les vols ont frappé d'autres ranchs.

— C'est aussi à cette époque que Tony et Eddie ont été embauchés.

— Wallace et Avery ne se sont jamais supportés, mais à cette même époque ils ont commencé à se parler, à boire ensemble au Watering Hole.

Rachel souffla un grand coup pour se donner du courage. Car plus elle réfléchissait, plus elle avait la certitude que Wallace était impliqué dans l'histoire…

— Avery n'aurait jamais pu agir seul, mais il aurait pu donner l'idée à ton père. Beaucoup de gens nous ont accusés de troubler la quiétude de Blackfoot Falls en faisant venir des citadines. Je… Ne fais pas attention à ce que je dis, je réfléchis à haute voix.

— Je ne t'en veux pas, Rachel. Je crois que nous avons tous les deux compris que Wallace n'était pas blanc comme neige dans cette histoire.

— L'important, c'est que mes frères seront soulagés de pouvoir récupérer la remorque. Pour le reste, nous verrons bien.

Matt riva son regard au sien. Apparemment, il avait encore d'autres révélations à lui faire.

— Je veux que personne ne soit au courant pour le moment, Rachel.

— Que veux-tu dire ?

— J'ai besoin de temps pour parler à Wallace, et éventuellement tout régler avec Noah. Je veux aussi donner la possibilité à Nikki de faire la paix avec notre père.

Plus Rachel l'écoutait, plus son malaise grandissait. Elle n'aimait pas cacher des choses à ses frères.

— Nous pourrions au moins en parler à Cole. Il sera en colère, mais si nous lui parlons de l'état de santé de Wallace…

— Excuse-moi, Rachel, je n'aurais jamais dû m'ouvrir à toi de ma découverte.

— Bien sûr que si !

— Mais maintenant tu es mêlée à cette histoire. Tout cela parce que je suis égoïste… A croire que le proverbe à raison qui affirme que la pomme ne tombe jamais bien loin de l'arbre.

— Arrête avec ces idioties !

Elle était en colère, à présent. Elle détestait lorsque Matt se dévalorisait ainsi.

— Je suis sérieuse, tu n'es pas comme ton père.

— Donne-moi vingt-quatre heures. Je sais ce que je te demande et je suis désolé d'être obligé de le faire.

Rachel se mordilla nerveusement la lèvre. C'était difficile pour Matt de lui demander cela, mais c'était aussi difficile pour elle de dire oui.

Elle accepta néanmoins, même si elle avait l'impression de trahir sa famille. Elle accepta, car il s'agissait de Matt et qu'elle savait qu'il avait besoin de faire la paix avec son père. En attendant, sans doute allait-elle mal dormir cette nuit : pour les McAllister, la famille était ce qu'il y avait de plus important.

Finalement, peut-être devrait-elle réfléchir sérieusement à la proposition de Jamie de partir pour Tahiti, avant d'être bannie de chez elle.

— Je pensais que tu étais parti, lui lança Wallace lorsqu'il entra dans la cuisine.

Il avait l'air encore plus pâle qu'avant, sans doute parce que le voyage à Kalispell avec Lucy, la veille, l'avait épuisé.

— Ne t'inquiète pas. Je pars dans quelques minutes.

Avant cela, il n'avait pas le choix, il devait agir. Il ne pouvait plus reculer s'il voulait libérer Rachel du dilemme dans lequel il l'avait enchaînée en lui demandant de ne pas dire la vérité à ses frères. Ensuite, peut-être pourrait-il enfin se détendre.

Cette nuit, il avait eu le loisir de réfléchir ; il était arrivé à la conclusion qu'il était possible que son père ignore tout des vols, puisqu'il ne sortait pas beaucoup.

— Tu me sembles bien pensif, ce matin, fiston. Tu as quelque chose à me dire ?

— J'imagine que tu as entendu parler des vols qui ont eu lieu dans les environs, ces dernières semaines.

— Oui, répondit Wallace en se servant une tasse de café.

— J'ai une mauvaise nouvelle à t'annoncer…

Il s'interrompit afin de donner à son père la chance de réagir, d'avouer, de s'expliquer.

Sans succès.

— J'ai retrouvé quelques-uns des objets volés sur le ranch, poursuivit-il alors.

Il observa attentivement la réaction de son père. Il ne semblait ni surpris, ni outré, ni coupable. Aucune émotion ne transparaissait sur son visage fatigué.

— Où ça ?

— Dans le hangar, le nouveau, celui qui était verrouillé. Es-tu au courant de quelque chose ?

— Non, fiston, je ne suis pas au courant. Pourquoi aurais-je besoin de voler ? Mon ranch est prospère, et je le gère tout seul, sans l'aide de personne.

Matt tenta en vain de faire le lien entre l'homme qui lui faisait si peur lorsqu'il était enfant et le vieillard fatigué qui se tenait devant lui et évitait son regard.

— Je ne t'accuse pas des vols. Mais j'ai bien peur que tes deux gars, Tony et Eddie, se soient servis de toi.

Wallace demeura silencieux. Il sortit simplement la bouteille de lait du réfrigérateur.

— Tu n'as rien à craindre, reprit Matt. Mais je voulais que tu sois au courant. Je vais veiller à ce que tout soit rendu aux propriétaires. Si tout est retrouvé, je pense que le shérif ne poursuivra personne. De toute façon, Tony et Eddie doivent être loin, à l'heure qu'il est.

Wallace ne le regardait toujours pas. Impossible de savoir s'il se sentait coupable, ou bien en colère parce qu'il s'était fait rouler. Matt hésita une seconde. Peut-être n'était-il qu'un imbécile, peut-être se trompait-il du tout au tout ou se faisait-il des illusions sur son père, qui le menait encore une fois en bateau.

En tout cas, il ne voulait pas se disputer avec un mourant. Tout ce qu'il souhaitait, c'était régler la situation avec Rachel, puis que sa sœur fasse la paix avec leur père.

— Je vais aller chercher Nikki, annonça-t-il en posant sa tasse dans l'évier.

Au même instant, il entendit un bruit de moteur. Il jeta un coup d'œil par la fenêtre.

— Tiens, la voilà. Elle a emprunté une voiture.

Sans attendre, Matt se dirigea vers porte, regardant du coin de l'œil son père se recoiffer avec les doigts. Wallace était inquiet de son apparence. C'était bon signe. Sur le perron, il embrassa sa sœur.

— J'étais trop nerveuse pour rester sans bouger. Trace m'a prêté sa voiture. Est-il sobre ? ajouta Nikki en baissant la voix.

— Oui. Il prend son café dans la cuisine.

Il l'y précéda. Wallace était assis devant la table, fragile et inoffensif.

— Veux-tu un café ? demanda-t-il avant de tenter de se lever.

— Je vais m'en occuper, déclara Matt.

— Merci, répondit Nikki en s'asseyant.

Il nota qu'elle prenait bien soin de ne pas regarder Wallace. Il voulait bien tenter de briser la glace, mais c'était davantage à leur père de faire les efforts. Malheureusement, ce dernier ne bougeait pas. Il laissa le silence s'installer. Matt était peu à peu gagné par la colère.

— Je suis désolé, finit par dire Wallace au bout de longues minutes. Je suis désolé de vous avoir abandonnées, toi et ta mère. Tu dois savoir que j'ai aimé Rosa et que je voulais être avec elle. Mais j'avais déjà une femme et un fils, que je devais protéger.

Matt fixa le visage ravagé de son père. D'une certaine façon, il s'était sacrifié pour lui et sa mère.

Il jeta un coup d'œil vers Nikki. Elle était blême.

Elle avait toujours fait son possible pour maîtriser ses émotions, mais ce devait être très dur pour elle d'entendre ces mots. Elle aurait mérité un père loyal, qui l'aurait soutenue quoi qu'il arrive.

Il la vit soudain redresser les épaules. Elle semblait maintenant plus triste que fâchée. L'homme assis en face d'elle était mourant, alors sans doute pensait-elle, comme Matt, que le temps de la colère et des ressentiments était passé. Ces émotions étaient vaines, à présent.

— Je t'en ai voulu pendant longtemps, dit-elle enfin d'une petite voix. Au début, je ne comprenais pas pourquoi tu ne pouvais pas m'aimer. Ensuite, je t'en ai voulu parce que tu avais fait de la peine à ma mère.

Il la vit tendre la main et prendre celle de Wallace.

— Ma mère et moi sommes proches. Je n'ai jamais douté un instant de son amour pour moi.

— Rosa est ainsi…

— Etais-tu jaloux de son amour maternel ? Est-ce pour cette raison que tu as arrêté de venir ? Non, ne réponds pas, cela n'a plus d'importance. Je suis en tout cas heureuse que tu nous aies envoyé de l'argent. Cela nous a bien aidées.

Soudain, Matt sentit des gouttes de sueur perler sur son front. Seigneur, il avait complètement oublié de parler de ce sujet avec Nikki !

— Un autre café ? proposa-t-il alors à son père pour tenter de changer de sujet.

— Ce que j'ai fait était mal, continua Wallace d'une voix pleine de regrets, sans prêter attention à lui. J'étais en colère contre Rosa, qui refusait de me voir parce que je ne t'avais pas officiellement reconnue. La voilà, la raison de mon absence. Mais je n'aurais pas dû arrêter de vous envoyer de l'argent au bout de deux ans.

— Mais… tu n'as pas arrêté, s'étonna Nikki.

— Papa, tu devrais aller te reposer. Tu n'as pas l'air très bien.

— Maman t'a demandé d'arrêter d'envoyer de l'argent, dit Nikki, mais c'était l'année dernière.

Elle semblait complètement perdue.

— Si vous avez continué à recevoir de l'argent, ce n'était pas de moi, se contenta de répondre Wallace en haussant les épaules.

Matt se racla la gorge. Aussitôt, Nikki se tourna vers lui.

— C'était ma mère, Catherine, avoua-t-il alors. Elle a commencé à vous envoyer de l'argent quelques mois après que Wallace eut arrêté. Après sa mort, j'ai continué.

Puis il baissa les yeux, honteux. Il n'osait pas regarder sa sœur.

— Tu m'as menti, Matt ! explosa-t-elle.

— Techniquement, non, bredouilla-t-il.

— Va te faire voir ! Allez vous faire voir, tous les deux.

— Catherine était au courant de l'existence de Rosa ? s'étonna Wallace.

Matt entendit à peine la question : il courait déjà après sa sœur.

— Nikki, attends !

A la porte, elle lui jeta un regard qui le cloua sur place. Un regard plein de déception et de tristesse qui, il le sut aussitôt, le hanterait pendant très longtemps.

18

Wallace était resté sur son siège, les épaules basses, le regard fixé sur la porte. Il avait l'air d'un homme ayant besoin d'un verre.

— Je vais aller lui parler, lui expliqua Matt. Reste ici, cela ne sera pas long.

N'obtenant pas de réponse, il se pencha vers son père, qui ne semblait pas l'avoir entendu.

— Papa ?

Wallace se contenta d'un hochement de tête.

Nikki ayant emprunté la voiture de Trace, elle devait être repartie au ranch de Sundance. Ce serait donc son premier arrêt.

Lorsqu'il y arriva, quelques minutes plus tard, Rachel l'attendait sous le porche de la maison.

— Nikki vient de monter dans sa chambre. Que s'est-il passé, Matt ?

— C'est à cause de l'argent. Elle a abordé le sujet devant Wallace avant que j'aie eu le temps de lui expliquer et maintenant elle est en colère contre moi. Et contre Wallace. Je… Je dois à tout prix lui parler.

— Je pense qu'elle est plus blessée qu'en colère. Laisse-lui le temps de se calmer.

Au loin, il aperçut Cole qui sortait de l'étable, Trace sur ses talons. Ce qui voulait dire que toute la famille McAllister était là.

Génial !

— Viens faire quelques pas avec moi, proposa Rachel.

— Je sais que tu veux être gentille avec moi, mais je dois vraiment…

— Nikki ne veut pas te parler pour le moment, le coupa-t-elle, péremptoire. Je suis désolée, mais elle m'a chargée de te le dire.

Matt baissa la tête, vaincu. C'était un cauchemar. Il n'avait jamais voulu que Rachel soit impliquée, et pourtant elle l'était.

Résigné, il la suivit sur le chemin qui longeait la maison.

— Nikki t'a-t-elle dit autre chose ?

— Non. Simplement qu'elle savait que tu la suivrais.

— Je suis désolé, dit-il en enfouissant les mains dans ses poches. Je sais que tu as du travail et que…

— Pas de problème. J'aime bien me promener.

— Mais il fait deux degrés, Rachel !

— Nous pouvons faire demi-tour, si tu es frileux.

Sa boutade le fit sourire.

— J'ai aperçu Cole et Trace à l'instant. Jesse est-il là ? Je voudrais dire à tes frères que j'ai retrouvé la remorque.

Elle s'arrêta et le dévisagea durant de longues secondes. Elle semblait pensive.

— As-tu parlé à Wallace ? lui demanda-t-elle.

— Oui.

Il détourna le regard. Il ne pouvait pas la regarder dans les yeux. Il n'en avait pas le courage.

— Apparemment, il n'était au courant de rien. Je lui ai dit que je soupçonnais Tony et Eddie.

— Dans ce cas-là, tu vas devoir appeler Noah très vite pour qu'il puisse les retrouver. Je crois qu'il est rentré ce matin.

— Je vais veiller à ce que tout le monde retrouve ses biens, alors je ne suis pas sûr qu'il soit nécessaire de déposer plainte.

— Si seulement c'était aussi simple ! Ton père s'est fait de nombreux ennemis, et comme les objets ont été retrouvés dans son ranch beaucoup de gens vont lui en vouloir.

Matt osa enfin lever les yeux sur elle. Il lut de la pitié dans ses prunelles émeraude. Apparemment, elle devinait qu'il ne croyait pas son père totalement innocent. Ce n'était pas étonnant : il n'avait jamais pu lui cacher quoi que ce soit.

— Retournons à la maison pendant que tes frères sont encore dans les parages, proposa-t-il au bout de quelques minutes de marche. Je voudrais me débarrasser de cette histoire au plus vite. Mais nous dirons que tu viens juste de l'apprendre.

— Oui, je pense que c'est mieux.

Elle passa un bras autour de sa taille et l'émotion le gagna. Il ne méritait pas une telle tendresse de la part d'une femme aussi formidable que Rachel McAllister.

Lorsqu'ils arrivèrent devant la maison, ils firent signe à Cole et Trace de les rejoindre.

— Je vais aller chercher ma mère, proposa Rachel. Nous irons ensuite dans le bureau de…

Elle s'interrompit en voyant une voiture au loin.

— Voilà Jesse ! A moins que… Non. Ce n'est pas lui, il ne conduit pas aussi vite.

Matt se retourna et blêmit en reconnaissait le véhicule de Wallace. Il conduisait à toute vitesse, zigzaguant sur la route. Il s'arrêta à quelques mètres de lui ; il pouvait voir le visage rougi de son père à travers le pare-brise.

Il avait bu, c'était évident.

— Que fais-tu ici ? lui lança-t-il en l'attrapant par le col de la chemise. Je t'avais dit de ne pas bouger.

— Tu n'as aucun ordre à me donner, fils, rétorqua Wallace d'un ton rageur.

Il se tourna vers Trace et Cole, qui s'étaient approchés.

— Oui, j'ai volé votre remorque et je n'en suis pas désolé. Vous autres, McAllister, vous pensez être si supérieurs !

Il s'interrompit et cracha dans le gravier.

Matt ressentait un tel mépris pour son père qu'il avait envie de le jeter à terre. Il le lâcha.

— Ils te sont au moins supérieurs, lança-t-il.

— De quoi parle-t-il ? intervint Cole. Où est notre remorque ?

— La remorque est en bon état et en sécurité, répondit Rachel à sa place. Matt allait tout vous expliquer.

Trace et Cole dévisagèrent leur sœur.

— Tu étais au courant ? demanda Trace.

— Elle vient de l'apprendre, expliqua Matt. Je viens de lui dire.

Les joues de Rachel s'empourprèrent. Il la vit ouvrir la bouche, puis la refermer. Elle ne semblait plus pouvoir parler. La panique l'envahit. Rachel ne savait pas mentir. Elle allait avouer la vérité. Il le voyait, il le savait.

— Je l'ai su hier, marmonna-t-elle d'une petite voix.

Ses deux frères la toisèrent avec mépris. Cole allait parler, mais il fut interrompu par la voix de sa mère :

— Que se passe-t-il ? demanda Barbara en sortant de la maison.

— Maman, rentre ! lui ordonna Cole.

Elle n'obéit pas.

— Barbara, bafouilla Wallace d'une voix alcoolisée, pourquoi n'es-tu pas venue me retrouver après le décès de Catherine ? Nous étions libres tous les deux, et tu savais que je t'aimais toujours. Rosa et toi... Vous êtes les deux seules femmes que j'ai jamais aimées.

Matt sursauta. Avait-il bien entendu ?

— Que... quoi ? bredouilla-t-il, incrédule.

Wallace s'adossa contre sa voiture, vacillant, tellement ivre qu'il ne pouvait voir la colère qui venait de l'envahir.

Il avait dû boire au moins une bouteille pour se trouver dans un tel état… Matt serra les poings pour tenter de garder son sang-froid et ne pas le frapper.

— As-tu jamais aimé ma mère ? lui demanda-t-il

« Je n'ai aimé que deux femmes », avait-il avoué à Nikki et lui l'autre jour. Bêtement, il avait cru qu'il s'agissait de Rosa et Catherine. Apparemment, il s'était trompé… Il n'en revenait pas.

Incapable de s'en empêcher, il jeta un coup d'œil vers Rachel, puis vers ses frères. Tous semblaient en colère et incrédules. En revanche, Barbara ne paraissait pas surprise.

— Je t'ai vue, Barbara, reprit Wallace, le regard méchant. Tu crois que j'ignore que tu fréquentes Jeb Collins en douce ?

— Arrête tout de suite, Wallace Gunderson ! rétorqua Barbara en adressant un regard inquiet à ses enfants. Tu es en train de te ridiculiser.

— Tu aurais dû venir vers moi au lieu de te conduire comme une femme légère, poursuivit Wallace d'un ton sardonique.

A ces mots, Cole et Trace bondirent en même temps, mais Rachel et Barbara les retinrent et les empêchèrent de céder à la provocation de Wallace.

Matt commençait lui aussi à avoir du mal à contrôler ses émotions. Il ressentait une telle rage qu'il avait envie de démolir le portrait de son père.

— Je vais le conduire au bureau du shérif, annonça-t-il finalement, incapable de regarder qui que ce soit dans les yeux.

Il le poussa dans sa voiture puis ferma la portière. Rachel avança vers lui, sous les regards déçus de ses frères.

Matt serra les dents, furieux contre son père, contre lui-même, contre ce destin. Tout cela était sa faute. A cause de lui, la belle unité de la famille McAllister était brisée.

Elle le retint par le bras avant qu'il ait eu le temps de s'installer derrière le volant.

— Je suis désolé, Rachel, marmonna-t-il. Retourne auprès de ta famille. Ils t'aiment. Tout ira bien.

— Je t'en prie, Matt, sois raisonnable. Laisse le temps à tout le monde de se calmer.

Elle le regardait avec des yeux pleins d'amour qui le bouleversaient, mais lui brisaient aussi le cœur tant il l'avait blessée.

Il ne répondit pas. Il ne pouvait pas parler. Alors il se contenta de démarrer et de fuir.

Rachel regarda sans bouger la voiture de Matt s'éloigner. Elle ne parvenait à oublier le regard désespéré qu'il lui avait décoché. Son cœur lui criait de le rattraper car, une fois qu'il aurait quitté Blackfoot Falls, elle savait qu'elle ne le verrait plus jamais. Tout serait terminé entre eux, pour toujours, alors qu'ils venaient juste de se retrouver.

Refoulant ses larmes, elle se retourna. Sa mère et ses frères la dévisageaient, et elle pouvait voir la déception qu'elle leur inspirait. Jamais ses frères ne lui pardonneraient sa trahison.

D'ailleurs, elle n'était même pas sûre de se pardonner elle-même.

— Rentrons à la maison, proposa sa mère. Je crois que j'ai quelques explications à vous donner.

Elle l'attendit puis posa un bras sur son épaule et l'entraîna vers la maison. Cole et Trace les suivirent. Personne ne prononça un mot.

Sa mère semblait calme, mais Rachel savait qu'il ne s'agissait qu'une façade. Elle devinait sa nervosité à sa façon de croiser les jambes.

— Comme vous l'avez compris, Wallace et moi sommes liés, commença Barbara. Lorsque j'étais en dernière année au lycée, il m'a demandé de l'épouser. Sa demande m'a surprise car, même si je savais qu'il avait un faible pour moi, nous n'étions jamais sortis ensemble. Tout juste m'avait-il offert un soda lors d'un bal… En plus, à l'époque, je fréquentais déjà votre père. Catherine Gunderson, qui s'appelait encore Weaver à l'époque, était une de mes amies, et je savais qu'elle aimait bien Wallace. Après mon diplôme, j'ai épousé votre père. Wallace et Catherine ont commencé à sortir ensemble. Mon amitié avec elle s'est distendue, mais nous sommes tout de même restées en contact, et nous sommes redevenues plus proches à la fin de sa vie. Elle se sentait seule.

— Comment se fait-il que nous ne soyons pas au courant ? Quand voyais-tu Catherine Gunderson ? demanda Cole.

— Je lui rendais visite lorsque Wallace était absent et que vous étiez à l'école, nous nous parlions aussi au téléphone… Evidemment, votre père connaissait toute l'histoire avec Wallace. Quand ce dernier a commencé à boire et à lui chercher les querelles, votre père savait que le ranch n'était pas le problème. D'une certaine façon, Wallace essayait de prouver qu'il était un homme meilleur que votre père. Il voulait posséder quelque chose qui appartenait à Gavin McAllister. C'était pitoyable, et je me suis toujours sentie désolée pour Catherine. Et Matt.

Rachel s'agita dans son fauteuil. Sa mère se tourna vers elle avant de reprendre :

— C'est moi qui ai écrit à Matt pour lui dire que son père était malade. J'avais promis à Catherine de rester en contact avec lui et de l'aider autant que je le pouvais.

— Je n'arrive pas à croire que tu ne nous aies jamais rien dit, intervint Trace.

— A quoi cela aurait-il servi ? Le passé est le passé, et c'était mon histoire, pas la vôtre. En revanche, je regrette de ne pas vous avoir dit que depuis huit mois je fréquente quelqu'un. Je vous demande d'excuser mon silence. J'avais peur de votre réaction. Jeb Collins est un homme très gentil, que vous rencontrerez bientôt. Il possède un ranch dans le comté de Norton. Cole, je crois que tu l'as déjà rencontré.

Ce dernier approuva d'un signe de tête.

Rachel avait noté que le regard de sa mère s'était illuminé lorsqu'elle avait prononcé le nom de Jeb. Elle avait même rougi un peu. Elle était heureuse de voir sa mère aussi épanouie. Elle aurait même été folle de joie, si elle n'avait eu autant de raisons de pleurer.

— J'ai des excuses à faire, osa-t-elle enfin d'une voix tremblante. Je suis vraiment désolée de ne rien vous avoir dit concernant la remorque. Je l'ai appris hier, et Matt m'a demandé d'attendre vingt-quatre heures avant de vous le révéler, pour lui laisser le temps de découvrir le vrai coupable. Il pensait que c'était peut-être Tony et Eddie.

— Tu aurais tout de même pu nous en parler, répliqua Trace, en colère. Cela ne voulait pas dire que nous aurions forcément fait quelque chose.

— Je sais, tu as raison, mais…

— Je ne suis pas d'accord, intervint Barbara. Un seul jour n'aurait pas fait de différence pour la remorque, mais aurait pu mettre en danger la relation entre Matt et Rachel. Matt avait besoin de savoir qu'il pouvait compter sur toi et que tu lui faisais confiance.

Sa mère s'arrêta et les regarda tous à tour de rôle.

— Vous avez eu un père formidable, qui aimait sa famille. Nous avons fait tout notre possible pour vous apprendre la confiance, pour vous aider à grandir, à vous épanouir. Matt n'a pas vécu dans un tel environnement. Même si j'aimais Catherine, je lui ai souvent reproché de ne pas avoir su protéger Matt de Wallace. Le pauvre garçon a grandi seul, sans soutien. Malgré cela, il est devenu un homme bien.

Trace se redressa en fixant la porte du salon. Rachel tourna la tête et découvrit Nikki, debout sur le seuil.

— Je suis désolée, fit cette dernière. Je ne voulais pas vous espionner. Je descendais lorsque j'ai entendu…

Elle s'interrompit pour renifler et refouler ses larmes.

— Vous avez raison, Barbara, reprit-elle. Moi aussi, j'ai été trop dure avec Matt. Il a toujours fait son possible pour m'aider. J'avais ma mère, mais lui n'avait personne.

— Je ne dirais pas cela, répondit Barbara en souriant. Il avait ma fille.

A ces mots, Rachel sursauta et manqua de s'étrangler.

— Je savais que tu allais rejoindre Matt en cachette, reprit sa mère en lui souriant gentiment. Et aujourd'hui tu es toujours à ses côtés.

— Viens t'asseoir, Nikki, proposa Trace.

— C'est gentil, mais je ne voudrais pas vous déranger. Et puis je dois appeler mon frère.

Rachel ne l'arrêta pas. Elle comprenait que Nikki ait envie de lui téléphoner. Elle aussi en mourait d'envie. En fait, elle voulait surtout le voir, le toucher, le serrer entre ses bras.

Après le départ de Nikki, elle se tourna vers sa mère.

— Il ne s'est rien passé, tu sais… Avec Matt. Il disait que j'étais trop jeune et je… Je voulais que tu le saches, maman.

— Je ne peux pas dire que je ne me suis pas inquiétée une fois ou deux, surtout que tu pleurais encore ton père, à l'époque. Tu aurais pu chercher à oublier ton chagrin et faire des bêtises. Mais je vous faisais confiance à tous les deux. Lorsque j'ai vu que vous vous étiez retrouvés, il y a quelques jours, je dois admettre que j'ai d'abord été nerveuse, car je ne connais pas très bien Matt. Nous avons juste échangé quelques lettres. Mais je crois que c'est un homme bon.

— Si mon avis vous intéresse, je suis d'accord, dit Cole. Au départ, j'étais en colère pour la remorque, mais je ne t'en veux pas d'avoir gardé le secret de Matt, petite sœur. Tu as fait ce que tu devais faire. La question est : que va-t-il se passer maintenant ?

— Wallace est mourant, Cole. Je ne pense pas trahir un secret en le disant, annonça Trace. Nous pouvons toujours porter plainte et le faire enfermer, mais à quoi bon ? En attendant, il faut que je retourne travailler.

Rachel observa du coin de l'œil sortir ses frères mais n'osa pas lever les yeux, ni regarder sa mère. Elle se sentait perdue.

— Je dois t'avouer autre chose, maman, finit-elle par murmurer d'une voix timide. Je n'avais pas l'intention de rester à Blackfoot Falls après l'été.

Alors, elle releva la tête. A sa grande surprise, sa mère ne semblait pas étonnée.

— J'espère que tu n'as pas renoncé à un poste pour rester, fit Barbara.

— Pas vraiment. Je… Tu savais que j'allais repartir ?

— Tu es brillante, ambitieuse. Je n'aurais pas compris que tu veuilles passer ta vie ici.

— Je me sentais tellement coupable.

— Ma chérie…

Sa mère se leva et vint s'asseoir près d'elle, sur le bras du fauteuil.

— C'est à moi de me sentir coupable, pas à toi. Ton idée de bed and breakfast était fantastique, mais je n'aurais pas su tout organiser toute seule. C'est sans doute pour cela que je me suis tellement reposée sur toi. Je ne voulais pas embêter tes frères qui travaillaient déjà si dur pour sauver le ranch. Je me disais que tu aurais toujours le temps de te lancer plus tard. C'est pour cette raison que j'ai été enchantée lorsque Jamie a annoncé qu'elle emménageait ici. J'étais heureuse pour Cole, mais aussi pour toi parce que je savais que vous étiez amies. J'ai d'ailleurs entendu dire qu'elle t'avait offert de la remplacer pour un voyage.

Rachel se rappela soudain qu'elle devait donner sa réponse à Jamie. Mais à vrai dire le voyage ne la tentait plus autant.

— J'ai une question, reprit sa mère. Quelle a été ta première pensée lorsque j'ai annoncé que je voyais quelqu'un ?

Rachel réfléchit quelques instants.

— J'ai trouvé que c'était une bonne nouvelle, mais j'ai regretté que tu ne nous en aies pas parlé plus tôt.

— Et puis ?

— C'est tout. Je suis très heureuse pour toi.

— Alors tu n'as pas pensé que, puisque je voyais quelqu'un, tu pouvais partir sans remords ? Tu n'as pas été soulagée ?

Elle hocha la tête. Quelques semaines plus tôt, c'était exactement ce qu'elle aurait pensé, mais pas aujourd'hui.

— J'ai comme l'impression que tu n'es plus aussi pressée de partir, ma chérie. Allez, va donc retrouver Matt avant qu'il ne fasse une bêtise !

Au dernier moment, Matt changea d'avis et prit la route de Lone Wolf plutôt que celle de Blackfoot Falls. Il avait toujours l'intention de dénoncer Wallace, mais il était trop en colère pour se comporter en homme raisonnable. Mieux valait attendre de s'être calmé.

Il jeta un coup d'œil vers son père, affalé sur le siège, endormi comme un bébé, et il resserra ses mains sur le volant. Il n'avait plus envie de se conduire comme l'homme nerveux et irresponsable qu'il était au début de sa vie d'adulte.

Mais à quoi bon ? Il était un Gunderson. Personne à

Blackfoot Falls n'attendait autre chose de sa part. Quant à Rachel, il avait sans doute rêvé lorsqu'il pensait que leur aventure pourrait déboucher sur quelque chose.

Comment avait-il pu blesser à ce point la femme qu'il aimait ? Tout ça pour tenter de protéger Wallace, un homme qui ne méritait que son mépris !

Finalement, peut-être faisait-il une erreur en n'accompagnant pas tout de suite son père au commissariat.

Non, même s'il était fou de rage, il savait qu'il finirait par tout arranger avec Noah et les victimes. Il veillerait à ce que Wallace reste à la maison ; pas pour lui épargner un châtiment, le protéger, mais pour faire honneur à sa mère. Elle n'aurait pas aimé savoir que son mari était mort en prison.

Arrivé au ranch, il se gara aussi près que possible de la maison. Il porta son père à l'intérieur et l'allongea sur le canapé du bureau.

Il allait ramasser une bouteille de whisky vide renversée par terre lorsqu'il s'arrêta. Il en avait assez de jouer au bon fils avec Wallace et de jouer les entremetteurs entre lui et Nikki.

Il avait voulu les réconcilier et il avait échoué.

Ce faisant, il avait tout gâché avec Rachel. A cette pensée, son cœur éclata en mille morceaux. Et pourtant il savait que ce n'était qu'une aventure sans lendemain pour elle. Ne le lui avait-elle pas avoué ?...

Elle lui avait aussi dit qu'autrefois elle avait rêvé de l'épouser. D'ailleurs, il lui suffisait d'effleurer cette idée pour que le plaisir le gagne de nouveau, pour que son cœur fasse des bonds dans sa poitrine, pour que son pouls batte à toute allure.

Il s'approcha de la fenêtre et fixa le ciel bleu.

Rachel n'avait jamais pris à la légère les questions sérieuses, même lorsqu'elle n'était qu'une adolescente.

Il se tourna vers Wallace. Son père avait toujours été pathétique, et il refusait de suivre son exemple. Il n'était pas du tout comme lui. Rachel n'aurait jamais aimé un tel homme, n'est-ce pas ?…

Elle ne lui avait jamais dit qu'elle l'aimait, lui rappela soudain la voix de la raison. Pourtant, ses regards, ses sourires et ses caresses lui avaient révélé ses sentiments. S'il lui en avait offert la possibilité, sans doute aurait-elle prononcé les mots.

Il plissa le front en se rendant compte que, s'il l'aimait — et il en était certain —, il ne le lui avait jamais dit non plus.

Il n'était pas aussi intelligent qu'elle, mais il avait tout de même réussi des choses dans sa vie, ne serait-ce que sa carrière. Il avait gagné beaucoup d'argent et il était prêt à renoncer à tout pour Rachel.

Alors pourquoi ne pas croire qu'elle était prête à en faire de même ?

D'un autre côté, comment pouvait-il rivaliser avec tous ces rêves dont elle avait reporté la concrétisation pour aider sa famille ? Elle méritait de découvrir le monde, de trouver sa voie…

Si ce voyage dans le Montana lui avait appris une chose, c'était qu'il était vain de garder des secrets. Cela se terminait toujours mal. Il devait donc parler à Rachel, il n'avait pas d'autre solution. Il devait lui dire la vérité et la laisser faire ses propres choix.

Déterminé, il ressortit de la maison.

Cela ne serait pas facile de retourner au Sundance. Les McAllister devaient le détester maintenant. Mais il était prêt à se faire rouer de coups par les frères s'il le fallait. Tout ce qui comptait, c'était de voir Rachel.

Rachel monta dans la voiture de sa mère et prit une lente inspiration en mettant le contact. Elle avait tout le trajet jusqu'au Lone Wolf pour décider ce qu'elle allait dire à Matt.

Elle venait de passer la marche arrière lorsqu'elle aperçut un 4x4 dans son rétroviseur.

Matt !

Instantanément, son cœur se mit à battre à une allure folle. Tremblante, elle sortit de la voiture et le regarda se garer. Jamais elle n'avait été aussi nerveuse de toute sa vie.

Il était tout à fait possible que Matt soit venu lui dire adieu. Dans ce cas-là, elle devrait être courageuse et le laisser partir sans s'accrocher à lui.

Matt ouvrit enfin sa portière, et ils demeurèrent immobiles quelques instants, les yeux dans les yeux.

— Je vois que tu allais partir alors je serai bref, Rachel, dit-il.

— J'allais te voir.

A cette annonce, le regard de Matt s'illumina. L'émotion paralysa alors Rachel.

— Je suis désolé de t'avoir mise dans une situation délicate avec ta famille. Je suis désolé d'être un Gunderson, mais…

— Stop ! Arrête de croire à cette histoire de guerre entre nos familles. Tu es un homme libre, un homme formidable et j'aimerais que tu voies tout ce que moi je vois en toi.

— Tu es sûre que tu veux que je m'arrête ? Parce que j'arrivais à la partie la plus intéressante de mon discours.

Elle leva une main et la posa sur sa joue, puis elle plongea dans son envoûtant regard azur.

— Qu'allais-tu dire ?

— J'allais simplement t'avouer que je t'aime, Rachel McAllister. Je crois même que je t'ai toujours aimée.

Sous le choc, elle mit sa main sur sa bouche. Elle n'en croyait pas ses oreilles. Elle avait tant rêvé d'entendre ces mots, depuis si longtemps !

— Matt…, murmura-t-elle en tentant de refouler les larmes qui lui montaient aux paupières. Je t'aime aussi. Je t'aime tellement que parfois j'ai l'impression que mon cœur va exploser.

— Je crois que je vais rester un moment ici et tenter de convaincre Nikki de reprendre le ranch avec moi. Je ne sais pas si tu souhaites rester à Blackfoot Falls. Si tu veux partir pour de nouvelles aventures et voir le monde, pas de problème, je t'attendrai. Je suis prêt à t'attendre toute la vie s'il le faut.

Les paroles de Matt eurent un tel effet sur elle que Rachel fut incapable cette fois de contenir ses larmes. Elle savait que Matt parlait du fond de son cœur.

Il avait souffert en revenant dans le Montana, en faisant face à son père, mais elle était fière de lui et de sa décision de reprendre le ranch.

— Ma famille a dépensé une petite fortune dans mon éducation, mais tout ce que je voulais, c'était trouver ma place dans le monde. Tout a changé le jour où tu es revenu en ville. Maintenant, lorsque je pense à l'endroit où je veux être, c'est entre tes bras.

— Tu es sérieuse ?

« Evidemment que je suis sérieuse ! », faillit-elle hurler.

— J'avais tellement peur que tu viennes me dire adieu, murmura-t-elle.

Matt tendit la main vers elle et essuya les larmes qui coulaient sur ses joues.

— Cela ne risque jamais d'arriver. Je suis un cow-boy de rodéo. Je ne lâche jamais.

— Tu as intérêt, Matt Gunderson, parce que je t'aime depuis longtemps et que je vais faire en sorte que tu tiennes tes promesses.

— Tu as ma parole, princesse. Je n'irai nulle part.

Lorsqu'il l'embrassa enfin, Rachel se sentit renaître contre sa bouche.

Elle était exactement là où elle voulait être. Où elle avait toujours voulu être. Où elle serait toujours.

CRYSTAL GREEN

Invitation au désir

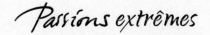

éditions **HARLEQUIN**

Titre original : LEAD ME ON

Traduction française de EMMA PAULE

La vidéo avait peut-être été postée sur YouTube le matin même, mais qu'importe, Margot Walker entendait bien apporter la preuve que ça ne lui avait fait ni chaud ni froid.

Aussi dégustait-elle un Midori Sour avec ses deux meilleures amies, tranquillement installée sur une des confortables banquettes en cuir du bar de l'Avila Grande Suites. Autour d'elles, les autres clients de l'hôtel bavardaient dans un brouhaha incessant. Elle jeta un œil vers eux, mais ne reconnut aucun membre de leur groupe d'anciens étudiants. C'était ce week-end qu'ils fêtaient leurs dix ans, et c'était cet hôtel qu'ils avaient choisi pour se réunir.

— Tu es sûre que tu te sens d'attaque, Margot ? lui demanda Leigh, en rejetant sa longue tresse blonde par-dessus son épaule. Personne ne t'en voudra si tu zappes la réunion pour rentrer chez toi.

Margot posa sereinement son verre sur la table. Dani, avec sa tignasse rousse bouclée et sa peau de porcelaine, approuva Leigh d'un hochement de tête.

— Pourquoi t'imposer ça ?

— Je ne vais pas me laisser intimider par une ridicule blague de potache, répondit Margot. Oui, un abruti a posté cette vidéo hier soir dans l'espoir que ça me mette en rogne. Oui, tout le monde doit se moquer de moi à cause d'elle. Mais je m'en fiche. Personne ne m'empêchera de retrouver mes amis après toutes ces années.

— A t'entendre, on pourrait croire que ce n'est qu'un

vieux film sans importance. Pourtant, quelle embrouille ça avait fait à l'époque ! Tu te rappelles comme il avait circulé à la fac ? Mais, franchement, le ressortir maintenant… ? reprit Leigh, jolie cow-girl en chemise de flanelle, tout en avalant une gorgée de bière.

— Bah, ça en dit plus sur l'abruti qui l'a mise sur YouTube que sur moi, riposta Margot.

On aurait presque cru qu'elle croyait ce qu'elle disait.

Parce que, après tout, *c'était* humiliant. Une pièce mal éclairée. Un divan. Des souffles laborieux. Elle, cédant au seul type auquel elle n'aurait jamais dû dire oui.

Ce salaud de Clint Barrows.

Elle sentit le rouge lui monter aux joues. Alors qu'elle tâchait de garder contenance, Dani lâcha un rire étonné.

— Au début, cette vidéo t'a drôlement embarrassée, et tu n'as jamais pardonné à Clint. Et ne viens pas nous raconter des craques, Margot, on sait toutes que c'est la vérité.

— Comme je l'ai dit, c'est du passé.

Au même moment, un petit groupe d'hommes en costume pénétra dans le bar. Malgré elle, elle se contracta en attendant de voir si elle les connaissait ou non. S'ils allaient se tordre de rire en la découvrant attablée ici, elle, la fille de la vidéo.

Mais non. C'étaient juste des hommes d'affaires ordinaires.

Elle s'obligea à ne pas se renfoncer dans sa banquette. Elle était là pour montrer à la personne qui avait posté cette vidéo qu'elle était une adulte, immunisée contre les mauvaises blagues puériles.

Et quelle blague ! Un sale tour. Une caméra dissimulée dans une chambre de la maison dans laquelle leur petit groupe faisait la fête, un soir — le soir où elle avait laissé tomber son masque de belle indifférente avec Clint, cédé à son charme de cow-boy et accepté de le suivre dans sa chambre pour « regarder des films ». A ceci près qu'ils avaient eu autre chose en tête que regarder des films… Elle l'avait prévenu qu'elle le tuerait si jamais quiconque apprenait qu'ils avaient fait autre chose que discuter en grignotant du pop-corn.

Elle n'avait pas prévu qu'on enregistrerait ses paroles, et encore moins ses approches pleines de feu avec le coureur de jupons du campus.

Du feu, il y en avait eu mais, Dieu merci, pas jusqu'à l'incendie.

A sa décharge, elle avait réellement apprécié Clint avant de s'abandonner à lui, il l'avait réellement attirée même s'il avait déjà eu un nombre incalculable de femmes sur ce canapé d'occasion et vu un nombre tout aussi incalculable de « films ».

A sa décharge également, elle avait su que ce n'était pas une bonne idée, mais il y avait un je-ne-sais-quoi en lui qui l'avait séduite. Quelque chose dans ses yeux, une étincelle qui parlait de danger, qui l'incitait à s'embarquer dans une grande aventure qu'elle ne regretterait jamais. De plus, aucun homme ne l'avait mise en émoi ainsi d'un seul regard, ni n'avait attisé son désir par le simple son de sa voix…

Elle avait été dupée, elle avait servi de passe-temps. Traquée et capturée sous l'œil de la caméra. Elle l'avait compris dès l'instant où elle avait remarqué le voyant rouge de l'appareil dans la pénombre, juste au moment où il déboutonnait son corsage.

Elle lui avait retourné une gifle magistrale et était sortie en trombe de sa chambre, trop choquée pour seulement penser à récupérer et détruire la cassette. Trop… bon, elle aurait dit *blessée* si cela avait encore une quelconque importance.

Mais ça n'en avait plus. Vraiment plus. Parce que, même

quand il lui avait envoyé un e-mail le lendemain matin pour lui expliquer qu'il était désolé, qu'il ignorait tout de cette caméra, que c'était son camarade de chambre qui l'avait installée et que la vidéo avait été effacée, elle ne lui avait pas répondu. Et puis elle avait appris que le film faisait le tour du campus et son humiliation avait été totale.

D'accord, quelques sources dignes de confiance avaient corroboré la version de Clint selon laquelle il n'était pas celui qui avait fait circuler la vidéo mais, quand elle prenait le temps d'y réfléchir, ce n'était pas la véritable raison de son aversion pour lui. Elle s'était laissé surprendre avec lui, le don Juan de la fac, en train de lui faire promettre le secret sur cette soirée. Comme ils avaient dû se tordre de rire, tous ceux qui l'avaient vue avant d'assister au début d'un véritable feu d'artifice entre eux.

Primo, Margot détestait être la cible d'une mauvaise blague. Deuzio, elle imaginait très bien Clint se prélassant dans la gloire que lui procurait cette vidéo — preuve qu'il avait finalement réussi à conquérir l'inaccessible Margot. Tertio, elle n'avait jamais voulu être *un nom de plus* sur la longue liste des femmes conquises par cet homme-là.

Elle avait passé ses années d'université à jouer les intouchables mais, à la suite de ce scandale, sa réputation et sa fierté en avaient pris un coup. Quant à la réputation de Clint, elle n'avait qu'embelli, et son surnom — « l'Étalon » — avait atteint des proportions épiques dans leur petit groupe jusqu'à la fin de leurs études.

A la suite de cette histoire, son aversion pour lui avait augmenté chaque fois que quelqu'un lui adressait un regard lourd de sous-entendus.

L'été était enfin arrivé, signe du début de la vraie vie. Dix ans s'étaient écoulés depuis, et la vidéo n'avait plus été qu'une de ces ridicules erreurs de jeunesse oubliées avec le temps.

Jusqu'à hier soir.

Juste avant de prendre la route ce matin pour venir retrouver tous ses anciens amis de fac, elle s'était mise en devoir de vérifier sa messagerie électronique. Et là, *bam,* plusieurs messages de ses amies l'avertissaient de la réapparition de la vidéo. Aucune ne savait qui l'avait postée sur YouTube, mais sa première pensée avait bien sûr été pour Clint.

Avait-il menti à l'époque en prétendant avoir détruit le film, espérant ainsi pouvoir revenir dans ses bonnes grâces… et reprendre leur dialogue là où elle l'avait interrompu… afin de pouvoir boucler l'affaire ? Et l'aurait-il ressorti maintenant, juste parce qu'il se disait que ce serait rigolo de le faire au moment de leurs retrouvailles en groupe ?

Elle se prit à rêver qu'il entre tout de suite dans ce bar, qu'elle puisse lui dire ses quatre vérités et lui conseiller de grandir un peu. Lui et cette fameuse soirée, c'était si loin d'elle à présent.

Elle sourit à ses amies.

— Pourquoi ressortir ces bêtises alors que nous avons tant d'autres choses importantes à commenter ? Comme, par exemple, la mise aux enchères des paniers, ce week-end ?

Leigh jeta un coup d'œil à Dani et embraya aussitôt. Toutes trois s'étaient retrouvées dans le vestibule un quart d'heure auparavant, et avaient juste eu le temps de s'asseoir et de papoter un peu avant que le scandale pointe son vilain nez dans la conversation. Margot avait eu beau leur affirmer au téléphone et en chemin qu'elle était bien au-dessus de ça, Leigh et Dani avaient cru bon de l'interroger longuement.

Bref, au milieu des rires et des embrassades, Leigh et elle avaient dévoilé à Dani la surprise qu'elles lui avaient réservée. Elles avaient ourdi une mise aux enchères le lendemain soir car elles voulaient offrir à Dani le grand mariage dont elle avait toujours rêvé. Ça allait être un moment important de leur réunion d'anciens étudiants, un moment qui ne serait pas gâché parce qu'un crétin quelconque — Clint ? — avait décidé de pimenter les retrouvailles grâce à un souvenir dont Margot se serait bien passée.

Une fois encore, elle repensa au cow-boy, à ses yeux bleu délavé, à sa façon nonchalante de la détailler dans une des nombreuses fêtes que leur groupe donnait alors. Puis, tout aussi vite, elle réprima une étincelle dans son ventre.

Salaud.

— Devinez le nom que j'ai donné à mon panier ? reprit-elle en chassant cette image de son esprit.

Maintenant qu'elle y songeait, Dani était étrangement silencieuse, tout comme elle l'avait été quand Leigh et Margot lui avaient dévoilé leur surprise.

Mais Leigh avait repris la parole, laissant la vidéo de côté, même si Margot soupçonnait fort que le sujet reviendrait tôt ou tard sur le tapis.

— Dieu seul sait ce que tu as pu inventer, Margot.

— « Quatre-vingts façons de faire le tour d'une fille », répondit-elle en souriant de plus belle.

Elle attendit qu'elles lui lancent le regard « Tu veux bien répéter ? » auquel elle s'était tant accoutumée à l'époque, quand elle leur exposait ses idées loufoques.

Il ne tarda pas plus d'une seconde.

Tu veux bien répéter ?

Leigh fut la première à mordre à l'hameçon.

— Comment est-ce que « Quatre-vingts façons de faire le tour d'une fille » pourraient tenir dans un panier aux enchères ?

— Je parie que ces « quatre-vingts façons » vont très bien *se* tenir le soir des enchères, et même plutôt deux fois qu'une, rétorqua Margot en décochant un sourire polisson à Leigh.

Dani tourna vers elle un œil dubitatif et dit :

— Je ne suis pas persuadée que tout ça…

— Tu devrais au moins écouter Margot jusqu'au bout, l'interrompit Leigh en lui donnant un petit coup de coude amical. Elle est venue exprès pour toi, Dani, et au prix de sa fierté.

— Merci, fit Margot en fusillant Leigh du regard avant de se tourner vers Dani : C'est juste le premier de nombreux cadeaux pour notre future mariée.

— Mais je n'ai pas besoin…

— Ce n'est pas une question de besoin ou de non-besoin, répliqua Margot déjà lancée.

Comme quoi, ce n'était pas si difficile de tout oublier à propos de cette vidéo. Ou au moins de faire semblant.

— Tu parlais tout le temps du mariage idéal. *Tout le monde* veut qu'il en soit ainsi pour toi à la fin de l'année, que tu puisses avoir les noces en grande pompe que tu nous décrivais si bien.

— C'était toi, notre accro au mariage, ajouta Leigh en lui donnant un autre petit coup de coude, plus amical et affectueux.

Dani ne répondit rien, et Margot capta le regard de Leigh. D'accord, elles s'étaient demandé si elles ne se mêlaient pas de ce qui ne les regardait pas en supposant que Dani aurait envie qu'elles l'aident. Mais aussi, c'était *Dani*. Et c'était leur chance de l'aider à réaliser les rêves qu'elles avaient nourris en constituant son carnet idéal de mariage — des photos de robes blanches mousseuses, de gâteaux crémeux, de fleurs somptueuses, et deux amoureux incapables de détacher leurs regards l'un de l'autre.

Si quelqu'un d'aussi bien que Dani ne méritait pas cela, qui d'autre ?

— Vous avez déjà parlé de ces enchères à tout le monde ? s'enquit Dani.

Leigh posa sa bière, la mine un peu gênée.

— On a peut-être suggéré l'idée en secret à nos copines…
par e-mail.

A ces mots, Dani s'empourpra, et Margot fut incapable
de dire si elle était gênée ou en colère contre elles deux.
Mais Dani ne se mettait jamais en colère.

Quand Dani reprit la parole, elle obligea Margot à revoir
cette dernière assertion.

— Alors comme ça tout le monde sait que moi, pauvre
fille, je ne peux m'offrir qu'un traiteur de bas étage et que,
loin d'être la mariée magnifique que je rêvais de devenir
à la fac, je ne peux pas me payer un mariage décent ? Et,
comme mon fiancé est seulement un petit gestionnaire et
pas le magnat des affaires qu'il voulait être étudiant, nous
n'avons même pas les moyens de commander des fleurs
dignes de ce nom ?

Margot jeta un coup d'œil à Leigh. *Oooups !* Dani le
prenait mal en fait !

Leigh entreprit de gratter l'étiquette de sa canette avec
l'ongle, l'air aussi embêtée qu'elle.

— Remettons les choses en perspective, Dani, commença-
t-elle. Tu sais, question gêne, la vidéo de Margot risque
de l'emporter sur ton mariage… C'est de ce film que tout
le monde va parler.

Elle faisait de son mieux, aussi Margot suivit-elle son
exemple :

— Une fois de plus, merci infiniment, Leigh, déclara-
t-elle avant de se tourner vers Dani un sourire aux lèvres.
Personne ne dit que tu es une pauvre fille. C'est seulement
que dans le groupe tes projets de mariage sont devenus
légendaires. Eh, souviens-toi quand même que nous
parlions tous de nous retrouver un jour pour la cérémonie !
On disait déjà que ce serait une manière de faire la fête un
jour tous ensemble.

— Ça devait être l'événement du siècle ! enchaîna Leigh.

Margot poursuivit sur sa lancée, et ce fut comme dans l'ancien temps, quand elle leur exposait une idée, que Leigh y adhérait et que, finalement, Dani l'imitait.

— Ce mariage, c'est autant pour nous que pour toi, disait-elle. Il a un sens énorme dans la mesure où tu épouses un garçon du groupe. Tout le monde savait que vous finiriez ensemble avant même que vous vous connaissiez. C'est un grand événement pour nous tous !

A l'évocation de tous ces souvenirs, Dani finit par sourire elle aussi.

Il faut dire qu'elles en avaient vécu des choses, ensemble ! Comme le voyage à Cabo pendant les vacances de printemps — une bacchanale à la suite de laquelle toutes trois avaient juré de ne plus boire pendant… euh, des semaines. C'était une des nombreuses aventures qu'elles avaient vécues à cette époque-là, et Margot ne les oublierait jamais. Elles avaient mûri ensemble au cours d'années-charnières, jeté en l'air ensemble leurs chapeaux de diplômées, toutes à la joie d'explorer les routes qui s'ouvraient à elles.

En ce temps-là, Margot berçait mille ambitions — parcourir le monde, écrire des livres… — et elle les avait *toutes* réalisées entre alors et maintenant.

Seulement, les rêves n'ont qu'un temps.

Elle croqua la cerise au marasquin de son cocktail, et ne la trouva pas aussi bonne que naguère — pas après les mauvaises nouvelles reçues le mois dernier quant aux ventes de son dernier livre de voyage, issu de la série *Une fille sur la route*.

Pour être honnête, plutôt les *méventes* de son ouvrage.

Comme d'habitude, elle fit tout pour ne pas laisser percer sa contrariété. Elle garderait pour elle que son éditeur avait refusé de prolonger son contrat après la publication de ce tout dernier volume. Bah, quelque chose d'autre allait sûrement arriver.

Pas vrai ?

Dani avait repris la parole :

— Mais… je ne sais toujours pas… collecter de l'argent pour mon mariage…

— Ne donne-t-on pas des danses payantes lors de réceptions ? Nous ne ferions que demander l'argent *avant* la noce, rétorqua Leigh.

— Et puis, ce ne sont pas des enchères normales, embraya aussitôt Margot en faisait tourner la queue de sa cerise entre ses doigts. C'est quelque chose qui plaira à tout le monde. Une vente aux enchères de paniers, tu sais, comme des paniers de pique-nique. Autrefois, les filles préparaient un déjeuner dans un panier et elles nouaient autour de l'anse un ruban particulier, comme ça le garçon pour lequel elles avaient le béguin comprenait que c'était *leur* panier et les invitait à sortir…

— L'époque de l'innocence, réfléchit Leigh à voix haute avec son accent traînant de l'Ouest.

Nonchalante, elle passa un bras sur le dossier de la banquette. Leigh cultivait son aspect de chanteuse country blasée, elle qui était en même temps une étoile montante de la cuisine sur le Net. Ces derniers temps, elle présentait une nouvelle émission que l'on aurait pu qualifier de « cuisine sensuelle à la ferme ».

L'espace d'une seconde, Margot put voir ses amies telles qu'elles étaient à l'époque : Leigh, vingt kilos de trop, riant des quolibets mais, au fond, ne les trouvant pas si drôles que cela, et Dani, diplômée tout comme Leigh en économie domestique, qui adorait jouer les marieuses lors des dîners collectifs qu'elle organisait régulièrement. Leigh, qui partageait sa chambre, et Dani qui en avait une tout à côté.

Les deux filles, et plus tard le groupe auquel elles s'étaient jointes, lui avaient apporté une certaine stabilité, chose qu'elle n'avait jamais connue enfant. Ses parents hippies avaient voulu faire d'elle un esprit libre alors qu'ils déménageaient de ville en ville pour « expérimenter tout ce que la vie a à offrir ». Ils prenaient des emplois temporaires, et puis ils l'arrachaient d'une école avant même qu'elle ait eu le temps de se faire des amis. Parfois, elle se demandait s'ils se souciaient de la façon dont elle s'intégrait dans leur philosophie visant à « voir le monde ! » ou si… elle n'était qu'un point de plus dans leur liste des choses à faire avant de mourir.

Heureusement, elle s'était fait un bon paquet d'amis toute seule, comme une grande.

Et c'était ça qui comptait.

Margot chercha le regard gris de Dani. Accepterait-elle finalement l'idée des enchères ? Leigh et elle n'avaient en aucune façon cherché à la mortifier ; quand elle leur avait raconté, quelques mois auparavant, que Riley et elle n'avaient pas les moyens de s'offrir le mariage qu'elle avait planifié depuis sa plus tendre enfance, on aurait dit que son cœur allait se briser.

Ou alors leur demanderait-elle de tout arrêter ?

— Dani, on peut annuler les enchères, si tu préfères. Sans problème, dit Margot en tendant la main sur la table pour la refermer sur celle de son amie.

Leigh parut retenir son souffle, manifestement déchirée, elle aussi. Comme elle avait perdu beaucoup de poids l'année précédente, elle avait conclu avec Margot le pacte d'être plus aventureuse que jamais. D'où les paniers. Même si elle semblait confiante, Margot savait qu'il n'en était rien. Leigh avait toutefois changé, et elle comptait inaugurer la nouvelle page de sa vie avec ces enchères. D'accepter son corps. Elle avait par exemple décidé de faire l'amour avec la lumière allumée et de jouer aux jeux sexuels qu'elle s'était toujours interdits.

Quant à Margot… eh bien, elle était plutôt identique à ces filles qui ne s'attardent jamais dans une relation, parce qu'il y a trop de choses à faire dans le monde, trop à voir, trop à expérimenter. Ce panier coquin qu'elle avait préparé serait une autre aventure pour l'aventurière — une manière d'affirmer : « Tu vois ? Cette fichue vidéo me laisse indifférente » à quiconque l'avait postée.

Clint ?

A vrai dire, il y avait aussi un bonus dans cette vente aux enchères. Ce week-end, ce serait aussi pour elle l'occasion de renouer avec Brad, son petit ami de l'époque, et peut-être de revivre le bon vieux temps…

Elle s'arrêta net. Ces jours-ci, elle n'était pas aussi sûre d'elle que tous le croyaient. Elle frisait même le sentiment d'échec total, avec ses livres qui ne se vendaient plus.

Elle qui était la plus à même de réussir, comme ils disaient alors.

Eh bien, plus vraiment, non. Mais plutôt mourir que laisser entrevoir ses doutes à quiconque. Non — elle s'était chargée d'organiser ces enchères, et elle tenait à ce qu'elles se passent sans anicroche, vidéo ou pas vidéo. Elle le ferait pour le bien de Dani et…

Et, euh, pour faire comprendre à tout le monde que rien ne pouvait l'abattre.

— Dani ? répéta Leigh. Veux-tu qu'on annule les enchères ?

Une seconde s'écoula, et Margot tâcha de garder une expression impassible, même si son cœur battait la chamade.

Alors, Dani leur sourit.

— Je m'en voudrais de gâcher la joie générale…

— Je savais que tu dirais oui ! s'exclama Leigh, rayonnante.

Margot leva son verre, percevant toutefois un reste de réticence chez Dani.

— A nos enchères du tonnerre, donc !

— A nos enchères ! enchaîna Leigh en levant son verre elle aussi. Mais j'ai comme l'impression qu'on va souvent porter des toasts ce week-end.

Dani leva à son tour sa coupe, elles trinquèrent, puis vidèrent leurs verres cul sec.

Margot se rendit alors compte que la salle s'emplissait peu à peu. En groupes le long du bar, des hommes d'affaires desserraient leur cravate et inspectaient les lieux du regard.

Quand la serveuse revint voir si elles avaient besoin d'autre chose, Leigh lui commanda une autre tournée. Puis un serveur vint prendre la commande dans le box voisin, dont les occupants étaient masqués par la bande de verre teinté gravée au-dessus des banquettes.

Manifestement, ils s'y étaient glissés pendant qu'elles discutaient, sans qu'elle fasse attention à eux. Mais ça ne pouvait pas être des gens de connaissance, sinon ils les auraient saluées.

— Allez, Margot, parle-nous un peu de ces quatre-vingts façons de faire le tour d'une fille, commença Leigh.

— Pourquoi, tu veux me piquer des idées ? plaisanta-t-elle.

— Comme si j'en avais besoin !

Elles avaient toujours essayé de se surpasser les unes les autres, aussi bien en classe que durant les soirées, et elles s'étaient souvent lancé des défis. Dommage qu'elle ne voie plus aussi souvent Leigh, ces temps derniers, songea Margot.

Elle écarta cet accès de pessimisme. Il n'avait pas sa place ici ce week-end.

— Le titre est plutôt explicite, non ? J'y ai mis des petits morceaux de papier avec différents… scénarios… Celui qui remportera l'enchère pourra expérimenter une ou plusieurs de ces façons au cours de notre rendez-vous.

— Culotté ! s'extasia Leigh. Je pense que j'aurais fait le mien un chouia plus vague, tu vois ? Juste au cas où les enchères soient remportées par quelqu'un qui ne m'attire pas vraiment.

— Oh ! je vais faire en sorte que le prix revienne à quelqu'un qui me plaît. Mais pas de souci — les scénarios que j'ai choisis peuvent être interprétés de diverses manières. Ils peuvent être aussi coquins que je le veux… ou très inoffensifs.

— Petite friponne, la taquina Leigh.

— Ou petit ange, ajouta Margot avec un clin d'œil.

— Les scénarios, quel genre ? s'enquit Dani.

Dans le box d'à côté, elles entendirent quelqu'un s'éclaircir la gorge.

Margot n'y fit pas attention, toute concentrée qu'elle était sur Dani. Quel soulagement que son amie approuve enfin l'idée des paniers !

— *Des scénarios.* Tu me connais. Mes livres traitaient tous de la recherche de l'amusement par une globe-trotteuse, il y en a donc pas mal que j'ai expérimentés et testés.

Elle hésita. Ses livres *traitaient* de la recherche de l'amusement ? Avait-elle réellement employé l'imparfait ?

Les yeux de Leigh s'éclairèrent.

— Je vois très bien où ça va mener.

— Ah, oui ?

— S'il te plaît, Margot, enchaîna Dani. Déjà, il y a quelques mois, tu parlais de revoir Brad à la réunion. C'est à lui que tu destines ton panier, pas vrai ? Comme ça, vous pourrez ranimer la vieille flamme ?

— Tu lui as déjà parlé du panier ? reprit Leigh.

— Je ne savais pas du tout qu'il serait là, se défendit Margot, tout miel et toute innocence.

— Ben, voyons, ricana Dani.

— Comme si tu ne savais pas qu'il vient de divorcer, renchérit Leigh.

Brad était le seul homme avec lequel Margot s'était

plus ou moins liée, disons, sérieusement liée. D'accord, leur relation n'avait duré que trois mois, l'été où il avait quitté l'université pour faire un stage dans une laiterie près de Chico, où elle-même passait ses vacances chez une cousine. Cependant, il avait plus d'une fois embrasé ses sens, à l'époque.

Que ne donnerait-elle pour retrouver un peu de cette flamme !

Elle vérifia du regard qu'aucun de ses anciens condisciples n'avait encore remarqué sa présence.

— A en croire ce que m'a dit Riley, Brad va s'évader du travail ce week-end, lui apprit Dani. Il sera bel et bien là.

— Tu as prévu de marquer l'anse de ton panier, pour qu'il puisse enchérir dessus ? voulut savoir Leigh.

— Un ruban doré avec des étoiles argentées, répondit Margot en souriant à la serveuse qui leur apportait leurs verres.

— Des étoiles argentées…, murmura Leigh.

Margot l'interrompit :

— Quand Riley t'a-t-il dit que Brad devait venir, Dani ?

— Je pense qu'il est déjà là. Il devait jouer au golf avec Riley et quelques autres avant que ça commence vraiment.

Tous les participants seraient là le lendemain, pour le match de football des retrouvailles, suivi d'un repas et des enchères. Dimanche, il y aurait un dîner plus formel avant que chacun reparte de son côté.

Leigh se pencha vers Margot :

— Franchement, je ne l'ai jamais vraiment trouvé craquant, Brad. Il m'a toujours fait penser à ce genre de type qui ne peut pas s'empêcher de se regarder dans un miroir à la première occasion. Si tu veux mon avis, il était très imbu de lui-même.

— Mais non, pas du tout.

Il était intelligent, ambitieux, et promis à un bel avenir.

Toutes choses qui parlaient à Margot. Et puis, il était dans le secteur, et tous deux avaient appris à se connaître de manière intime, loin du groupe.

Dani s'accouda à la table et regarda Leigh :

— Moi non plus, je ne l'ai jamais trouvé sexy.

Sexy ?

Le mot fit instantanément naître l'image — rageante — de Clint Barrows dans son esprit. Cette fichue vidéo… et cette scène gravée dans sa mémoire… et dans celle des autres. Seigneur, pourvu qu'il ne vienne pas à la réunion ! espéra-t-elle.

Elle empoigna son verre, presque comme un moyen de le chasser de son esprit. Soudain, Dani se leva.

— Ne m'en veuillez pas, les filles, mais j'ai vraiment travaillé tard hier pour la grande réception, je suis crevée, je vais me reposer un peu. On se voit plus tard dans la soirée ?

Margot voulut protester, mais Leigh se leva à son tour.

— Vraiment désolée, mais j'ai un script à revoir et approuver ce soir pour qu'on puisse commencer les répétitions lundi matin. Je vais y aller aussi. A plus !

— Petites joueuses, marmonna Margot.

Elle n'était pas encore prête à rentrer s'enfermer dans sa chambre, même si ses anciens condisciples ne tarderaient plus à arriver et à la brocarder au sujet de la vidéo.

Qu'ils viennent.

— Tu restes ? lui demanda Leigh, manifestement impressionnée.

— Pour affronter les lions quand ils arriveront ? Un peu, que je reste ! Autant en finir tout de suite. Et puis, si Brad est déjà en ville, il pourrait bien s'arrêter pour boire un verre après sa partie de golf.

— Très bien, ô Cœur Vaillant, répondit Leigh en souriant. On dîne ensemble, après ?

— Bien sûr.

Dani sourit de nouveau, balança son sac en patchwork sur son épaule, et les deux filles agitèrent la main en s'en allant. Ce ne fut que quelques secondes plus tard que Margot repensa à l'expression « Cœur Vaillant ».

Avait-elle réellement envie d'affronter seule les quolibets de ses anciens camarades ?

Mais ce n'était pas dans sa nature de jouer les froussardes, aussi but-elle une autre gorgée de son cocktail, prête à tout.

Dans son dos, une voix grave manqua de la faire s'étrangler.

— Je me suis toujours demandé ce qu'il pouvait bien y avoir dans ton panier.

Cette voix, elle l'aurait reconnue n'importe où, même des années après.

Ce salaud de Clint Barrows.

2

Un délicieux frisson remonta inexplicablement le long de sa colonne vertébrale, un peu comme des doigts parcourant sa peau et s'arrêtant à son cou, pour le caresser. Ce ne fut pas la seule partie de son corps à réagir ; son ventre se contracta, ses mamelons durcirent.

Et une pulsation entre ses cuisses lui fit tourner la tête, qu'elle fit son possible pour chasser.

Elle prit une inspiration et se retourna, pour bel et bien se retrouver face à Clint Barrows, nonchalamment assis au bout de la banquette du box voisin, les coudes sur les cuisses et son chapeau de cow-boy rejeté en arrière.

Tout se mit à fondre en elle quand elle retrouva son sourire. Ce n'était plus le garçon, l'étudiant qu'elle avait connu. Plus vraiment. Le Clint Barrows qui l'avait attirée dans sa chambre cette fameuse nuit était certes mignon, aucun doute là-dessus, mais là ?

Là, il avait des épaules imposantes sous son T-shirt blanc. Et ses cuisses, autrefois, n'étaient pas aussi musclées sous leur jean élimé. Il avait également mûri — des rides d'expression entouraient ses yeux bleu clair et, sous son chapeau, ses cheveux ressemblaient à un fouillis doré encore plus épais qu'avant.

A l'image des alcools de qualité, il avait bien vieilli.

Maudit fût-il d'être aussi appétissant. Maudite fût-elle d'être presque étourdie par sa proximité.

Mais comment… après toutes ces années… ?

Et après ce qu'il lui avait fait ?

— Tu en as, du culot, lança-t-elle.

— Parce que je dis bonjour ? s'esclaffa-t-il.

Elle se contenta de le fixer des yeux, histoire qu'il comprenne qu'elle avait deviné pour la vidéo.

— Chérie, ne compte pas sur moi pour m'accuser d'un truc que je n'ai pas fait, déclara-t-il avec perspicacité. Et d'une, je n'ai pas le temps d'aller fouiller dans de vieilles vidéos pour les montrer au monde entier. Et de deux, j'ai détruit ce film.

— Eh bien, en ce cas, elle est mystérieusement revenue à la vie et s'est trouvé une jolie petite niche sur YouTube. Tu es démasqué, *l'Etalon*.

Il rit encore une fois, d'un rire grave, et Margot sentit son corps frémir au plus profond d'elle.

Oh ! allons — ça ne faisait pas si longtemps que ça qu'elle n'avait plus eu d'homme. Ou alors, peut-être que si. Maintenant qu'elle y pensait, ça faisait plusieurs mois. Enfermée, elle avait dactylographié le brouillon de son dernier livre qui lui avait donné bien plus de mal que les précédents. La joie d'écrire ne lui venait plus aussi facilement. D'ailleurs, c'était peut-être pour cela que les ventes avaient chuté.

Elle leva un doigt devant Clint.

— Si tu n'es pas là pour bien remuer le couteau-vidéo dans la plaie, pourquoi es-tu venu ? Je n'aurais jamais cru que ce genre de réunion soit ta tasse de thé.

— Mettons que ça a été une décision de dernière minute.

Une réponse énigmatique, et si caractéristique de Clint Barrows. Sans parler de ce sourire qui était le sien, et qui lui donnait envie de résoudre le mystère, quel qu'il fût, qu'il venait d'évoquer.

Vraiment ?

— Allons, pourquoi ne m'en parlerais-tu pas ? lui dit-il.

— Tu plaisantes ? Et d'une, je ne crois pas un mot de ton histoire. Et de deux, je pense que nous nous entendrons bien mieux si je suis d'un côté de la salle et toi de l'autre.

— Comme tu voudras. Pour le moment, en tout cas, répondit-il dans un soupir.

Pour le moment ?

Elle secoua la tête, attrapa son sac Fendi et en sortit le portefeuille de cuir fait main qu'elle s'était offert à Florence il y avait bien longtemps. Tout à l'heure, elle avait dit aux filles qu'elle se chargeait de la note du bar, tout en n'étant pas certaine de pouvoir se montrer aussi généreuse à l'avenir.

— Donc, à propos de ces paniers…, reprit Clint.

Blagueur un jour, blagueur toujours.

— Ne commence même pas.

— Commencer quoi ? Je te rappelle qu'il y a des choses que j'ai commencées et que toi, tu n'as pas terminées.

— Tu vois ? Tu remues le couteau dans la plaie. Je savais bien que tu ne pourrais pas résister.

— Laisse-moi une chance, Shakespeare.

La libido de Margot se réveilla encore une fois. Elle avait adoré la façon qu'il avait de l'affubler de noms d'écrivains célèbres, les quelques fois où ils avaient vraiment discuté. Il l'amusait — et, pour dire la vérité, elle avait trouvé plutôt excitant qu'un cow-boy s'y connaisse en littérature.

Mais ça, c'était avant de comprendre qu'il avait juste voulu lui jouer une mauvaise farce.

— Tout cela est sans doute très drôle, pour toi, lui dit-elle.

Il reprit son sérieux et, l'espace d'une seconde, elle crut qu'il était sincère.

— Je ne trouve pas ça drôle du tout. Mais…

Elle posa brutalement l'argent sur la table, se leva et s'en alla, bien que chaque fibre de son corps lui demande de rester. Car la curiosité qu'elle n'avait pu apaiser cette fameuse nuit la faisait encore vibrer.

Mais s'il était une chose qu'elle conserverait jusqu'à la fin, c'était sa fierté.

Heureusement, à cet instant même, elle entendit crier son prénom à l'autre bout de la salle.

Un groupe d'anciens étudiants venait de pénétrer dans les lieux, dont Riley, le fiancé de Dani. Elle reconnut Brad à côté de lui.

Du moins, elle crut le reconnaître.

Il ressemblait à tous les hommes d'affaires agglutinés devant le bar, avec son pantalon de costume et sa chemise blanche à manches longues. Il avait les cheveux impeccablement coiffés, au contraire d'un certain cow-boy qui avait l'air de tourner casaque et filer à toutes jambes chaque fois qu'il croisait le chemin d'un coiffeur.

Brad la salua d'une main levée et un sourire amical. Il ne semblait pas offusqué par la vidéo. Aucun des autres ne semblait l'être non plus, d'ailleurs, peut-être parce que Riley leur avait recommandé de laisser tomber pendant qu'ils jouaient.

Margot lui retourna son salut, puis attendit qu'un éclair de chaleur infuse son corps, comme ça avait été le cas avec Clint.

Elle attendit…

Et attendit…

Ça ne se produisit que lorsqu'elle entendit la voix de Clint derrière elle.

— Tu ferais mieux d'aller retrouver Brad. Ce bon vieux Brad, si prévisible…

Elle perçut le regard de ce dernier sur elle, et ne voulut pas lui donner l'impression qu'elle reprenait ce qu'elle n'avait pas terminé sur la vidéo avec Clint.

— Tu peux t'en aller maintenant, reprit Clint. Mais on se verra plus tard.

— Dans tes rêves, jeta-t-elle par-dessus son épaule.

Et elle le planta là. Son rire lui caressa la peau, la mit en feu. Sans raison.

Sauf que les centaines de flammes qui l'entouraient la mettaient au défi de se retourner et de soulager cette démangeaison qui n'avait jamais vraiment disparu.

Clint la regarda partir en se délectant du balancement de ses hanches sous son pantalon moulant enfoncé dans des bottes cavalières. Cet accoutrement lui donnait l'allure qu'on retrouvait généralement chez les pimbêches anglaises toujours juchées sur un cheval.

De tout temps, il avait eu un penchant pour les fesses et les jambes et, dans cette tenue, Margot Walker était un fantasme ambulant.

Elle le touchait en bien des façons, par ses cheveux bruns longs et ondulés qui lui évoquaient simultanément classe et bohème. Par ses yeux bleu sombre, où l'humour étincelait. Par son rire nonchalant. Ses traits délicats — un nez légèrement retroussé, des pommettes hautes, un visage en forme de cœur — lui rappelaient une des figurines d'elfes que sa mère collectionnait. Ces statuettes étaient restées longtemps sur leur étagère dans le living-room après sa mort, quand il apprenait tout juste à débourrer les poulains.

Pleine de dignité, délicate et pourtant vaguement sauvage. Oui, la description même de Margot.

A cette vue, sa gorge se serra, lui rappelant à quel point il avait désiré dix ans auparavant cette fille intelligente qui savait comment poser les livres et s'amuser. Qui donnait vie à chaque fête, qui éclairait une pièce de sa seule présence.

Et c'était précisément pour cela qu'il avait marché sur des nuages ce soir-là, quand elle avait accepté de le suivre dans sa chambre.

En fait, il avait réellement eu l'intention de regarder un film avec elle, plus précisément *Les Incorruptibles,* dont ils venaient de discuter et qu'il avait justement sur son étagère.

Sa volonté d'être seule avec lui l'avait stupéfié, car elle lui avait toujours semblé inaccessible, elle qui avait été la seule à résister à ses avances… jusqu'à ce qu'elle baisse la garde ce soir-là dans sa chambre.

Au début, il s'était assis à bonne distance d'elle sur ce vieux canapé de vinyle. Mais, peu à peu, ils s'étaient rapprochés, comme attirés par un aimant. Et, quand Kevin Costner et Andy Garcia étaient allés à la gare intercepter un témoin contre Al Capone, il avait les yeux rivés sur Margot, plus du tout sur l'écran.

Et elle le regardait aussi, avec dans les yeux une douceur qu'il n'y avait encore jamais vue.

— Dieu ait pitié de toi si tu racontes ça à quiconque, lui avait-elle dit avant qu'ils se rejoignent enfin.

Aucune fille ne l'avait enivré jusqu'alors, mais ce soir-là, c'était arrivé. Et alors qu'ils s'embrassaient — qu'il percevait son souffle sur son oreille quand elle murmurait son prénom — il avait cru que c'était arrivé. Que Margot était *la* femme qui pourrait lui faire croire qu'il n'y en avait aucune autre, tout comme son père le disait de sa mère quand ils étaient encore en vie, heureux.

Et puis, elle avait repéré cette caméra dont il ignorait jusqu'à la présence et, avant même qu'il puisse lui demander ce qu'il se passait, elle lui avait collé une gifle foudroyante, avait rajusté son corsage et quitté sa chambre en fulminant, sans prononcer un mot de plus.

Le laissant dans un tel état de sidération qu'il ne lui avait même pas couru après.

Et il n'avait toujours pas remarqué la caméra dissimulée dans la penderie.

Après quelques minutes d'ébahissement, il était redescendu à la réception ; elle n'y était plus. Dans le brouillard, il avait passé le restant de la soirée à s'interroger sur ce qu'il avait bien pu faire de mal.

Ce ne fut que le lendemain matin, quand Jay Halverson, son camarade de chambrée, n'avait pu tenir sa langue plus longtemps qu'il avait enfin compris : après l'avoir vu en bas en train de discuter avec la seule fille qui lui avait jamais résisté, Jay avait fait le pari qu'il finirait par la ramener dans sa chambre. Le moment méritait d'être enregistré pour la postérité, avait-il alors pensé.

Clint avait vu rouge, et ils en étaient vite venus aux mains quand Jay lui avait montré la vidéo. Dommage collatéral, le DVD avait été détruit, pulvérisé.

Seulement voilà, ça n'avait pas d'importance, puisque Jay en avait déjà fait une copie qu'il avait donnée à un de ses amis.

Bien sûr, Margot lui avait envoyé un e-mail cette nuit-là, mais il ne l'avait trouvé qu'après la bagarre. Un e-mail au contenu sec, succinct, cachant mal la douleur qu'elle avait dû éprouver, il le savait. Il lui avait répondu qu'il avait détruit le DVD, omettant de signaler que c'était Jay l'auteur du méfait. Il n'avait jamais eu de réponse.

Surtout après que la vidéo avait fait le tour des membres du groupe.

On n'avait jamais pu retrouver la copie et, pour de tout autres raisons, Jay avait finalement été éjecté du groupe. Mais même cela n'avait pu donner à Clint une autre chance avec Margot. Et pourtant… Au fil de toutes ces années, il ne l'avait jamais oubliée. Il dirigeait avec passion le ranch d'élevage de chevaux, à une demi-heure à peine d'Avila Grande, Californie, où ils se trouvaient actuellement, et pensait encore à elle.

La salle était devenue bruyante. Il se rassit dans son box en regardant Margot se diriger vers Brad, et songea tristement qu'il avait fini par comprendre pourquoi elle avait réagi de façon aussi excessive : elle refusait d'être juste une fille de plus sur une liste, une fille qu'un homme oublierait en passant à la suivante. Elle n'avait cependant jamais été semblable aux autres, et l'avait prouvé au monde entier en suivant cette carrière sophistiquée.

Elle n'avait pas non plus accepté d'être le dindon de la farce, une farce enregistrée qui plus est.

Qui le voudrait ?

Revoir aujourd'hui cette femme sexy et singulière qui l'avait conquis, justement, et tourneboulé, n'avait fait que raviver sa fascination pour elle. D'accord, elle ne lui avait pas laissé l'occasion de s'expliquer, mais il était venu à cette réunion pour une raison, et une seule.

Pour redresser la barre avec elle et se rattraper.

Il n'avait jusque-là pas prévu de venir ; il avait bien trop à faire avec le ranch et ses deux frères jumeaux, qui ne cessaient de lui mettre des bâtons dans les roues. Mais il avait de nouveau vu rouge en apprenant que la vidéo était réapparue sur YouTube. Il avait aussitôt bombardé d'e-mails tous les hommes du groupe, les menaçant d'avoir affaire à lui si jamais ils s'avisaient d'abreuver Margot de blagues douteuses ce week-end.

Jusqu'à présent, tous semblaient respecter la consigne. Debout devant le bar avec Brad Harrington, Margot riait et repoussait de son visage une mèche échappée de sa chevelure de bohémienne stylée. Elle saluait le groupe qui venait juste d'arriver. De là où il était, Clint remarqua que Brad se montrait assez aimable mais…

Serait-il possible qu'il fût là pour une autre femme qu'elle ?

Non. Impossible. Quel homme digne de ce nom résisterait-il à son charme ?

Alors qu'il tripotait son verre, un homme se détacha du petit groupe et vint vers lui. Clint se leva pour serrer la main de Riley Donahue alors que la serveuse lui apportait son deuxième whisky.

— Il t'en a fallu du temps, pour venir, dit-il.

— On s'amusait trop. Tu aurais dû venir avec nous, répondit Riley.

— Le golf, non merci.

Il jeta encore une fois un coup d'œil à Margot qui, juchée sur un tabouret de bar, se penchait vers Brad. De loin, il put voir son cardigan bâiller et révéler un soupçon affolant de soutien-gorge noir. Ses seins, ronds et pleins, distendaient la dentelle.

Il perçut l'imminence d'une érection et détourna le regard.

— Comment ça se passe, la vie d'heureux célibataire ? demanda-t-il à Riley pour se distraire.

Riley, qui était devenu un ami, se passa une main dans les cheveux.

— Heureux célibataire ? Tu n'as pas dû entendre les nouvelles.

Clint n'avait pas parlé mariage, puisque Riley et Dani étaient fiancés depuis un an. Ces deux-là avaient été amis jusqu'à ce qu'ils « s'éveillent » lors d'un bête échange de cartes de vœux, et se « voient » vraiment.

Des contes de fées, pour Clint. Ses parents avaient vécu de nombreuses années de bonheur, mais ça n'était jamais arrivé pour lui. Là encore, il n'avait jamais rien fait pour se fixer. Il avait grandi en loup solitaire tandis que ses frères comptaient l'un sur l'autre, formaient leur propre cercle et le laissaient en dehors, et il était resté le même avec tout le monde, surtout les femmes.

Le véritable amour de sa vie avait toujours été le ranch — un paradis envahi par des jumeaux à part. Bizarre, mais il avait trouvé de bien meilleurs frères, tels que Riley, à l'université.

Clint se réinstalla dans son box.

— J'en ai déjà entendu plus que je n'aurais voulu à propos de ces enchères.

Margot qui parlait de son panier à Dani et Leigh… le ruban étoilé qui caractériserait le sien…

Oui, mais elle le destinait à quelqu'un d'autre, alors pourquoi s'y attarder ?

« Parce qu'il y a au moins quatre-vingts façons de faire le tour de Margot… », lui souffla une petite voix. Et il pouvait garantir que chacune plairait à la belle alors qu'il rattraperait le temps perdu avec elle.

En lui demandant pardon pour cette histoire de vidéo de toutes les manières possibles.

Riley reprit la parole d'une voix teintée de frustration :

— Les gars n'ont pas arrêté de me bassiner avec ces enchères pendant qu'on jouait au golf. Je pense que l'e-mail collectif aux filles a fait parler tout le monde avant notre arrivée, et Dani n'était même pas au courant. Vraiment, découvrir que tout le monde est au courant de tes propres affaires, il n'y a pas mieux. J'espère qu'elle a pu mettre un terme à tout ça cet après-midi.

— D'après ce que j'ai entendu, les filles veulent juste que Dani ait le beau mariage dont elle a toujours rêvé. Rien de plus.

— Je me sens déjà un moins-que-rien de ne pas pouvoir offrir moi-même ce mariage à Dani, mais le voir transformé en une cause charitable…

Il secoua la tête.

Clint avait bien entendu ; Dani n'avait pas demandé l'annulation des enchères à Leigh et Margot. Mais…

« Des étoiles… Quatre-vingts façons de faire le tour d'une fille… »

Riley interrompit sa rêverie :

— Depuis l'instant même où j'ai appris pour ces enchères, j'ai eu envie de dire à Dani que je préférerais encore filer l'épouser dans une chapelle de Las Vegas. Mais je me suis rappelé toutes les fois où elle m'a parlé de sa robe avec une de ces longues traînes, et plein de fleurs, et de la façon dont elle voulait que ça se passe dans une grande église, avec une grande réception, et… et les mots m'ont manqué.

Clint fit signe qu'on leur apporte une autre tournée. Riley avait l'air d'en avoir grand besoin. Quant à lui, quelques verres supplémentaires ne lui feraient pas de mal non plus, car chaque fois qu'il regardait Margot flirter avec Brad il éprouvait un besoin pressant de picoler.

— Que vas-tu dire à Dani, en ce cas ? demanda-t-il. Je pense que toutes les filles qui sont restées en contact par e-mail attendent ces enchères avec impatience.

Et… lui aussi ?

C'était idiot, puisque le panier de Margot était destiné à Brad. En plus, elle l'avait dit explicitement : elle voulait qu'il soit d'un côté de la salle et elle de l'autre. Séparés.

Mais il ferait tout pour la faire changer d'avis.

Riley poussa un soupir.

— Je sais que Margot et Leigh se sont donné un mal fou. *Toutes celles* qui ont apporté un panier l'ont fait, et elles n'ont que de bonnes intentions.

— Alors, laisse-les jouer. Tu peux très bien leur dire que tu n'accepteras pas un centime et que le produit de la vente pourrait être versé à une œuvre caritative.

Riley releva brusquement la tête et le regarda comme s'il était un génie. Oui, bon, il serait bien le seul à le penser. Au ranch, ce n'était pas le même son de cloche.

Toutefois, Clint n'était pas là pour revenir sur les problèmes au ranch, pas alors qu'il était au milieu de gens qui lui avaient été un temps plus proches de lui que sa propre famille. Il n'avait jamais pensé que sa relation avec ses frères puisse se dégrader davantage, à ceci près que cela avait été le cas deux ans plus tôt, quand son père était mort en lui léguant 60 % du ranch, les 40 % restants allant à parts égales à Jeremiah et Jason. C'était tombé sous le sens pour lui, qui était rentré à la maison après l'obtention de son diplôme en sciences agricoles et avait développé le Circle BBB, tandis que les jumeaux optaient pour la ville et y montaient une entreprise en développement agricole.

Les choses ne changeant jamais, les jumeaux étaient toujours scotchés l'un à l'autre. Selon eux, Clint ne savait pas ce qu'il faisait avec le ranch, même si l'entreprise qu'il gérait était solide, et rentable. Du haut de leur expérience « dans le monde », ils pensaient tout savoir mieux que lui.

— Pourquoi ne pas porter un toast aux enchères ? demanda-t-il à Riley en levant son verre.

Ils burent leur whisky d'un trait, puis firent claquer leurs verres sur la table.

Alors que la serveuse faisait glisser une autre tournée devant eux, le regard de Clint dériva une fois encore vers Margot. Cette fois-ci, elle avait posé une main sur le bras de Brad, et ils riaient d'une plaisanterie quelconque.

Il avala cul sec son verre. En continuant à se répéter que Brad était un ami, que Brad la faisait rire quand elle avait besoin de rire, chose que lui-même n'avait pas réussie un peu plus tôt.

Riley remontait ses manches, signe que ça allait être un long week-end de réunion. Puis il remarqua la direction que prenait sans cesse le regard de son ami, et tomba à son tour sur Margot.

Il se retourna vers Clint en retenant un sourire.

— J'ai lu ton e-mail ce matin, dit-il. Toujours le béguin pour elle ?

— Peuh, même pas, rétorqua Clint, vexé d'être percé à jour si facilement. J'ai juste pensé que ce ne serait pas plus mal pour elle si je limitais un peu les dégâts.

— Ben voyons, le contra Riley en jouant avec son verre. C'est encore Jay qui a posté la vidéo ?

— Oui, apparemment. Il gère la ferme familiale maintenant, donc j'ai su où le trouver. La vidéo n'est déjà plus sur YouTube.

— Tu l'as menacé de prison ?

— Non. J'ai juste fait ce que font mes frères, j'ai balancé quelques termes légaux. Ça a suffi.

— Pourquoi a-t-il posté la vidéo, au juste ?

— Il m'a dit que c'était sa contribution à la réunion, mais tu te souviens de lui. Il a été horriblement vexé qu'on le flanque dehors pour non-paiement de ce qu'il devait et...

— Et pour être plus généralement un crétin de première.

— Ça, aussi, l'approuva Clint en repoussant son verre. Quand il a posté la vidéo, ça n'avait rien contre Margot mais c'était plutôt personnel, je pense.

Riley garda un instant le silence, et Clint s'agita sur son siège. Inutile de mentir quant à son intérêt pour Margot.

— Je préfère te prévenir, finit par lui dire Riley. Selon Dani, Margot est plus dure d'accès que jamais.

En entendant ces mots, ce fut son orgueil qui fut mis au défi, et, bon sang, il lui était arrivé trop de choses dernièrement pour seulement le tolérer.

— Elle est peut-être dure d'accès, mais ce n'est pas impossible, riposta-t-il.

— Bonne chance, en ce cas, surtout après ce qui s'est passé hier soir avec la vidéo.

— Elle surmontera ça.

— Eh bien. N'est-ce pas un défi que j'entends là ?

Clint se contenta de sourire, avant de désigner le bar d'un signe de tête. Et là... Margot avait passé son bras sous celui de Brad.

Seigneur.

Il détourna le regard, peu désireux d'en voir plus, mais fut incapable de s'en empêcher.

— Ce n'est pas que j'aie envie de t'encourager, parce qu'à mon avis c'est une cause perdue, mais Brad ne semble pas le moins du monde intéressé par elle, lui confia alors Riley. Je me souviens très bien de cet été où ils sont sortis ensemble, et où ça n'a pas marché.

Le sourire de Clint fit son grand retour.

— Et pourquoi ça n'a pas marché, à ton avis ?

— Tu connais Brad. Il a été éduqué par des parents ultraconservateurs dans le but d'épouser une fille qui serait l'épouse parfaite. Margot a juste été une passade alors qu'il était loin de chez lui, et ils savaient probablement tous les deux que ça n'irait nulle part. En plus, il a divorcé il y a à peine quelques mois, et il est loin d'avoir envie de se retrouver quelqu'un, répondit Riley en prenant son verre. Mais, si tu fais une fixette sur Margot, je suis avec toi. Dani sait que tu n'as pas la mauvaise réputation que t'avait attribuée une stupide farce d'étudiants. Ce que je ne sais pas, en revanche, c'est pourquoi tu n'as jamais dit à Margot que Jay était derrière tout ça.

— Bof, pour le bien que ça m'aurait fait ! Elle m'avait déjà rayé de la liste.

— Mais alors, pourquoi penses-tu que ça pourrait changer maintenant ?

— Juste une intuition.

Clint tourna encore les yeux vers le couple improbable. Brad avait appuyé son coude sur le bar au lieu de refermer le bras sur Margot. Son manque d'intérêt était patent.

Décidément, Brad n'avait pas l'air amoureux.

C'était sa chance.

Peut-être que ça marcherait, songea-t-il.

Peut-être qu'il arriverait à redresser la barre avec elle.

3

Jusque-là, tout le monde avait évité le sujet de la vidéo, comme si cela ne méritait pas qu'on s'y attarde, constata Margot, heureuse et soulagée. Pourquoi diable s'en était-elle elle-même préoccupée ? Tous avaient visiblement dépassé le stade des blagues de mauvais goût.

Toutefois, il lui fut impossible d'ignorer les coups d'œil que Brad et les autres jetaient à Clint. Moralité : même s'ils tenaient leur langue, la vidéo était bel et bien présente à tous les esprits.

Une autre bonne raison d'éviter Clint.

Et elle avait suffisamment à dire à Brad. Cela faisait à présent une heure qu'elle essayait de lui parler de son panier, mais l'atmosphère des retrouvailles était encore un peu tendue entre eux. Cependant, il n'avait pas laissé entendre qu'il avait quelqu'un dans sa vie, ni rien dans le genre.

En ce cas, pourquoi ne pas foncer ?

Elle laissa courir les yeux de ses cheveux bruns ondulés à son sourire. Il lui avait toujours fait penser à Ben Affleck, en moins suffisant… au contraire d'un certain cow-boy de sa connaissance.

Mais, non, elle n'allait pas penser à M. Je-suis-si-craquant-sous-mon-chapeau, dans son box de l'autre côté de la salle, qui éclusait des whiskys. Señor Beau-Gosse. Elle avait naguère passé son temps à tout faire pour ignorer Clint Barrows, mais elle était sérieuse maintenant.

Brad posa sa bière encore à moitié pleine sur le bar.

— Ça a été vraiment sympa de te revoir, Margot.

Heu… Avait-elle entendu un « mais… » quelque part ?

— Pour moi aussi, répondit-elle. Se retrouver, comme ça, c'était vraiment chouette.

Chouette… ? N'avaient-ils pas employé ce mot à foison quand ils discutaient de la gestion… d'une ferme laitière ?

Oui, mais son panier serait-il exclusivement consacré à l'art de la conversation ?

Elle le regarda tripoter un instant l'anse de sa chope, puis lui dit :

— Au fait, on a prévu de se lever à 5 heures demain pour aller à la pêche. Je me demande bien pourquoi on s'impose de telles tortures !

— Pourquoi, en effet ? rétorqua-t-elle en souriant, désireuse de dépasser le stade de la gêne pour passer directement à l'essentiel — le panier.

— Parce que c'est ce que nous faisions à l'époque, la pêche. Le golf. Etre beau joueur, répondit-il avant de consulter sa montre et de sortir son portefeuille pour régler sa note. On se voit demain avant le match ?

Il… s'en allait ?

Son *Mode de Survie au féminin* passa en alerte rouge, et lui souffla que le moment n'était peut-être pas idéal pour lui dire que, eh, elle aimerait beaucoup passer un peu de temps en privé, très privé, avec lui et que, euh, au fait, c'est à ça que ressemblerait son panier à la vente aux enchères le lendemain soir, parce qu'elle pensait vraiment, mais alors vraiment que, cette réunion, ils pourraient se la faire tout seuls tous les deux.

Une aventure de plus, exact ?

Cependant, depuis l'instant même où elle avait reçu les mauvaises nouvelles de son éditeur, elle avait commencé à se demander si, après l'université, elle n'avait pas décidé de partir seule à l'aventure uniquement parce que ces expériences comblaient un vide, celui de n'avoir jamais eu de véritable foyer. Avait-elle tenté de s'en trouver un en allant de lieu en lieu, de personne à personne, tout comme l'avaient fait ses parents jusqu'à leur mort, huit ans auparavant ?

Ses parents, justement… ils ne lui avaient pas appris grand-chose, à part « aimer la vie » et « humer les roses le long des chemins de campagne ». La logique et eux… Parfois, elle se demandait même s'ils l'avaient aimée à moitié autant que leurs activités, exclusivement fondées sur la recherche du plaisir. Une fois, ils avaient même transformé la deuxième chambre de leur trois-pièces en studio pour leurs projets artistiques, et elle en avait été réduite à dormir sur le canapé du salon. Elle avait huit ans.

Des pensées qui lui pesèrent sur le moral, alors même qu'elle commençait à percevoir que ça ne collait pas comme elle l'aurait voulu avec Brad.

Il lui pressa l'épaule d'une main amicale et lui lança avant de s'éloigner :

— A demain, Margot.

Après son départ, elle s'efforça de ne pas s'en sentir blessée. Elle était ordinairement championne dans le domaine, et prenait de la distance dès que quelqu'un était susceptible de l'atteindre le premier.

Elle resta donc où elle était, en se demandant pourquoi l'attitude de Brad ne la blessait pas plus.

Elle regarda sa montre et décida de partir elle aussi. Au moment de s'en aller, elle crut percevoir le regard de Clint sur elle alors qu'elle quittait la salle. Puis, elle se dit que… Même si Brad ne l'avait pas taquinée à propos de la vidéo, est-ce que ça ne lui avait pas donné une image, disons, spéciale, d'elle ?

Et elle, comme un produit d'occasion, inspecté sous toutes les coutures par des centaines de gens assis devant un ordinateur ?

Mais ça n'avait plus d'importance, puisqu'elle avait laissé passer sa chance de parler du panier à Brad, pour qu'il puisse enchérir dessus.

En traversant le grand hall de l'hôtel, elle s'arrêta net. Qu'avait-elle, à la fin ? Elle avait toujours assumé. C'était ce que faisait une fille seule.

Enfin, le genre de fille qu'elle avait été.

Pleine de détermination, elle alla à la réception, y demanda une feuille de papier, un stylo et une enveloppe et y écrivit un message, puisque le concierge refusait net de lui indiquer un numéro de chambre.

« Brad,

« Je n'ai pas eu l'occasion d'aborder le sujet, mais j'aimerais beaucoup qu'on se revoie avant la fin du week-end. Si ça t'intéresse, tu pourras toujours enchérir sur le panier à l'anse enrubannée d'étoiles. Il pourrait nous faire revivre quelques souvenirs aventureux… ou nous en créer de nouveaux. »

Cela ne lui ressemblait pas d'hésiter, mais elle douta en relisant la dernière partie.

Ah, il n'y avait que ça de vrai. L'aventure !

Elle signa de son prénom, fourra la note dans l'enveloppe, donna un pourboire généreux au concierge et lui demanda de la faire porter à Brad. En fin de compte, cette façon plus mystérieuse de l'approcher qu'un appel téléphonique lui parut plaisante. Cela allait avec la séduction de son panier.

Elle se sentit infiniment mieux en allant sortir ses sacs du coffre de sa Prius. Sa chambre n'était pas encore prête à son arrivée, et elle était tombée sur Leigh et Dani juste après s'être fait enregistrer.

L'air était frais en cette soirée de mi-octobre, et une odeur de feu de bois lui parvint aux narines. Avila Grande, où ils avaient tous étudié, se trouvait près de la route 99, et elle perçut un bruit de circulation dans le lointain. Au lycée, elle avait toujours aimé les ouvrages de John Steinbeck et quand l'université lui avait proposé une bourse d'études en littérature anglaise, elle l'avait acceptée avec joie.

Toutefois, revenir ici la rendit un peu mélancolique, et, elle s'efforça de ne pas retomber dans ses idées noires — la voix de son éditeur lui apprenant qu'il n'aurait probablement plus besoin de ses services à l'avenir. Elle repoussa de même la question lancinante : de quoi vivrait-elle, une fois arrivée au bout de ses droits d'auteur et de ses économies ?

Ce week-end était censé être consacré à Dani, mais peut-être pourrait-elle aussi réfléchir à une nouvelle orientation pour elle, non ? Si. Mais, alors, pourquoi ne se sentait-elle aucun courage ?

En entendant des pas approcher, elle referma brutalement le coffre et posa ses sacs sur le goudron. Elle avait suivi des cours de close-combat, et se mit donc en position de défense.

— Eh bien ! lança une voix d'homme familière qui la fit frissonner de pied en cap.

Et ça recommença, la contraction dans son ventre, irradiant ses cuisses, quand elle distingua Clint à la lueur du réverbère, avec son chapeau de cow-boy, son T-shirt moulant et ce jean.

Un fabuleux jean élimé, moulant…

— Je t'ai vue sortir seule de l'hôtel, précisa-t-il. Ce n'est pas exactement la jungle par ici, mais il fait nuit.

Il avait enlevé son chapeau et, sous la lumière, ses cheveux paraissaient dorés et si épais qu'ils firent remonter en elle des souvenirs de cette fameuse nuit. Des souvenirs torrides, époustouflants. Elle se l'imagina même parsemant son cou de baisers, puis sa poitrine… et plus bas, jusqu'à passer sur son ventre, et alors…

Toutes les parties de son corps qu'elle venait d'évoquer

palpitèrent, comme si sa bouche se promenait réellement sur elles et la rendait folle.

— Qu'est-ce que tu fais là ? l'interrogea-t-elle en tâchant de recouvrer ses esprits.

Elle récupéra ostensiblement ses bagages — une fille ne voyage jamais avec plus de bagages qu'elle ne peut en porter.

En reprenant le chemin de l'hôtel, sa valise à roulettes derrière elle, elle passa près de lui. Il s'était appuyé à ce qui devait être sa camionnette — un vieux pick-up Dodge bleu, pas mal cabossé — et avait posé son chapeau sur le toit de l'habitacle pour se passer les pouces dans la ceinture.

— Je vais te raconter ma version de l'histoire, commença-t-il. Peut-être pas ici, peut-être pas avant le match demain, mais avant la fin du week-end tu la connaîtras et tu sauras à quel point je regrette ce qui s'est passé.

Le bruit de roulement de sa valise cessa alors qu'elle s'arrêtait devant lui.

— Comment pourrais-tu le regretter ? Toi, tu t'en es sorti avec une réputation d'étalon. Et moi avec l'air de… d'une fille de rien.

Elle n'avait pas prévu d'en dire autant, mais c'était sorti malgré elle.

Il reprit d'une voix basse et, encore une fois, apparemment sincère :

— Je suis véritablement désolé, Margot.

La façon dont il prononçait son prénom lui déplut. Enfin, non, elle lui plut. Bien trop.

Elle lui fit face, le menton un peu plus haut qu'à l'ordinaire.

— Alors, que veux-tu me dire ? Que c'était Jay Halverson qui avait camouflé cette caméra, et que tu n'en savais rien ? Parce que ça fait vingt mille fois que Riley me le répète.

— Et tu ne l'as pas cru.

Elle se contenta d'éluder d'un mouvement d'épaules. Pourquoi lui devrait-elle la vérité ?

Est-ce que penser qu'il était responsable avait commencé à lui plaire ? Est-ce que ça lui donnait l'excuse rêvée pour l'éviter ?

Le sourire qu'il lui décocha lui fut comme une caresse, comme un rameau d'olivier aussi, et son cœur manqua un battement.

Elle se prépara au combat.

— Et ensuite, bien sûr, tu vas me raconter que c'est Jay qui a posté cette vidéo hier soir.

— C'est exact.

D'accord, en ce cas. Mystère résolu.

— Je crois que ça égalise le score.

— Pas si vite.

Il avait baissé la voix en une intonation sexy, qui la fit se demander pourquoi diable elle avait des vues sur Brad, qui était déjà dans sa chambre.

Mais, la réponse, elle la connaissait. Brad représentait le connu, le familier, et peut-être qu'elle avait besoin de quelqu'un de sûr ce week-end, même si son panier les conduirait vers une grande aventure. Le Brad bien élevé ne lui avait jamais fait défaut, ni ne l'avait exposée aux racontars en l'immortalisant dans une situation privée.

Ce qui la contrariait le plus, c'était la violation de son intimité, et surtout le fait qu'elle avait été filmée avec le play-boy qui avait eu toutes les autres filles, à part elle, semblait-il.

Sans qu'elle s'en soit rendu compte, Clint avait délicatement attrapé le col de son cardigan, près des boutons. Il l'écarta de son corps, et l'air la fit frissonner et lui chatouilla le ventre.

Non, il la chatouilla *partout*, et jusque dans son intimité.

Impossible de le réfuter. Elle ressentait quelque chose *là*, entre les jambes. C'était à la fois délicieux et douloureux.

Il dut le percevoir, car il l'attira plus près de lui. Alors que l'air nocturne s'infiltrait sous son cachemire, elle laissa tomber la poignée de sa valise et se pencha vers lui, assez près pour humer une odeur de paille sur ses vêtements.

La pure masculinité qui émanait de lui — cette odeur nette, le fait de savoir qu'il n'y avait que du muscle sous cette chemise, si près d'elle — fit naître en elle un désir violent.

— Je veux me rattraper avec toi, lui dit-il. C'est pour ça que je suis venu.

Le commentaire hardi la prit de court. Une sensation étrange s'empara d'elle au point de créer comme des étincelles dans son ventre.

— Tu ne peux pas défaire ce qui a été fait, répondit-elle d'une voix altérée.

Il laissa échapper un rire grave, et bas.

— Bien sûr que si. Et de quatre-vingts façons, en plus.

Génial — il avait dû l'entendre parler de son panier aux filles !

Elle lui saisit la main et s'efforça de la repousser de son col.

— Ce panier n'est pas pour toi.

Elle comprit aussitôt son erreur, car sous sa main, elle découvrit une peau douce, forte, virile. Une sensation qui alimenta en elle un besoin qu'elle ignorait éprouver et qui ne fit qu'accroître son désir de lui.

— Donc, tu te gardes pour un autre, constata-t-il en entrelaçant ses doigts aux siens.

Oh ! Seigneur, ce simple contact provoqua une terrible bouffée d'adrénaline en elle.

— Margot, tu te montres vraiment difficile, alors que ça pourrait être si simple, reprit-il tout bas.

Non, ça ne l'était pas. Pas du tout, même. Céder à Clint Barrows était impensable dans une réunion où tout le monde attendait justement que la seule fille qu'il n'ait jamais eue lui cède enfin.

Toutefois, quand il posa son autre main sur sa hanche

et entreprit de la caresser du pouce, elle fut à deux doigts de céder.

Elle avait trop bu, se dit-elle. Et elle s'était sentie mélancolique pour la première fois de sa vie car elle devait affronter des problèmes qu'elle n'avait encore jamais connus. Tout cela additionné l'avait rendue vulnérable, et, quand il lui passa la main sur les fesses et s'y attarda, elle manqua soudain de souffle.

— Ecoute-moi simplement jusqu'au bout, la cajola-t-il.

Oui. Le mot lui vint sur la langue. Il hurla dans sa tête, se pressa sur ses lèvres alors qu'elle tentait de s'écarter.

Mais cela n'allait pas arriver, parce qu'elle avait toujours ce petit quelque chose qu'on appelle la fierté.

— J'en ai assez entendu, décréta-t-elle.

Elle fit un pas de côté, reprit la poignée de sa valise et s'en fut alors qu'une faim inattendue s'emparait d'elle.

Le lendemain matin, Margot n'avait eu aucune nouvelle de Brad et se dit qu'il était encore tôt — ils auraient tout le temps nécessaire avant les enchères.

Et, de toute façon, ce n'était pas comme si elle comptait sur lui pour passer le meilleur moment de sa vie. Elle s'était déjà passablement amusée la veille au soir après avoir déballé ses valises, en rejoignant Leigh et Dani au café, où elles avaient retrouvé d'autres amies qui avaient toutes essayé de la réconforter au sujet de la vidéo. Ce qui ne l'avait pas étonnée, puisque toutes, sauf bien sûr les plus épouvantables parangons de vertu, l'avaient soutenue à l'époque.

Elle avait fait de son mieux pour esquiver les questions à propos de ses futurs livres, tout en se demandant si le concierge avait pu délivrer son petit mot à Brad.

Il y avait aussi eu plein de moments hier soir où elle avait pensé à autre chose.

Le cow-boy au sourire sexy.

L'homme qui s'était servi de sa voix si grave dans le parking, comme s'il était certain qu'elle allait succomber à son charme irrésistible.

Bien sûr.

Elle roula hors du lit alors que le réveil affichait 9 heures dans la pièce encore obscure. Elle jeta un coup d'œil au téléphone, le voyant des messages était éteint.

Pas d'appel.

Brad n'avait pas réagi. Pas encore.

Non, elle n'allait pas harceler le concierge pour savoir s'il avait pu délivrer son message.

Déjà qu'elle se demandait si ça avait été une bonne idée…

Leigh lui avait dit la veille au soir que ce petit mot était le prologue parfait aux enchères. Très vieille école. Et puis, oh, quel homme ne serait pas intéressé par ce genre de billet doux ?

Elle entrouvrit les rideaux, cilla sous l'afflux de soleil, et sourit en apercevant les vastes champs et les pins longeant la route.

Malheureusement, son regard tomba ensuite sur le parking, où elle vit le Dodge bleu de Clint garé à côté de sa petite Prius.

Pourquoi lui sembla-t-il que même son pick-up était sur le point de dévorer sa voiture ?

Elle se frotta les bras, gagna la salle de bains. Sa peau nue se hérissa de chair de poule dès l'instant où la vapeur brûlante entra en contact avec elle, et elle crut encore entendre une voix grave et douce lui murmurer des excuses.

Les regrets de Clint.

« Ecoute-moi simplement jusqu'au bout », lui avait-il suggéré, quand elle avait compris qu'il voulait dire bien plus.

Elle laissa couler l'eau sur elle avec l'espoir que ça lui remettrait les idées à l'endroit. Mais, au même moment, elle imagina ses mains sur ses hanches comme hier soir, quand il avait eu le toupet de la toucher.

Oui, mais à présent il n'y avait plus de barrière de vêtements entre eux et, tandis qu'elle fermait les yeux, l'eau devint ses mains, qui lui caressaient délicatement le ventre.

« Tu te montres vraiment difficile, alors que ça pourrait être si simple… »

Elle prit appui contre le mur carrelé alors que l'eau dévalait lentement sur son corps, glissait sur ses cuisses, entre ses cuisses.

Elle les écarta légèrement tant la sensation était plaisante. L'eau redevint ses doigts, qui trouvèrent l'endroit juste où tout son corps semblait brûler.

« Tu avais coutume de prendre des risques », l'entendit-elle lui dire comme s'ils discutaient toujours. Les caresses aériennes continues lui firent retenir son souffle, et elle se mordit la lèvre.

« Alors, pourquoi as-tu des vues sur Brad ? »

« Pourquoi ne pas opter pour cette nouvelle orientation ? »

Elle fit passer une main entre ses seins, sur son ventre, sur son sexe. Elle y glissa les doigts et se caressa en pensant à Clint.

Au moins, avec Brad, ils avaient eu un été ensemble. Et quand ils avaient regagné l'université, une fois la passion de leur petite aventure consumée, ils s'étaient peu à peu séparés pour prendre des directions différentes.

Tout avait été parfaitement sûr avec Brad, tout comme ça pourrait l'être ce week-end. Sans trahison, ni film.

Mais alors qu'elle se caressait, que l'eau la caressait, la simple pensée de cette imprévisibilité suffit à lui couper le souffle.

A l'exciter. Et, chaque fois qu'elle passa le doigt sur son clitoris en imaginant que c'était Clint qui lui donnait du plaisir, sa température grimpa. Sa chaleur interne la poussa de plus en plus haut, jusqu'à ce que la jouissance arrive, intense et explosive.

Elle se laissa glisser contre le mur, les jambes en coton. Mais alors que l'eau courait toujours sur elle, juste de l'eau, elle poussa un grognement.

Sa faim n'était pas comblée. Loin de là.

4

Après le match, le groupe fit route vers Main Street, où se trouvait une des salles préférées de Dani à Avila Grande.

Desperado's était une de ces gargotes de campagne imprégnées de relents de bière et de friture à toute heure du jour. On y pénétrait par des portes battantes façon western, le sol était en planches, le bar surmonté d'une tête de bison et de bois de cerf, et le menu vantait « les huîtres des Rocky Mountains » — plat que Dani n'avait jamais eu le cœur de goûter, depuis qu'elle avait appris qu'il s'agissait en réalité de testicules de bœuf.

Ah, le bon vieux Desperado's, où avaient traîné tous les enfants des fermiers et des ranchs alentour, où les enceintes diffusaient en permanence du country, où la bière était bon marché et la nourriture robuste, voire indigeste.

Cependant, à l'instant même où Dani et Riley franchirent le seuil, ils furent accueillis par un boum-boum de hip-hop et une foule d'adolescents dansant tout sauf le pas de deux texan. Quelque chose avait changé, c'était le moins qu'on puisse dire.

— Bon, c'est *ça* que c'est devenu, fit Dani alors que Riley et elle quittaient la grande salle pour passer dans l'étroit couloir menant à la salle du fond.

C'était ici que devaient avoir lieu les enchères, une petite heure plus tard.

— Notre Desperado's n'est plus ce qu'il était… C'est devenu l'enfer sur terre, conclut-elle.

— L'enfer sur terre ? répéta Riley en lui passant la main sur le cou. Tu ne crois pas que tu exagères un peu ?

— D'accord, peut-être pas l'enfer, mais… je regrette le Desperado's d'avant, se tempéra-t-elle tout en criant par-dessus la musique tonitruante.

Il la guida vers la salle. Elle était encore vide. Quand il s'adossa au mur, posa les mains sur son jean et l'attira à lui, elle sentit son cœur faire un bond. C'était toujours comme ça quand elle plongeait les yeux dans ceux de Riley.

— Moi aussi je préférais l'ancienne version, l'approuva-t-il. Mais les choses ne restent jamais pareilles, nulle part.

— Ou alors, soupira Dani, c'est moi qui deviens vieille et grincheuse.

Elle avait déjà eu cette impression avant le match, en faisant le tour du campus. Vêtue de son vieux sweatshirt Cal-U, elle avait eu le sentiment d'être une grand-mère à côté de ces étudiants courant dans tous les sens, avec la vie et leurs rêves de grandeur devant eux.

— Tout m'a paru tellement… commercial. Avant, Cal-U était plus petit, plus chaleureux. Maintenant, c'est…

— Plus tendance que jamais. J'ai remarqué.

Il se pencha, posa les lèvres sur son front, et ils restèrent ainsi quelques secondes. Son souffle lui caressait la peau, agitait ses cheveux, il s'infiltra en elle comme il le faisait toujours, depuis cette fameuse fois où elle avait surpris son regard sur elle, intense comme jamais. Ce n'était plus le regard d'un ami, c'était bien plus.

Cela avait changé son monde, changé son esprit.

Mais cela n'avait changé aucun *d'entre eux.*

Du moins, c'était ce qu'elle avait cru. Parce que le changement avait eu lieu, mais qu'elle avait dû attendre la veille au soir pour le comprendre, quand Margot et Leigh lui avaient révélé cette histoire d'enchères.

Elle s'accrocha au bras de Riley. Sa lumière, son soutien.

Sa sécurité. Après l'épisode de la veille, elle avait commencé à se demander comment les gens la percevaient — comment ils l'avaient *toujours* perçue.

Donnait-elle l'impression d'avoir besoin d'être secourue ? D'être une pitoyable princesse perdue dans ses rêves, dont la vie entière tient à un seul objectif ?

Avoir un mariage de conte de fées ?

Euh… hou là ! Mais, dans le fond, ses amies n'avaient-elles pas raison ? Qu'avait-elle fait d'elle-même toutes ces années à part trouver un travail de traiteur pour la société d'un autre ? Quelles étaient ses véritables ambitions ?

Elle avait toujours admiré Margot — qui ne l'aurait pas fait ? Margot, qui menait la danse, qui fonçait, quitte à leur créer des ennuis, mais qui veillait toujours sur elles. Dani aimait l'indépendance de son amie, son approche énergique de la vie. Idem pour Leigh, qui avait su surmonter une enfance tragique après la noyade accidentelle de sa sœur. Leigh, qui s'était battue contre son surpoids toute sa jeunesse, et qui était à présent aussi svelte que Margot, qui réussissait aussi bien que Margot. Et elle, dans tout ça ?

Elle entendit une porte se fermer dans le couloir, et aperçut justement Margot, magnifique dans une veste de cuir Ann Taylor, une jupe droite et des bottes, arrivant à pas pressés. Elle avait un iPad à la main, probablement pour garder la trace des paniers déjà déposés dans la salle, et ne vit ni elle ni Riley avant de disparaître de nouveau.

— Tu crois que Margot est contrariée par ce que tu lui as dit, au match ? lui demanda Riley.

— Elle n'est pas contrariée. Je dirais… déçue.

Après en avoir longuement discuté tous les deux, ils avaient décidé de laisser Margot et Leigh tenir ces enchères. Leur produit ne servirait toutefois pas pour leur mariage, mais pour nourrir les sans-abri d'Avila Grande.

— Elle s'y fera, la rassura-t-il.

— Je suis sûre qu'elle trépigne déjà d'impatience en attendant ce soir, conclut Dani.

Cependant, c'était bien de la déception qu'elle avait lue dans les yeux de Margot et de Leigh cet après-midi. Elles ne l'avaient manifestement pas crue quand elle leur avait expliqué que la façon dont Riley et elle allaient se marier n'avait aucune importance — une cérémonie minimale, un court voyage de noces. De toute façon, ils étaient ensemble depuis si longtemps que le mariage ne serait qu'une formalité pour eux.

Ou, alors, peut-être qu'elle l'avait si souvent dit qu'elle avait fini par le croire.

— D'après toi, Margot trépigne d'impatience parce qu'elle est persuadée que Brad va enchérir sur son panier ? lui demanda Riley.

— Sans aucun doute, répondit-elle en lui souriant. C'est bizarre, d'ailleurs… Je n'aurais jamais cru qu'une femme comme Margot porte son dévolu sur un type aussi lisse que Brad.

— Oui… Mais Clint est venu pour elle.

— Hein ? Comment le sais-tu ?

— Je l'ai appris hier soir. Mais tu étais sortie avec les filles, et je dormais quand tu es rentrée.

— Hier soir, justement, Margot nous a raconté qu'elle avait eu un petit « accrochage » avec Clint sur le parking. Elle lui a rivé son clou, paraît-il. Elle ne lui fait pas confiance pour un rond, même s'il lui a dit que c'était Jay qui avait fait et posté la vidéo.

— Ça n'a pas d'importance pour elle, c'est ça ?

— Non. Je crois que si elle donnait à Clint ce qu'il veut ce serait comme capituler, ou un truc dans le genre. Entre eux, ça a toujours été un combat de volontés. Et depuis le début ! Souviens-toi quand elle refusait d'être une de ses nombreuses conquêtes.

— Jusqu'à ce qu'elle cède.

— Eh, ils n'ont pas couché ensemble ! Elle ne lui avait pas cédé à ce point.

Tous deux partirent dans un éclat de rire. C'était si facile, de rire, quand ils étaient ensemble.

Puis Dani reprit :

— Margot a dans l'idée de recréer son été de rêve avec Brad, ou quelque chose dans le genre.

— On verra bien. Il n'était pas au match, pourtant je crois bien qu'il avait dit qu'il y serait.

— Tu crois qu'il va aussi zapper les enchères ?

— Si jamais il le fait, ça aurait été sympa d'en informer Margot. Elle lui a envoyé un petit mot, elle.

— Certes, mais ne t'avise pas de lui dire que je t'en ai parlé ! Elle me massacrera si elle apprend que je te dis tout.

— Eh, on est sur le point de se marier. Le partage, c'est essentiel.

Une heure et demie plus tard, Clint fit basculer sa chaise au fond de la salle du Desperado's et croisa les pieds sur la table devant lui. Il se tenait éloigné de la foule des arrivants qui s'était rassemblée de l'autre côté de la pièce, où on avait disposé les paniers en une parade anonyme de couleurs et de rubans.

C'était Margot qui avait toute son attention. Margot Walker, avec ses bottes à talons très chics, sa jupe droite courte et ce corsage crème qui soulignait ses formes.

Et, bon sang, il en avait perçu quelques-unes, de ses courbes, la veille au soir quand, sur une impulsion, il l'avait suivie dans le parking. Au départ, il avait eu l'intention de l'aider à porter ses bagages, mais avait tout d'un coup décidé d'essayer un petit quelque chose en plus.

Peut-être s'était-il montré un peu trop agressif car, une fois encore, elle l'avait descendu en flèche.

Il réprima un sourire. Oui, il s'était bien fait remettre à sa place, mais il y avait eu ce moment — très bref, presque imperceptible — où il avait détecté une lueur dans ses yeux.

Une lueur qui lui avait soufflé qu'elle se demandait comment ça serait d'être avec lui. Une lueur lui faisant comprendre qu'elle aimait être touchée comme il la touchait à ce moment-là.

Et c'était tout ce dont il avait eu besoin pour venir ce soir, à cette mise aux enchères.

Walter Tolliver, ex-premier de la classe, s'était proposé pour le rôle de commissaire-priseur puisque Margot et Leigh étaient les organisatrices de l'événement.

Près de lui, Margot confiait les paniers aux enchérisseurs qui les avaient remportés. Il n'en restait plus que quelques-uns, maintenant. Et celui de Margot n'était encore pas passé.

Clint avait toute la patience du monde.

Cela faisait des années qu'il mettait de côté de « l'argent pour s'amuser » et n'avait encore jamais pris de vacances. Rien que les intérêts sur ses économies lui permettraient d'être un peu dispendieux ce soir, surtout qu'il avait aussi commencé à se constituer une cagnotte en vue d'éventuels frais de justice avec ses frères.

Ce soir représenterait pour lui un amusement qu'aucun argent n'aurait pu lui offrir. De plus, il voulait faire de ces enchères un succès notable pour Margot.

Dans plus très longtemps, maintenant.

Margot souleva un panier, en réalité un grand pot sur lequel avait été peint le mot « miel », et le posa devant Walter.

— Qui a envie de goûter un peu de miel, ou plutôt de lune de miel ? lança-t-il à la cantonade en lisant le nom du panier, comme il l'avait fait toute la soirée.

Autour de Clint, les hommes s'esclaffèrent et braillèrent des plaisanteries grivoises, mais il se retint. Le panier aux étoiles allait bientôt arriver, et, en voyant Margot jeter un regard à la dérobée sur la salle, il se demanda si elle n'avait pas décidé de retarder la mise aux enchères du sien, vu que Brad manquait à l'appel.

Elle n'avait apparemment pas été informée que Brad Harrington avait été rappelé chez lui par ses affaires. Et on n'appelait pas ça la poisse ?

— Les enchères commencent à cent dollars, déclara Walter en cherchant le public des yeux.

— Deux cents, un peu de douceur ne me ferait pas de mal, cria Ed Kendrick.

La salle n'avait pas fini de rire que Mark Heinbeck hurlait :

— Trois cents !

Alors que les enchères se poursuivaient, Dani et Riley s'installèrent à la table de Clint. Riley tenait dans les mains un panier rouge, blanc et bleu que Dani avait assemblé à la dernière minute. Il l'avait remporté haut la main, car personne ne se serait avisé de lui marcher sur les pieds.

Clint se pencha vers Riley pour que sa voix couvre le brouhaha.

— Réfléchis. Vous auriez pu avoir un bon paquet de liquide ce soir pour vous offrir ce mariage. La récolte va être intéressante.

— Je suis très content que cet argent aille là où il va aller, rétorqua Riley en échangeant un sourire avec Dani.

Clint décela toutefois une ombre dans les yeux de Dani, mais, au même moment, quelque chose attira son attention.

Et celle des autres.

Une femme s'était avancée pour enchérir sur le panier-miel. Il reconnut Beth Dahrling, qui devait avoir deux ans de plus que lui.

— Cinq mille, déclara-t-elle d'une voix douce.

Un silence absolu se fit sur la salle. Puis quelqu'un murmura à l'oreille de quelqu'un d'autre, et les commentaires fusèrent.

Là-bas, Margot ouvrait de grands yeux en regardant Leigh, qui était confortablement installée dans un fauteuil, une botte de cow-boy posée sur son genou. Elle semblait étonnamment calme et nonchalante, alors que Margot restait bouche bée.

Le silence se fit alors que tous tournaient les yeux vers elle. Bon sang, personne n'aurait imaginé qu'une femme puisse enchérir sur le panier d'une autre femme, et Clint ne fut pas certain que ce soit d'ailleurs là l'orientation sexuelle de Leigh.

Dani gigotait sur sa chaise, et Riley réprima un sourire lorsqu'elle lui donna une tape sur la cuisse.

Walter s'éclaircit la gorge.

— Cinq mille, une fois ? lança-t-il, un test manifeste pour Leigh.

Elle sourit, puis éclata de rire.

Margot lui sourit aussi, puis à Beth Dahrling qui adressa un petit signe de la main à Leigh avant de préciser :

— Pas de panique, Leigh. Je suis ici pour quelqu'un d'autre.

Le vacarme éclata dans la salle. Tous lui demandaient de qui elle était l'émissaire. La jeune femme se contenta de sourire et de garder le silence.

— Ravi de n'avoir pas mis le holà à ces enchères ! glissa Riley à Clint.

Le président Walter réclama le silence à cor et à cri, et quand il l'obtint finalement il hurla :

— Y a-t-il quelqu'un ici qui veuille faire mieux que cinq mille ? C'est pour une bonne cause.

Comme personne ne répondit, il leva son marteau.

— D'accord. Une fois… deux fois…

Boum.

— Adjugé !

Les applaudissements redoublèrent d'intensité alors

que Margot confiait le panier à Beth. Leigh, avec son sens de l'humour bien particulier, se leva, alla rejoindre Beth, passa un bras sous le sien et sortit de la salle avec elle en ondulant exagérément des hanches.

— Rien ne pourra surpasser ça, marmonna Riley tandis que le vacarme s'apaisait et que Margot soulevait un autre panier.

« Oh ! j'imagine bien au moins quatre-vingts choses qui le pourraient ! » songea Clint. Il suivit d'un œil distrait les enchères suivantes jusqu'à ce qu'ils arrivent finalement au dernier panier. Celui de Margot.

Enfin…

Juste avant que Margot ne vienne soulever son panier, oh, si lentement, Clint vit Leigh regagner discrètement la salle et s'adosser au mur, la mine perplexe. Beth n'était pas avec elle.

Le président Walter se frotta les mains.

— Je me demande à qui peut bien être ce…

Tous ceux qui n'avaient pas remporté de panier ce soir sifflèrent. Il était manifeste que Margot n'était pas sortie de la salle en compagnie de quelqu'un, le panier était donc logiquement le sien. Elle jeta un coup d'œil coquin et général à la salle, mais Clint devina qu'elle cherchait une dernière fois Brad du regard.

L'espace d'un instant, il fut certain que Walter allait lancer une plaisanterie à propos de la vidéo, mais ce dernier se contenta de sourire. Clint lui adressa un bref signe de tête en retour.

— Commençons à cent dollars pour ce qui promet d'être une offre extrêmement exotique, déclara Walter. Le tour d'une fille en…

— C'est un panier de voyage. C'est tout, l'interrompit sans ménagement Margot.

Clint ne put retenir un rire. Alors comme ça, on taisait

le titre épicé du panier ? Ces cartes, à l'intérieur, auraient une formulation assez vague pour qu'elle puisse offrir au vainqueur un rendez-vous torride ou non, selon son identité.

Il allait tenter sa chance.

Mais il ne voulut pas paraître trop pressé, et attendit donc les premières enchères. Ce ne fut que lorsqu'il croisa le regard de Margot, qui inspectait encore une fois la salle des yeux, qu'il se leva et enleva paresseusement son chapeau.

— Six cents, dit-il avec une joie non dissimulée à son égard.

Il sentit comme de l'électricité passer entre eux avant qu'elle détourne les yeux.

Il entendit des quolibets autour de lui. Puisqu'ils ne pouvaient plaisanter à propos de la vidéo, ils allaient sûrement s'en donner à cœur joie, à présent.

Aucune importance.

— Tu ne crains pas un nouveau râteau, Clint ! cria l'une des filles, provoquant un certain chahut.

Et intensifiant le regard au laser de Margot.

— Sept cents, lança-t-elle.

Ce qui entraîna une réaction de toute la salle. De Clint aussi, à vrai dire.

Il posa un pied botté sur sa chaise et appuya le coude sur sa cuisse. Ce jeu-là, il pourrait le prolonger toute la nuit.

— Huit cents, la contra-t-il.

— Neuf cents, lui renvoya-t-elle.

Walter rit avec la salle avant de déclarer :

— Désolé de te le dire, Margot, mais tu ne peux pas enchérir. C'est contre les règles.

— Eh, riposta-t-elle en serrant son panier contre elle. C'est moi qui ai organisé ces enchères !

— *Oooh,* fit l'assistance.

Mais alors, de son côté de la salle, Leigh éleva la voix :

— Tu n'es pas la seule à avoir organisé cet événement, Margot, et je maintiens que tu contreviens aux règles.

— *OOOOH,* refit l'assistance.

Si les regards avaient pu tuer, Leigh serait raide morte à l'heure qu'il était. Toutefois, elle trouvait tout cela manifestement hilarant.

Margot ? Beaucoup moins.

— Je vais vous dire, déclara Clint après avoir levé la main pour demander le silence : Arrondissons à mille et terminons-en. Certains ont des paniers à ouvrir.

— Mais…, balbutia Margot.

Walter cogna son marteau sur la table sans la laisser poursuivre, Riley se leva et poussa Clint en avant. Ses amis l'encouragèrent de claques dans le dos alors qu'il rejoignait le podium, sans jamais lâcher Margot des yeux.

Mille dollars, ça allait faire un joli trou dans ses économies de vacances, mais il n'en avait pas prévu cette année.

A part celles qu'il y avait dans le panier de Margot.

Il se planta face à elle et hocha la tête en direction du panier qu'elle serrait toujours contre son cœur, à l'instant où Walter hurlait :

— Adjugé !

Margot faisait une drôle de tête, quand même. Clint soupira. Bon, ça n'allait pas être du gâteau.

5

Le dimanche après-midi était l'un des moments préférés de Margot. Il y avait un temps pour faire la grasse matinée, puis un autre pour se prélasser sur le balcon de son appartement avec une tasse de thé, en observant les arbres fruitiers et les allées pavées qui parsemaient sa résidence. Les après-midi ensoleillés à lire le journal en dégustant les scones qu'elle achetait à la boulangerie le matin même ne manquaient pas.

Mais *ce* dimanche ?

Tout le contraire. Et Dani sembla s'en apercevoir quand elle s'installa face à elle dans le café de l'hôtel, où seuls quelques clients discutaient paisiblement après leur petit déjeuner.

Heureusement, aucun n'avait assisté aux enchères de la veille, et Margot avait donc pu jouir d'une certaine paix en attendant ses deux amies. Il ne leur restait plus qu'à tromper l'ennui avant le grand dîner formel du soir.

— Bonjour, ma belle, lui dit Dani en s'installant, un sourire espiègle sur le visage.

Elle avait l'air frais comme une rose, avec ses boucles rousses rassemblées en queue-de-cheval et son corsage blanc noué à la taille. Une jolie couleur teintait ses joues.

Sympa, de savoir qu'au moins quelqu'un avait passé une excellente nuit dans cet hôtel.

— La pêche, on dirait !

— J'ai passé un supermoment, hier soir. Je me suis tant

amusée ! Si tu n'avais pas filé comme un bolide après les enchères — et si tu m'avais rappelée —, on aurait pu rire tout notre soûl devant un verre.

— Je t'ai répondu par texto.

Margot avait préféré rester seule, incapable de supporter l'amusement de tous alors que la réunion se poursuivait.

Dani n'avait-elle pas compris ? C'était à cause de Clint qu'elle s'était sentie si mal autrefois, et c'était encore à cause de lui qu'elle s'était sentie gênée la veille, lorsque, enchérissant sur son panier, il avait montré à tout le groupe qu'il était toujours l'étalon de service.

Le serveur arriva, et Dani commanda un jus d'orange et des œufs au plat. Margot, qui avait déjà bu son thé, demanda une salade de fruits. Leigh lui avait passé commande à l'avance : un litre de café noir et des gaufres couvertes de framboises fraîches.

Après le départ de l'employé, elle reprit la conversation où elle en était restée :

— Alors, comme ça, la soirée d'hier soir t'a vraiment fait rire ? demanda-t-elle à Dani.

— Je ne dirais pas tout à fait ça comme ça.

— Bien. Parce qu'il n'y avait vraiment rien de drôle.

— Margot… ce n'est pas tous les soirs que quelqu'un paye mille dollars pour une de mes meilleures amies ! déclara Dani avec un gentil sourire. Tu te rends compte du compliment que ça représente ? Sincèrement, Clint m'a paru vouloir montrer la valeur que tu as pour lui. Ça aurait été mille fois plus gênant si ton panier était parti pour trois cacahouètes.

C'est ça. Une enchère de mille dollars. Margot refusait d'imaginer le genre d'idées indécentes auxquelles penserait certainement Clint en découvrant l'intérieur de son panier.

Pervers.

— Ce n'était pas un compliment, rétorqua-t-elle en

refermant les mains autour de son mug. Clint voulait juste montrer à tout le monde qu'il est venu pour boucler l'affaire de la vidéo.

— Mais ça remonte à des années ! s'écria Dani avant de s'interrompre à l'arrivée du serveur et de baisser la voix : Selon Riley, Clint n'y est pour rien.

— Les garçons du groupe… ils se soutiennent tous… à part Jay Halverson, évidemment.

— Qui s'est fait blackbouler, je te rappelle. Et Riley ne me mentirait pas au sujet de Clint.

Dani resta un moment sans rien ajouter, assez longtemps pour que Margot cesse de tripoter son mug et se cale contre le dossier du siège.

— Il dit que Clint a changé, et qu'il doit affronter de vrais problèmes d'adulte à présent. Ça se passe mal avec ses deux frères, je crois. Ils veulent à tout prix gérer le ranch à leur manière et écarter Clint.

A ces mots, Margot eut un coup au cœur qui la surprit elle-même. Bah, c'était peut-être parce qu'elle avait toujours eu un faible pour les perdants. Mais… Clint ? Jamais elle n'avait connu plus arrogant que lui, aussi douta-t-elle de son instinct.

— Comment ses frères peuvent-ils faire ça si le ranch ne leur appartient pas ? s'enquit-elle.

Un petit sourire se dessina sur les lèvres de Dani. Elle devait penser que le sujet l'intéressait.

— Leur père a laissé à Clint la majorité des parts à sa mort, mais les frères disent qu'ils ont eux aussi une part, et que du coup ils peuvent faire légalement valoir leurs droits à gérer le ranch, expliqua-t-elle avant de balayer tout cela d'un geste de main. Mais je ne connais rien aux affaires. Après tout, qu'est-ce que j'en sais, dans le fond ?

Margot détestait voir Dani se déprécier ainsi.

— Tu aurais pu monter ta propre affaire, Dani. Tu le peux toujours.

Son amie ne répondit rien, mais elle eut cette expression lointaine dans le regard… un soupçon de quelque chose que Margot n'y avait encore jamais vu, comme si elle réfléchissait sérieusement, et pour la première fois depuis qu'elles se connaissaient, à ce qu'elle venait de lui dire.

Mais cela disparut à l'arrivée de Leigh, vêtue d'une jolie chemise rayée d'argent, un jean et des bottes faites main. Elle avait coiffé ses cheveux blonds en une longue tresse.

Elle s'assit, se passa une cheville sur le genou et étendit les bras, comme si elle sortait tout juste du lit.

— Enfin, quelqu'un qui va détourner la conversation de moi ! lança Margot en faisant signe au serveur d'apporter son café à Leigh.

— Oh ! bon sang, il faut qu'on parle de ça tout de suite, fit Leigh en croisant les mains derrière sa tête et en fermant les yeux.

Dani retrouva le sourire.

— On a beau eu te faire boire hier soir, pas moyen de t'arracher le nom de ton enchérisseur ! s'exclama-t-elle.

— Ah, ah ! Et pourquoi voudrais-tu que je lâche le morceau ce matin ? ironisa Leigh en soufflant sur son café fumant.

Margot et Dani tournèrent toutes deux un regard interrogateur vers elle, et elle finit par céder.

— Il n'y a rien de neuf, les filles. Je n'en sais pas plus qu'il y a douze heures.

— Rien ? l'interrogea Margot.

— Rien de rien. Beth a reçu pour consigne de m'en dire un minimum — juste qu'un admirateur secret lui a demandé de le représenter aux enchères. Apparemment, il a dû s'absenter pour affaires.

— Et ça n'éveille pas ta méfiance ? voulut savoir Dani.

— Ce doit être un des gars du groupe. Je vais faire quelques recherches sur internet, filtrer les noms et trouver l'identité de l'homme mystérieux, décréta Margot.

— Je l'ai déjà fait, lui apprit Dani. Je n'ai trouvé aucun candidat capable de débourser cinq mille dollars pour un panier.

— N'essayez même pas, leur conseilla Leigh.

— Mais toi ? Est-ce que tu penses à quelqu'un en particulier ? lui renvoya Margot.

Elle avait anticipé ce qu'il se passa : Leigh prit cette posture nonchalante, un bras sur le dossier de son fauteuil, le corps détendu.

— Vous me connaissez, toutes les deux, commença-t-elle de son accent traînant. Les filles rondelettes n'ont pas beaucoup de succès à l'université, alors je ne me suis jamais embarrassée de béguins. Je n'ai pas prêté attention aux garçons de ce point de vue-là, il n'y a donc aucune raison pour qu'un d'entre eux ait flashé sur moi.

Elle n'avait pas tout à fait tort. Tout comme Margot, elle s'était surtout concentrée sur ses études, et les activités annexes du campus. Mais maintenant, avec tous ces kilos perdus et l'essor de sa carrière, ça devait être bien différent pour elle.

Non ?

Margot l'examina un instant, et la vit gigoter sur son siège.

— Vas-y, dis-le, marmonna-t-elle.

— Visiblement, quelqu'un t'a prêté attention, dit Margot.

— Ou alors ils m'ont vue à la télévision et se sont découvert un intérêt soudain, la contra Leigh. N'allons pas transformer une anecdote en histoire d'amour.

— Je ne sais pas, rétorqua Margot. Un admirateur secret de notre Leigh, tout ceci est bien mystérieux…

— Et la voilà qui se lance des fleurs, comme si elle n'était pas préoccupée par les issues des enchères, se hérissa Leigh.

— Eh les filles, c'est vous qui avez amené le sujet sur le tapis, tenta de les calmer Dani.

— Et qui est contente d'elle, maintenant ? lui renvoya Margot.

— Ce n'est pas moi qui vais aller danser quatre-vingts sortes de tangos avec mon ennemi de la fac, chantonna Dani. Alors, oui, je suis plutôt contente de mon fiancé non stressant.

— Je n'irai nulle part avec Clint, décréta calmement Margot.

Leigh cessa de boire son café.

— Heu… Tu aurais peut-être besoin que je te rappelle ce qui s'est passé hier soir…

— Je vais m'en sortir. Et avec dignité.

— Et comment ? s'esclaffa Dani.

— Je vais lui rembourser son argent.

Ses deux amies poussèrent un soupir, mais Margot eut le temps de les voir échanger un coup d'œil au préalable.

— Quoi ? fit-elle.

Leigh lui donna un coup dans le bras, relativement fort, et Margot fit la grimace.

— Ouille, s'écria-t-elle. Notre cow-girl a toujours été costaud.

— Si je joue le jeu avec cette histoire de panier, rétorqua l'intéressée, tu ferais mieux d'en faire autant.

— Sinon, quoi ?

— Sinon, tu le regretteras.

— Pourquoi ? Parce que vous allez m'appeler trouillarde le restant de mon existence ?

— Non, répliqua Leigh. Parce que *toi*, tu le feras. Je te connais, Margot — quand tu croisais le fer avec Clint hier soir, tu étais rayonnante. Ça t'a plu !

— J'étais furieuse qu'il me cherche comme il le faisait, oui !

— Tu étais excitée.

Margot ouvrit la bouche pour rétorquer, mais ne trouva rien à dire.

En plein dans le mille. Leigh avait raison : elle avait été *excitée*, et elle avait prié pour que personne ne le remarque.

Surtout pas lui.

Il était toutefois hors de question de suggérer à Leigh qu'elle avait vu juste.

Elle tendit donc la main vers son sac et en sortit son iPad pour l'allumer, changeant si ostensiblement de sujet que Dani et Leigh rirent sous cape.

— Je ne compte pas perdre mon temps à discuter de lui, déclara-t-elle en trouvant le dossier recherché sur son écran. Pas alors que j'ai passé la moitié de la nuit agréablement occupée.

Elle ne précisa pas qu'elle n'avait jamais pu trouver le sommeil. Pas avec Clint en tête... et dans la peau.

Quand elle orienta vers son amie les images de robes de mariée qu'elle avait sauvegardées dans un dossier, Dani fit silence, tout comme elle l'avait fait quand elle et Leigh lui avaient dévoilé l'histoire des enchères.

Il valait mieux avancer sur la pointe des pieds, cette fois, histoire que son amie ne se vexe pas de nouveau :

— J'ai une amie qui dessine des robes, et ça ne coûterait pas une fortune parce que je suis sûre que je pourrais m'arranger avec elle. Je me suis dit que tu aurais peut-être envie de jeter un coup d'œil à son travail.

Sans saisir l'iPad, Dani rétorqua aussitôt :

— Et tu connais aussi des gens qui font des prix sur des cérémonies de mariage ? Les pièces montées ? Et pourquoi pas des huiles de massage et des gadgets érotiques, Margot ?

Elle lâcha un petit rire sec, et Margot posa l'iPad sur la table. Oui, elle venait encore de se mêler de ce qui ne la regardait pas.

Mais Dani sembla percevoir son malaise, et elle lui offrit son sourire solaire en tendant la main.

— Bon, laisse-moi voir ce que tu as trouvé, lui dit-elle.

Leigh lui adressa un clin d'œil alors qu'elle confiait la tablette à Dani.

Bientôt les robes de mariée cédèrent la place aux recherches en ligne sur les cérémonies. Bientôt aussi, les lève-tard laissèrent la place à ceux qui voulaient déjeuner tôt.

Elles réglèrent leur note, sortirent du café et prirent l'ascenseur pour regagner leurs chambres.

— On te voit au dîner ce soir ? s'enquit Leigh alors que les portes s'ouvraient à l'étage de Margot.

— Bien sûr, répondit-elle en sortant. Je serai celle qui se cache dans un coin.

— Comme si c'était possible ! rétorqua Leigh avant que les portes se referment sur Dani et elle.

Et ce fut en souriant que Margot suivit le couloir menant à sa chambre. Oui, elles savaient toutes très bien qu'elle ne se cacherait de personne, et surtout pas de Clint. Une fois qu'elle l'aurait remboursé, elle prévoyait de danser toute la nuit et de lui montrer qui avait remporté ce petit jeu de pouvoir auquel ils jouaient depuis si longtemps.

Elle passa un angle, puis fouilla dans son sac pour y trouver sa clé. Ah, mais où était-elle passée, bon sang ? Soudain, elle sentit une présence et elle n'eut pas le temps de dire ouf que quelqu'un la prenait par la taille, la faisant reculer dans l'alcôve du distributeur de glaçons. Elle cessa de respirer.

Puis, quand elle vit que ce quelqu'un n'était autre que Clint Barrows, qui lui souriait et posait sur elle des yeux amusés, elle perdit instantanément toute volonté.

Main gauche sur sa taille, Clint rejeta son chapeau en arrière de la droite.

— Vous avez drôlement pris votre temps au petit déjeuner, lui dit-il. Je n'ai pas pu faire autrement que vous voir au café, toutes les trois, et je me demandais quand vous auriez enfin terminé.

Il s'approcha un peu plus d'elle. Même s'il l'avait acculée dans un coin, même s'il n'y avait qu'un espace infime entre eux, elle ne choisit pas la fuite.

— Pour que les choses soient claires, rétorqua-t-elle d'un ton sec, j'ai décidé de te rembourser du chèque que tu as mis dans ce panier.

— Me rembourser ?

Il laissa courir ses yeux sur ces longs cheveux bruns, ce visage, ces stupéfiants yeux marine bordés de longs cils, ces lèvres ourlées…

— Récupérer mon argent ne m'intéresse pas du tout, répliqua-t-il d'une voix presque étranglée.

Les pupilles de Margot s'étaient élargies. Comme si, chaque fois qu'il la dévisageait, elle oubliait à quel point elle le trouvait insupportable. Le désir naquit en lui.

Cette soirée, il y avait si longtemps… leurs baisers…

Non, il ne voulait pas de remboursement. Il voulait rejouer la scène.

Et, cette fois-ci, il voulait que tout se déroule bien, sans gifle brûlante ni caméra vidéo.

— Qu'est-ce qui te fait croire que tu as le contrôle de la situation, ici ? l'interrogea-t-elle, d'une voix plus douce. Qu'est-ce qui te pousse à croire que tu as le moindre pouvoir sur ce que je fais ?

— Chérie, m'avoir laissé gagner ton panier pourrait s'avérer le meilleur choix que tu aies jamais fait.

Il lui sourit et, pendant une longue seconde, crut qu'elle allait fermer les yeux, l'inviter à l'embrasser, lui dire que le passé était le passé et…

Quoi ?

Ça n'irait pas plus loin que cela, mais au moins rentrerait-il chez lui heureux… avant de redevenir réellement malheureux avec ses frères.

Avant d'être coupé de ce qu'il lui restait de sa famille.

Mais elle parut sortir brusquement de la transe, l'écarta d'un geste brusque et s'en alla, aussi vite qu'elle l'avait fait naguère, la paire de gifles et le bruit de porte qui claque en moins.

— Margot, dit-il en la suivant dans le couloir.

— Il n'y a pas de « Margot » qui tienne. J'ai oublié mon chéquier dans ma chambre, mais je vais te faire le chèque tout de suite. Et qu'on n'en parle plus !

Bien plus grand qu'elle, il fut en un rien de temps devant la porte de sa propre chambre, glissa adroitement la carte dans le lecteur et ouvrit grand la porte.

Elle voulut continuer vers la sienne mais ralentit le pas, apparemment incapable de refréner sa curiosité.

Et pourquoi pas, puisqu'il avait dévalisé cette boutique chic du centre-ville d'Avila Grande très tôt ce matin, juste pour créer sa propre version d'un panier ?

Première étape, l'apprivoiser.

Deuxième étape, la conquérir.

Il avait attendu qu'elle aille prendre son petit déjeuner pour transformer ses intentions en actes. Et, après avoir donné un gros pourboire à l'un des réceptionnistes, il s'était assuré d'être transféré dans une chambre voisine de la sienne.

Il ouvrit un peu plus grand la porte afin qu'elle puisse mieux voir le portemanteau en bambou qu'il avait installé près de la porte. Dedans, une fausse bougie projetait une lumière diffuse et sensuelle sur les foulards arachnéens qu'il avait tendus sur le paravent trouvé dans la même boutique.

— Mais qu'est-ce que c'est que ça ? s'étonna-t-elle.

Il éluda d'une geste vague. Il savait reconnaître une

femme intriguée quand il en voyait une, et il fit un pas de côté pour laisser l'aventurière en voir davantage.

Selon sa biographie au dos de ses livres — qu'il avait aussi achetés ce matin —, elle était celle qui était partie pour l'Europe après ses études pour « expérimenter la vie ». La femme qui avait poussé plus loin ses voyages, écrivant ce que lui inspiraient ses baignades délicieuses dans des piscines secrètes le long des routes paradisiaques de Maui, et les plats exotiques que l'on pouvait déguster dans des endroits tels que Shanghai.

C'était là la femme intelligente et séduisante qu'il avait détectée en elle lors de cette fameuse soirée, celle qui avait empoigné ses rêves et les avait transformés en réalité.

Il s'éclipsa derrière la porte ouverte alors qu'elle passait le seuil pour observer le paravent, puis les objets qu'il avait rassemblés non loin.

Un plateau sur lequel se trouvaient des truffes et des croissants au chocolat de la boulangerie du centre-ville.

Un panier rempli de bains moussants, de lotions et de savonnettes gravées.

Un très beau négligé blanc vaporeux aussi innocent que suggestif.

Elle lui jeta un regard en coin.

— Serais-tu allé au Boudoir ?

La boutique existait depuis l'époque où ils étudiaient ici.

— Je m'y suis arrêté. Entre autres magasins.

— Pourquoi ?

— Parce que j'ai lu tous les papiers dans le panier, répondit-il en en tirant un de sa poche : « Le Grand palais de Thaïlande, demeure d'un roi ». Le délai était un peu court pour fignoler, mais je me suis dit qu'au moins tu apprécierais les truffes.

Eut-elle, à ces mots, un air… touché ?

Il n'en fut pas certain, car elle reprit aussitôt une expression normale — amusée, nonchalante. A la Margot.

— Tu as vraiment concocté avec soin ces petits scénarios, n'est-ce pas ?

Elle plissa les yeux et le fixa, sans rien ajouter. Il considéra ça comme un bon signe et laissa la porte se refermer derrière eux.

D'ici peu, elle allait lui dire d'aller au diable.

D'ici peu, il allait être aussi confus que naguère, quand elle avait réagi durement, comme si leurs baisers ne l'avaient pas affectée autant que lui.

Mais elle le surprit une fois de plus en tendant la main vers un des foulards drapés sur le paravent.

Bon Dieu, serait-il aussi facile de la garder dans sa chambre ?

— Tu t'es donné beaucoup de mal, dit-elle.

— Je prends mes investissements très au sérieux.

Il retint son souffle, fit un pas vers elle, et osa effleurer ses cheveux de la main.

Doux. Aussi soyeux que les foulards. Le sang lui monta à la tête.

Quand il descendit la main sur ses cheveux, puis sur son épaule, il l'entendit respirer plus fort.

Allait-elle partir en courant ?

Ou allait-elle rester et le laisser réaliser tous les fantasmes qu'elle avait fait naître en lui au cours des années ?

Même à travers la barrière de soie de son corsage qui la séparait des doigts de Clint, Margot perçut sa chaleur qui s'infiltrait en elle, qui l'inondait, provoquant un désir brûlant en elle.

Sa fierté lui disait de s'en aller d'ici, mais son corps…

Son corps ne bougeait pas, tout comme l'autre soir sur le parking, quand il l'avait touchée, quand il avait flirté avec elle jusqu'à ce qu'elle soit sur le point de fondre entre ses bras.

Elle palpitait de partout, prise d'une faim de lui que seul un souvenir lui disait avoir déjà éprouvée — le souvenir de la soirée où ils avaient été filmés.

D'un côté, elle voulait lui démontrer qu'il ne l'aurait jamais. Lui démontrer qu'elle n'avait pas l'intention de céder dans ce combat de volontés.

De l'autre, elle savait que c'était une mauvaise, une très mauvaise idée d'être ici, parce qu'il était Clint, le fléau de son existence.

Mais ce fut un troisième côté, plus fou, qui gagna une fois de plus. Haut la main.

Des frissons la traversèrent alors qu'il parcourait son dos d'un doigt délicat. Des frissons qui l'éperonnaient, qui détruisaient toute forme de résistance.

Il prit une voix basse, chaude.

— Ton panier promet quatre-vingts manières de faire le tour d'une fille, murmura-t-il contre son oreille. Et moi, je parie que je peux en trouver quatre-vingts autres, tout seul, sans ton aide.

Il effleura d'un doigt toujours aussi léger le bas de son dos, le glissa sous le corsage et frôla sa peau.

Elle tressaillit.

— On dirait que j'en ai trouvé une.

Seigneur, il semblait si arrogant ! Et pourquoi ne le serait-il pas alors qu'il la transformait en pâte à modeler, incapable de fuir alors qu'elle aurait dû s'en aller ?

Il trouva le zip dans le dos de sa jupe de velours et, quand il entreprit de le descendre, le crissement se répercuta en elle.

Rester ? Partir ?

Elle avait l'esprit en bouillie, le corps hurlant de désir.

Il infiltra un doigt entre elle et la jupe, suivit l'élastique de sa culotte, et elle se mordit la lèvre en s'efforçant de ne pas réagir. Mais elle ne put retenir un gémissement.

— Manière numéro deux, susurra-t-il.

Il laissa le zip partiellement ouvert et posa son autre main sur sa hanche, puis il tira légèrement sur la ceinture. L'air fit frissonner sa peau nue, et elle détourna le visage.

Ce serait le moment de lui dire d'arrêter.

Le moment parfait.

Quand, du doigt, il explora sa hanche sous la jupe, puis l'aventura jusqu'à son ventre, celui-ci se contracta, et elle se pencha en jetant une main sur la commode pour conserver son équilibre.

— Trois, souffla-t-il.

Il suivit le bord de la culotte, et elle dut s'appuyer des deux mains, le souffle définitivement court.

Il infiltra un doigt sous l'élastique et amorça un mouvement de va-et-vient sur son ventre, la rendant littéralement folle de désir.

« Quatre », songea-t-elle.

Il n'eut plus besoin de compter alors que son doigt s'aventurait plus bas, plus agressif à présent, et qu'il se glissait dans son sexe, l'obligeant à faire un pas en avant en hoquetant, puis à écarter les jambes pour lui.

Que faisait-elle ?

Aucune importance, elle lui avait déjà donné toutes les permissions de faire ce qu'il avait en tête. Et elle s'en moquait.

Mais alors, elle s'en moquait à un point, maintenant…

Alors qu'il la caressait de haut en bas, elle n'essaya même plus de la jouer nonchalante. Un gémissement lui échappa, et elle appuya le dos contre lui, contre son érection.

Il referma son autre main sur un sein et lui colla la bouche contre l'oreille :

— Tu étais déjà prête pour moi, Margot.

Elle ignora la pique et se balança au rythme de sa caresse.

N'avait-elle pas imaginé plus ou moins la même chose, sous la douche, hier ? Ses mains, ses doigts, puis sa bouche, partout sur elle, intensifiant le feu qui la brûlait, la pression, la tourmentant de partout jusqu'à…

Il enfouit deux doigts en elle, la faisant crier, d'autant plus fort que son pouce caressait toujours adroitement son clitoris, comme s'il avait déjà fait quatre-vingts fois le tour d'elle et ne comptait pas s'arrêter là.

Dedans, dehors… elle n'allait plus pouvoir tenir très longtemps, maintenant… Elle se sentait prête à exploser, affolée par son sexe érigé, pressé contre ses reins.

Elle eut envie qu'il lui arrache sa jupe, sa culotte, qu'il vienne entièrement en elle…

Pour l'emmener plus haut…

Plus vite, plus fort…

L'orgasme s'empara d'elle avec une telle force qu'il la coupa pratiquement en deux. Encore, et encore. Lui poursuivit sa caresse jusqu'à ce qu'elle ne puisse plus la supporter et se retrouve sur le sol, les mains toujours accrochées à la commode. Il l'avait accompagnée dans sa chute et avait toujours la main dans sa culotte. Comme si cette partie d'elle lui appartenait.

Elle ne pouvait plus bouger à présent. Trop faible. Trop…

Elle dut bien se l'avouer : jamais encore, dans aucun pays, elle n'avait réagi de la sorte avec un homme.

Alors qu'il se dégageait d'elle, elle fut sur le point de lui demander de n'en rien faire. C'était trop bon de l'avoir là, et elle se demanda à quel point ce serait bon d'avoir plus que ses doigts en elle… Puis, quelques secondes plus tard, elle songea à ce que l'étudiante qui avait naguère été humiliée par une mauvaise farce — et anéantie, en vérité, face à un Clint qui n'était qu'un Casanova — penserait si elle voyait la Margot adulte en ce moment même.

Elle était avachie contre lui, et, en se rendant compte qu'il avait refermé un bras sur elle, l'onde de chaleur qui la traversa la choqua.

On aurait dit… de l'affection. Mais c'était impossible. Clint s'était moqué d'elle. Comment aurait-il pu éprouver de l'affection pour elle ?

Il lissait sa jupe, tirait dessus pour la recouvrir, et ce détail aussi la frappa. Ça la frappa tant qu'elle se redressa, repoussa son bras et se mit en devoir de rajuster elle-même sa tenue.

— Eh bien, dit-elle, je crois que tu as eu un bon retour sur investissement.

Il ne répondit rien et, sans plus réfléchir, elle lui jeta un bref coup d'œil par-dessus son épaule.

Assis par terre, il avait relevé les genoux et posé les bras dessus. Quelque part en chemin, son chapeau était tombé et il avait les cheveux en désordre.

Son imbécile de cœur fit un bond dans sa poitrine.

— Crois-moi si tu veux, je voulais y aller pas à pas avec toi, répliqua-t-il.

— Aller où ?

Il se mit à rire.

— Où que cela nous mène.

Elle rit aussi, mais sans gaieté aucune.

— Tu es tellement imbu de toi-même. Me faire venir ici et penser…

— Que quelque chose *allait* arriver ? l'interrompit-il en fixant sa ceinture toujours défaite.

Elle ne sut pas si elle devait le haïr ou lui sauter dessus. A la vérité cependant, ce n'était pas Clint qu'elle haïssait — c'était de lui avoir cédé sans même essayer de résister, c'était de s'avouer qu'elle avait envie de plus.

Clint soupira et se passa une main dans les cheveux.

— Margot, si tu penses que tu vas avoir l'air d'une

idiote en sortant de cette chambre, n'en fais rien. Le passé est le passé, point.

— Pas alors que tout le monde a eu une piqûre de rappel l'autre soir sur YouTube.

Elle s'était déjà remise sur ses pieds.

Il lui sembla voir les épaules de Clint s'agiter.

— Tout le monde s'en fiche. Laisse couler.

— Laisser couler ? Et pourquoi je laisserai couler ?

Il leva les deux mains, les laissa retomber.

— Je te l'ai dit, je regrette énormément tout ce qui est arrivé.

Disant cela, il laissait entendre qu'il y avait davantage.

Elle ne voulut pas le presser. Une fois qu'elle serait rentrée chez elle, la vraie vie reprendrait le dessus. Plus de paniers, plus d'étincelles revigorantes projetées par Clint dans sa vie.

Le feu lui monta aux joues en comprenant qu'il était plus qu'un simple ennemi. Il n'y avait plus qu'à attendre qu'ils l'apprennent tous. Qu'ils recommencent à se conduire en sales gosses, à ricaner sur leurs bières et à raconter partout que Clint Barrows avait finalement conclu l'affaire.

Il sembla lire en elle, puisqu'il lui déclara :

— Les autres n'ont pas besoin de le savoir.

Elle le dévisagea en assimilant ses paroles. Elle lui avait dit exactement la même chose dix ans plutôt, avant de l'embrasser sur ce canapé.

Il lui décocha un sourire.

— Si tu veux me montrer le reste de ce qu'il y a dans ce panier ce soir — et juste ce soir —, personne n'en saura jamais rien. Je suis sérieux.

En entendant ces mots, elle sentit une flèche lui traverser le corps. Son sens de l'aventure s'embrasa, mais pas seulement.

Son corps refusait d'oublier ce qu'il venait de lui faire, et elle percevait en elle une faim encore plus aiguë. A cause de sa libido de dingue, elle avait déjà envie d'une chose qui aurait été impensable la veille, et elle ne savait pas comment c'était arrivé, ni même si elle avait choisi que cela advienne.

Elle rajusta lentement son corsage. Et, en dépit de tout, elle décida de dire à Clint ce qu'il pouvait faire de ce panier.

6

Bon sang, quelle séductrice, cette Margot.

Après leur rencontre, Clint s'était retiré sur un terrain plus sûr, dans le campus qu'ils avaient écumé naguère. Riley l'accompagnait. Les feuilles des arbres se teintaient d'or à l'approche de l'automne, et il eut plaisir à revoir, au loin, s'élever les collines derrière les bâtiments de brique des dortoirs, les autres de cours, les terres et les vergers destinés aux travaux pratiques des étudiants en agriculture.

Il avait pensé que s'éloigner de l'hôtel et revenir ici lui éclaircirait les idées, mais… non, rien à faire.

Il ne pouvait cesser de repenser à ce qu'il s'était passé un peu plus tôt, après que Margot avait remis de l'ordre dans sa tenue et se fut recoiffée.

Elle avait déambulé nonchalamment dans la chambre, et il avait compris qu'elle cherchait une caméra. Apparemment satisfaite de n'en avoir détecté aucune, elle était revenue vers son panier et le lui avait apporté, presque défiante. Il s'était contenté de la regarder fixement, et elle avait poussé un soupir exagéré.

— Tu sais déjà comment ça marche, lui avait-elle dit. Tu plonges la main et tu tires un papier.

Etait-elle en train de se jouer de lui ? A peine quelques instants plus tôt, elle pensait le renvoyer dans ses buts pour être allé trop loin avec elle.

Sans trop savoir ce qu'elle avait en tête, il avait suivi

ses ordres et tiré un papier du panier. Sans le lire, il le lui avait tendu.

Elle l'avait déplié, y avait jeté un coup d'œil, avait remis le panier sur l'étagère, attrapé un croissant et une truffe sur le plateau et quitté la chambre.

Et lâché un ultime commentaire par-dessus son épaule :

— 21 heures, dans ma chambre.

Et c'avait été tout.

Avait-elle accepté d'expérimenter une de ces quatre-vingts manières avec lui ce soir ?

— Allô ! La Terre ? marmonna Riley près de lui.

Installé près de lui sur un transat au bord de la piscine, son ami avait dû remarquer ses absences. Tandis que les baigneurs — étudiants d'hier et d'aujourd'hui — chahutaient dans le bassin, il avala une gorgée de bière. Elle était aussi éventée que son envie de les rejoindre.

— C'est ça qu'on faisait, à l'époque ? interrogea-t-il Riley. Chahuter, boire de la bière à longueur de journée et se conduire comme des crétins ?

— Plus ou moins, répondit Riley en regardant les baigneurs.

Clint lui jeta un coup d'œil. Quelque chose turlupinait son ami.

— Est-ce que les filles t'ont encore enlevé Dani cet après-midi ? s'enquit-il, persuadé que ce « quelque chose » avait un rapport avec sa fiancée.

— Non, elle se repose dans la chambre, répondit Riley, mal à l'aise. Je pense qu'elle cherche des idées de mariage sur son portable. L'enthousiasme de Margot et de Leigh semble avoir déteint sur elle.

Clint se souvint de ce qu'il lui avait dit précédemment, quant au fait qu'il ne pouvait offrir à Dani le mariage de ses rêves.

Riley poursuivit sur sa lancée :

— Il y a des moments où je me demande si Dani n'est pas en train de me faire comprendre à quel point elle est déçue de la façon dont les choses ont tourné entre nous. Leigh et Margot l'aident à trouver des alternatives au grand mariage dont elle a toujours rêvé, mais...

— Mais ces alternatives ne sont pas ce que tu lui donnerais si tu le pouvais. Tu m'en as parlé.

Riley reprit sa bière, puisque aucune réponse n'était nécessaire.

Clint reportait son attention sur la piscine quand une idée lui vint.

— Tu as un endroit en tête, pour le mariage ?

— Même pas.

— Peut-être que je pourrai t'aider de ce côté-là, reprit Clint en lui souriant.

Il lui parla de son ranch — les immenses espaces, la vaste pelouse, les maisonnettes d'invités et le belvédère sur lequel ses parents s'étaient mariés.

Quand il eut terminé, Riley s'était penché vers lui, un immense sourire sur le visage.

Clint reprit nonchalamment sa bière. Riley savait déjà à quel point il aimait ce ranch, inutile d'en faire des tonnes.

Surtout, parce qu'il refusait de penser à la douleur que ce serait de le perdre.

— Tu supporterais le boucan atroce d'un tel mariage dans ton ranch ? s'enquit Riley, inconscient de ses idées noires.

— Bien sûr. Les jumeaux parlent maintenant de me carotter le ranch légalement, mais rien ne se fera d'ici la fin de l'année, et comme vous avez prévu de vous passer la corde au cou rapidement, pourquoi pas ? répondit-il avant d'éluder d'un geste de main. Tu sais que ça ne serait pas un problème, et puis tu es déjà venu, tu connais les lieux. Je crois que ça serait parfait pour vous.

Ils se sourirent, en amis fidèles qu'ils étaient, puis celui de Riley se fit vaguement coquin.

— D'accord. Je vais en parler à Dani. En revanche, tu me dis si tu as besoin d'un service, quel qu'il soit — t'obtenir du bon vin du vignoble de mon patron, glisser un mot en ta faveur à Margot…

« Personne ne le saura jamais », avait-il promis à Margot à propos de ce soir.

Personne, pas même leurs amis.

Aussi respecta-t-il sa parole :

— Tu n'as pas appris la nouvelle ? Elle entend me rendre mon argent, celui que j'ai mis sur son panier.

— Elle ne peut pas faire ça !

— Je ne l'obligerai pas à faire ce qu'elle n'a pas envie de faire.

Riley sembla déçu pour lui. Et, pour ce qu'en savait Clint, peut-être que ce soir vaudrait d'avoir menti à son ami. Margot comptait-elle se jouer de lui, le laisser planté devant sa porte ? Comptait-elle lui jouer une plus grosse farce une fois qu'il serait dans sa chambre, une vengeance pour la gêne qu'elle avait éprouvée naguère ?

Bon sang, après ce qui s'était passé tout à l'heure, il allait tenter sa chance ! Le seul fait d'y repenser lui causa un début d'érection.

— Juste pour te dire, reprit Riley. Les gens ont beaucoup parlé de toi.

— A cause du panier.

— A cause de toi et Margot, de nouveau ensemble. L'étalon du campus et la pauvre fille à la fierté ébréchée par cette histoire de caméra.

Clint repoussa le bord de son chapeau.

— Est-ce vilain de ma part d'espérer qu'il n'y a pas eu que sa fierté, d'ébréchée ?

— Que veux-tu dire ?

Le moment était peut-être venu de la boucler, mais il répondit cependant :

— Je veux dire que je me suis toujours demandé si elle s'est mise en colère à cause de la caméra… ou s'il s'agissait d'autre chose.

Voyant qu'il ne développait pas son propos, Riley lui demanda :

— Mais tu ne peux pas dire quoi, c'est bien ça ?

Quoi ? Il penserait que Margot avait nourri des espoirs quant à ce qu'il pourrait arriver, après avoir finalement admis qu'il l'attirait ? Qu'elle avait perçu une plus grande émotion, comme lui, et s'était demandé si cette attirance manifeste pourrait avoir un effet sur le long terme ?

Bon sang, non. Les rêveries romantiques, ce n'était pas son style. Ça ne l'avait jamais été.

Aujourd'hui cependant, après l'avoir tenue dans ses bras, l'avoir sentie… tout était revenu en force.

Peut-être avait-il mis ses espoirs dans une chose qui ne s'était jamais matérialisée naguère à cause de cette sale blague. Ce qui aurait pu exister entre eux avait été irrémédiablement détruit.

Et lui, il s'était aussi pris une sacrée fin de non-recevoir.

Un des baigneurs s'approcha, il avait manifestement entendu leur conversation.

— Notre superétalon serait-il amoureux ? braïlla-t-il depuis la piscine. Désolé de te le dire, Barrows, mais la môme Margot n'avait pas l'air ravie-ravie que ce soit toi qui aies gagné son panier, hier.

Des rires soulignèrent la pique.

Tous devaient la trouver hilarante.

Ils ne l'avaient pas vue un peu plus tôt…

Oh ! il pourrait faire comme avant, quand il se vantait des filles séduites et larguées, mais quelque part en chemin il avait perdu le goût de la conquête. Juste après Margot et la vidéo, en fait. Il se carra donc dans sa chaise longue et rétorqua :

— Margot et moi sommes convenus de laisser tomber cette histoire de panier. Il n'y a rien entre nous. Il n'y a jamais rien eu, il n'y aura jamais rien.

Après quelques remarques grivoises sur sa virilité qu'il ne releva pas, les autres retournèrent à leurs jeux d'eau.

Clint détourna le regard. Ça avait été sympa de revoir le campus, mais il comprenait à présent qu'il y avait bien plus dans la vie que picoler et se laisser vivre au jour le jour.

Simplement, il ne savait pas encore vraiment en quoi consistait ce « plus ».

— Si tu voulais te gagner des bons points avec Margot, je pense que tu viens juste de le faire, lui confia Riley en se levant.

Clint garda le silence. Riley ne le savait pas, mais il espérait bien s'en gagner infiniment plus le soir même.

Agitée, sur les nerfs, Margot en regrettait presque d'avoir donné rendez-vous à Clint dans sa chambre après le dîner clôturant la réunion d'anciens étudiants.

Si elle avait deux sous de jugeote, elle annulerait ce fiasco prévisible et se tiendrait à l'écart de Clint. Cela ne devrait pas être si dur, après tout, puisque le dîner était le dernier événement à les mettre en présence l'un de l'autre. Elle n'aurait plus à le revoir par la suite, plus à repenser à son sourire malicieux, à ses mains sûres, à sa façon de lui donner l'impression qu'elle était la seule et unique femme qu'il avait jamais caressée comme il l'avait fait cet après-midi.

Cependant, elle ne voulait pas se montrer intelligente avec Clint. Pas après les sommets qu'il lui avait fait atteindre en un seul petit préliminaire.

Dani ayant décidé de rester dans sa chambre, Leigh et elle avaient eu envie de revoir le centre-ville et les boutiques qu'elles avaient écumées dans le temps. Inutile de mentionner à son amie qu'elle avait quelques emplettes à faire, des courses en rapport avec le papier qu'avait tiré Clint tout à l'heure.

Le Crazy Horse, Paris…

Elles parcoururent les rues, entrant et sortant des boutiques, dont certaines avaient survécu aux années tandis que d'autres avaient laissé la place aux franchises que l'on trouve partout.

Quand elles parvinrent devant Le Boudoir, la boutique de lingerie dans laquelle *toutes* les étudiantes étaient entrées au moins une fois, elles découvrirent qu'elle était aussi kitch et tentante qu'autrefois. Mais aussi, se souvint-elle, à l'époque le moindre jouet sexuel les faisait glousser et rougir alors que les vêtements de nuit un peu coquins provoquaient en elles nombre de rêveries romantiques.

Elle acheta en douce un ou deux objets érotiques pendant que Leigh examinait les huiles de massage. De retour sur le trottoir, elles passèrent devant une taverne où on n'écoutait que du country à l'époque et qui, maintenant, vantait le Red Bull et ses soirées Rave.

— Dis-moi, ce ne sont pas des cache-tétons que je t'ai vue acheter ? lui demanda soudain Leigh.

— Pourquoi voudrais-tu que j'achète des machins pareils ? rétorqua Margot en grinçant intérieurement des dents.

— C'est le sens même de ma question, répliqua Leigh sans se démonter. Ça ne doit pas être très agréable à porter, ces bitoniaux. Surtout avec ces pompons qui pendouillent.

— Je ne me sers pas de cache-tétons, grogna Margot.

Enfin, elle n'en avait jamais eu envie. Dans le passé. Mais ça l'avait tentée pour ce soir.

Un peu trop, en fait.

Leigh la dévisagea, attentive, avant de reprendre :

— Et il me semble bien avoir vu un bain moussant sexy finir aussi dans ton sac.

— Tu as des yeux derrière la tête, ou quoi ?

— Margot, le furtif, ce n'est vraiment pas ton truc.

Sale petite fouineuse, songea-t-elle.

— Tu m'as dit que tu avais annulé le panier de Clint, mais c'est faux, n'est-ce pas ? insista Leigh.

— Peut-être que je voulais juste prendre un bon bain ce soir. Ça ne t'est pas passé par la tête ?

— Un bain. Je n'ai jamais porté de cache-tétons pour prendre un bain.

Soudain, devant elle, Margot repéra un magasin de robes de mariée… Un excellent moyen de changer de sujet. Elle empoigna Leigh par le bras et la traîna vers la boutique.

— Regarde ! On va aller faire de la reconnaissance pour Dani.

— Je ne sais pas, répondit Leigh en la suivant à contre-cœur. Elle n'a pas paru ravie qu'on lance ces enchères.

— Oui, mais tu as vu sa tête quand je lui ai montré ces photos de robes, au petit déjeuner ?

Peu désireuse d'essuyer un refus catégorique — et d'entendre encore Leigh s'étendre sur ses soupçons quant à Clint —, elle la poussa dans le magasin. Un carillon tinta à leur entrée, mais aucune vendeuse n'était en vue. Elles filèrent droit sur les voiles, et Margot en choisit un attaché à une couronne de fleurs.

— Là, lança-t-elle à Leigh en le tenant sur sa tête. Est-ce que ça ne fait pas princesse, ça ?

Leigh sourit et en choisit un à son tour. Elle le positionna également sur sa tête en veillant à ce que le voile retombe sur un œil.

— Et ça, qu'en penses-tu ?

L'espace d'une seconde, elle vit son amie prendre une

expression qui ne lui ressemblait pas. Une mine vraiment rêveuse.

Margot remit son voile sur l'étagère. Ni Leigh ni elle ne s'étaient jamais fait d'illusions sur le mariage. Mais en voyant Leigh plantée devant le miroir avec des étoiles dans les yeux, elle se demanda si quelque part en route Leigh n'avait pas déserté leur union sacrée sur le thème « Célibataire à jamais ».

Et… bon, ça faisait drôle d'être abandonnée comme ça, surtout dans un magasin pareil, mais elle avait appris très tôt à être indépendante, à aller de lieu en lieu sans jamais s'attacher ni planter de racines avec personne — et surtout pas les garçons. Oh ! elle en avait eu son lot, mais en ressentant toujours de la distance, en sachant qu'elle partirait bientôt.

Et ça n'avait pas changé, même pas à l'université. Elle avait été parfaitement à l'aise toute seule, en faisant ce qu'elle voulait, en ne s'attachant à aucun garçon comme la majorité de ses amies.

Mais maintenant…

Maintenant, elle n'allait pas penser à Clint. Pourquoi lui était-il revenu en tête alors qu'elle allait juste s'offrir une partie de jambes en l'air secrète avec lui ce soir, et rien de plus ? Elle comptait apaiser la démangeaison qui la dérangeait depuis cette fameuse nuit des années plus tôt, assouvir sa curiosité quant à l'effet que lui ferait sa bouche aux endroits les plus stratégiques de son corps. Elle ferait le plein de lui comme elle avait fait toute sa vie le plein d'aventures, et puis rentrerait chez elle en mettant un terme définitif à ce chapitre particulier de son existence.

Elle repéra Leigh un peu plus loin, qui s'examinait dans le miroir, les joues empourprées.

— Serais-tu en train de penser à celui qui a acheté ton panier ? lui demanda-t-elle.

La question parut sortir Leigh de sa transe. Elle laissa échapper un rire, remit le voile sur son rayonnage. Ce rire sonna un peu creux.

— Tu sais bien que je ne me fais jamais d'illusions sur les hommes, rétorqua-t-elle alors que sa main s'attardait encore sur le voile. Je suis pareille que toi sur ce point, Margot.

« Pareille que toi sur ce point. »

Cela déplut à Margot, même si elle avait fait carrière grâce aux « aventures d'une femme indépendante ».

C'était comme si quelque chose tombait en elle — une petite pierre, qui tombait, et tombait toujours dans le vide, jusqu'à atteindre le fond, et le choc se répercuta en elle.

— Leigh, s'entendit-elle répondre, peut-être que je ne suis pas le meilleur exemple à suivre.

Elle était à deux doigts de dire à Leigh que sa vie glamour ne l'était plus tant ces derniers temps. Que sans travail ni succès, elle n'était pas certaine d'être vraiment heureuse à l'avenir.

Son amie la fixa, médusée.

— Ne dis pas ça, Margot ! Tu vis sous une bonne étoile, aussi bien pour les hommes que tout le reste, et je me suis toujours demandé à quel point ce serait sympa de ne pas avoir à redoubler d'efforts pour faire ce que toi, tu fais aussi facilement.

Margot dansa d'un pied sur l'autre. Une confession était là, dans sa gorge, mais elle s'était transformée en boule brûlante n'attendant plus que sa voix pour l'énoncer.

Elle ne put rien dire.

Clint ne prit pas la peine de descendre au grand dîner de fin de réunion. S'il avait faim, c'était de tout autre chose que la nourriture.

Il prit une longue douche froide, puis s'obligea à regarder les informations sur CNN jusqu'à 21 h 05.

Surtout, que Margot ne pense pas qu'il était trop excité.

Pourtant, avant de partir, il se brossa une nouvelle fois les dents, coiffa son Stetson et partit vers la porte. Puis il marmonna un juron, fit demi-tour et prit le négligé blanc qu'il avait acheté pour Margot le matin même. Il en profita pour attraper le panier de savonnettes et de lotions.

En approchant de la porte de la chambre de Margot, il eut un flash-back de la soirée où il l'avait amenée dans sa chambre sans savoir qu'une caméra allait les filmer. A cette pensée, son sang entra en ébullition.

Il frappa, patienta, se dit au bout d'une interminable seconde que, oui, ça allait être une mauvaise farce qu'elle lui avait concoctée pour exercer sa vengeance, non seulement pour naguère mais aussi pour aujourd'hui, quand il ne s'était pas vraiment conduit en gentilhomme avec elle.

Même si ça lui avait apparemment beaucoup plu.

Finalement, le verrou tourna et la porte s'entrouvrit. Une scène qui lui parut durer une éternité.

Il ne pouvait pas la voir, car très peu de lumière baignait la pièce. De la musique lui parvint aux oreilles, probablement de cet ordinateur qu'il lui avait vu regarder au petit déjeuner avec les filles.

C'était une musique lente et sensuelle, une voix de femme grave accompagnée à l'accordéon.

« Le Crazy Horse, Paris », songea-t-il. C'était ce qui était écrit sur le papier qu'il avait tiré du panier.

Il poussa lentement la porte et, quand il pénétra dans la chambre, la porte de la salle de bains se refermait.

Il eut juste le temps d'apercevoir la lumière dansante de bougies avant qu'elle fût complètement fermée.

— Je serai prête dans une minute.

Elle avait dit cela d'une drôle de voix, comme si elle l'attendait dans la pénombre.

Tout en allant poser le négligé et les produits de bain sur la commode, il se demanda ce qu'elle pouvait bien porter, ce qu'elle avait prévu. Quelque chose se contracta en lui, le mettant en alerte.

Jusque-là, pas de mauvaise farce.

Il entendit un ruissellement d'eau dans la salle de bains, et ses genoux ne furent pas loin de lâcher.

Pourtant, elle le faisait attendre.

Et attendre.

Il allait se décider à frapper à la porte quand il entendit le bruit du rideau de douche qu'on tirait, puis de nouveau sa voix.

— Tu peux entrer maintenant… sans ton téléphone.

Ah, elle avait toujours peur d'être filmée.

— Je ne l'ai pas sur moi.

— Bien.

L'air faussement nonchalant, il pénétra dans la salle de bains. Une lumière orangée — les bougies — dansait sur les murs, et il en vit également derrière le rideau de douche.

Ainsi qu'une silhouette.

Il en eut la bouche soudain sèche.

Margot, dont les courbes se dessinaient en ombres chinoises, les cheveux relâchés sur les épaules, debout de profil, une main derrière sa tête faisant ressortir sa poitrine.

Portait-elle un sous-vêtement très moulant ? Il n'aurait su le dire, mais il s'adossa au mur, seul moyen pour lui de ne pas repousser brutalement le rideau, et de briser la magie.

« Contente-toi d'en profiter, s'ordonna-t-il. Tu ne pourras plus jamais le faire ensuite. »

— Que se passe-t-il, Hemingway ? demanda-t-il, choisissant de la taquiner comme il le faisait naguère.

Un parfum entêtant de pêche lui parvint.

— Voilà la première étape sur quatre-vingts, répondit-elle. Et ce sera l'unique.

— Quelle est cette étape ?

Il allait jouer le jeu. Pour le moment. La laisser jouir du pouvoir qui lui avait été arraché par cette caméra, dix ans auparavant.

Elle effleura le rideau, et il retint son souffle.

— Ne te souviens-tu pas de ce qui était écrit sur le papier ? l'interrogea-t-elle. Il n'y a pas si longtemps que tu l'as pioché dans le panier.

— Fais-moi plaisir.

Elle rit encore et se déplaça, faisant bouger l'ombre de ses hanches.

— Le Crazy Horse, Paris. Qu'est-ce que ça t'inspire ?

— Tout ce que dont je peux rêver, répondit-il, excité.

« Finissons-en avec ça », hurlait son corps.

— Ce n'est pas ainsi que se joue le jeu, rétorqua-t-elle en ondulant encore des hanches.

Des hanches si pleines, appelant mille caresses.

Il imposa silence à son corps pour entrer dans son style de préliminaires verbaux.

— En ce cas, éclaire-moi.

Elle reprit, apparemment satisfaite de sa réponse :

— Le Crazy Horse a été créé à Paris en 1951 par Alain Bernardin. C'était un artiste porté sur l'avant-garde qui appréciait énormément les femmes. Le Crazy Horse est surtout réputé pour son burlesque — des sketchs osés, des numéros musicaux, des humoristes pour le répit.

— Le répit de quoi ?

Elle tira l'autre extrémité du rideau juste assez pour qu'il lui donne un aperçu du mur carrelé, et rien d'autre.

Pourquoi avait-il l'impression qu'elle lui offrait toujours juste un infime aperçu d'elle, et pas au sens physique ?

Pourquoi, bon sang, voulait-il davantage ?

Mais elle avait repris la parole :

— Quel genre de répit ? Si tu as une réaction… physique… à chaque prestation féminine, n'aurais-tu pas besoin d'un répit ?

Justement, puisqu'elle en parlait… son jean rétrécissait à vue d'œil.

L'eau clapota contre les bords de la baignoire quand elle commença à danser au rythme de la musique — un mélange entêtant de la voix grave de la chanteuse et des accords langoureux de l'accordéon.

Clint la regarda un moment en imaginant ce qu'elle pourrait faire s'il passait la main derrière le rideau et la touchait. Il n'avait pas vu son visage cet après-midi quand il l'avait conduite jusqu'à l'orgasme et, plus il la regardait danser pour lui en ombre chinoise, plus il avait envie de savoir si elle avait fermé les yeux en jouissant, à quoi avait ressemblé sa bouche quand elle avait formé un cri d'extase.

Ce qu'elle éprouvait quand il était si près.

La chanson se termina, et une autre démarra.

— Sais-tu qui est Gypsy Rose Lee ? Ou Lili Saint-Cyr ? lui demanda-t-elle.

Il était à l'agonie, là.

— Non.

— Elles ont été des stars dans le monde du strip-tease et ont beaucoup influencé Dita von Teese, la référence actuelle dans ce monde… Elle s'est d'ailleurs produite au Crazy Horse il n'y a pas si longtemps.

Il était sur le point de déchiqueter ce rideau quand elle le tira finalement pour s'en envelopper le corps. Il modela chaque courbe de sa silhouette.

Son visage… Seigneur, il n'avait pas compris à quel point il avait besoin de le voir, et le spectacle de ces yeux marine, de ces cils noirs et de ces lèvres écarlates ne le déçut nullement. Il lui donna un coup au ventre et provoqua en lui un désir si violent qu'il en était presque insupportable.

— Mlle von Teese, poursuivit Margot, fait un petit numéro appelé « Le Bain ».

Elle planta ses yeux dans les siens et écarta le rideau.

Les poumons désormais bloqués, il la vit debout dans un angle devant une bougie. Elle portait une combinaison de mousseline rose si moulante qu'elle laissait très peu de place à l'imagination. Des bras minces, musclés, des jambes interminables. Sous le fin tissu, il eût volontiers juré avoir détecté des cache-tétons.

Elle se pencha vers l'eau mousseuse en le regardant toujours et s'en aspergea la poitrine.

L'eau ruissela sur son décolleté et trempa le tissu sur ses seins. Il se mit à rire doucement, ôta son chapeau et le lança hors de la salle de bains.

— Ne me fais pas ça, dit-il en plaisantant… à moitié.

Parce que ce qu'elle faisait lui plaisait, même s'il n'en pouvait plus d'attendre.

Margot étant Margot, elle recommença.

Deux fois, sur chaque sein.

Il ne pouvait voir ses mamelons au travers du tissu matelassé, mais l'eau avait plaqué la fine lingerie sur son ventre, lui donnant un aperçu de la petite culotte en dentelle qu'elle portait.

Des gouttelettes dévalaient sur ses cuisses, visibles sous la combinaison courte.

— Bon sang, Margot, marmonna-t-il.

Comme aiguillonnée par ces paroles, elle lui tourna le dos en ondulant toujours au rythme de la musique. Elle posa les mains sur le devant de sa combinaison et en défit les boutons. Puis, centimètre par centimètre, elle laissa glisser le vêtement sur ses épaules, dévoilant son dos nu.

Il se laissa aller contre le mur en serrant les dents.

Souriante, taquine, sachant parfaitement qu'elle avait le contrôle sur lui, elle laissa glisser la combinaison jusqu'à sa taille.

La cambrure de son dos le rendit fou, mais il n'en montra rien.

— Qu'est-ce qui vient ensuite ? voulut-il savoir.

Elle se tourna vers lui, révélant ses seins. Puis elle caressa ses cache-tétons argentés.

Il se passa une main sur la figure. Si près d'en voir plus d'elle et pourtant si loin. Ses seins lui semblèrent parfaits, et leur rondeur magnifique appelait ses mains, ses doigts, sa bouche. Et, alors qu'elle achevait de se débarrasser de la combinaison et la jetait par terre, il rêva aussi de la libérer de cette petite culotte.

Elle puisa encore de l'eau mais se la passa sur les jambes cette fois-ci.

— Je pense, répondit-elle, que jusqu'à présent le voyage te plaît.

Bon Dieu, et comment ! Mais il n'allait pas lui dire à quel point.

Il fit sans réfléchir un pas en avant, mais elle leva une main et agita un doigt joueur dans sa direction.

— On a une longue route devant nous, l'Etalon.

Elle attrapa alors le pommeau de douche et tourna le robinet avec un sourire entendu.

Si séductrice qu'il ne fut pas certain de pouvoir rester maître de lui aussi longtemps que le promettait ce voyage.

7

La première règle du strip-tease est qu'on peut toucher l'homme, mais que celui-ci ne peut pas vous toucher.

Du moins, c'était ce que Margot avait cru comprendre dans les clubs où elle était allée. Elle avait plusieurs fois écrit sur les filles du Crazy Horse et d'autres lieux similaires — ces femmes qui séduisaient les hommes par de longs regards et des danses suggestives.

Et à présent, sous le regard de Clint, elle devenait elle-même une de ces filles — une femme qu'un homme désirait plus que tout au monde. Et, ce désir, elle le lisait dans ses yeux.

Elle reconnaissait ce même air nostalgique qu'il avait eu cette fameuse soirée, il y avait si longtemps. Un désir brut, violent, et... Maintenant qu'elle était dans l'instant, elle se souvint avoir vu autre chose en lui, qui l'avait effrayée tout en faisant battre son cœur sur le même rythme erratique et perturbant qu'en ce moment.

Oui, sauf que là elle n'était plus la Margot d'autrefois, n'est-ce pas ? Elle n'était pas l'étudiante qui avait vécu avec lui un incident gênant l'ayant fait sortir en trombe de sa chambre en maudissant son nom. Et, même si la pensée de devenir quelqu'un d'autre ce soir — quelqu'un qui n'avait aucun souci d'avenir — lui plaisait, c'était en fait le seul moyen pour elle de poursuivre cette opération de séduction.

Le seul moyen de préserver sa fierté pendant que son corps prenait des vacances.

Alors que l'eau jaillissait du pommeau de douche, elle fit courir ses doigts sur sa culotte trempée, sur son ventre, puis entre ses jambes.

Clint les suivait des yeux, et elle vit un muscle palpiter dans sa mâchoire alors qu'il restait adossé au mur, l'air plus nonchalant que jamais.

Cependant, ce muscle qui tressautait lui apprit que, sous le masque, il bouillonnait intérieurement.

— Imagine, susurra-t-elle, que mes mains sont tes mains, qu'elles me touchent, qu'elles m'excitent.

Elle arrosa sa petite culotte, puis passa le pommeau à l'intérieur, s'appuya contre le mur et continua à s'arroser et à se caresser.

Affamé. Il eut l'air assez affamé pour lui sauter dessus afin d'arrêter ce petit numéro et faire ce qu'il voulait d'elle. Son regard en devenait brûlant.

Elle aussi l'était. Elle respirait de plus en plus vite et écarta davantage sa culotte pour qu'il puisse en voir un peu plus — mais pas trop — et pour diriger le jet vers la partie la plus intime.

Un hoquet lui échappa, et elle se cambra quand le jet frappa son clitoris.

— Tes doigts me font tant de bien, murmura-t-elle.

Elle ferma les yeux, peut-être parce qu'elle ne voulait pas le regarder, pas voir la réalité de ce qu'elle faisait. Clint et elle — un scénario contre lequel elle aurait lutté bec et ongles avant aujourd'hui. Sa fierté ne lui avait jamais permis d'oublier.

Pourtant, elle était là.

Et c'était bon.

Elle rouvrit les yeux et le découvrit un sourire aux lèvres, occupé à déboutonner sa chemise.

— Non, non, dit-elle en se caressant toujours, s'emmenant vers un point où elle ne serait même plus capable de parler, exactement comme hier, quand elle s'était donné du plaisir en pensant à lui.

Un fantasme.

Pas réel. Jamais réel avec lui.

— Assez d'agaceries comme ça, déclara-t-il.

La lueur des bougies baigna la peau bronzée de son torse puissant.

Il enleva sa chemise, et un éclair violent de désir la transperça, lui faisant réprimer un gémissement.

Il le remarqua, de son regard qui la dévorait littéralement.

Quelque chose comme de la panique la traversa. C'était *elle* qui était sensée imposer le rythme. Elle tourna le jet vers lui en disant :

— Tu as besoin de te rafraîchir.

Il se contenta de rire, défit le bouton de son jean et écarta légèrement les pans, là où disparaissait une ligne mince de poils dorés.

Ce qui eut pour effet de l'exciter davantage.

Alors qu'il enlevait ses bottes et ses chaussettes, elle sortit ses mains de sa culotte.

— Je pense que tu as besoin d'un rappel, lui dit-elle en désignant son corps en entier. Ceci n'est pas pour toi. Tu peux regarder, tu ne peux pas toucher.

— Tu es sûre de ça, Tolstoï ?

Avant même de sourire à ce constant rappel de ses propres études littéraires — à peine eut-elle le temps de se demander combien de noms d'écrivains lui étaient encore réservés —, il défit un deuxième bouton de sa braguette.

— Quand tu te caressais, est-ce que tu as pensé que ce serait infiniment meilleur si c'était moi qui le faisais ? l'interrogea-t-il. Si j'étais en toi, que je te donnais envie de crier comme cet après-midi ?

A ces mots, elle sentit sa gorge se nouer. Jamais elle ne reconnaîtrait une telle chose devant lui. Bon sang, elle avait commencé la soirée en plaisantant au dîner, en faisant comme si rien ne la préoccupait — elle pouvait sûrement se comporter de même avec lui.

— Tu penses beaucoup à toi, n'est-ce pas, l'Etalon ?

— Tu veux savoir à quoi je pense vraiment ?

Un autre bouton, défait.

Et une autre partie d'elle, défaite, quand il fit un pas vers la baignoire.

Il baissa la voix :

— Je pense beaucoup à toi. Je n'ai pas pu m'en empêcher depuis que je t'ai revue.

Elle eut du mal à trouver l'oxygène nécessaire à sa réponse :

— C'est parce que tu veux ce que tu ne peux avoir.

Quand il fut assez près, il tendit le bras, ancra un doigt dans sa culotte, la tira, et elle eut l'impression que tout son corps prenait feu.

— Mais toi, tu veux que je l'obtienne, dit-il encore en faisant descendre légèrement le sous-vêtement, exposant ses hanches.

Elle palpitait de désir pour lui à présent, entre ses jambes, dans sa poitrine. Allait-elle le laisser faire ?

« Oui, songea-t-elle. Bon sang, oui. »

Mais seulement quand elle lui en donnerait la permission.

Alors qu'il descendait sa culotte plus bas encore, elle se couvrit d'une main. Il la fit descendre le long de ses jambes, et elle le laissa faire. Elle leva même le pied quand il le fallut, puis l'autre, et le regarda jeter négligemment le soupçon de dentelle derrière lui.

Il posa sur elle ses yeux bleu délavé — ces yeux qui pourraient la convaincre de faire n'importe quoi. Un regard qui avait certainement convaincu bien d'autres filles de faire plus que ce qu'elles auraient dû lui accorder.

Très longtemps, elle avait été déterminée à ne jamais

être une de ces filles — avec aucun homme. Elle valait mieux que cela.

Mais, en voyant à quel point il la désirait, elle comprit que ça ne lui poserait pas de problème si tout se passait selon ses termes.

Quand il se redressa, elle défit le dernier bouton de sa braguette, puis elle referma la main sur lui — sur tout ce qu'elle n'avait pas eu dix ans plus tôt.

Tout pour elle.

Elle le caressa de haut en bas, si lentement qu'il ferma les yeux et serra les dents.

— Peut-être que tu es celui qui veut être en moi plus que tout, lui dit-elle. Tu y penses en ce moment même, à la façon dont tu te glisseras en moi, à tous ces allers-retours en moi, encore et encore.

Elle lui caressa l'extrémité du sexe du pouce, et il émit un petit grognement.

— Combien de temps penses-tu tenir, au juste ? lui demanda-t-elle, impitoyable.

— Toute la nuit s'il le faut.

Oh ! vraiment ?

Plus déterminée que jamais, elle entreprit de jouer avec lui de la main. Ses mamelons s'érigèrent, une veine se mit à battre follement dans sa gorge.

— Tu ne vas pas tenir une seconde de plus, murmura-t-elle.

C'était un défi que son côté aventureux voulait qu'il accepte.

Et il accepta.

Tout arriva au même instant — il rouvrit les yeux, referma les doigts autour de son poignet et grimpa dans la baignoire avec tant de vigueur que l'eau déborda et éteignit la bougie dans l'angle.

Le sang battit aux oreilles de Margot alors qu'il la soulevait, l'adossait au mur, enlevait délicatement un cache-téton et le remplaçait par sa bouche. Le désir qui la tenaillait devint insupportablement douloureux.

Et si agréable à la fois, se dit-elle en fourrant les doigts dans la chevelure épaisse de Clint.

Alors qu'il continuait à lui câliner un mamelon de la bouche, il ôta le cache de l'autre et entreprit de jouer avec elle aussi impitoyablement qu'elle venait de le faire avec lui, l'emmenant si haut, si vite, que même son esprit ne put suivre.

Mais lui dut le comprendre, car il posa ses yeux sur elle et afficha un sourire presque cruel.

« Qui ne pourra plus tenir très longtemps, maintenant ? » semblait lui demander ce sourire.

Elle entendit la réponse se répercuter dans son crâne. « Moi. Avec toi, je ne peux pas me retenir. Maudit sois-tu. »

Elle saisit son jean, le fit descendre sur ses hanches et se laissa glisser contre le mur. Il l'arrêta d'un geste, sortit un préservatif de sa poche, puis enleva lui-même son jean, qu'il laissa choir près de la baignoire dans un grand bruit d'eau.

De nouveau assise dans le bain moussant, elle le regarda se gainer, puis s'agenouiller face à elle, lui prendre une jambe et la passer sur son bras.

Il taquina sa fente du bout de son pénis.

— Est-ce que c'est ça que tu veux ? lui demanda-t-il. Ou joues-tu toujours un jeu ?

Ce serait toujours un jeu pour eux, rien de plus.

Mais, alors qu'elle se disait cela, une drôle de sensation s'installa en elle. Elle choisit de l'ignorer.

— Tu le veux encore plus, répliqua-t-elle.

Un autre rire, rocailleux et amusé.

— Oh ! oui, je le veux.

Et il se poussa en elle, comme pour lui démontrer qu'il n'allait rien réfuter — ni son désir d'elle ni rien.

Elle lâcha un hoquet et lui planta les ongles dans le bras alors qu'il se poussait de nouveau en elle.

L'eau déborda encore de la baignoire alors qu'elle accompagnait chacun de ses mouvements, une main posée sur sa tête, signe qu'elle voulait toujours imposer le rythme.

Ça ne parut pas le déranger — pas plus que lorsqu'elle décida de se mettre sur lui, l'obligeant à s'allonger sous elle, pour le chevaucher, frénétique.

Une main appuyée contre le mur, elle le sentait profondément en elle, et ferma de nouveau les yeux dans des éclairs de couleur troublant son champ de vision.

Tout d'abord, elle ne sut pas ce qu'elle voyait dans ces formes peu familières, aussi étrangères que ce qu'elle avait vu dans ses yeux naguère, aussi perturbantes que les émotions étranges qui l'avaient saisie quand il l'embrassait.

Voilà qu'elles revenaient, ces sensations, mais décuplées.

Des éclairs de chaleur. Des tourbillons.

Un roulement du tonnerre imminent dans son corps.

Ça commença dans son clitoris, se regroupa dans son ventre, puis explosa avec une telle énergie que l'orgasme l'emporta sans prévenir. D'une violence inattendue, il secoua tout son corps et lui coupa tant le souffle qu'elle crut ne plus pouvoir respirer.

Il la suivit de près et, en jouissant lui aussi, il murmura son prénom.

— Margot…

Pas un sobriquet de diplômée en littérature, pas un nom d'auteur célèbre, juste… le sien.

Ce son s'infiltra en elle, comme pour y trouver la place qui était véritablement la sienne.

Comme ça avait été bon, songea Clint avec la même nostalgie que celle qu'il avait éprouvée lorsqu'il l'avait observée durant son strip-tease.

Il la regarda repousser les cheveux qui lui étaient retombés sur la figure pendant l'orgasme. Leurs yeux vibrèrent ensemble, puis Margot détourna le regard.

Après cela, il ne fut pas certain de ce qui se produisit. Il comprit juste qu'elle se reprenait en main quand elle sortit de la baignoire, l'eau ruisselant de son corps superbe avant qu'elle attrape une serviette et entreprenne de se sécher. Il la regarda s'envelopper dans cette même serviette, se dissimulant à son regard, avant de sortir de la salle de bains sans un mot.

Il resta dans le bain encore quelques instants, divinement bien, repu.

Car c'était ce qu'il était, n'est-ce pas ? Repu ? Bien sûr, le nœud dans son ventre réclamait davantage. Il ne lui avait pas menti en prétendant être capable de la posséder toute la nuit, parce qu'il était prêt à recommencer.

Et recommencer encore.

Cependant, il percevait autre chose, une chose qu'il avait un peu peur d'examiner trop attentivement, parce que c'était comme ça. Une soirée seulement. Un ultime baroud d'honneur.

Manifestement, elle ne laisserait pas les choses aller plus loin. Elle avait été très claire à ce sujet : elle entendait gagner une sorte de compétition entre eux, et cela lui suffisait.

Plus il restait dans le bain, plus son attitude le contrariait.

Il se leva. De toute façon, l'eau était en train de refroidir.

Il se noua une serviette autour des reins et retrouva Margot près de la fenêtre aux rideaux fermés. Elle avait éteint la musique et allumé une lampe, mais, si elle s'imaginait que la lumière suffirait à dissiper ce qui venait de se passer dans la salle de bains, elle se trompait lourdement.

Elle était tout aussi désirable dans la réalité, avec cette serviette drapée autour d'elle et ces mèches de cheveux humides plaquées contre sa peau. Et, même si elle lui tournait le dos et fouillait dans sa valise, il était sûr d'avoir vu cette lueur dévorante dans ses yeux quand il était en elle.

— Je n'ai pas fait beaucoup de voyages dans ma vie, dit-il, mais je doute qu'un seul puisse surpasser celui-ci.

Elle raidit les épaules et brandit une chemise de nuit comme pour l'inspecter. Allait-elle le chasser afin de pouvoir se mettre au lit, en l'oubliant ?

Euh, il avait lui-même mis gracieusement un terme à plus d'une soirée dans ce genre, sauf que là…

— Tu ne dois pas prendre beaucoup de vacances, répondit-elle, apparemment nonchalante et sûre d'elle-même.

Un je-ne-sais-quoi dans son ton le mit en colère. Enfin, bon, peut-être pas en colère, mais il agaça cette partie de lui-même que Margot paraissait toujours hérisser.

La partie de lui à laquelle personne n'accédait jamais.

Il s'appuya d'une hanche contre la commode et croisa les bras.

— C'est toi la voyageuse. Et moi le péquenaud qui aime son coin.

— En ce cas, ce petit voyage devrait t'exciter suffisamment pour te faire sortir un peu.

Flingué.

— Tu sais, reprit-il sans s'en offusquer, il y a plein d'autres papiers dans ton panier. Ce serait dommage de gâcher tout le mal que tu t'es donné.

Il désigna du menton les lotions, les savonnettes et le joli négligé blanc.

— Et tous ces trucs que j'ai achetés ce matin ? Ce serait triste de les laisser là.

— Tu n'auras qu'à les utiliser avec ta prochaine conquête.

Etait-il possible qu'il y eût plus dans son attitude qu'il ne l'avait tout d'abord pensé ?

— Tu n'es pas furieuse contre moi parce que tu as fini par me céder, n'est-ce pas ? lui demanda-t-il.

Il songea, mais un peu tard, que ce n'était peut-être pas le sujet à aborder pour l'instant.

Car elle pivota vers lui, raide comme un piquet. Elle tenait cette chemise de nuit devant elle comme un bouclier.

— Te céder ? Tu ne crois pas que tu inverses un peu les rôles, là ?

— Je ne contesterai pas ce point.

Ce commentaire énoncé sur un ton léger parut la désarmer — pourtant, Dieu sait qu'elle avait tout l'air de vouloir déterrer la hache de guerre. Pas besoin d'être Einstein pour savoir que c'était sa façon de prendre de la distance.

Elle jeta la chemise de nuit sur le lit.

— Je ne sais pas… C'est juste que… C'était sympa, non ? Ça a été une soirée agréable. Restons-en là, ajouta-t-elle.

— Sympa ? Agréable. C'est une façon de voir les choses. *Etourdissantes, sismiques…* en étaient une autre.

— Tu sais t'amuser, non ? dit-elle.

— Bien sûr, répondit-il en se redressant, attiré par elle de tout son corps. Je me demande juste pourquoi ce serait une mauvaise idée de nous amuser toute la nuit. Quand j'ai acheté ce panier, je n'ai pas entendu parler de limitations quant au nombre de voyages que j'obtiendrais.

— C'était l'histoire d'une seule fois.

Il décida d'aborder la question différemment :

— Tu as raison, c'était sympa et agréable. Je suis certain que nous pourrions nous comporter en adultes à ce propos, et ne pas être gênés quand nous nous reverrons.

— Parce que nous allons nous revoir ? l'interrogea-t-elle, la mine perplexe.

— Tu ne pensais tout de même pas que j'allais zapper le mariage de Dani et Riley ?

— Il est tout à fait possible d'éviter des gens dans un mariage.

— Oui, mais… je me suis laissé dire que tu étais plutôt

impliquée dans la préparation de celui-ci, et comme Dani et Riley pensent le célébrer dans mon ranch...

— Mais de quoi parles-tu ? fit-elle en ouvrant des yeux comme des soucoupes.

Inutile de lui révéler qu'il en avait juste suggéré l'idée à Riley un peu plus tôt.

— J'ai proposé mon ranch pour le mariage. Voilà pourquoi nous pourrions être amenés à nous revoir, Margot.

Même franchement rembrunie, ce fut toujours la plus belle femme qu'il avait jamais vue.

— Oh ! allez. Ne viens pas me dire que tu pourras résister à l'envie de venir inspecter les lieux avec Dani, ou traîner dans le coin pour me proposer des idées de décoration. Je sais que c'est ce qu'elle va vous demander de faire, à Leigh et toi, puisque vous êtes nos Trois Mousquetaires.

— Tu l'as fait exprès, n'est-ce pas ?

— Elaborer un plan pour que le mariage se passe chez moi dans le but de te revoir ? rétorqua-t-il d'un ton léger avant d'éluder d'un mouvement d'épaule. J'ai juste fait un geste pour un de mes bons amis.

— Ne déforme pas mes propos.

— D'accord, reprit-il en croisant les bras. Je reprends ce que je viens de dire — tu *n'as pas voulu dire* que j'ai cherché un moyen de t'attirer chez moi afin qu'on ait plus de temps pour s'amuser ensemble. Mais, maintenant que j'y pense, ça me paraît être un très bon plan.

— Tu es impossible.

— C'est ce qu'on dit, parfois.

Manifestement, il n'y aurait pas d'autre tour autour d'une fille ce soir — pas avec la mauvaise humeur de Margot. Mais, même s'il allait devoir laver et sécher son jean, il avait obtenu ce qu'il voulait d'elle, non ?

Mais, alors, pourquoi cette impression de... de vide ?

Il ne lui laissa pas le temps d'entamer une nouvelle

polémique, retourna à la salle de bains, réussit à remettre ses vêtements trempés, ramassa ses bottes et s'en fut vers la porte.

— Bonne nuit, Margot. A bientôt, dit-il en touchant le bord de son chapeau.

— Ne vends pas la peau de l'ours avant de l'avoir tué.

Même si cela ne sonna pas comme un au revoir tendre, il le prit comme tel. Il ouvrit la porte, tourna la tête vers elle et la surprit à le regarder avec dans les yeux un éclat lui disant qu'elle avait peut-être envie de le revoir, bien qu'elle s'en défende.

Dans la voiture de Riley, repue après un bon repas, Dani s'endormait quand son téléphone sonna.

La sonnerie de Margot.

Elle appuya aussitôt sur la touche haut-parleur.

— Tu es encore à l'hôtel ?

— Tu sais bien que je comptais rester une nuit de plus, répondit Margot.

C'était bizarre, Clint avait fait la même chose, d'après ce que lui avait dit Riley.

Elle échangea un regard avec lui. Il lui sourit, une main posée sur le volant.

— As-tu mis le haut-parleur ? s'enquit Margot.

— Non.

Dani adressa une grimace à Riley, qui posa un doigt sur ses lèvres. Elle fit non de la tête et pressa encore une fois la touche afin de discuter en privé :

— Quoi de neuf ? demanda-t-elle à son amie.

— Rien de spécial.

Dani connaissait trop bien Margot pour ne pas deviner quand elle tournait autour du pot.

— Est-ce que tu as vu…

— *Bon sang,* non !

Dani sourit. Margot était bien trop véhémente. Riley sourit également. Il avait compris.

Peut-être qu'un jour, Margot avouerait, pour Clint, mais pas ce soir.

— La raison pour laquelle je t'appelle, c'est une rumeur qui m'est parvenue aux oreilles, reprit Margot. Riley et toi, vous pensez vraiment fêter votre mariage dans le ranch Barrows ?

Dani articula sans bruit « ranch » pour Riley avant de répondre :

— Riley m'en a parlé aujourd'hui, et j'ai trouvé l'idée fantastique.

Elle crut entendre Margot étouffer un juron.

— Riley connaît le domaine, reprit Dani, mais j'aimerais bien que, Leigh et toi, vous veniez y jeter un coup d'œil avec moi. J'ai besoin de votre avis.

En vérité, Dani aimait bien Clint. Il faisait naître une lumière dans les yeux de Margot. Il avait *toujours* fait réagir un peu différemment son amie quand il était présent.

— Ah. Et tu tiens vraiment à ce qu'on vienne voir le ranch toutes les deux ? s'enquit Margot. On ne voudrait pas se mêler de tes oign…

— N'est-ce pas ce que vous faites depuis le début ?

— Euh…, fit Margot avant d'éclater de rire. D'accord, j'aurais mieux fait de me taire !

— Alors c'est entendu ! Tu viens visiter le ranch ? Super ! Si tu n'as pas trop à faire, on pensait y aller ce week-end, Riley et moi, rétorqua Dani, en imaginant la tête de six pieds de long que devait faire son amie.

— Il n'y a vraiment pas un seul autre endroit au monde où vous voudriez vous marier ? essaya encore Margot.

— Le prix est parfait, fifille. En plus, ce sera sympa de le faire chez Clint, et il y a assez de place pour loger les invités.

Il y eut un silence sur la ligne, et si *ça*, ce n'était pas suffisant pour convaincre Dani qu'il s'était passé quelque chose entre Margot et Clint ce week-end, rien ne le serait !

— Dani, reprit finalement Margot, tu sais que je ferais n'importe quoi pour toi.

— Même ça ?

— Même ça. Enfin… ce n'est pas la mer à boire, pas vrai ? J'ai été obligée de voir Clint ce week-end et je n'en suis pas morte. Je peux donc le refaire.

« Si c'est comme ça que tu veux voir les choses, Margot. »

— Bien sûr que tu peux.

Margot poussa un énorme soupir. Elle n'irait pas plus loin en termes d'acceptation.

Elles échangèrent encore quelques mots, raccrochèrent, et Dani s'appuya contre le repose-tête de son siège.

— Alors ? demanda Riley.

Alors, que lui dire ? Elle était justement en train de penser à toutes les aventures de son amie, et de se dire que Clint et elle en avaient peut-être vécu une belle ce soir.

Pourquoi elle-même n'avait-elle jamais été capable de vivre une aventure ?

« Parce que je suis trop barbante, songea-t-elle. Trop… moi. » Toujours dans le besoin de quelqu'un d'autre — des amies, un fiancé perpétuel — et jamais une femme cherchant seule l'excitation. Même le sexe avec Riley était doux, tendre. Il n'y avait jamais eu d'*aventures*.

Peut-être était-ce dû au fait qu'elle avait toujours eu peur de s'attacher trop, comme sa mère à son père jusqu'à ce qu'il la quitte et qu'elle s'écroule.

Finalement, elle répondit à la question de Riley :

— Je suis certaine qu'il s'est passé quelque chose.

— Entre Clint et Margot ?

— Ça devait arriver ce week-end.

Elle songea à ce que Margot pourrait faire si elle était en

voiture avec Clint, comment ils ne pourraient probablement pas éviter de se toucher.

Les aventures.

Pourquoi pas elle ?

Lentement, elle tendit la main vers Riley et fit courir un doigt sur sa cuisse.

Il lui sourit, n'attendant manifestement rien de plus qu'un contact signifiant « Je t'aime ».

Un revirement se fit en elle, et elle fit glisser sa main vers le haut de sa cuisse, vers son pénis.

Non. Sa *bite*.

La voiture fit une embardée.

— Mais quoi, Dani, fit-il en riant et en redressant la voiture.

Son choc lui plut bien, aussi recommença-t-elle. Elle fit courir les doigts sur le renflement de sa braguette et le pressa un peu.

Cette fois-ci, il lui attrapa la main, la porta à sa bouche et en embrassa le dos.

Dani en eut le cœur serré, même en sachant que ce n'était pas exactement un rejet. Il était juste Riley et elle juste Dani, et ils avaient été d'excellents amis avant de devenir amants.

Ça avait été la seule fois où ils s'étaient surpris l'un l'autre.

Alors que Riley serrait sa main contre son cœur et reportait son attention sur la route, elle songea à la façon dont Leigh et Margot avaient essayé de collecter de l'argent pour son mariage, à la façon dont tout le monde la voyait comme la fille terne, prévisible et incurablement romantique.

Peut-être qu'il était plus que temps pour quelques surprises.

8

Jamais semaine ne s'était écoulée plus lentement pour Clint, mais quand la petite Prius de Margot arriva devant son ranch, près de Visalia, à une demi-heure d'Avila Grande, il réussit à conserver son attitude nonchalante.

En apercevant Margot par la fenêtre, Dani se leva du canapé sur lequel ils étaient assis tous les deux. Elle se porta une main aux cheveux, probablement parce qu'elle en avait fait tailler la plus grande partie dans la semaine, dans ce qu'elle avait baptisé un « carré moderne ». En gros, cela signifiait que d'un côté ses boucles rousses lui arrivaient au menton alors qu'elles étaient un peu plus longues de l'autre.

— Enfin ! s'écria-t-elle en se précipitant vers la porte.

Près de Clint, Riley se leva aussi de son fauteuil. Il regarda Dani s'éloigner avec une expression mi-affectueuse, mi-perplexe.

— Tu essayes encore de te faire à ta nouvelle fiancée ? lui demanda Clint.

Riley soupira, puis avança lui aussi vers l'entrée en répondant :

— Elle s'est peut-être fait massacrer les tifs sur une lubie, mais c'est toujours ma Dani.

Clint retourna les yeux vers la fenêtre et vit Margot descendre de voiture et embrasser son amie. Son cœur fit comme un bond dans sa poitrine, et il se demanda pourquoi il ressentait les choses ainsi, alors qu'entre eux c'était simplement sexuel.

Elle lui avait réellement manqué. S'il avait été surchargé de travail cette semaine à la suite des trois jours de réunion, il s'était presque ennuyé sans elle dans les parages.

Mais c'était uniquement à cause du sexe.

Seulement le sexe.

Il passa dans l'entrée, sortit sur le porche, descendit les quelques marches et emprunta le chemin menant aux véhicules garés.

— Laisse-moi te regarder, disait Margot en repoussant Dani à bout de bras tandis que Riley s'écartait un peu.

Dani pivota joyeusement sur elle-même afin de lui laisser admirer sa nouvelle coiffure.

— Tu es superbe ! s'exclama Margot avec un sourire rayonnant.

Clint ne put arracher son regard d'elle, et quelque chose s'embrasa dans sa poitrine. Une énergie renouvelée se répandit partout en lui.

Bizarre.

Tout en passant le bras sous celui de Dani, Margot décocha un subtil clin d'œil à Riley, qui se passa une main dans les cheveux avant de lui rendre son sourire.

Finalement, Margot tourna les yeux vers Clint, et il la salua d'un signe de tête nonchalant, comme si son monde ne venait pas de trembler.

— Sympa de te revoir, Margot, dit-il.

Voilà. L'air pas affecté du tout par sa présence.

A la façon dont elle lui retourna un sourire trop poli, il la soupçonna d'être encore en mode batailleur à la suite du dernier week-end. Quand elle lui avait fait comprendre que le sexe avait été sympa, mais bon, *bye-bye* quand même.

— Sympa de te revoir aussi, répondit-elle. Et merci de nous accueillir.

Riley attira l'attention générale en s'éclaircissant la gorge :

— On dirait bien que nous ne sommes que quatre.

Margot parut soulagée de ne plus avoir à regarder Clint.

— Leigh vous a avertis qu'on lui a demandé de tourner de nouveau une de ses émissions de cuisine ?

Dani et Riley hochèrent la tête alors que Clint demandait :

— A-t-elle eu des nouvelles de l'admirateur secret qui a remporté son panier ?

Le regard de Margot s'agrandit imperceptiblement, comme si les paniers étaient la dernière chose dont elle avait envie de parler en sa présence.

— La seule chose qu'a découverte Leigh, c'est qu'il devrait être de retour dans le pays à la fin du mois, et qu'il la contactera, répondit Dani pour elle.

— Il est à l'étranger ? s'étonna Clint.

Il passa mentalement en revue les étudiants de leur groupe susceptibles de voyager beaucoup et d'avoir de l'argent en réserve, mais aucun nom ne lui vint à l'esprit.

— Je crois que ça doit être un jet-setter, comme Margot.

Et ce fut comme si, une fois encore, il avait dit une chose qui ne lui convenait pas, parce que son sourire ne gagna pas ses yeux.

— Je suis juste un auteur qui aime ce qu'il fait. C'est tout.

Clint sentit son ventre se serrer. Pourquoi avait-elle, en disant cela, l'air un peu... triste ?

Dani entreprit de l'attirer loin de sa voiture :

— Clint nous a promis un superbe coucher de soleil, tu arrives donc juste à temps pour qu'on aille s'installer sur le belvédère où nous comptons prononcer nos vœux. Prête pour une balade ?

— Je te suis.

Les femmes se mirent en chemin tandis que Clint et Riley leur emboîtaient le pas. Clint n'y vit aucune objection, car cela lui procura l'agréable spectacle de Margot balançant ses hanches sous sa robe noire.

Quelle sorte de petite culotte portait-elle, aujourd'hui ? De la dentelle ? De la soie ?

Rien du tout ?

En passant devant la maison où avaient vécu les précédents propriétaires avant l'édification de la bâtisse principale, Dani tendit le doigt vers l'ouest, où on apercevait au loin le toit des baraquements des ouvriers du ranch.

— La partie industrieuse du ranch se trouve par là-bas, indiqua Clint. Elle est assez près pour que les convives du mariage puissent aller faire un tour à cheval s'ils en ont envie, mais suffisamment éloignée pour que cette zone d'habitations ne souffre pas trop des…

— Arômes du ranch ? termina Margot pour lui.

— C'est ça.

Originaire d'une petite ville, Dani avait pratiquement été une des seules de leur groupe d'étudiants à n'avoir pas grandi dans une ferme ou un ranch. C'était une profane, en quelque sorte, et c'était peut-être pour cela qu'elle s'était si bien entendue avec la plus profane de tous — Margot.

Et c'était aussi pour cela que la même Margot l'avait tant attiré, songea Clint. Elle avait toujours été différente. Un défi ambulant.

Le sang lui monta à la tête en regardant la brise jouer avec ses beaux cheveux bruns, mais le souvenir de sa promesse qu'ils ne seraient plus jamais ensemble suffit à le faire redescendre sur terre.

Le plus bizarre, c'est qu'il en eut le cœur lourd.

Il ne leur fallut pas longtemps pour parvenir au belvédère, dans une clairière environnée de buissons. Margot fila droit vers eux.

— Clint nous a dit qu'on pourra planter des bulbes qui fleuriront à la fin du printemps, lui apprit Dani. Comme nous allons faire un plus grand mariage à présent, nous avons décidé de reculer la date.

— Ça va être splendide, répondit Margot en examinant le belvédère de pin, avec de nouveau ce sourire vaguement triste qu'avait remarqué Clint un peu plus tôt. Tout ceci est absolument parfait, Dani.

— Je le pense aussi.

En les voyant là, bras dessus bras dessous, il vint une autre pensée incongrue à Clint : oui, ça tenait quasiment de la perfection de voir Margot se promener dans sa propriété, devant le belvédère sur lequel ses parents s'étaient unis.

Il se demanda ce qui lui prenait quand Margot gravit les quelques marches menant au plancher spacieux du belvédère.

— Est-ce que vous ferez appel au traiteur pour lequel tu travailles ? demanda-t-elle à Dani. Peut-être qu'il est un peu trop loin d'ici ?

Dani les regarda tous tour à tour, comme anxieuse de la réponse qu'elle allait apporter. Elle se dirigea vers Riley, lui posa une main sur le bras.

— Oui, concernant le repas, je ne ferai pas appel à eux parce que… Euh, en fait j'avais pensé…

Elle braqua les yeux sur Riley.

— Enfin, je ne suis pas certaine de travailler encore longtemps pour eux.

Riley baissa la tête vers elle, apparemment estomaqué.

— Tu veux bien répéter ? pépia Margot.

Dani repoussa ses cheveux derrière son oreille et sourit à son fiancé.

— Je pense à démissionner, avoua-t-elle avant d'ajouter, plus bas, et pour Riley : Ça me trotte dans la tête, chéri.

Un silence pesant s'installa, puis Riley pivota et s'éloigna en secouant la tête. Dani darda un regard d'excuse à Clint et Margot et lui courut après.

Et ils se retrouvèrent tous deux plantés là, un peu désemparés.

— Qui aurait cru que ces deux-là puissent ne pas s'entendre sur tout ? lança Clint.

— Ça ne durera pas. Riley et Dani sont un de ces couples qui n'ont pas vraiment de problèmes.

« Pas de problèmes clairement identifiables, tout du moins. »

Tous deux eurent cette pensée, mais aucun ne l'exprima.

Ils patientèrent, et cet éloignement triste revint dans les yeux de Margot, comme si elle ne pouvait effacer de son esprit ce qui la tourmentait.

Elle poussa un soupir.

— Je ferais mieux d'aller défaire mes valises.

— Bonne idée.

Ils n'étaient pas réellement amis, il ne pouvait donc pas lui demander ce qui n'allait pas.

Aussi la raccompagna-t-il à la maison principale, un océan de gêne les séparant.

Ce fut un drôle de dîner, avec un Riley plus indéchiffrable qu'une porte close et une Dani comblant le silence par un bavardage incessant quant à ses projets de monter sa propre entreprise de traiteur.

Dieu seul savait ce qui lui avait pris, songeait Margot. Elle n'avait aucun mal à imaginer l'entretien qu'avaient dû avoir les tourtereaux, après l'explosion de cette mini-bombe au belvédère.

« Tu vas démissionner ? lui avait-il probablement demandé, une fois seuls. Pourquoi ? Qu'est-ce qui t'est passé par la tête, Dani ? »

Margot avait elle aussi eu l'occasion de poser une question similaire à son amie alors qu'elles préparaient le repas dans la cuisine pendant que les deux hommes s'occupaient dehors du barbecue.

Toutefois, elle n'avait pas réussi à tirer grand-chose non plus.

— Tout le monde, toutes les choses changent un jour, lui avait-elle simplement répondu. Tu te souviens du week-end dernier, quand tu m'as dit que j'étais capable de monter ma propre affaire, et que je n'avais pas pris l'occasion d'essayer ? Eh bien, ça m'a frappée, Margot. Depuis j'ai beaucoup réfléchi. Où je vais, d'où je viens, etc.

Margot avait alors laissé courir ses yeux sur la coupe osée de son amie, mais n'avait rien ajouté. Quitter un emploi et chercher à ouvrir une affaire était un sérieux revirement pour n'importe qui, mais le problème était entre les mains de Dani et Riley. Et, à moins que son amie lui demande spécifiquement avis ou conseil, elle ne s'en mêlerait pas.

Après dîner, Dani chassa tout le monde de la cuisine sous prétexte qu'elle préférait nettoyer seule « comme une machine bien huilée » selon ses termes. Laissée à elle-même, Margot ne sut que faire. Elle n'était pas fatiguée, aussi se retira-t-elle sous le porche. La nuit était tombée, les étoiles clignotaient. Il faisait doux.

Elle s'installa sur la balancelle, et se détendit enfin pour la première fois de la journée. Une journée dure. La veille, elle avait eu des nouvelles de son agent : sa maison d'édition n'avait pas seulement décidé de refuser tout futur contrat avec elle, mais elle lui avait également signifié qu'elle pouvait laisser tomber le dernier livre de leur accord. L'inquiétude la dévorait littéralement.

« Je suis officiellement une ratée totale », se dit-elle. Et où pourrait bien aller à présent une vraie ratée ? Le bruit de la porte qu'on ouvrait la tira de ses pensées moroses, et elle se redressa.

C'était Clint, deux verres remplis d'un liquide jaune à la main.

Ses bottes frappèrent les planches alors qu'il approchait, et son cœur battit au même rythme.

« Nous deux, seuls… Le Crazy Horse… un bain moussant… »

— Un dernier verre avant le coucher ? lui demanda-t-il en lui tendant un des deux verres.

— Que m'as-tu apporté ?

Ça avait été stupide de penser qu'elle ne se retrouverait plus seule avec lui. Cette fois-ci, cependant, elle allait rester forte.

Et pourtant elle faiblissait déjà, rien qu'en humant son odeur de paille et de trèfle.

Dans sa poitrine, quelque chose sembla enfler, augmenter du fait de sa présence, mais elle chassa cette sensation.

— C'est une liqueur, la St. Germain, lui apprit-il. Elle est faite à base de fleurs de sureau, et on dit qu'elle est délicieuse.

— Tu ne l'as jamais goûtée avant ?

— Il y a une première fois pour tout, même pour un type comme moi.

Elle ne put retenir un rire en acceptant le verre.

— Je me suis dit que ça pourrait vous plaire, à tous, reprit-il.

— J'en ai déjà bu, et elle est excellente, en effet. Merci.

Elle faillit ajouter « l'Etalon » après son merci, mais se mordit la langue avant que les vieilles habitudes de flirt reprennent le dessus.

Inutile de flirter avec lui alors qu'ils avaient enfin défini leurs limites.

Il s'installa dans un fauteuil près d'elle. Ne pouvait-il la laisser seule se vautrer dans ses malheurs avec une libation de choix, pareille à un poète devant son absinthe ?

Il avait ôté son chapeau un peu plus tôt, et ses cheveux étaient en fouillis. Qu'il aille au diable pour ça aussi, car elle trouvait cela adorable. Vraiment, elle se comportait comme une adolescente nunuche.

— Donc, dit-il.

— Donc, répéta-t-elle, avant de chercher ses mots : Qu'en est-il du drame qui se joue dans ton ranch ? Et nous n'en sommes pas encore arrivés au mariage.

— Hum, ma foi…, répondit-il en désignant la porte du menton. Je vais les laisser régler leur problème tout seuls, Riley et elle.

— Loin de moi l'idée de lui reprocher de s'inquiéter. Elle va se marier, et donc procéder à un énorme changement dans sa vie. Je pense que c'est sa version de la pétoche.

Mais pourquoi parlait-elle tant ?

Clint se contenta de hocher la tête et de goûter sa liqueur. Quand elle se surprit à singer ses mouvements, elle se figea. Puis elle songea « Et après ? » et vida son verre d'un trait. La liqueur traça un chemin brûlant dans sa gorge et ses membres.

De quoi parler, maintenant ? Ce n'était pas comme s'ils n'avaient jamais eu de conversations normales. Mais ici, sous les étoiles, chez lui, normal semblait… normal, quoi. C'était agréable d'être dans un lieu aussi accueillant. Elle ne s'était encore jamais trouvée sous un porche avec quelqu'un, et eut le sentiment qu'elle se trouvait exactement là où elle voulait être.

— C'est vraiment superbe, chez toi, finit-elle par déclarer. C'est un lieu idéal pour le mariage. Tu avais raison sur ce point.

— Merci.

— Ça n'a pas posé problème à tes frères, que tu proposes le ranch à Dani et Riley ?

Il leva son verre et le regarda, presque absent, comme pour admirer le nectar. Puis il reprit, désinvolte :

— J'en déduis que Riley t'en a dit plus à propos de Jeremiah et Jason que je le pensais.

Elle marchait sur des œufs, là, sans être certaine qu'ils n'allaient pas éclater sous ses pieds. Pourquoi diable avait-elle fait mention de ses frères ?

« Par anxiété », songea-t-elle. Par un effort terrifiant pour avoir une conversation normale avec Clint.

— J'ai entendu deux ou trois choses sur les tristement célèbres jumeaux, répondit-elle finalement. Ils te posent problème, je crois.

— « Problème » est un mot tellement anodin…

Il continua à scruter son verre, finit par en boire une autre gorgée en poussant un gros soupir.

— Tu vois, mes grands-parents ont acheté ces terres, y ont élevé des chevaux, ont tout légué à mon père, qui a pris leur suite avec ma mère. J'ai toujours eu une passion pour ce ranch. Ils disaient que j'étais plus un cow-boy qu'aucun de mes deux frères. Jeremiah et Jason, ce n'est que le côté financier qui les intéresse, et pas moi. Le fric n'a jamais eu d'importance à mes yeux.

— Tu as toujours eu une passion pour les chevaux.

— Et le bétail, et les ouvriers du ranch, et tout ce qui va avec l'exploitation. Tous, nous travaillons ensemble pour soigner, élever et dresser les chevaux.

Il émanait de lui une immense fierté de ce qu'il accomplissait quotidiennement. C'était la première fois qu'elle remarquait cela.

— Nous avons quatre-vingt-dix hectares de routes, de chemins, de pâturages, de granges à foin, d'écuries, d'enclos à bétail, une arène… et tout ce que veulent mes frangins, c'est commencer à morceler la terre et la vendre à une entreprise agroalimentaire qui la paierait le prix fort en dépit de la crise. Si tu veux mon avis, c'est un chouia louche.

— Tu ne penses pas que tes frères aient tes intérêts en tête ?

— J'aimerais le croire, répondit-il après un temps de réflexion. Mes frères ne me menacent pas d'actions en justice ni d'employer la méthode forte, cela dit. Mais…

— Mais on dirait qu'ils se fichent de tout ce que tu as toujours fait ici, reprit-elle, curieuse d'en savoir plus sur sa fratrie.

— C'est exactement ça. Quand mes parents les ont envoyés à l'université, ils se sont transformés en « hommes d'affaires », et ils ne voient plus que l'aspect rentable. Ils ont toujours pensé la même chose, les deux. En vrais jumeaux.

— Je vois, fit-elle avant de marquer une pause. A t'entendre, on dirait presque qu'ils t'ont exclu de leurs projets.

— Il n'y a pas que ça.

Elle faillit lui demander ce qu'il voulait dire par là, mais un ange passa. Elle eut l'impression qu'il n'avait aucun soutien par ici… qu'il était tout seul.

Elle se tourna vers lui.

— D'après ce que j'ai compris, tes frères ont l'air d'être sortis de l'université avec une philosophie différente de celle de tes parents. Qu'en est-il de toi ?

Il émit un petit rire.

— Aujourd'hui encore, je maintiens que je n'avais pas besoin de faire d'études, mais p'pa y tenait. Quant à m'man ? Elle disait que j'étais né pour gérer le ranch, quelles que soient les études que je fasse.

— Je devine que tes frères n'étaient pas d'accord.

— Exact.

Il se pencha dans un rai de lumière et posa les bras sur ses cuisses. Elle n'aurait jamais pensé que Clint était capable de converser normalement, et surtout pas à propos de sujets sérieux. D'ailleurs, jamais elle n'aurait pensé qu'il puisse être sérieux à propos de quoi que ce fût.

— Qui eût cru qu'il y en avait sous ton chapeau, l'Etalon ? plaisanta-t-elle afin d'alléger l'atmosphère.

Il sourit.

— C'est toi la grosse tête, rétorqua-t-il. Tous ces livres… Impressionnant, Dostoïevski.

C'était une taquinerie, mais qui la fit presque grincer des dents. Parce que, vraiment, être un auteur sans travail était assurément une réussite.

Pour une raison qu'elle ne s'expliqua pas, elle se retrouva à vider son sac alors qu'elle s'était tue avec tous les autres. Ce devait être la liqueur qui lui déliait la langue.

— Pour tout te dire, j'ignore s'il y aura de futurs livres.

— Tu en as marre ?

Ne serait-ce pas l'excuse rêvée ? « Oui, je ne vais plus en publier car je pense avoir fait le tour du sujet. »

Elle préféra biaiser :

— J'aimerais bien essayer de nouvelles directions.

Dans ses carnets de voyages. Dans sa vie.

— C'est-à-dire ? lui demanda-t-il.

Tant de questions, si peu de réponses.

Il désigna la nuit d'un geste, une nuit presque silencieuse — si calme qu'elle put réellement s'entendre penser.

— Tu sais sur quoi tu devrais écrire ? reprit-il. La fille de *Sex in the City* part à la campagne. Ce serait une de ces… comment appelle-t-on ça ?

— Une de ces histoires de gens sortis de leur élément ?

— Exactement. Tu pourrais aussi écrire un blog. En faire une sorte de journal.

Il la taquinait, mais…

L'idée lui plut. Si seulement elle lui plaisait plus que les bouquins qu'elle écrivait déjà.

Pourtant, plus elle y pensait…

Non.

— C'est une idée facilement commercialisable. Pour quelqu'un d'autre.

— Mais pas toi.

Il posa son verre sur son accoudoir et croisa les mains derrière sa tête, si nonchalamment qu'elle se demanda si elle ne venait pas de dire une chose qui l'avait froissé, et s'il ne lui apportait pas la preuve qu'elle pouvait l'affecter.

— Je ne sais pas pourquoi j'ai pensé que tu pourrais avoir envie de passer plus d'une nuit dans la cambrousse.

— Je reste deux nuits. Je ne suis pas une buse, tout de même.

Alors qu'elle se demandait pourquoi elle lui avait confié ses soucis, il se leva, prit les deux verres et repartit vers la porte.

— Un dernier avant le coucher, répéta-t-il.

En l'attendant, elle s'imprégna des sons qui l'entouraient : le bruissement des feuilles dans la brise, le hululement d'une chouette au loin, la quiétude qu'elle avait déjà remarquée. Si paisible. Tellement plus confortable que tout ce qu'elle avait entendu dans les lieux qu'elle avait explorés.

Il revint mais, au lieu de se rasseoir, il s'adossa à un des piliers du porche et leva les yeux vers le ciel nocturne.

Un poing sembla se refermer sur le cœur de Margot, et l'arrêter alors qu'elle laissait ses yeux courir sur lui. S'il s'était agi d'un autre homme, elle lui aurait peut-être…

Fait quoi ? Demander de venir dans sa chambre ?

Elle préféra reprendre la parole :

— Pour moi, la cambrousse, c'est quand je rentre chez moi. Et c'est plus un faubourg que la cambrousse.

— Tu vis à Chico, c'est ça ? Joli coin.

— C'est un coin sympa pour raccrocher mon manteau quand je reviens de voyage.

Mais, en disant cela, elle se rendit compte que son

appartement n'était guère plus qu'un arrêt au stand, tout comme les autres maisons qu'elle avait habitées toute sa vie.

En réalité, s'était-elle jamais sentie chez elle quelque part alors qu'elle voyageait tout autour du monde, de Madrid aux rues bondées de Bangkok ? Ou avait-elle toujours été en visite, cherchant l'endroit où elle aurait sa place ?

Son verre de liqueur la réchauffa… ou peut-être fut-ce une tout autre raison alors qu'assise là elle contemplait Clint sous la lumière du porche, avec ses cheveux si épais qu'ils appelaient ses doigts.

Et, bon sang, elle avait vraiment envie de les y fourrer.

Il vida son verre d'un trait, comme s'il avait besoin de ça avant d'aller se coucher, et repartit vers la porte.

— Fais de beaux rêves, lui dit-il.

Et ce ne fut même pas suivi d'un de ses clins d'œil suggestifs habituels.

A présent seule, Margot rêvait qu'il soit encore à côté d'elle, sans vraiment savoir pourquoi.

En se levant le lendemain matin, elle fila en droite ligne vers la salle de bains, peu désireuse d'être surprise avec sa « tête du matin ». Elle avait développé l'art de dire au revoir aux hommes avant l'aube, afin qu'ils ne puissent pas voir les valises qu'elle avait invariablement sous les yeux après une nuit sans sommeil.

Ce n'était pas que la chambre d'amis n'ait pas été accueillante, ou le lit confortable. Malgré la couette de plume et le décor apaisant de la pièce, certainement conçu par la mère de Clint, elle avait eu l'esprit trop en ébullition pour véritablement dormir.

Peut-être se trompait-elle, mais elle avait l'impression qu'elle se serait bien entendue avec Mme Barrows, probablement plus incline au confort que ses propres parents.

Ceux-ci n'ayant jamais aimé se charger de meubles, ils avaient toujours quasiment vécu à la spartiate.

En sortant de la salle de bains, elle descendit, et trouva Dani assise à la grande table de la salle à manger devant un vrai buffet : œufs, céréales, bacon, muffins, jus d'orange et une grande cafetière pleine.

— As-tu préparé tout ceci ? s'enquit-elle.

Dani avait presque l'air d'une inconnue, avec cette nouvelle coiffure et ses nouveaux vêtements. Elle posa son journal et s'éclaira en voyant arriver son amie.

— Non. C'est Clint qui a tout fait, précisa-t-elle. Cet homme-là ferait une excellente épouse, non ?

— Pour qui en aurait besoin, répliqua Margot en attrapant une assiette. Où sont les hommes ?

— Riley avait envie de voir les écuries et aussi de traîner avec Clint pendant qu'il préparait sa journée de travail.

— Et comment ça se passe, avec Riley ?

— Bien.

« Ne t'en mêle pas, se dit-elle. Ne… »

Mais Riley était aussi son ami, et elle ne put se retenir plus longtemps :

— Il paraissait drôlement t'en vouloir, hier. Tu ne l'as pas remarqué ?

— J'ai remarqué.

Margot commença à manger debout.

— Tu en es sûre ? Parce que tu faisais tout ce que tu pouvais pour éviter d'avoir à lui adresser la parole — tu l'as à peine regardé pendant le dîner, et tu as nettoyé pendant qu'il montait dans votre chambre.

— Il n'était visiblement pas contrarié par grand-chose, puisqu'il dormait à poings fermés quand je suis montée me coucher.

Le muffin s'immobilisa à quelques centimètres de la

bouche de Margot. Ça ne ressemblait pas à Dani, ça. Elle n'aurait jamais laissé Riley se coucher en colère.

— Tout va bien, donc ?

— Tout va bien.

— Je te pose la question parce que… franchement, hier, on t'aurait prise pour une extraterrestre.

Dani replia posément son journal.

— Enfin, reprit Margot, Riley a visiblement découvert que tu souhaitais quitter ton travail hier soir. Ce n'est pas ton genre de lui balancer des trucs pareils sans prévenir.

— Tu as raison. Il n'en savait rien.

Finalement, son amie redevenait elle-même. Comme si elle ne s'était pas fait faire cette coupe de cheveux invraisemblable, comme si elle ne portait pas un pull tout droit sorti de son placard à elle, Margot.

— Je comprends que tu aies la pétoche. Tu n'as pas eu un exemple de couple qui dure avec tes parents, reprit Margot.

— Ça n'a rien à voir avec eux ni avec la pétoche, répondit Dani après avoir poussé un soupir.

— D'accord. Mais je dois te dire qu'on a eu l'impression que quelque chose avait explosé en toi, reprit-elle en désignant sa coiffure et ses nouveaux vêtements : Tu n'as jamais, jamais changé de coiffure et de style aussi drastiquement auparavant, pas depuis qu'on se connaît.

— Et c'est pour ça que je l'ai fait, riposta Dani en se levant. Je n'ai jamais vécu d'aventures ou d'impulsions comme toi, je n'ai pas une émission de cuisine célèbre comme Leigh, même si on a suivi les mêmes études et que je suis aussi bonne qu'elle derrière les fourneaux. Si tu veux la vérité vraie, voir où vous en êtes toutes les deux le weekend dernier et où, moi, je suis, m'a fait réévaluer ma vie.

Margot eut envie de se donner des claques : tout cela n'était-il pas arrivé avec leur idée de vente aux enchères ?

Leigh et elle avaient traité Dani comme si elle ne pouvait pas se débrouiller seule.

Pire encore, elle se demanda si tout ceci *n'avait pas* un rapport avec les parents de Dani. Elle n'était pas très calée en psychologie, mais Dani avait toujours été l'oiseau blessé du groupe, déchirée par le divorce des siens.

Est-ce que tout remontait brusquement, maintenant ?

— Dani, dit-elle en allant lui prendre les mains, sais-tu à quel point j'étais jalouse de tes cheveux, surtout quand on était étudiantes et que je ne savais jamais quoi faire des miens ? Savais-tu que, chaque fois que tu créais un menu, je rêvais d'avoir une once de tes talents ?

— Inutile de me consoler, Margot.

— Je te dis juste la vérité.

— Et moi aussi, quand je te dis que…, poursuivit Dani.

Mais elle s'interrompit au milieu de sa phrase.

— Que quoi, Dani ? demanda Margot.

Celle-ci dégagea ses mains des siennes.

— Je vous regarde, Clint et toi. Le courant passe — ne le nie pas. Et je me demande pourquoi la chambre ne prend pas feu quand je suis avec Riley, comme elle le fait avec vous deux.

Margot tressaillit.

— Mais on ne s'apprécie même pas, Clint et moi !

— Mais si. Mon Dieu, ce que vous êtes drôles, à vous regarder à peine quand il y a du monde autour. Enfin, vraiment, Margot, des cache-tétons et du bain moussant ?

Oh ! cette Leigh, elle allait la tuer !

— A propos, ajouta Dani, vous n'avez pas besoin de dormir dans des chambres séparées ce week-end parce que vous nous prenez pour des imbéciles, Riley et moi.

Bon, ça y était. Débusquée.

Margot attendit que le monde s'écroule autour d'elle,

maintenant que quelqu'un avait révélé qu'elle avait cédé à Clint. Mais…

Le monde resta en place.

C'était au contraire tout en elle qui s'effondrait, et cette sensation n'incluait pas forcément Clint mais juste des contrats de publication, des ventes, et… Oh ! une toute petite chose que Margot avait coutume d'appeler l'ego.

Le regard gris de Dani pétillait, à présent qu'elle avait réussi à faire passer le sujet de conversation d'elle à Margot.

— N'y a-t-il pas une petite chance pour que Clint et toi puiss…

— Non !

— Je ne voulais pas dire que vous devriez vous sauter dessus de nouveau dans un bain moussant. Je…

— Non et non !

La seule idée de faire entrer un étalon tel que Clint dans une relation, pas moins, était hautement risible.

Pourtant, bizarrement, elle n'eut pas envie de rire.

Prise de court, elle se concentra de nouveau sur Dani.

— J'espère que vous allez régler ce problème, Riley et toi. Vous êtes le couple par excellence à mes yeux, tu sais.

— Bien sûr qu'on va y arriver.

— Parce que, si quelqu'un en ce bas monde pouvait me donner envie de me fixer, ce serait un homme dans son genre, termina Margot.

Bon sang, lamentable, ce commentaire. Ne pas vouloir se fixer. Elle avait été indép… *Non.* Cela dépassait de loin l'indépendance. Elle avait été solitaire la majeure partie de sa vie, et elle avait commencé à perdre espoir, à coller aux schémas qu'on avait instillés en elle, bouger, toujours bouger, ne jamais s'implanter nulle part.

Et elle était fatiguée. Tellement fatiguée de tout cela, soudain.

Dani la regardait, comme consciente que cette conversation ne concernait plus seulement Riley et elle.

— Je sais que Riley est un homme qu'on garde, dit-elle. Je ne le lâcherai jamais.

Elles s'étreignirent, mais les pensées de Margot continuèrent à lui trotter dans la tête alors qu'une image de Clint s'imposait à elle.

« Si quelqu'un en ce bas monde pouvait me donner envie de me fixer... »

Elle serra Dani plus fort contre elle en se disant qu'il y avait des hommes plus appropriés pour une relation stable, même si Clint était le seul qu'elle avait en tête maintenant. Et à toute heure du jour ou de la nuit.

9

Ce soir-là, après sa journée de travail en compagnie de Riley, après que les femmes avaient écumé le domaine afin d'inspecter tous les lieux utiles pour le mariage, Clint prit possession de la cuisine.

Il avait l'intention de préparer un dîner simple, puisque Riley avait décidé de prendre Dani à part et d'avoir une longue conversation avec elle en tête à tête.

Il enfournait le plat principal quand il entendit quelqu'un entrer dans la maison.

Margot. La façon dont ses bottes frappaient le plancher était facile à identifier. Ou alors, était-ce un vœu pieux ?

Non. Elle entra dans la cuisine et le salua en posant sa tablette sur la table.

— Hum, je ne sais pas ce que tu prépares, mais ça sent rudement bon, lui dit-elle.

— Poulet à l'ail et au citron.

— Oh ! s'esclaffa-t-elle. Heureusement que Riley a cet entretien personnel avec Dani maintenant et pas après dîner !

— Où ont-ils atterri ?

— Sur le belvédère, je pense. En revanche, impossible de dire quand ils auront terminé.

— Le repas ne sera pas prêt avant trois bons quarts d'heure, mais ça se réchauffe sans problème.

— Tu aurais dû demander de l'aide, reprit-elle en se plantant près de lui devant la cuisinière, toute de shampooing, de vent d'été et de peau fraîche chauffée par le soleil. Je ne suis pas championne en cuisine, mais je peux aider.

— Tout est sous contrôle.

Question nourriture, il maîtrisait en tout cas ; mais son corps, lui, menaçait de ne plus répondre à aucun contrôle.

Margot ramassa quelques ustensiles et saladiers sales pour les poser dans l'évier. Elle avait rassemblé ses cheveux en queue-de-cheval, n'en rendant que plus frappante la beauté de son visage — les pommettes hautes, les yeux marine, l'impression qu'en dépit de son caractère affirmé elle était toujours une figurine de porcelaine, délicate et inaccessible en bien des manières.

Alors que le désir — parce que c'était du désir, n'est-ce pas ? — tourbillonnait en lui, elle parut totalement inconsciente de la façon dont elle provoquait un véritable chaos en lui.

Comme il ne savait plus que faire de lui-même, Clint sortit deux verres et une bouteille de chardonnay du réfrigérateur.

— A tes talents culinaires incongrus, donc, dit-elle alors qu'ils entrechoquaient leurs verres.

Debout devant la cuisinière, ils dégustèrent chacun leur vin.

Pourquoi cela lui donna-t-il l'impression d'une sorte de rendez-vous galant ?

La réponse était assez facile, bien plus que celle qu'il aurait pu donner sur leur... relation ? leur duo ? Oui, le décor cadrait bien avec l'idée d'un rendez-vous galant : le repas cuisait dans le four, ils étaient seuls dans une maison où régnait un silence seulement entrecoupé par le tic-tac de la pendule et les bruits étouffés de l'extérieur.

Peut-être que Margot pensa elle aussi que la situation ressemblait à un rendez-vous galant, car elle but une autre gorgée de vin, comme désireuse d'un coup de fouet pour rester détendue.

Tic-tac, tic-tac, faisait la pendule, sapant peu à peu sa volonté de ne rien dire.

Finalement, il n'y tint plus. La tension devenait insupportable.

Ils parlèrent en même temps, rirent, puis il tendit la main vers elle.

— Toi d'abord.

« S'il te plaît. »

Elle suivit du doigt les carreaux de céramique du plan de travail.

— J'allais dire que tu es plein de surprises. A l'aise en cuisine, une maison bien plus propre et accueillante que je l'imaginais…

— A quoi t'attendais-tu ? A une caverne avec un feu sur lequel je ferais rôtir ma chasse du jour ?

— Euh, en gros, on pourrait dire ça comme ça, oui.

— Merci.

— Non, c'était un compliment, mais je me suis mal exprimée, reprit-elle en posant son verre. C'est juste que je pensais… je me disais que ta maison serait…

— Le comble de la garçonnière ? Mais non. Crois-moi si tu veux, mais mon père était un maniaque du rangement et de la propreté, en bon militaire qu'il était avant la mort de mon grand-père. Il nous a appris à mes frères et moi à faire notre lit au carré, et à nous présenter pour la revue chaque dimanche soir si nous voulions avoir notre argent de poche. Ceci mis à part, mon père adorait s'amuser. Ma mère avait su faire ressortir cela chez lui, et la maison était toujours très gaie.

Margot l'observait avec attention, avec de la chaleur dans les yeux, et elle sembla en prendre conscience en même temps que lui.

A moins que… s'était-il trompé ?

Avait-il seulement envie d'y voir de la chaleur ?

Il laissa son regard courir sur la cuisine.

— Bref, ça me paraîtrait un manque de respect absolu de ne pas veiller sur ce que m'man a laissé ici après sa mort.

— Oh ! elle est morte ? Je suis navrée de l'apprendre, vraiment.

— C'est arrivé il y a très longtemps. J'étais juste assez grand pour me souvenir qu'un jour elle était là, et plus là le lendemain. Elle était en voiture quand un de ses pneus a éclaté.

— Ça a dû être terrible.

Ça l'avait été, et, alors que ses yeux couraient sur la pendule, le vaisselier avec ses assiettes décorées, la boîte à biscuits en céramique, il rêva qu'elle fût encore là pour voir comment tout avait tourné. Comment il avait tourné, comment il aimait la maison qu'elle avait aimée.

— Mon père a tenu à conserver tout en état après sa mort, et quand il m'a légué le ranch et la maison je n'ai pas eu le cœur ni la nécessité de procéder à des changements, à part quelques-uns ici ou là.

Même si la vie avait changé en dehors du ranch, il avait retenu tout ce qui était familier, confortable.

— Elle avait bon goût, commenta Margot.

— La seule idée que mes frères puissent faire une horreur de cette maison me rend dingue. Ils sont mariés, tous les deux, et leurs femmes auraient probablement tenu à refaire la décoration. Mon père avait investi dans pas mal de propriétés en dehors de l'Etat, et c'est là qu'ils habitent, car c'est cela qu'il leur a principalement légué. Mais, si tu considères ma part du ranch et que tu la compares à ce dont ont hérité mes frères, tu pourrais penser que j'ai été lésé.

— Mais ce n'est pas le cas.

— Absolument pas.

Elle inclina la tête et l'observa.

— Les gens qui ne te connaissent pas pourraient dire que tu t'es trouvé une niche dont tu n'as aucune envie de sortir.

C'était peut-être vrai, et l'entendre de la bouche de Margot lui donna envie de savoir à quoi ressemblait son chez-elle, à Chico.

— J'ai lu quelques-uns de tes livres, tu sais, lui apprit-il.

— Ah, oui ? répliqua-t-elle en rougissant, et il repoussa le soudain accès de plaisir qui avait fleuri en lui.

— Oui. Et ça en dit long, car je ne suis pas féru de lecture. Ils m'ont donné l'impression d'une voyageuse fébrile, et pas tellement de quelqu'un qui se sent chez soi dans tous les lieux que tu as visités. Tu pourrais aussi bien rester chez toi.

Elle prit l'air contrarié. « Tu as encore perdu une bonne occasion de te taire, l'Etalon. »

— Ce n'est pas vrai, se défendit-elle. Chez moi, c'est sympa mais ça ne…, ajouta-t-elle avant d'hésiter, un peu mal à l'aise : Ça ne me stimule pas.

Croyait-elle ce qu'elle disait ? On ne l'aurait pas cru.

Ça, et ses livres, donnaient plutôt le sentiment qu'elle avait très longtemps cherché un foyer, et ne l'avait peut-être pas encore trouvé.

— Tu as besoin de stimulation, reprit-il, comme un test.

— N'en avons-nous pas tous besoin ?

Ce fut comme un défi en suspens devant lui. Pourquoi était-elle la seule à lui donner envie de sortir de sa zone de confort, même pour une heure ou deux ?

Toutefois, la seule pensée d'intégrer le monde de Margot le décontenança. Il n'y aurait jamais sa place, pas plus qu'elle n'aurait sa place dans le sien.

Et c'était pour cela que ce qu'ils avaient fait le week-end précédent lui convenait.

Il lui retourna son regard défiant. Elle redressa un peu le menton.

— D'ailleurs, comment es-tu devenue une telle voyageuse ? lui demanda-t-il.

— C'est dans mes gènes, répondit-elle avant de garder le silence un instant, puis de reprendre : Je suis fille unique, et mes parents souffraient d'atteintes récurrentes de bougeotte aiguë. Je crois avoir vécu dans chaque Etat du pays. Et aussi à l'étranger quand ça les prenait.

— Où sont-ils, à présent ?

Elle eut un petit sourire triste.

— Morts depuis longtemps. Quand j'ai commencé mes études, ils se sont installés dans cette *casita* minable, dans un quartier pourri de San Diego, mais c'était exotique, tu comprends ? C'était en plein milieu d'un secteur d'artistes. Une nuit, il y a eu une fuite de gaz.

— Oh ! désolé.

— Tu as toi-même perdu tes deux parents, tu sais donc l'horreur que c'est.

Elle s'efforça ensuite d'alléger la conversation, mais l'atmosphère demeura pesante, et elle sortit de la cuisine sans se presser. Il la suivit, en laissant son verre où il était.

— Et, du coup, que fais-tu pour te distraire, dans le coin ? reprit-elle en s'arrêtant sur le seuil de la salle de séjour. Tu regardes la télévision ? Tu donnes des conseils à tes vaches ?

Le changement de sujet était patent, et il l'accepta.

— Certains soirs, je vais traîner avec les ouvriers qui habitent sur le ranch, et on taille une bavette en buvant une bière. Il y a aussi un bar où on aime aller, mais on y voit toujours les mêmes gens.

— Ne me dis pas… Tu te lasses d'avoir encore et toujours les mêmes filles ?

— Mais quoi, tu t'imagines que je me suis fait toutes les filles célibataires de la région ?

— Je n'ai pas dit ça.

— Eh bien, fit-il en s'appuyant contre le chambranle, tu es dure avec moi, Dickens.

— C'est le prix à payer quand on est un étalon.

Silence. Tension.

Gêne.

Fatigué de devoir marcher sur des œufs, il aborda directement ce autour de quoi ils louvoyaient depuis le début du week-end :

— Il y a une chose que je tiens à savoir avant que tu rentres chez toi : pourquoi ne m'as-tu pas tout simplement menti sur le contenu de ton panier ? Quand je vous ai entendues, dans le bar avant le début de la réunion, tu disais aux filles que si ton panier allait à quelqu'un qui ne te plaisait pas, tu ajusterais les scénarios sexy que tu avais concoctés, que tu en ferais des rendez-vous innocents.

Elle se referma un instant, comme s'il avait transgressé une limite infranchissable. Puis elle sourit, presque pour elle-même.

— J'aurais pu te mentir, répondit-elle. J'aurais pu te dire que tu avais mal entendu et qu'il n'y avait rien de sexuel dans ce panier. Mais tu ne m'aurais pas laissée faire ; je ne m'en serais pas tirée comme ça avec toi.

La pousser à admettre qu'il l'attirait s'apparentait vraiment aux travaux d'Hercule. Mais, encore une fois, c'était un défi.

Et, les défis, ça paraissait toujours fonctionner entre eux.

— Le Crazy Horse, Paris, insista-t-il. Comment aurais-tu tourné ça pour quelqu'un qui n'était pas au courant ?

— Facile. Je l'aurais emmené faire une promenade à cheval après avoir préparé un pique-nique typiquement français, et je l'aurais régalé d'anecdotes sur mon séjour dans la Ville lumière.

— Pas mal. Je comprends comment tu gagnes ta vie en écrivant.

A ces mots, il surprit en elle cette même expression

triste qu'il lui avait vue la veille, et il eut très envie de lui en demander la raison.

Mais elle l'avait déjà chassée, comme par la seule force de sa volonté.

— Pense seulement que Brad aurait pu avoir les quatre-vingts manières, reprit-il avec l'envie de l'aiguillonner encore une fois.

— Et si on ne parlait plus jamais de lui ? D'après ce que j'ai appris après la réunion, mon ex-petit ami est rentré chez lui pour courir après la femme qui l'a plaqué. Si j'avais su…

— Tu ne le savais pas. Inutile de te flageller.

Donc, *exit* Brad. De toute façon, imaginer que Margot avait pensé à ce type pour son panier lui déplaisait souverainement.

Il entra dans la salle de séjour et se dirigea vers le placard dans lequel se trouvait le fameux panier. Au départ, il avait songé à l'exposer sur le manteau de cheminée juste pour la faire enrager, mais s'était ravisé après la trêve qu'ils avaient en quelque sorte signée, ou tout comme.

Mais là, il ne pouvait pas ne pas le sortir.

En le voyant faire, Margot réprima un grognement.

— Ne me monte surtout pas le bourrichon, lui dit-il en sortant un papier, je veux juste te voir en action. Et puis, je n'ai pas été autorisé à réclamer plus qu'un seul scénario.

— Nous n'avons eu qu'une soirée, ça te revient ? De plus, je n'étais pas d'humeur, déclara-t-elle en faisant tourner son vin dans son verre. Mais, là encore, pourquoi pas ? C'est mieux que regarder la télé.

Inexplicablement surpris de la voir disposée à continuer, il lut la destination inscrite :

— Celui-ci dit *Kama-sutra*. Ah ! Comment aurais-tu fait ?

— Ça aurait été plus coton que le Crazy Horse, répondit-elle en s'installant sur le canapé.

— Le *Kama-sutra,* c'est bien un livre sur le sexe, non ?

— Oui, mais c'est aussi un guide de vie. Il parle de famille et d'amour également, de la façon d'aborder avec délices tous les aspects de la vie. J'aurais préparé un plat indien, parlé philosophie avec mon cavalier et je lui aurais peut-être donné un baiser chaste mais expressif en fin de soirée.

Il piocha un autre papier.

— *Lupanar, Pompéi.*

Elle se laissa aller contre les coussins.

— Celui-ci, c'est un de mes préférés. L'Italie est insurpassable, surtout les ruines romaines.

— Pompéi, c'est cette ville qui a été anéantie par l'éruption d'un volcan. Mais, un lupanar, je ne sais pas ce que c'est.

— Eh bien, j'aurais pu recourir à l'origine étymologique — un repaire de louves. J'aurais pu centrer cette soirée sur un rendez-vous dans les bois et un dîner qu'on mange avec les doigts.

— Oui, mais quel est le vrai sens du terme ?

— C'est un bordel, précisa-t-elle en lui décochant un sourire coquin. Le plus fameux se trouvait à Pompéi. On peut encore voir les fresques érotiques sur les murs qui subsistent.

Il fourra le papier dans sa poche. Facile d'imaginer ce que Margot en aurait fait s'il était tombé dessus le week-end dernier.

— Le Lupanar n'est pas un endroit terriblement romantique, poursuivit-elle. Il y avait dix chambres, mais les gens riches y allaient rarement ; ils avaient des maîtresses et des concubines esclaves. Quant aux lits ? De simples matelas sur des plates-formes de brique. Ce sont surtout les fresques qui ont retenu mon attention.

Elle repoussa une mèche de cheveux derrière son épaule,

en un geste sensuel qui frappa Clint au plus profond. Puis elle posa son verre et se laissa aller dans les coussins.

Parler du panier avait eu son effet sur elle, et il se rendit alors compte que tout ce qu'elle y avait écrit était autant un fantasme pour elle que pour lui.

Elle le regarda, il la regarda.

— Qu'allons-nous faire de tout ça ? l'interrogea- t-il.

— Je n'en ai aucune idée.

Mais lui en avait une, aller éteindre le four et emmener Margot dans sa chambre tant que Riley et Dani n'étaient pas là.

« Pourquoi est-ce que je fais ça ? » La question tournait en boucle dans la tête de Margot. Elle avait assouvi sa curiosité à propos de Clint, mais elle le suivit toutefois hors de la salle de séjour.

Tout ceci n'irait jamais nulle part. Oublié, l'incident de la vidéo — il appartenait au passé. Mais plus Clint se rapprochait d'elle, plus elle découvrait son ignorance absolue en matière de relation à deux. A part le copinage, elle ne connaissait rien. C'était sûr, ses parents ne lui avaient pas appris ce que c'est qu'être aimée, ils lui avaient plutôt inculqué la nécessité de ne jamais s'engager trop vis-à-vis d'un autre, de toujours veiller à maintenir une distance entre l'autre et soi, car elle ne resterait pas bien longtemps et bougerait, bougerait encore…

Ce qu'elle attendait, c'était du sexe, juste du sexe. Voilà ce dont elle avait besoin.

Ce qu'elle voulait.

Et elle était sur le point de l'obtenir, ici, dans la chambre de Clint, songea-t-elle alors qu'il refermait et verrouillait la porte derrière eux.

— Parle-moi de ces fresques dans le Lupanar, Margot, demanda-t-il tout bas.

Et, même provenant de l'autre côté de la pièce, sa voix eut le pouvoir de lui donner la chair de poule.

Elle avança vers le grand lit et passa une main sur sa structure de fer forgé. Etait-ce vraiment elle, dans l'antre du lion, ou une louve venant se délasser parmi ses pairs ?

Quoi qu'il en soit, elle allait profiter de cela pour ce que c'était, rien de plus.

— Beaucoup de fresques représentent le phallus, commença-t-elle. Des phallus énormes. Tu n'imagines même pas leur taille.

Dans son dos, elle entendit bruisser des vêtements, et une chaleur intense la gagna.

Du désir. C'était juste du désir.

Elle ne se retourna pas. Pas encore. Elle permit à son plaisir d'être aussi douleur, et se régala de son envie de le voir nu, sans cette chemise, sans ce jean, bronzé et musclé.

— Il y a aussi des graffitis sur ces fresques, continua-t-elle. Il m'en revient un : *Hic ego puellas multas futui.* « Ici, j'ai b… beaucoup de femmes. »

— Charmant.

Il s'était rapproché à présent, mais elle ne se retourna toujours pas. Pas alors qu'une succession de délicieux frissons lui parcouraient l'épine dorsale.

— Il y a cette autre peinture dont je me souviens bien, reprit-elle dans un murmure. Deux personnes sur un lit. L'homme a les jambes de la femme sur les cuisses, mais il y a un espace entre eux.

Il était juste derrière elle maintenant, et elle ne put que se souvenir du jour où il l'avait caressée comme ça, provoquant en elle un orgasme qui l'avait quasiment dévastée.

— Déshabille-toi, Margot.

Elle lui obéit sans protester. Ce serait cependant la dernière fois.

Juste une fois de plus.

Elle enleva son pull, sa jupe, ses bottes… tout. Puis elle grimpa seule sur le lit avant qu'il pût exiger autre chose d'elle.

Aussi hardi, que possible, elle glissa sur la couette et appuya le dos aux oreillers. En gardant toutefois les genoux serrés, refusant de lui en montrer plus que ce qu'elle voulait pour l'instant.

Cependant, *sa* vue l'ébranla. Ces épaules, ce torse. Ces abdominaux.

Ce sexe.

Il était prêt pour elle. Il grimpa lui aussi sur le lit et lui fit passer les jambes sur ses cuisses.

— Ils étaient comme ça, sur la fresque ? s'enquit-il.

— Oui, gémit-elle.

Il fit courir le bout des doigts sur sa jambe, les descendit sur le côté. Ses mamelons s'érigèrent, son ventre se serra.

« Une caresse si intime », se dit-elle alors que ses battements de cœur s'accéléraient, lui signalant qu'il était temps de s'enfuir.

Mais elle resta, pour une unique raison.

Son corps, pensa-t-elle. C'était ce qu'elle voulait de lui ce soir.

Alors qu'il dessinait des cercles sur son ventre, la faisant frissonner, une drôle de sensation s'installa en elle et remonta dans sa poitrine, autour de son cœur.

Elle la chassa.

— Il y a une autre fresque dont je me souviens, reprit-elle, haletante. Sur un lit toujours, on y voit une femme chevauchant un homme.

Il affichait un petit sourire discret, comme conscient que cette intimité était trop pour elle. Peut-être que pour lui aussi.

Il l'aida à se mettre en position, à califourchon sur lui, et lui posa les mains sur les hanches.

Elle baissa des yeux à demi clos sur lui, et imita plus avant la fresque en lui posant une main sur la tête.

— Sur la peinture, la femme faisait ça. Je pense qu'elle voulait lui faire comprendre que c'était elle qui menait la danse.

— Et qu'elle ne l'aurait pas fait autrement.

Les paroles de Clint dépassaient le commentaire pictural, elles étaient un reflet d'elle-même, mais il ne s'y attarda pas et tendit la main vers le tiroir de sa table de nuit. Il en sortit un préservatif et en déchira l'étui.

Elle le lui prit des mains et entreprit de le gainer lentement.

— Est-ce que le phallus de l'homme était dans la femme, sur cette peinture ? lui demanda-t-il, taquin, alors qu'une veine battait le long de sa gorge.

— On ne peut pas vraiment le dire, mais je le pense.

Sur ce, elle se laissa descendre sur lui.

Il la pénétra si profond qu'elle gémit, avant de commencer à bouger les hanches de haut en bas.

Elle avait déjà enlevé sa main de sa tête, mais, afin qu'il n'oublie pas que c'était un fantasme peint et rien d'autre, elle voulut la reposer.

Il intercepta son poignet à mi-course et dévia sa trajectoire, orientant plutôt sa main sur son torse.

Sur son cœur.

Une infime explosion se produisit alors en elle, mais qui ne fut pas centrée dans son ventre, cette fois-ci. Ce fut plus haut, dans un endroit ordinairement si figé.

Même ainsi, elle n'enleva pas sa main. Elle la laissa où elle était, et perçut les battements de son cœur — *boum-boum, boum-boum*. L'instant lui sembla fort, long, parfait.

Cette dernière pensée l'affola.

Parfait ?

Ce fut trop pour elle, et elle changea de position, lui tournant le dos afin qu'il ne pût voir son visage.

Il émit un son étranglé et lui reprit les hanches, la ramenant vers lui, la poussant en avant.

Elle se pencha pour prendre appui sur ses jambes, afin d'atteindre l'orgasme avant…

Avant quoi ? Avant de perdre une partie d'elle-même avec un homme qui finirait probablement par la blesser encore plus que naguère ?

Mais elle oublia tout en l'entendant jouir dans un cri à la limite du juron, puis encore une fois. Pour autant, elle ne cessa pas d'aller et venir sur lui, et une pression monta en elle, tandis qu'un compte à rebours, assez semblable à l'horloge du bas, se mit en place.

Tic… ça y est presque.

Tac… ça vient.

Tic… tac… *tic…*

Un orgasme étourdissant s'empara d'elle et fit vibrer chacune de ses cellules jusqu'à ce que, sans forces, elle s'écroule sur ses jambes.

Mais il l'attira sur lui, tira la couette sur eux et la posséda dans le creux de ses bras.

Chaud.

Intime.

Allongée contre lui, elle accepta de devenir une part de lui-même, sa peau contre la sienne, ou mieux, se fondant dans la sienne. Elle se représenta cette nuit où elle se sentait merveilleusement bien, où elle voulait seulement écouter les sons à l'extérieur, ou les craquements de cette maison qui lui offraient une bienvenue rassurante.

Et, l'espace d'un instant, tout cela lui sembla réel. Possible.

Mais, au même moment, l'adrénaline entreprit de se répandre en elle tandis qu'elle l'imaginait dans les bras d'une autre femme… ou dans un autre lieu, la laissant derrière lui pour quelque chose de mieux.

Elle repoussa ces images et réussit à les réduire à une masse aux couleurs délavées.

Il fit ce qu'il avait toujours eu envie de faire et joua avec ses cheveux. Margot ne protesta même pas, ce qui ne laissa pas de le sidérer.

Que venait-il de se passer entre eux, au juste ?

Perdu dans un sentiment de bien-être, Clint ne put le définir, mais il savait seulement qu'il n'avait encore jamais vécu semblable expérience. Une intimité s'était nouée qu'il n'avait pas prévue. Même s'il devait bien admettre qu'il en avait rêvé.

Dommage que ce fût arrivé avec une femme qui ne voulait rien de plus de lui que la recréation de scènes de bordel antique.

— Tu ne dors pas ? lui demanda-t-il, constatant qu'il faisait noir dehors, à présent.

— Non.

Il ne savait pas précisément ce qu'il voulait d'elle — l'impression qu'elle avait plus de sentiments pour lui qu'elle ne le devrait. L'espoir qu'elle ait envie de rester un peu plus longtemps ?

Il se lança :

— Tu sais, ce fameux soir, à l'université… je ne t'ai pas fait venir dans ma chambre juste pour qu'on se pelote.

Elle attendit qu'il poursuive, apparemment presque à contrecœur.

— En fait, je voulais…

Seigneur, ce n'était pas facile.

— Je crois que je voulais vraiment savoir ce que tu pensais de ce film.

Elle s'étira.

— C'est pour ça que je t'avais fait monter.

— Ce que j'entends en langage homme, c'est que tu

voulais me connaître mieux, et que le pelotage était acces-soire ? répondit-elle.

Pourquoi avait-il seulement amené ça sur le tapis ? Les choses qu'un homme peut dire après avoir joui… pfff…

Elle parut prendre conscience de son inconfort, et lui passa timidement un bras sur le torse.

— Je suis contente que tu m'aies dit ça.

— Pourquoi ?

Elle hésita une seconde.

— Parce que ça me donne le sentiment… Merci. Au fait, à en croire Riley, tu as fait en sorte que personne ne vienne m'embêter avec cette vidéo le week-end dernier, à la réunion. Merci aussi pour ça, c'était très prévenant.

Il comprit qu'il y avait plus dans ces paroles que ce qu'elle venait d'exprimer.

Elle fit glisser les doigts sur ses côtes.

— A l'époque, j'avais un petit béguin pour toi. Il y avait de bonnes raisons pour que tu attires autant de filles.

— Et tu étais curieuse de connaître davantage que mon charme ?

— Très. Mais j'étais aussi méfiante, et j'ai eu un mal fou à monter dans cette chambre. Et puis, quand j'ai découvert la caméra…

— Tu m'en veux toujours pour ça ? s'enquit-il en lui caressant le bras.

— Non. Mais à ce moment-là j'ai pensé que tu voulais juste m'avoir pour te vanter auprès de tes copains, surtout après, quand ce film est passé partout, dit-elle en lui mettant une main sous le dos et en écrasant ses seins contre son torse. Pourtant, avant de voir la caméra, j'ai pensé qu'il y avait quelque chose…

On aurait dit que le sérum de vérité s'était infiltré en elle.

— Et s'il y avait quelque chose ? la poussa-t-il.

Elle leva les yeux vers lui, le visage à moitié mangé par se cheveux, et il perçut l'arrivée des mauvaises nouvelles.

— Clint, murmura-t-elle, j'aime vraiment beaucoup être avec toi.

Elle n'aurait pu être plus claire, tout en ayant totalement esquivé sa question.

Mais, quand elle lui passa une jambe sur les cuisses et se nicha contre lui pour lui agacer le menton du bout du nez, il se demanda si ce qu'ils vivaient ensemble était clair aussi pour *elle*.

10

Dehors, la nuit était tiède, mais un fossé glacial s'étendait entre Dani et Riley, assis face à face sur un banc du belvédère.

Un rayon de lune éclairait en partie Riley. Par-dessus son épaule, Dani distinguait les contours des baraquements au loin, et même le faîte de l'écurie, plus loin sur la colline. De la musique country leur parvenait en sourdine, probablement de la chambre d'un des ouvriers.

En fait, la musique était le seul son qui s'était élevé ces dernières minutes, et Dani était prête à exploser.

— Tu es toujours furieux contre moi, déclara-t-elle.

— Je ne suis pas furieux, répliqua Riley, le regard perdu au loin. Je suis juste perplexe. Ces derniers temps, j'ai eu un mal fou à te reconnaître.

Elle comprit qu'il ne parlait ni de sa nouvelle coiffure ni de ses nouvelles tenues. Ils en étaient encore et toujours à son désir de démissionner.

— Je t'ai dit pourquoi je veux essayer quelque chose toute seule, répondit-elle. Etant donné que Clint nous laisse utiliser le ranch, il va nous rester bien plus d'argent sur nos comptes épargne. Pour ma part, j'ai trouvé toute seule une robe au prix raisonnable. Elle n'est pas neuve. Quelqu'un la vend sur eBay, et ça va nous économiser de l'argent, aussi…

— Je ne parle pas du mariage, l'interrompit-il avant de pousser un soupir. Te souviens-tu de tout ce pour quoi nous avons travaillé ces quelques dernières années ? Nous avions prévu et tout combiné pour nous sortir de cette location, pour commencer.

— Nous pouvons toujours le faire.

Un de ces jours.

— La maison où nous vivons me plaît, Riley. C'est toi qui veux déménager, n'est-ce pas ?

— C'est parce que je pensais que nous en serions plus loin que là où nous en sommes aujourd'hui, rétorqua-t-il, le dos raide, comme si seule sa fierté le faisait tenir debout. Je n'ai jamais voulu être gestionnaire de petits patrimoines et, un jour, il y en aura un plus imposant, avec de plus grosses commissions.

— Tu m'as déjà donné tout ce dont j'ai besoin. Ces rêves de grand mariage n'étaient que des chimères de petite fille. Je suis plus heureuse avec toi que je n'aurais pu rêver de l'être avec n'importe qui d'autre. Est-ce que tu peux ne pas voir cela ?

Alors, pourquoi se coupait-elle les cheveux, quittait-elle son emploi et avait-elle une crise de la quarantaine bien avant l'heure ?

Elle le regarda, le meilleur homme qu'elle aurait pu trouver, le cœur dans la gorge. Il était son seul, son unique, et elle fichait le bazar dans ce qu'ils avaient de plus précieux.

Ce n'était pas volontaire, pourtant.

Mais alors, que se passait-il ?

Elle glissa sur le banc, se rapprocha de lui, et tira sur sa chemise pour la tripoter.

— Je crois que je m'y prends comme un manche.

— J'aimerais juste savoir *de quoi* tu parles.

Elle hésita. Devait-elle tout poser sur la table devant lui ? Et s'il ne comprenait pas ?

Les mots commençaient tout juste à sortir qu'ils dévalèrent en avalanche, une avalanche qu'elle avait vainement tenté de retenir :

— Je me suis posé tant de questions… Mais, bon, la plus importante de toute concerne le fait de faire les bons choix. Comment puis-je savoir si je n'ai pas manqué des occasions à droite, à gauche parce que je ne me suis pas ouverte à elles ? commença-t-elle en se rapprochant encore de lui, inhalant son subtil parfum d'eau de Cologne. Toutefois, s'il y a une chose que je sais avec certitude, c'est que tu as été la bonne décision. Et cela, ça ne changera jamais.

Il lui prit la main, leurs doigts s'entrelacèrent.

Au loin, Merle Haggard chantait ses ballades de hors-la-loi. Riley paraissait heureux de simplement retrouver le contact de sa peau, de sentir ses doigts refermés sur sa main, sûre et tiède comme un cocon.

Mais même les cocons doivent s'ouvrir un jour, et révéler les changements qui se sont produits en eux. Et c'était là le vrai problème, n'est-ce pas ?

Un problème qui n'avait pas forcément de sens pour elle, mais qui était tout de même là.

Pourquoi se sentait-elle aussi fébrile, ces temps derniers ? Que se passait-il en ce moment même, alors que la musique la pénétrait et lui faisait battre plus vite le cœur, alors qu'elle passait le pouce sur celui de Riley ?

Avait-il seulement idée de ce qu'il y avait sous les épaisseurs qu'elle portait ? Car c'était ce dont elle avait espéré qu'ils parleraient ce soir, seul à seul. Elle avait rêvé qu'à un moment donné il les lui soulève, ces épaisseurs, l'une après l'autre.

Elle se colla davantage contre lui.

— Tout va bien pour nous ?

— Tout va bien.

Il regardait leurs mains jointes, à présent, et avait mis tout son cœur dans ces quelques mots.

Son Riley.

— Il est temps de se rabibocher, donc ? s'enquit-elle dans un murmure.

— Comme toujours, ma douce.

Elle ne sut pas exactement ce qui lui passa par la tête, mais elle croisa les jambes, flirteuse. Il la vit faire et haussa un sourcil interrogateur.

— Te rends-tu compte que nous n'avons encore jamais eu de relations sexuelles de rabibochage ?

— C'est parce que c'est notre première vraie dispute, même après toutes ces années.

Oui, deux personnes sensées, raisonnables. C'était eux. Leur première soirée ensemble, il lui avait sorti le grand jeu romantique — les roses, le champagne, les *je t'aime*. Rien n'était allé de travers ce soir-là.

Ni depuis. Jusqu'à ces derniers temps.

Elle déboutonna mine de rien le haut du pull ajusté qu'elle avait acheté dans la semaine, une petite chose qui la faisait se sentir plus sexy qu'à l'ordinaire.

Même dans le peu de lumière ambiante, elle vit le feu couver dans les yeux de Riley.

— Dani…

Elle sourit, diabolique. S'épanouissant dans l'urgence qui l'avait peu à peu saisie cette dernière semaine.

— C'est notre première vraie dispute, lui dit-elle. Que tu tiennes suffisamment à moi pour te mettre en colère me plaît infiniment.

Encore une fois, il la regarda comme s'il ne l'avait encore jamais vue, mais il y eut aussi dans son regard une qualité inconnue qui la poussa à poursuivre, à déboutonner davantage son pull.

Elle mourait d'impatience de lui faire voir ce qu'elle avait sous son pull, ce qu'elle avait planifié pour leur réconciliation.

— Nous devrions regagner notre chambre, lui dit-il.

— Non.

Il avait fait mine de se lever, mais elle l'obligea à se rasseoir et défit les derniers boutons.

Quand elle eut terminé, il avait les yeux comme des soucoupes.

Elle avait écarté les pans du pull pour lui montrer le soutien-gorge qu'elle avait acheté en douce au Boudoir. C'était une chose qu'elle n'aurait jamais pensé acheter un jour, et le faire avait été un acte libératoire.

Des soutiens-gorge pareils, c'était pour les autres filles.

Avant.

Mais plus maintenant.

Elle put percevoir son regard sur ses seins, totalement exposés par le demi-corset noir en dessous.

Ses mamelons s'érigèrent brusquement.

— Tu devrais voir mes dessous, mon porte-jarretelles avec mes bas.

Des dessous fendus. Elle avait acheté l'ensemble.

— Ici ? fit-il d'une voix rauque. Et si un des ouvriers passait par là ? Ou si Clint venait ?

— On ne fera pas de bruit. Il fait assez nuit ici pour qu'on retienne notre souffle le temps qu'ils s'en aillent, le câlina-t-elle en se penchant vers lui. Allez, Riley, réconcilie-toi avec moi.

Cette fois-ci, il se leva sans qu'elle puisse l'en empêcher.

Il voulut la soulever dans ses bras.

— On retourne à la chambre.

— Non !

Elle fit descendre son pull sur ses épaules afin de lui faire comprendre qu'elle ne reculerait pas, puis se leva pour s'éloigner de lui.

S'il avait été médusé par elle auparavant, il semblait complètement abasourdi à présent.

Elle posa les mains sur sa boucle de ceinture.

— Faisons-le ici.

— Sur le banc ?

Hou là. Elle ne fut même plus sûre qu'à ce rythme ils allaient vraiment avoir une relation sexuelle de rabibochage.

— Oui, sur le banc. D'autres l'ont fait dans des endroits bien plus bizarres. Le plus exotique que nous ayons connu, ça a été dans ta camionnette, une fois.

— Peut-être que je vais commander des machins bizarroïdes pour un donjon, quand nous rentrerons à la maison, déclara-t-il d'une voix teintée de sarcasme.

Elle l'avait blessé en suggérant que leurs relations sexuelles étaient banales.

Pourtant, faire l'amour avec lui l'avait toujours pleinement satisfaite. Elle voulait juste…

Davantage ?

Mais que recouvrait ce « davantage » ?

Une pensée lui vint : était-elle en train de le plaquer avant que ça puisse arriver en cours de route ?

Non. Ce n'était pas cela du tout.

Elle chercha plutôt des réponses physiques, repoussa fermement Riley sur le banc et se pencha sur lui.

Il grommela son prénom et céda à ces seins nus qui le narguaient.

Il les embrassa avec ferveur, referma les mains dessus, la bouche sur un mamelon, la faisant gigoter sur ses genoux, et… Elle entendit la musique s'arrêter.

Alors que Riley ouvrait sa jupe, un cri leur parvint depuis les baraquements. Il cessa de l'embrasser et entreprit de refermer sa jupe.

— Riley.

Elle lui fit comprendre qu'elle n'irait nulle part.

Le sang lui martelait trop les tempes, elle avait le ventre

trop contracté de désir. Elle voulait que Riley le veuille autant qu'elle.

Un autre cri s'éleva, et elle comprit que les ouvriers avaient dû sortir boire une bière et discuter. L'écho de leurs rires les fit paraître plus proches qu'ils ne l'étaient en réalité.

— J'ai envie, maintenant, dit-elle en tirant sur la chemise de Riley. Ce n'est pas grave si quelqu'un nous surprend.

Il la regarda comme s'il ne l'avait *réellement* jamais vue, et elle comprit la question qu'il se posait.

En dépit de tout ce qu'elle lui avait dit, voulait-elle autre chose que ce qu'ils avaient déjà dans leur relation ?

Il entreprit de reboutonner son pull, la bouche pincée.

Manifestement, il était de nouveau en colère contre elle.

— La fille que je connaissais aurait eu en elle plus de fierté que ça, énonça-t-il.

Il l'empoigna par les hanches et la remit sur pied.

Le corps toujours palpitant de désir, elle tourna les talons et quitta le belvédère. Sans trop savoir si elle était furieuse contre lui ou simplement mortifiée.

— Dani ! cria-t-il.

Elle ne fut même pas certaine de se reconnaître dans ce prénom.

Margot fut debout bien plus tôt qu'à l'ordinaire le lendemain matin.

Elle avait quitté furtivement le lit de Clint dès les premières lueurs du jour, dans l'idée de regagner sa chambre avant que Dani et Riley remarquent quoi que ce soit. Elle avait donc ramassé ses vêtements éparpillés puis, une fois habillée, elle était sortie sans bruit.

C'était bien sa chance : Riley était déjà levé.

Et il sortait de ce qu'elle pensait être une chambre d'amis inoccupée.

Elle se figea en l'apercevant, puis décida de faire contre mauvaise fortune bon cœur.

— Surprise ! murmura-t-elle sur un ton léger.

Il lui adressa un sourire, mais un sourire teinté de mélancolie.

Elle le rejoignit vite dans la cuisine, où il avait mis le café à chauffer. Il soupira puis vida son cœur, énumérant ses inquiétudes vis-à-vis de Dani.

Presque une heure plus tard, tandis que Margot se préparait, un coup léger fut frappé à la porte de la salle de bains.

— Nous partons, entendit-elle Dani lui annoncer.

Elle ouvrit aussitôt. Si elle était bien coiffée et apparemment prête, son amie n'était plus que l'ombre d'elle-même, avec de grosses poches sous les yeux.

— Oh ! Dani, s'exclama Margot en la serrant contre elle.

A en croire Riley tout à l'heure, il ne savait plus quoi faire avec elle. Elle avait toutefois envie d'entendre la version de Dani.

— Tu m'appelles, si tu as envie de parler ? N'importe quand, n'importe où. D'accord ? lui dit-elle en la regardant bien en face.

— Tu sais bien que je le ferai. Mais ça va aller, Riley et moi. Ça s'arrange toujours, ajouta Dani après une infime pause.

Elles se firent leurs adieux, et Margot la regarda descendre l'escalier en se demandant dans quel état ils allaient rentrer chez eux.

Elle referma la porte, brancha le sèche-cheveux et fit le vide dans sa tête. L'inquiétude lui pesait sur le moral, et pas seulement à cause de Dani.

A cause de Clint aussi.

Entre eux, les choses étaient allées bien plus loin que prévu, et elle ne savait plus trop comment se comporter avec lui. Que pensait-il de leur situation ?

Mais, après tout, cela avait-il de l'importance vu qu'elle s'en irait bientôt ? Fini, l'Etalon Barrows. Fini…

Elle éteignit le séchoir. Oui, fini, quoiqu'il l'eût transformée en proie facile.

Elle tendait la main vers sa trousse à maquillage quand le plancher grinça de nouveau derrière la porte.

— Dani ?

Peut-être avait-elle décidé d'ajourner le voyage retour pour se confier à elle ?

Elle rouvrit la porte, mais ce n'était pas Dani.

— Zut, marmonna-t-elle en songeant à la refermer aussitôt afin qu'il ne voie pas sa tête du matin dépourvue d'artifices.

Puis elle se ravisa. Et, bizarrement, il ne sembla pas remarquer son absence de maquillage.

— Tu as disparu de bonne heure, lui dit-il en appuyant une épaule contre le chambranle.

Elle se demanda si c'était sa position préférée, comme Robert Redford, alors jeune et magnifique, dans l'un de ses films de cow-boys.

Elle se passa du fond de teint sur le visage comme si Clint l'avait déjà vue un millier de fois au saut du lit.

Dans le fond, c'était juste un autre spectacle pour lui. Le Crazy au naturel.

— Je n'avais plus sommeil, lui dit-elle. Et puis comme ça, j'ai pu discuter avec Riley.

— Oui. Avant de partir, il m'a parlé de ce qui se passe avec Dani.

— Tu penses que l'atmosphère va se dégeler avant qu'ils arrivent chez eux ?

— Ça va aller, je crois. On parle de Dani et Riley, on peut leur faire confiance.

Elle lui glissa un regard en coin. Disons plutôt que *c'était* Dani et Riley, avant la réunion.

Elle déboucha délibérément sa boîte de poudre minérale et sortit le gros pinceau de son sac. Il observait chacun de ses gestes, comme fasciné.

— Je pensais que…, commença-t-il.

— Tu *pensais* ? Danger à l'horizon.

— Sérieux, Margot.

Il tendit la main vers le comptoir, saisit un tube de rouge à lèvres, en ôta le couvercle et le fit tourner jusqu'à ce qu'en émerge le bâton écarlate.

— Et si tu restais ici, dans la cambrousse, encore un jour ou deux ? Juste pour voir si tu ne pourrais vraiment pas en tirer un livre ?

— Ta fameuse idée de la fille hors de son élément ? répondit-elle en achevant de se poudrer et de lui prendre le rouge à lèvres : Je ne pense pas que ce soit pour moi, je te l'ai dit.

— Comment peux-tu en être certaine ?

Il avait réponse à tout, on dirait !

Elle le fit cependant attendre, appliquant lentement le rouge sur ses lèvres.

Lorsqu'elle eut terminé, elle lui jeta un regard en coin et vit qu'il la dévorait des yeux.

Mon Dieu, c'était si fort de se sentir ainsi désirée ! L'excitation monta en elle, mais elle tâcha de rester calme et poursuivit son opération maquillage.

Lui proposait-il de rester un petit moment parce qu'il se souciait vraiment de sa carrière ? Ou parce qu'il avait envie de tester d'autres réjouissances-panier ?

Quelques jours plus tôt, elle n'aurait pas hésité à opter pour la seconde proposition. Mais il avait fait preuve d'un authentique intérêt pour ses écrits. Il avait même lu certains de ses livres, un détail qui l'avait proprement abasourdie.

Et puis l'intimité entre eux avait été si forte hier soir,

cette conversation à bâtons rompus, sans qu'aucun des deux n'arrive à lui donner une direction précise.

— Je comptais rentrer chez moi et commencer des recherches pour mon prochain projet, répondit-elle, tout en reconnaissant aussitôt le schéma.

Prendre de la distance.

Temps d'y aller ?

— Fais-les ici, tes recherches, suggéra-t-il.

Bon, ce n'était pas qu'elle ait quelque chose de précis à faire, puisque son contrat venait d'être annulé. De plus, elle trouvait plutôt bonne l'idée qu'il lui avait soufflée.

Fallait-il accepter ?

Oui.

— D'accord, répondit-elle très vite, avant que son instinct ne prenne le dessus et la piège, comme il le faisait toujours.

Elle appliqua son eye-liner.

— Et pourquoi pas, après tout ? ajouta-t-elle.

Pour un million de raisons. Au moins.

— Bien, énonça Clint sans avoir l'air de vouloir s'en aller. J'ai déjà des projets pour ce soir.

— Ah, oui ?

— Je vais te faire connaître la vie d'une petite ville. A l'université, tu es peut-être sortie avec beaucoup de cow-boys, mais les bars d'Avila Grande, ce n'est pas vraiment la cambrousse.

Il tendit de nouveau la main, saisit sa trousse de maquillage et en sortit son mascara, qu'il lui passa avec un naturel confondant.

Toutefois, Margot se fit une promesse : même si elle restait un peu plus longtemps au ranch, cela ne signifiait pas qu'il faisait partie de sa vie.

Ni aujourd'hui ni jamais.

*
* *

Le bar local préféré de Clint s'appelait le 76, en souvenir de la station-service Phillips 76 qui occupait naguère le lieu.

Il se gara au milieu des autres camionnettes, près des anciennes pompes rouillées, et fit le tour de la voiture pour aller ouvrir la portière de Margot.

Un Kenny Chesney tonitruant provenait des portes grandes ouvertes du garage reconverti.

Il lui prit la main pour l'aider à descendre. Elle avait vraiment besoin de son aide car elle portait des bottes cavalières noires aux talons aiguilles. Il était aussi conscient qu'il devrait garder un œil sur elle une fois que les cow-boys du coin l'auraient repérée dans sa robe bordeaux ajustée.

Elle avait aussi repoussé ses cheveux derrière son dos, exposant ses boucles d'oreilles en bronze qui, selon elle, représentaient des boutons de lotus.

— Merci, lui dit-elle en mettant le pied à terre.

Il conserva sa main dans la sienne un instant de plus et inspira son parfum. Elle sentait délicieusement bon. Mais il eut à peine le temps de s'en apercevoir qu'elle partit comme un boulet de canon en direction du bar.

« Ses recherches », songea-t-il.

Il secoua la tête, la regarda s'en aller en ondulant des hanches en femme branchée qu'elle était.

Avait-elle seulement idée du bombardement d'hormones que sa seule présence déclenchait en lui ? Pire encore, comprenait-elle qu'il ne pouvait se la sortir de la tête, ni le jour ni la nuit ?

« Une addiction temporaire, se répéta-t-il en boucle alors qu'il lui emboîtait le pas. Ce n'est rien d'autre que ça. »

Le bar était bondé, et c'était pourtant lundi soir. Il est vrai que c'était l'*Happy hour* : bière à moitié prix pour tous !

Margot s'était immobilisée sitôt la porte passée et examinait les lieux : le plancher saupoudré de sciure, la piste de danse, les râteliers aux murs, les tables de billard et les baby-foot au fond, occupées par une poignée de fermiers et de ranchers locaux en casquette de base-ball.

— Ça fait assez cambrousse pour toi ? l'interrogea-t-il.

Elle lissa sa robe de la main, apparemment perplexe sur son choix de garde-robe. Une fille hors de son élément, c'était tout à fait cela.

— En fait, c'est presque grisant après une journée enfermée en tête à tête avec mon ordinateur, lui cria-t-elle à l'oreille pour couvrir la musique.

Son souffle chaud lui lança des picotements sur la peau.

Elle s'en fut vers une table près de la piste de danse, sur laquelle hommes et femmes dansaient alignés.

Lorsqu'elle prit une chaise, il dut lancer un regard noir d'avertissement à tous les types qui la dévisageaient en bavant.

Ils s'esclaffèrent et retournèrent à leurs bières, conscients du mot d'ordre tacite… *PAS TOUCHE* !

Quelques petits écrans de télévision diffusaient le match du lundi soir et Lula, une des serveuses, arriva à leur table.

Lula, avec sa choucroute blonde, ses yeux délavés et son uniforme, un bleu de mécanicien coupé aux genoux.

— Qu'est-ce que vous voulez boire ? s'enquit-elle avec son accent à couper au couteau.

Il rêva un instant qu'elle n'ait pas dans le regard cette expression « Coucouuu, Clint », mais, là encore, quelques-unes des autres serveuses le regardaient de la même manière, car il leur avait fait passer un bon moment, une fois ou deux.

Que pouvait-il dire ? C'était une petite bourgade.

— Comme d'habitude pour moi, et un Midori Sour, répondit-il.

Après le départ de Lula, Margot posa sur lui ces yeux qui avaient tout vu.

— Comment as-tu su, pour le Midori ?

— Tu en buvais le premier soir de la réunion, et je me

souviens que c'était déjà ta boisson préférée à l'époque. Avec cette couleur verte, c'est un cocktail dont on retient le nom.

— T'a-t-on jamais dit que tu as une mémoire prodigieuse ?

La musique changea, remplacée par un slow de Collin Raye, et sur la piste les danseurs passèrent au pas de deux.

— La mémoire, c'est bien le cadet de mes soucis, répondit-il. Le Trivial Pursuit n'est pas très utile dans mon entreprise.

Margot se pencha vers lui, et il s'efforça de ne pas reluquer son décolleté. Avait-elle l'intention de le séduire ? Impossible à dire.

— Tu sais ce que tu devrais faire avec ton entreprise et tes frères ?

— Je t'écoute, Shakespeare, dit-il d'un air goguenard.

Elle ignora la pique et reprit :

— Te prendre un excellent avocat, le genre pit-bull, qui les fera trembler la prochaine fois qu'ils auront envie de t'envoyer des menaces. A moins que tu en aies déjà consulté un ?

Il hésita à lui apprendre qu'il avait consulté un avocat local, qui n'avait rien du bouledogue. Déjà que sa fierté l'avait empêché d'en parler à ses amis du groupe la semaine dernière, même si des rumeurs couraient parmi eux.

On aurait dit que Margot lisait en lui comme dans un livre ouvert.

— Je connais quelqu'un qui pourrait t'aider.

Il ne sut que répondre. Les offres de soutien, il n'en avait pas l'habitude.

— Quelqu'un que tu as connu au cours de tes voyages ? biaisa-t-il.

— En quelque sorte. Si tu as peur d'un conflit d'intérêts parce que j'aurais couché avec lui, tu as tout faux. C'est le mari de mon agent, à Los Angeles. C'est un bon, Clint, et s'il ne peut pas s'en charger lui-même, il te recommandera quelqu'un de fiable.

Clint sentit sa gorge s'assécher. C'était une chose de confier des détails sur ses frères à Margot, mais ça, c'en était une tout autre.

Trop personnelle.

Une vraie claque dans sa fierté.

— D'abord, tu te mêles du mariage de Dani, et maintenant tu veux arranger mes affaires ? Tu as tout du véritable orchestrateur, contre-attaqua-t-il.

Le fait qu'il eût tout arrangé pour qu'elle reste et fasse ses recherches ici ne lui échappa nullement, mais il préféra le passer sous silence.

Elle serra les lèvres, s'adossa à sa chaise et déplia sa serviette en papier.

« Ça y est, tu recommences, l'Etalon. »

— Excuse-moi. C'est juste que c'est bien la dernière chose dont j'ai envie de parler en ce moment.

— Je comprends, répondit-elle. Et c'est vrai que je me mêle de ce qui ne me regarde pas. C'est un défaut dont je suis consciente.

Elle ne mentait pas, il le comprit. Ce défaut, elle l'avait vraiment, et il apprécia qu'elle le reconnaisse.

Cependant, aurait-il le cran de lui dire que son idée était vraiment excellente ? Que, en d'autres circonstances, ils auraient pu former une bonne équipe, tous les deux — lui, lui donnant des idées, et elle lui prodiguant des conseils ?

Lula revint avec leurs boissons et les posa sur la table.

— Les *chicken wings* seront prêtes en moins de deux, et aussi ces frites que tu aimes tant, déclara-t-elle.

— Merci, Lula.

Avant de partir, elle examina Margot de haut en bas.

Margot fit de même, puis se tourna vers lui.

Il secoua la tête.

— Avant que tu dises quoi que ce soit, la réponse est non. Je ne t'ai pas amenée ici pour que tu voies Lula me faire du gringue.

— Qu'est-ce qui te fait penser que j'allais te demander ça ?

Seigneur, il ne savait même pas *pourquoi* il l'avait amenée ici, ni même pourquoi il lui avait demandé de rester quelques jours de plus. Le livre n'avait été qu'une excuse, et il savait qu'elle le savait.

Il songea à la dernière fois qu'ils avaient été ensemble, dans son lit, lui la serrant contre lui, inspirant le parfum de ses cheveux, essayant d'absorber tout d'elle.

Lui avouer que, naguère, il l'avait emmenée dans sa chambre parce qu'il pensait que quelque chose d'authentique pouvait arriver entre eux. Cette déclaration lui avait demandé tout son courage.

Et elle, en retour, avait été forcée d'admettre qu'elle avait ressenti la même chose. Mais que faisait-il maintenant avec elle ?

Il essayait, songea-t-il. Il espérait.

Cette dernière prise de conscience le stupéfia.

Il voulait réellement quelque chose de plus avec Margot. Tout au fond de lui, il avait toujours pensé à celle qui était partie, et, quand il avait eu une chance de la revoir, il l'avait saisie. Et pas seulement pour le sexe.

Il était fatigué de se laisser porter par le courant de la vie, de cuisiner la plupart du temps pour lui seul, de venir dans ce bar voir sempiternellement les mêmes gens et n'arriver jamais nulle part.

Mais alors, que faisait-il assis là à espérer tandis qu'il pourrait faire infiniment plus ?

Il se leva et fit le tour de la table. Margot buvait son cocktail et, quand il se planta à côté d'elle, elle le posa et leva les yeux vers lui.

Y eut-il quelque chose dans son regard ?

Quelque chose à espérer ?

Il lui tendit la main alors qu'un autre slow commençait.

Elle se mordit la lèvre et baissa les yeux sur son verre, comme s'il l'aidait à se rappeler ses premiers slows, étudiante, dans les petits bars de campagne.

Elle lui prit la main, et sourit.

— Je ne me souviens pas comment on danse ça, balbutia-t-elle.

— Je te guiderai, Margot.

— Je…, voulut-elle dire en trébuchant sur ses talons aiguilles. Je ne sais pas me laisser guider. Je ne l'ai jamais fait.

— Fais-moi confiance.

Il la fit danser en un rien de temps, en la tenant fermement mais délicatement contre lui. Seigneur, qu'il aima sentir sa main sur sa taille, son autre dans la sienne !

Cœur contre cœur… ce « quelque chose » qu'il avait espéré battait dans l'infime espace qui les séparait.

La musique s'arrêta bien trop vite à son goût alors que le DJ invitait l'assistance à un concours de baby-foot.

Ils restèrent cependant sur la piste, dans les bras l'un de l'autre, même si aucune musique ne les y poussait.

Soudain, ils furent de nouveau à l'université, ce fameux soir. Même si cela ressemblait à un recommencement.

Une chance de faire bien les choses, cette fois-ci.

Il eut une envie folle de l'embrasser, un besoin urgent, car, s'ils avaient couché ensemble, il n'y avait pas eu un moment tel que celui-ci entre eux. Ils n'avaient pas échangé un baiser plein d'émotions et d'innocence.

Ils étaient proches, tellement proches, et ils se rapprochaient encore.

Quatre centimètres. Deux.

Un.

Un cheveu de plus, et leurs lèvres entraient en contact.

Mais alors, il entendit le brouhaha autour d'eux, et comprit que le lieu n'était pas propice à l'intimité dont il rêvait.

— Plus tard, Margot, lui souffla-t-il à l'oreille. Nous allons nous rattraper plus tard.

Il s'écarta d'elle, et elle le contempla encore un court instant, l'air intrigué. Puis elle lâcha un petit rire et retourna à leur table.

Pensait-elle qu'il avait voulu recommencer à la taquiner, dans l'espoir d'un autre jeu sexuel ?

En regagnant lui aussi la table, il se promit d'élucider la question plus tard, une fois qu'ils seraient rentrés au ranch. Et qu'ils seraient seuls tous les deux.

11

Margot resta simplement assise alors que s'écoulait la soirée, en tapant du pied au rythme de la musique et en priant pour que, tôt ou tard, Clint finisse par lâcher sa fichue bière et l'inviter de nouveau à danser.

Pourquoi avait-elle l'impression qu'il en était conscient ?

Finalement, elle décida de s'occuper sainement et de lui montrer qu'elle avait mieux à faire.

A la fin du match, quand un petit orchestre monta sur scène et encouragea les cow-boys à faire tourbillonner leurs partenaires sur la piste, elle sortit son portable et envoya un texto à Dani.

Comment ça se passe, avec Riley ?

La réponse arriva quelques instants plus tard.

O.K. Encore quelques petites choses à démêler, mais sentiments négatifs mis de côté.

Le moral de nouveau au beau fixe, elle décida qu'elle avait fini de faire tapisserie quand la musique fit de nouveau s'aligner les danseurs.

— Allons-y ! cria-t-elle à Clint par-dessus le riff de guitare assourdissant.

— Je suis bien, là, riposta-t-il.

Crétin. Mais ils pouvaient être deux, à jouer à ce petit jeu. Elle observa le bar et capta le regard d'un grand cow-boy — celui-là même qu'elle avait vu discuter avec Clint quand ce dernier était allé lui chercher un autre Midori Sour au bar, Lula ayant inexplicablement décidé de ne plus les servir.

Elle sourit à M. Grand Balèze mais, après une seconde où elle pensa qu'il allait l'inviter à danser, il tourna les yeux vers Clint, puis les détourna d'elle.

Clair comme de l'eau de roche.

— Je rêve ou tu as fait passer le mot que je n'étais pas disponible ? interrogea-t-elle Clint.

Il termina sa bière.

— C'est une possibilité.

Oh ! vraiment ?

Eh bien, qu'il aille au diable ! Elle alla sur la piste de danse et rejoignit une ligne d'hommes et de femmes. Elle avait étudié leurs mouvements et leurs différents pas toute la soirée, et ces soirées de naguère où elle dansait comme une folle jusqu'à pas d'heure lui revinrent à la mémoire.

Elle se déplaça, glissa, et agita le derrière bien plus que nécessaire les yeux plantés dans ceux de Clint et un sourire suffisant sur les lèvres.

Il n'avait plus l'air aussi content de lui à présent. Lèvres pincées, il agrippait sa canette vide.

Ha ! Pris à son propre jeu ! Elle espéra quand même qu'il regrette le moment de tout à l'heure, lorsqu'il avait été à deux doigts de l'embrasser.

Elle savait qu'il avait été à un cheveu de le faire, il avait eu les lèvres si proches des siennes et… et ce salaud s'était écarté, la prenant carrément pour une imbécile.

Elle avait réussi à dissimiler sa frustration — et sa mortification — en regagnant nonchalamment leur table mais, bon sang, elle avait inexplicablement anticipé — et redouté — plus que les petits jeux auxquels ils jouaient ce soir.

Le morceau achevé, les cow-boys applaudirent ses déhanchements. Elle fit exprès de se tourner vers chacun pour les remercier, puis elle refit face à la table pour adresser un sourire Tiens-prends-ça-dans-les-dents à Clint.

Il n'était plus là.

Elle comprit très vite où il était parti quand une main se posa sur son bras, l'empoigna, et la guida avec fermeté vers la sortie au milieu de la foule de ses admirateurs.

— Jolie performance, grinça-t-il entre ses dents.

— Je fais de mon mieux.

Ils parvinrent sur le parking en un temps record, et il ouvrit la portière côté passager avec tant de force qu'elle crut qu'il allait l'arracher.

— Mâle Alpha serait-il en rogne ? s'enquit-elle.

— Monte.

Un frisson la parcourut mais, au bout d'une seconde, il se transforma presque en malaise. Une semaine auparavant, ça n'aurait pas été le cas, mais maintenant ?

Maintenant, elle avait envie de lui demander ce qui n'allait pas, juste pour voir s'il lui répondrait avec sincérité. Elle voulait qu'il admette qu'il avait peut-être été un petit peu jaloux en entendant les applaudissements.

Ils regagnèrent le ranch avec la radio à fond et les pneus qui hurlaient dans les virages. Finalement, ils passèrent les grilles de fer forgé annonçant le Circle BBB. Une fois devant la maison, Clint éteignit la radio et descendit très vite de la camionnette.

Elle ouvrit seule sa portière, merci bien, la referma et le suivit sur le porche.

— Je dirais que cette soirée a été un immense succès, déclara-t-elle. Une *excellente* recherche pour mon livre. Il faudra peut-être que j'y retourne demain et que j'attire un ou deux cow-boys sur la piste, juste pour rassembler plus d'anecdotes couleur locale en vue d'un futur récit.

Elle tenait à l'aiguillonner, car elle n'avait pas digéré qu'il ait agi en propriétaire avec elle et les autres. En arrivant devant la porte, il marqua un temps d'arrêt.

Gagné.

Pourquoi eut-elle le sentiment qu'il était sur le point de devenir sérieux ?

Le voulait-elle ?

Une étincelle de la panique familière — et réservée à Clint — la saisit. Non, pas question. Elle ne voulait pas du tout qu'il devienne sérieux.

Dieu merci, il ne fit rien de tel mais se contenta d'ouvrir la porte, puis d'ôter son chapeau et s'effacer pour la laisser entrer.

— Après toi, Fitzgerald.

Elle le frôla en entrant.

— Voudrais-tu bien arrêter de me donner ces noms ?

— Ce sont des compliments.

Elle ouvrit la bouche pour rétorquer, mais aucun son ne sortit. Comment lui dire que chaque nom qu'il lui avait donné depuis la semaine précédente était celui d'un auteur qui avait fini par devenir célèbre et respecté ?

Ces noms étaient des gifles à sa fierté alors que ses propres chances de succès s'amenuisaient à vue d'œil.

Elle pénétra dans la maison et jeta son sac dans un fauteuil dans l'entrée, comme si elle rentrait chez elle.

Soudain consciente de cela, elle recula de deux pas et le récupéra.

— Au lit de bonne heure ? lui demanda-t-il.

— Je suis fatiguée.

— Tu es de mauvais poil.

Elle s'arrêta net et tourna la tête vers lui.

— Pardon ?

Il suspendit son chapeau à une patère, comme s'il avait tout le temps devant lui.

— Je dis juste que tu fais la tête, Margot.

— Peut-être que tu penses ça parce que tu t'es conduit en troglodyte possessif dans ce bar ?

— Tu sais manier les mots, c'est sûr, répondit-il en passant devant elle.

Pourquoi refusait-il manifestement d'engager le combat ? C'était pour elle la seule façon confortable de communiquer avec lui.

Il entra dans la salle de séjour, attrapa une télécommande, se laissa choir sur le canapé et alluma la télévision. Sur l'écran apparut le menu déroulant de ses enregistrements. Il choisit un programme et cliqua dessus.

Ce n'étaient pas les émissions qui manquaient, mais c'est celle de Leigh qu'il avait choisie.

— Tu ne regardes pas ce genre de trucs, dit-elle en s'attardant sur le seuil.

Peut-être qu'elle pouvait toujours entrer en polémique avec lui.

— J'ai enregistré l'émission en pensant que Dani et toi voudriez voir le dernier épisode, précisa-t-il avant de lui jeter un coup d'œil. Tu veux ?

D'accord, la question était pleine de sous-entendus, mais elle songea qu'il lui tendait peut-être aussi un rameau d'olivier et l'invitait à se détendre avec lui.

Elle n'était pas vraiment fatiguée, aussi se trouva-t-elle une place au bout du canapé, assez loin de lui pour que ce soit clair.

Il trouva cela amusant.

— Viens ici, Margot, dit-il en tendant le bras pour le passer autour d'elle et l'attirer tout contre lui.

Il lui fallut une seconde pour recouvrer son souffle. Il lui fallut un bon moment de plus pour se remettre de ce geste extraordinairement sexy.

— C'est bien mieux comme ça, reprit-il, manifestement content.

Elle ne trouva aucune repartie, ni même aucun commentaire. Elle se contenta donc d'essayer de maîtriser les battements de son cœur alors qu'ils regardaient Leigh à l'écran. Dans un décor de cuisine ravissant — avec rideaux vichy aux fenêtres et jardin verdoyant derrière —, elle rassemblait les ingrédients pour une version sensuelle et méridionale d'un gâteau au chocolat et aux framboises. Elle portait une chemise de flanelle dont elle avait déboutonné un bouton de plus que dans la vraie vie, exposant un soupçon de décolleté et un autre de ventre musclé, puisqu'elle en avait noué les pans.

Margot avait chaud et froid à la fois d'être aussi près de Clint. Avoir sa jambe contre la sienne lui semblait… étonnant. Peut-être parce qu'elle se serait attendue à ce qu'il fasse preuve de plus d'audace.

Elle s'efforça de respirer normalement. « Inspire, expire. Sans trop de bruit. »

« Contente-toi de respirer. »

Et les choses finirent par lui sembler naturelles, à défaut d'audace. Enfin, si on pouvait appeler ça comme ça.

Il passa un bras sur le dossier du canapé derrière elle, et elle perçut la chaleur de sa peau sur sa nuque.

« Un premier rendez-vous galant », songea-t-elle. C'était à cela que ça lui faisait penser.

Le rendez-vous qu'ils n'avaient jamais eu avant que tout dérape.

Ils s'étaient vus nus, ils s'étaient conduits l'un l'autre à l'orgasme mais, soudain, elle comprit qu'elle voulait autre chose.

Un semblant de rendez-vous, calme comme maintenant, sur ce canapé, à être simplement assise près d'un homme qui faisait naître un je-ne-sais-quoi dans sa poitrine.

Elle ne se permit pas de réfléchir plus avant à cette impression étrange — si elle le faisait, elle s'enfuirait au galop — et se cala mieux sur le canapé contre son bras.

« Détends-toi », se dit-elle.

Mais, bien sûr, c'était impossible.

Bon sang, elle n'était plus qu'une boule de nerfs, et ne parvenait même plus à suivre l'émission de Leigh. Avec le bras de Clint autour d'elle, elle avait l'impression d'être redevenue une adolescente que la fin de soirée inquiète à l'avance.

Puis elle commença à se sentir agitée.

« Il est temps d'y aller. »

« Temps de s'enfuir avant qu'il soit trop tard. »

Mais elle se demandait juste si Clint avait l'intention de l'embrasser… ou pas.

Finalement, elle ne put plus le supporter.

— Ça t'ennuie si je regarde la fin plus tard ? lui demanda-t-elle en se redressant et en s'éloignant de lui.

Loin, très loin.

S'il en fut surpris, il n'en laissa rien paraître.

— Je t'en prie.

— Merci.

Elle voulut s'en aller, mais d'autres mots voulurent sortir de sa bouche. Elle les laissa faire :

— Enfin, merci pour tout. J'ai vraiment passé une bonne soirée.

Et elle s'obligea à sortir de la pièce avant de se raviser, et de lui tomber dans les bras.

Margot ne trouva pas le sommeil avant l'aube, quand le claquement de la porte lui apprit que Clint partait travailler.

Enfin, elle n'allait plus devoir se demander s'il allait entrer dans sa chambre pour mettre un terme à la tension sexuelle inhérente à la soirée, songea-t-elle en fermant les yeux.

Elle s'endormit si vite qu'elle n'eut même pas le temps d'être déçue.

Lorsque son réveil sonna quelques heures plus tard, elle se redressa dans son lit, se pencha, tira son sac, plongea la main dedans et en sortit son portable pour arrêter l'agaçante sonnerie.

Tout de suite après, elle composa un numéro.

On décrocha.

— Dani ? bafouilla-t-elle.

— Salut.

— Oh Dani, il a un de ces culots.

Un silence accueillit ces mots alors qu'à l'autre bout du fil Dani tentait de comprendre. Puis elle éclata de rire.

— Je sais que ce que tu viens de me dire n'a rien de drôle, mais tu m'as fait penser à cette vieille comédie musicale, tu sais bien, quand au début des ados se racontent leur vie sentimentale au téléph…

— Dani.

— O.K., O.K., qu'est-ce que Clint a encore fait ? lui demanda-t-elle avant de marquer une autre pause, et de reprendre : Eh, attends un peu. Comment pourrait-il te porter sur les nerfs alors que tu es rentrée chez toi ?

D'accord, l'heure de lâcher le morceau avait sonné.

— Je, euh, je suis toujours chez lui.

— Hein ?

Allons bon, elle cherchait la critique ou quoi ?

— Je n'ai pas voulu te bassiner avec mes problèmes alors que vous en aviez de pires, Riley et toi.

— J'*adore* tes problèmes, Margot. Crois-moi si je te dis qu'ils ont illuminé ma semaine, rétorqua Dani sans s'étendre sur les détails. Pourquoi es-tu restée ?

Maintenant, elle allait passer sur le gril, mais ça faisait du bien de vider son sac.

— Clint a eu cette idée, pour mon prochain livre.

— Oh ! un livre. Comment ne l'ai-je pas deviné ? Je suis sûre que Clint et toi avez eu un paquet de discussions littéraires.

— Ne te fiche pas de moi, l'interrompit-elle avant de lui exposer l'idée de Clint.

Dani parut y réfléchir quelques instants, puis :

— Celui-là, sûr que je le lirais.

— De toute façon, tu lis tout ce que j'écris.

— Ça, c'est parce que ta vie a toujours été un plaisir par procuration.

Pourquoi Dani avait-elle un ton si nostalgique ?

Margot n'eut pas le temps de pousser plus loin son analyse, car son amie poursuivit, bien plus guillerette :

— Vous devez travailler dur sur ce livre. Jusqu'à quelle heure avez-vous *travaillé* hier soir ?

— Tu te moques de moi, à présent ? grogna Margot en faisant passer ses jambes hors du lit. Je t'appelais pour te raconter à quel point il me rend chèvre. J'ai besoin d'une oreille amicale, là.

— Eh bien, parle.

Elle lui relata donc en détail sa soirée avec Clint au bar — le presque baiser, sa façon territoriale d'empêcher les autres cow-boys de danser avec elle, et même la fin de soirée, qui ressemblait tant à un rendez-vous galant.

— Comme si c'était une surprise, conclut Dani sur un soupir. Riley disait…

Elle se tut à mi-phrase, mais Margot n'allait pas la laisser s'en sortir comme ça.

— Que disait Riley ?

— Oublie ce que je viens de dire. Je n'aurais jamais dû mettre ça sur le tapis.

— Ah non, tu en as trop dit, maintenant !

— Qu'est-ce que tu en as à faire, puisque tu vas bientôt quitter le ranch ? A moins que…

Oh ! Seigneur. Même Dani pensait qu'elle était plus intéressée qu'elle devrait l'être.

— Ecoute, reprit Dani. J'aime bien Clint et je te connais, Margot. Et, depuis le temps que je te connais, je sais que tu paniques aux premiers signaux indiquant que le type montre des intentions sérieuses.

— Parce que Riley t'a dit que Clint a des intentions sérieuses ? l'interrogea Margot, un ton plus bas.

— Je n'ai pas dit ça.

— Dis *quelque chose* alors !

N'importe quoi.

Dani prit une voix plus grave :

— Ce n'est pas moi qui devrais dire quelque chose, là. C'est toi qui dis quelque chose. Tu me dis que Clint a suffisamment de pouvoir pour que tu aies besoin de m'appeler de bon matin pour rouspéter à son sujet.

Si Margot n'avait pas su à quoi s'en tenir, elle aurait déclaré que la nouvelle Dani n'avait pas changé que sa coiffure et son aspect physique. Elle avait également une nouvelle façon de composer avec les gens.

Margot s'installa plus confortablement sur le lit et comprit que le temps des tergiversations était terminé avec Dani.

Et avec elle aussi.

— Je n'ai aucune idée de ce qu'il se passe. La semaine dernière, j'étais cette fabuleuse nana sur le départ. Cette semaine..., avoua-t-elle avant de fermer les yeux, puis de les rouvrir : Cette semaine, je commence à penser à ce que ça serait, de rester.

— Avec Clint ?

— Pfff, je n'arrive pas à croire que j'ai dit ça.

D'ailleurs, l'avait-elle vraiment dit ?

Dani répondit, d'un ton plus avenant :

— Tu as une trouille bleue, c'est bien ça ? Ce n'est pas

grave, Margot. L'amour, c'est rudement effrayant. C'est dur à comprendre, aussi.

« Tu sais de quoi tu parles », songea Margot, en se demandant incidemment jusqu'à quel point ses amis avaient ravaudé les petites déchirures dans leur relation.

Cependant, la seule mention d'amour lui donna presque des palpitations.

— Peut-être qu'on ne devrait pas employer ce mot-là. je ne peux même pas…

— D'accord. Puis-je dire *apprécier* à la place ? Parce que tu apprécies vraiment Clint, n'est-ce pas ?

Margot serra ses genoux repliés contre elle.

— J'aimerais bien que ce soit faux.

— Mais tu l'apprécies.

Fut-ce de l'espoir qu'elle entendit dans la voix de son amie ?

— Ne t'avise pas d'en parler à Riley, parce que les mecs sont de pires pipelettes que les filles.

— Motus et bouche cousue. Mais que comptes-tu faire ?

— Je ne sais pas, répondit-elle, avant d'ajouter après une hésitation : Rien. Je sais que je ne vais rien faire du tout, parce que c'est une aventure sympa, mais sinon…

— Ah, fit Dani, apparemment déçue.

Mais pourquoi ne le serait-elle pas quand Margot n'avait pas la moindre idée de ce que c'est, d'être avec quelqu'un dans une relation normale, et gâcherait probablement une occasion d'en avoir une, de toute façon ?

Elle n'aurait jamais dû téléphoner à Dani. Elle n'aurait jamais dû ouvrir cette boîte de Pandore, car qu'avait-elle d'autre à offrir sinon quelque soixante-dix petits papiers dans un panier ?

Rien. Elle songea à l'impasse avec son éditeur, à sa tendance à toujours vouloir bouger, à ne surtout pas s'engager.

Cependant, peut-être y avait-il quelque chose, après tout, pensa-t-elle après avoir raccroché.

Elle n'avait pas encore quitté le ranch, et elle pourrait peut-être bénéficier d'une autre une nuit de plaisir avant de retourner à ce qu'il lui restait, quoi que ce fût.

A la fin d'une journée entière à dresser un poulain pie acheté le mois précédent, Clint rentra harassé et fila sous la douche.

Le jet qui martelait ses épaules lui fit un bien fou. A sentir l'eau sur son corps nu, il se rappela le Crazy Horse et passa aussitôt en mode fantasme, imaginant que Margot n'était pas claquemurée dans sa chambre à travailler sur son projet, mais qu'elle était là et le massait elle-même, l'aidant à se détendre après ces heures de dur labeur.

Après sa douche, il descendit. Il collerait deux plats surgelés dans le four, et évaluerait ensuite la combativité de Margot quand elle viendrait dîner.

Serait-ce la guerre ?

Ou l'armistice ?

Il la trouva déjà en bas, assise sur une chaise dans la cuisine, les cheveux détachés dans son dos et vêtue du long négligé blanc — faussement innocent — qu'il lui avait offert le week-end précédent.

Elle lui adressa un sourire mystérieux, le faisant presque exploser.

Cependant, elle n'eut pas l'air de le remarquer car elle poussa simplement une assiette de pain de viande et de légumes vers lui. Une autre se trouvait déjà devant elle.

— Je t'ai entendu rentrer, alors je suis venue faire réchauffer ça, lui dit-elle. J'espère que ça ne te dérange pas si j'ai utilisé la viande hachée du réfrigérateur.

— Pas du tout. Merci.

Qu'était-il censé faire, avec elle dans cette tenue sexy

et ce pain de viande sur la table ? Il n'en fut pas certain. Devait-il choisir ?

Y aurait-il eu dans le panier un papier qu'il n'aurait pas trouvé, avec un scénario dans une sorte de SexyVille des Etats-Unis ?

La seule chose dont il fut sûr, c'était qu'elle établissait une autre destination — leur final.

« Joue le jeu, se dit-il. Rien de mémorable n'arrivera jamais avec elle, de toute façon. » Il n'aurait même pas dû bercer cette idée, hier soir. Ni jamais.

Rien qu'imaginer... la citadine à qui tout réussissait et lui, le simple cow-boy solitaire. Risible.

Il s'assit, but une longue gorgée du verre d'eau fraîche qu'elle lui avait préparé. Des glaçons cliquetaient dans le verre, une tranche de citron en décorait le bord.

Elle fit glisser un morceau de papier vers lui.

Et voilà — encore un scénario tiré du panier.

Il ne le lut pas tout de suite mais la regarda, elle, un instant. Elle lui décocha un autre sourire énigmatique.

Une ou deux secondes s'écoulèrent, puis il songea : « Pourquoi pas ? »

Qu'avait-il à perdre ?

« Ton cœur ? » susurra une petite voix dans sa tête. Il l'ignora et lut.

Le bar de glace, Reykjavik, Islande.

Il reporta les yeux sur elle, dans ce négligé blanc. Une princesse de glace. Mais, malheureusement, l'image fut à ses yeux plus qu'un rôle qu'elle jouait.

Elle était aussi glaciale que possible.

— C'est un endroit où on gèle, ce bar de glace, commença-t-elle. Quand j'y suis allée, ils m'ont servi mon cocktail dans un verre en glace, et ils nous ont aussi donné des parkas pour qu'on ne se gèle pas les fesses sur les tabourets de glace.

Elle sourit, et suivit du doigt le bord de son verre qui, curieusement, ne contenait pas d'eau mais seulement des glaçons.

— Ce bar, c'était l'endroit idéal pour trouver quelqu'un capable de réchauffer une fille ensuite.

La main agrippée à son verre, il parla sans prendre le temps de réfléchir :

— Je ne veux pas savoir comment on t'a réchauffée.

Silence.

Un silence épais, lourd.

L'espace d'une seconde, il crut qu'elle allait laisser tomber ce truc du panier, mais elle saisit son verre et se leva.

Elle entreprit de sortir de la cuisine, mais pas avant d'avoir déclaré :

— Le dîner peut refroidir, je m'en moque… mais toi, tu aurais peut-être envie de venir *me* réchauffer.

Puis elle sortit.

Clint s'ordonna de rester où il était. De ne pas céder, cette fois, parce que s'il le faisait ça deviendrait réel.

Il ne savait pas s'il pourrait supporter une autre nuit avec elle en prétendant que c'était une aventure sans aucune importance.

Mais il se retrouva à se lever et à la suivre dans le couloir, attiré par elle.

Toujours attiré par elle.

Au bout du couloir, il la vit disparaître dans le bureau, dont on avait tamisé l'éclairage. Elle avait l'air d'un fantôme ou de…

Ou d'une mariée, dans ce négligé blanc.

Jamais il n'oserait lui dire cela, car il soupçonnait que l'allusion suffirait à gâcher leur dernière nuit ensemble.

Et il voulait que ce soit une nuit unique, différente.

Bon sang, comment en était-il parvenu à ce point ? Et

pourquoi avait-il l'impression qu'il aurait dû rentrer bien plus tôt du travail ?

Il gagna la pièce obscure dans laquelle il savait qu'elle l'attendait, avec son parfum fleuri pour guide. Il faisait presque noir, et à vrai dire il ne distinguait pas grand-chose en dehors des contours de son négligé. Il sut pourquoi elle avait choisi l'obscurité — il serait obligé de se demander où et quand la glace entrerait en contact avec sa peau.

— Viens ici, l'entendit-il lui dire.

Ah, elle ne l'appelait plus l'Étalon, maintenant. Était-ce bon signe ?

Il décida que la réponse était « oui » et avança.

— Enlève ta chemise, entendit-il encore, d'une voix un peu hésitante.

Ou alors il se faisait des idées.

Il obtempéra en demandant :

— Où allons-nous, Margot ?

— Tu verras.

Il n'avait pas parlé du scénario sur l'Islande. Et, si elle comprit que sa question était infiniment plus vaste, elle n'en laissa rien paraître. Au lieu de cela, il perçut le bout de ses doigts glacés sur son torse. Il sursauta.

Il lui prit la main.

— Qu'est-ce qui va se passer après cette nuit ?

— Je rentre chez moi, rétorqua-t-elle en essayant de se dégager.

Il l'en empêcha.

— Alors explique-moi pourquoi j'ai l'impression que tu n'en as aucune envie ?

— Tu comptes papoter toute la nuit ?

Son cœur fit un bond dans sa poitrine.

— Peut-être que je devrais. Peut-être que, maintenant, c'est le meilleur moment pour te dire que je ne veux pas que tu t'en ailles, même si c'est apparemment ce que tu as en tête.

— Chut.

Cette fois-ci, elle le toucha avec un glaçon, plus agressive. Elle le fit tourner autour d'un mamelon, et il retint son souffle.

« Est-elle réellement glaciale ? » s'interrogea-t-il.

Puis il se demanda s'il réussirait jamais à la faire fondre jusqu'au bout.

Elle, de son côté, faisait un travail du tonnerre pour le faire fondre, *lui*. Son sang commençait à entrer en ébullition alors qu'elle continuait ses dessins glacés sur sa peau.

De l'eau coula sur son torse, sur son ventre, froide, si froide.

— Ça, c'est un bon garçon, murmura-t-elle en passant les doigts sous la ceinture de son jean.

Il lui reprit les deux poignets et l'empêcha d'aller plus loin avec son glaçon. Puis il la lâcha et recula d'un pas.

— Fini les petits jeux, Margot. Fini les bains moussants, le lupanar ou la glace.

Elle lâcha un rire insouciant, comme le soir des enchères des paniers.

Il poursuivit, toujours dans le noir, en rêvant de pouvoir admirer son visage.

— Hier soir au bar, je n'ai pas voulu qu'un autre homme te regarde. Tu sais pourquoi ? Parce que quand je pense à toi avec un autre ça me rend fou. Même après une semaine, tout ce que je veux c'est être près de toi, respirer ton parfum, t'avoir près de moi dans mon lit ou sur le canapé ou n'importe où, juste que tu sois là. Tu es déjà devenue une part de mon foyer. Ne le comprends-tu pas ?

Elle garda le silence. Peut-être était-il allé trop vite, mais qu'importe, il allait faire de cette soirée une partie de leur histoire, effaçant définitivement celle avortée de naguère.

Il avança délibérément d'un pas jusqu'à percevoir sa présence. Un frisson lui parcourut la peau. Puis il tendit les deux mains en sachant d'instinct où les refermer sur son visage.

Il fit courir les pouces sur ses pommettes et se pencha pratiquement nez à nez avec elle.

Le souffle précipité de Margot lui caressait les lèvres.

— Ta place est *ici,* avec moi, murmura-t-il avant de l'embrasser délicatement, en effleurant sa bouche.

Une indication de sa tendresse, celle qui avait toujours été cachée, sous la surface.

Elle émit un son de protestation, laissa tomber son glaçon et referma les mains sur ses poignets. Mais quand il intensifia son baiser, juste un tout petit peu, elle parut défaillir sous lui.

Il lui passa un bras autour du dos, la maintint debout, mais pressée contre lui, et posa son autre main derrière sa tête.

Quand elle soupira contre sa bouche — un son exprimant le plaisir cette fois-ci —, il se retint.

Un vrai premier baiser.

Un baiser doux, sans aucun rapport avec le sexe ni l'instinct animal.

Un baiser destiné à lui faire comprendre ce qu'il éprouvait sans avoir à l'exprimer, et la terroriser définitivement.

Ils s'embrassèrent durant ce qui lui sembla des heures, comme deux enfants ne pouvant supporter d'être séparés.

Accrochée à lui, elle faisait courir ses mains sur son dos en émettant toujours ces petits sons de gorge très doux.

Quand il perdit finalement toute capacité à respirer, il redressa la tête pour chercher de l'air en la maintenant toujours contre lui.

— Plus de jeux, dit-il contre sa bouche. Ce que je ressens

pour toi est plus réel que tout ce que j'ai jamais pu éprouver pour quiconque, Margot.

Il attendit sa réponse durant de longues secondes ; ce serait le gong précédant l'annonce de son destin.

12

Plus réel que tout ce qu'elle avait jamais éprouvé…

C'était si vrai que cela lui collait une peur bleue.

Le sang qui battait follement à ses tempes lui embrouillait tant les idées qu'elle ne put en isoler une, et elle se rendit compte qu'elle agrippait la taille de Clint.

Il aurait fallu qu'elle dise quelque chose, mais quoi ? Parce que lui répondre qu'elle ressentait la même chose vis-à-vis de lui serait un engagement, et s'engager n'était pas dans ses codes. Elle avait bâti une carrière en voguant de lieu en lieu, sans jamais s'arrêter nulle part, sans jamais le vouloir.

Jusqu'à ce qu'il vienne, jusqu'à ce qu'il lui offre le premier vrai foyer qu'elle ait jamais eu.

Lui faisant comprendre que ce foyer… et lui… étaient tout ce qu'elle avait toujours cherché.

Cependant, il ne comprenait pas que les foyers ne duraient jamais. Qu'ils n'étaient que des étapes du chemin, tout comme les gens n'étaient que des relations passagères. Les foyers se brisaient, parfois avec des conséquences fatales, et elle était très bien toute seule.

Elle l'avait toujours été, et le serait toujours.

Elle voulait s'enfuir à présent, mais il la retenait contre lui, dans sa chaleur, dans sa force.

— Margot, murmura-t-il, ne me laisse pas sans réponse.

Elle ferma les yeux et réussit à saisir une idée au vol dans le tourbillon de ses pensées.

— Pardon, je ne le fais pas exprès.

— Bien. Parce que je ne regrette pas de t'avoir dit ce que j'éprouve. Ce que je regretterais, en revanche, ce serait de te voir partir en sachant que les choses auraient pu être différentes entre nous.

— Avons-nous une chance ensemble ? lui demanda-t-elle d'un ton calme.

Qui ne lui ressemblait pas.

— Pourquoi ne l'aurions-nous pas ? répondit-il.

Elle repensa aux mots élémentaires qu'il venait d'employer, à la façon dont elle avait sa place ici. Même dans l'obscurité ambiante, il l'avait temporairement illuminée.

Elle rêva d'être capable de faire la même chose pour lui. Il avait besoin d'une femme qui serait présente la prochaine fois qu'il devrait affronter ses frères, quelqu'un qui voudrait le voir gagner tout ce qu'il entreprenait dans la vie.

Elle refusait de le décevoir. Et quand il se rendrait compte qu'elle n'était bonne que dans les relations éphémères, rien de plus, il serait déçu.

Il lui caressait toujours la joue, provoquant ces drôles de sensations dans sa poitrine, des sensations inconnues d'elle, des sensations que seul quelqu'un qui se soucie de vous peut engendrer.

Mais des sensations qui ressemblaient aussi à la peur, parce que... que se passerait-il quand ces... ces papillons qu'elle avait dans la poitrine se lasseraient d'essayer de prendre leur envol ? Et si, pour commencer, ils n'avaient rien de réel ?

Elle mourut d'envie de caresser son visage dans le noir, comme il le faisait pour elle. Elle voulut lui montrer, sans ces mots trop durs à exprimer, qu'elle allait prendre ce risque, mettre son cœur sur la table, le lui donner.

Mais elle n'y arriva pas.

Cette fois-ci, c'était *elle* la mauvaise blague, et elle en serait probablement toujours une.

Quand elle se recula imperceptiblement, il raidit les doigts, puis les enleva de sa joue.

Il comprenait qu'elle ne pouvait pas faire ça, n'est-ce pas ?

— Tout ça arrive trop vite, lui dit-elle en évitant complètement le sujet.

Et elle ne pouvait courir le risque que leur histoire n'aille nulle part.

Le petit rire de Clint dissimula ce qu'elle pensa être une blessure — une blessure qu'elle venait de lui infliger.

— On a peut-être besoin d'un peu de temps avant de…, commença-t-il.

Surtout, l'empêcher de dire « tomber amoureux » ou quelque chose d'approchant !

— J'ai juste besoin de réfléchir, l'interrompit-elle aussitôt — et en faisant un pas vers la porte entrouverte. C'est le fouillis dans ma tête.

« C'est toi qui es un vrai fouillis, et tu ne sais même pas comment y mettre de l'ordre », souffla une voix dans sa tête.

— Très bien, Margot, reprit-il, avec l'air… confiant ?

Ou était-ce un autre masque destiné à cacher sa résignation ?

— Prends ton temps, conclut-il.

Il la laissait se tirer d'affaire, et elle se demanda s'il avait jamais réellement pensé tout ce qu'il lui avait dit. Si tout cela était vraiment destiné à la faire tomber amoureuse de lui, ç'aurait été le comble de la mauvaise blague.

Toutefois, quelque chose en elle lui affirma que ce n'était pas le cas.

Oui, mais même si elle retournait vers lui et lui sautait dans les bras ça ne durerait pas. Ça ne durait jamais pour aucun d'entre eux, pourquoi s'imaginer que ce serait différent cette fois-ci ?

Elle quitta la pièce en s'ordonnant de ne pas regarder en arrière.

De ne regarder que devant elle, comme elle l'avait toujours fait. Et Dieu c'est que c'était difficile.

Clint la laissa partir car la forcer à rester avec lui dans le noir n'allait rien résoudre. Cela ne ferait pas naître en elle des sentiments qu'elle n'avait manifestement pas.

Elle venait juste de le laisser tomber avec aisance, songea-t-il en l'entendant gravir l'escalier pour sortir du bureau.

Il ne put réprimer un profond soupir, puis referma la porte derrière lui, comme s'il pouvait refermer tout ce qui venait de se produire dans cette pièce. Une tache noire grossissait en lui, pesante, solitaire.

Mais pourquoi lui avait-il ouvert son cœur en sachant fichtrement bien comment elle allait réagir ?

Il alla se coucher et chercha l'oubli du sommeil ; en vain. Il finit devant la télévision jusqu'à ce que ses yeux se ferment tout seuls.

Au matin, la télévision fonctionnait encore, émettant un son à la fois fort et métallique alors que l'aube déployait généralement des vagues colorées au travers de sa fenêtre.

Même le soleil était terne ce matin.

Il enfila un jean, puis gagna sa porte. En l'ouvrant, il faillit mettre le pied sur une feuille.

Il la ramassa, le cœur déjà lourd.

« Clint,

« Je n'arrive pas à dormir et, comme j'étais censée partir de bonne heure ce matin, j'ai pensé que je pourrais aussi bien te libérer plus tôt.

« Je te dois un grand merci, non seulement pour ton hospitalité, mais parce que tu sais faire passer de formidables moments à une fille. Je suis sérieuse quand je te dis que je n'oublierai jamais ce week-end que nous venons de vivre. »

Là, ce fut comme si elle avait arrêté d'écrire, et puis recommencé. D'une calligraphie un peu tremblante.

« Dani et Riley me serinaient que tu avais changé depuis l'université, et ils avaient raison. Tu peux tout faire, Clint, et je ne suis pas en train de te flatter. Un jour, une fille aura une chance folle de t'avoir pour elle. Une fille qui ne sera pas névrosée. Elle sera de la campagne jusqu'au bout des ongles, et pas une fille hors de son élément dans ta vie. Elle saura t'écouter et t'aimer. Je te souhaite tout le bonheur du monde avec elle. Elle sera la plus chanceuse des femmes sur cette terre. »

La vision embrouillée, il ne put se concentrer sur le reste de la lettre, qui n'était que platitudes et autres remerciements pour son accueil.

L'écrivain, songea-t-il. La femme qui avait été incapable de lui dire tout cela hier soir.

L'estomac retourné, il chiffonna la feuille et la jeta au hasard en filant vers la chambre de Margot.

Il ouvrit la porte et ne trouva qu'un lit soigneusement fait, comme si personne n'y avait séjourné.

Comme si elle n'était jamais venue dans sa vie, et l'avait laissée en petits morceaux.

Mais c'était ainsi que ça devait se dérouler, songea-t-il. Comment aurait-il pu en aller autrement avec deux personnes cherchant seulement l'aboutissement d'un fantasme vieux de dix ans ?

Il fallait effacer tout ça de son esprit, et le mieux pour cela c'était d'aller travailler. Il gagna l'écurie en voiture, la traversa à pied avec l'impression d'être vide.

Ses employés l'observaient, mais il ne s'en aperçut quasiment pas. Et, quand il reçut un e-mail plus tard dans la journée dans son bureau, il ne put que rire.

Le message provenait de ses frères. Fini les menaces, ils venaient d'engager un avocat.

Il se laissa aller dans son fauteuil et repensa à ce que Margot lui avait dit l'autre soir au 76, quand ils étaient attablés près de la piste de danse.

« Je connais quelqu'un qui pourrait t'aider. »

Elle faisait référence à un avocat bien sûr, mais elle n'avait aucun moyen de savoir que la seule personne qu'il avait envie d'avoir à ses côtés, pour mener chaque bataille avec lui, c'était elle.

La semaine s'écoula avec une lenteur désespérante pour Margot.

Elle tenta de la faire passer plus vite en « comblant sa veine créatrice », en voyant autant de films qu'il était possible, en lisant tout ce qui lui tombait sous la main et en feuilletant moult magazines afin de trouver l'inspiration pour un nouveau projet.

Cependant, elle revenait toujours à des rêveries éveillées à propos de bars de campagne, de nuits étoilées, de canapés confortables en cuir de vachette ou d'un belvédère situé sur un ranch.

Et, surtout, d'un cow-boy aux cheveux dorés et emmêlés, aux yeux bleu délavé et au sourire arrogant.

Même un dimanche après-midi de début octobre sur son balcon, avec le journal et une assiette de scones à la myrtille, ne put la ragaillardir ni la sortir de son cafard.

Elle décida de téléphoner aux deux seules personnes capables de la faire se sentir mieux.

D'abord, elle appela Dani, puis passa en mode conférence et eut Leigh au téléphone. Cette dernière se trouvait dans une crèmerie où elle allait tourner une émission sur les glaces maison.

— Je ne me supporte toujours pas, lança-t-elle dès que Leigh fut en ligne.

— Arrête de t'autoflageller dès que tu parles de Clint, rétorqua tout d'abord la Reine de la Glace.

— Oui, enchaîna Dani, tu as pensé que ça ne marcherait pas avec lui, alors tu as tout étouffé dans l'œuf.

Et elle l'avait étouffé par écrit, entendit Margot dans chaque syllabe que prononcèrent ses amies.

Elle n'avait même pas été capable de lui exprimer en personne ce qu'elle éprouvait.

Elle laissa aller sa tête contre le dossier de son fauteuil.

— J'ai eu peur de ce qui aurait pu arriver si j'essayais de lui dire ces trucs face à face et pas dans une lettre. Si je suis écrivain, ce n'est pas pour rien.

Euh, *étais* écrivain ?

Elle n'avait toujours pas annoncé à ses amies l'annulation de son contrat, celle de son dernier livre, ni même parlé de ses perspectives d'avenir plutôt sombres. Leigh était en pleine ascension, Dani allait finir par ouvrir sa propre boîte et elle, elle était un poids mort.

Pourquoi lui avait-il semblé que la seule personne à laquelle elle pouvait se confier était Clint ? Il lui avait donné des idées, pas de la commisération.

Il lui avait donné le sentiment qu'ils pourraient trouver leur chemin ensemble hors d'une pièce obscure, et plus les jours passaient, plus elle voulait croire qu'ils auraient pu y arriver si elle avait décidé qu'elle pouvait briser tous ses schémas et changer.

Trop tard, songea-t-elle. Elle avait consigné la fin de cette histoire noir sur blanc.

— Que lui aurais-tu dit que tu n'as pas écrit dans ta lettre ? lui demanda gentiment Leigh.

Elle se mordilla la lèvre.

— Je n'arrive pas à dire ce que je ressens verbalement. Ou alors, les mots que j'emploie ne sont en général pas les bons, de toute façon.

— Tu sais exactement ce que tu aurais dû lui dire, intervint Dani.

— Hein ? fit Margot en se redressant. Que je suis soudain tellement sûre que je ne vais pas me lasser, comme mes parents l'ont toujours fait, ou qu'il ne va pas vouloir passer à autre chose, comme il l'a toujours fait ?

— Ça, c'est ce que dirait la Margot qui ne veut pas sortir de son ornière. Cette Margot-là a une trouille d'enfer, répliqua Dani.

— Non, je…

Si, Dani avait raison : elle avait peur.

— Quand on aime, on doit faire avec tout ce qu'on a, pas vrai, Dani ? déclara Leigh.

— Vrai.

La voix de Dani parut si triste que Margot en oublia son problème et sauta à pieds joints sur cette occasion de détourner les projecteurs d'elle. Sans compter qu'elle tenait vraiment à savoir ce qui se passait pour ses meilleures amies.

— Et toi, Dani ? Est-ce que tout va bien de ton côté ?

A l'autre bout de la ligne, elle entendit un soupir.

— Eh, je suis sérieuse, là, insista Margot. Mes embrouilles, on pourra y revenir plus tard.

— Oui, répondit finalement Dani. Bien sûr que tout va bien. Ne change pas de sujet, veux-tu ?

Un ange passa avant que Dani reprenne :

— Bon, d'accord, ça n'a pas été un chemin pavé de roses. Mais Riley est en déplacement pour le travail, il cherche une propriété pour son patron, et il va rentrer ce soir. Je lui prépare un accueil de choix à la maison. Vous verriez les trucs que j'ai achetés !

Inexplicablement, Margot eut un mauvais pressentiment.

— Des trucs ?

— Oui, oui. On a une petite boutique un peu olé olé dans le coin… du goût, mais tentant. Ça aurait été parfait pour mon panier, l'autre jour, si seulement j'y avais pensé sur le moment.

Et Leigh et Margot firent silence un instant, jusqu'à ce que Margot déclare :

— Je serai la première à t'informer que l'amusement et les jeux dans une chambre à coucher n'aident en rien.

— Ils nous remettront tous les deux de bonne humeur.

Bizarrement, les paroles de Dani sonnèrent comme un écho de ce qu'avait dit Margot à Clint le soir où tout avait commencé à partir en vrille avec le Crazy Horse.

« C'était de l'amusement, d'accord ? »

Mais ça n'avait pas été que ça, loin de là. Ça avait été la première fois qu'elle avait dû se débattre avec ses sentiments après le sexe. La première fois qu'elle avait tout fait pour éviter d'avoir à analyser ce qu'elle éprouvait vraiment envers lui.

Elle n'était pas certaine que ce fût de l'amour. Pas encore. Mais l'amour doit bien commencer quelque part, et, si ce n'en était pas le début, elle ne voyait pas ce qui pouvait l'être.

L'amour. Elle, Margot Walker, célibataire sur le départ.

Et maintenant vraiment hors de son élément.

Elle tira sur un fil qui dépassait du fauteuil.

— Quoi que tu fasses, bonne chance, Dani.

— Ce soir, ce sera un grand soir pour nous. J'en suis certaine. Et, après l'accueil que je lui réserve, je lui montrerai la robe de mariage que j'ai finalement commandée. Ouvrez vos messageries, les filles, je vous ai envoyé une photo ce matin.

Margot tendit la main vers son iPad et ouvrit la sienne.

La photo qui apparut lui fit chaud au cœur.

— Elle est splendide, Dani !

La robe était un modèle simple, asymétrique, en ruché avec des applications de fleurs en perles. Tellement semblable à Dani.

Cependant, et à sa grande surprise, elle pensa qu'elle aurait aussi pu être la sienne. Vêtue de blanc, comme l'autre soir avec Clint dans ce négligé. Elle poussa un soupir, et Leigh dut penser que c'était juste à cause de la robe.

— Bon sang, ce qu'il est long à charger mes e-mails, ce portable ! Il faut dire qu'ici le réseau n'est pas fameux.

— Allez, ne fais pas ta grincheuse, tu la verras plus tard, lui dit Dani en riant.

— Je ne suis pas grincheuse.

— Mais si, la taquina Dani, maintenant qu'elle n'était plus le sujet de conversation. Je le serais aussi, si je n'avais toujours pas eu de nouvelles de mon admirateur secret.

— Tiens, à propos, il faut que j'y aille, les filles, rétorqua Leigh. Le tournage va commencer. A bientôt !

Margot et Dani se retrouvèrent seules en ligne.

— Tu t'es débrouillée comme une chef pour trouver cette robe, poursuivit Margot.

— Crois-le ou pas, de temps en temps je sais très bien ce que je fais, plaisanta Dani. Prends bien soin de toi, d'accord ? Pas de soirée à broyer du noir, à picoler ou à te languir de Clint.

Etait-ce ainsi que la voyait son amie ces jours-ci ? Comme une pauvre petite chose qui se languissait ? Margot raccrocha sans avoir trouvé la réponse.

13

Ce soir-là, Clint reposa brutalement le combiné du vieux téléphone de son bureau en tonnant une bordée de jurons.

Heureusement pour lui, seul le silence de ses chevaux lui répondit.

Il venait une fois de plus de tenter de joindre un de ses frères, qui lui avaient laissé un message quelques jours plus tôt l'avertissant que leur avocat prendrait finalement rendez-vous avec le sien dans la semaine pour convenir d'une réunion à propos du testament paternel et du ranch.

Depuis, aucun des deux n'ayant daigné répondre à ses appels, il avait été dans l'impossibilité de leur faire entendre raison — mais, la raison, ils avaient toujours refusé de l'écouter, alors… Bon sang, il n'avait même pas encore d'avocat. Jamais il n'aurait cru que les jumeaux iraient jamais aussi loin.

Son propre sang.

Ils l'avaient pourtant fait, et leur trahison lui donna l'impression d'avoir été percuté par l'arrière alors qu'il attendait tranquillement au stop. D'avoir vu arriver la voiture dans le rétroviseur, mais sans jamais croire qu'elle lui rentrerait dedans.

Et puis… *BOUM !*

Il jaillit de son fauteuil, traversa le bureau exigu et pénétra dans l'écurie en faisant crisser la paille sous ses bottes. Dans leurs stalles, les chevaux tournèrent la tête vers lui et l'une des juments pour laquelle il s'était pris d'affection, et qu'il avait baptisée Calamity Jane, émit un petit hennissement.

Un peu comme si elle avait deviné qu'il était contrarié par autre chose que ses frères. Eux, ils n'étaient que la cerise sur le gâteau immangeable dénommé Margot qui, elle aussi, l'avait salement percuté. Et elle avait continué sa route sans s'arrêter, sans même un regard en arrière pour voir quels dommages elle avait provoqués.

Il avait pensé s'en remettre, mais la blessure était bien plus profonde qu'il ne l'avait imaginé. Et elle n'avait fait que s'étendre, jour après jour. En vérité, il avait raccroché cent fois son téléphone après avoir été sur le point de l'appeler, pour lui demander pourquoi elle avait laissé cette lettre et rien d'autre.

Il alla poser la main sur le chanfrein de Calamity Jane, et elle projeta ses oreilles en avant.

— Je l'ai toujours su, lui dit-il à voix basse. Elles finissent toutes par nous briser le cœur à un moment donné ou un autre. C'est juste que… je n'ai jamais cru que ça m'arriverait à moi.

Jane cligna des yeux, comme pour lui dire : « Ne perds pas espoir. »

Seigneur, il ne voulait pas perdre espoir. Dans ses rêves, il continuait à imaginer Margot surgissant dans sa chambre une nuit, son panier à la main et le sourire aux lèvres, et lui offrant de choisir une nouvelle destination. Et, sur le papier qu'il aurait tiré, il y aurait écrit : « Juste ici dans ce ranch, près de Visalia, Californie. »

Même si, pour elle, il irait n'importe où.

Il tapota l'encolure de Jane.

— Elle ne sait même pas que pour elle je sauterais dans le premier avion pour Pétaouchnoque. Je n'ai jamais eu l'occasion de le lui dire.

La jument frotta le museau contre sa main avant qu'il

s'éloigne vers le fond de l'écurie, où un ouvrier curait une stalle.

Ils se souhaitèrent bonne nuit, et Clint sortit dans la soirée, anormalement chaude pour la saison, sauta dans son pick-up et rentra chez lui.

Chez lui. Sa maison silencieuse, aux fenêtres faiblement éclairées.

Sous la douche, il trompa ses idées noires avec le menu de son dîner, à moins qu'il sorte en ville avec ses gars. Mais, dans le fond, aucune des deux solutions ne le tentait vraiment.

Il fallait cependant qu'il se nourrisse, aussi enfila-t-il un pantalon et un T-shirt avant de parcourir le couloir du premier étage.

Mais alors…

Il crut entendre une voix à l'extérieur de la fenêtre qu'il avait laissée entrouverte pour aérer.

Il se figea, médusé, et tendit l'oreille. On aurait dit Margot.

Mais n'entendait-il pas sa voix, ne voyait-il pas son visage à longueur de journée ?

Au moment où il allait considérer ce bruit comme nul et non avenu, on frappa à la porte, puis la sonnette tinta.

— Clint, je sais que tu es là !

Voilà qu'il entendait des voix, maintenant !

Il eut presque peur d'aller regarder par la fenêtre, car s'il se trompait, s'il était juste le jouet de son imagination, il n'aurait plus qu'à signer sa propre demande d'internement.

Toutefois, cette fenêtre l'attirait trop. Il retint son souffle et, le cœur battant, il ouvrit en grand pour se pencher par-dessus la balustrade.

Elle était bien là, en chair et en os, sortant de sous le porche, comme si elle avait entendu la fenêtre s'ouvrir. Elle se planta dessous, tête levée et mains carrées sur les hanches.

Plus étourdissante que jamais.

Elle avait rassemblé au hasard ses cheveux sur sa nuque et portait une longue robe d'été comme si, en train de passer la soirée chez elle, elle avait brusquement décidé de prendre la route.

Il n'en croyait toujours pas ses yeux, mais elle sembla tout aussi stupéfaite par sa vue, et ses mains glissèrent de ses hanches.

— Margot ? fit-il d'une voix mal assurée.

Elle essayait manifestement de rassembler ses esprits.

— Je... j'ai simplement pris la route, et je suis arrivée ici parce que...

Parce que ? Avait-il eu raison de continuer à espérer... ?

Sa fierté et la blessure toujours vivace vinrent à son secours, formant comme une muraille autour de son cœur. Il était hors de question qu'il revive ça.

— Tu as oublié quelque chose à la maison ? lui demanda-t-il. Ta brosse à dents ? Une paire de bottes ? Une lettre, peut-être ?

Elle baissa la tête un instant, puis releva les yeux vers lui :

— Je ne savais pas quoi faire d'autre, Clint.

— A quel propos ?

— Tu vas m'obliger à te hurler tout ça ?

Il marqua une pause. Il pouvait soit lui faire passer un mauvais moment, soit l'écouter.

Cependant... une fois qu'il l'aurait laissée entrer chez lui, il n'était pas sûr d'être capable de la laisser repartir.

Elle pencha la tête sur le côté.

— J'ai beaucoup de choses à te dire, Clint.

Et ce fut suffisant pour lui faire baisser le drapeau. Bon sang.

— C'est ouvert, lança-t-il simplement.

Elle le regarda encore quelques secondes, et il comprit qu'elle avait fait appel à tout son courage pour venir, comme ç'avait été le cas pour lui quand il lui avait ouvert son cœur, la dernière fois qu'ils s'étaient vus.

Puis elle disparut sous le porche, et le son d'une porte qui s'ouvre et se referme envahit l'espace.

Une main dans les cheveux, il se découvrit incapable de bouger.

Et si tout capotait entre eux ce soir ? Et s'il n'y avait jamais rien eu, pour commencer ?

Il ne supporterait pas une autre blessure. Pas après sa lettre. Pas après ses frères.

En entendant un bruit de pas sur le plancher, il finit par se reprendre et alla se planter en haut des marches.

Debout au pied de l'escalier, elle agrippait la main courante.

Ils ne bougèrent ni l'un ni l'autre. Si près, et pourtant si loin.

— Tu as fait une longue route, lui dit-il.

— J'ai passé presque toute la journée au volant, répondit-elle en resserrant encore sa prise sur la rambarde. J'aurais conduit plus longtemps s'il l'avait fallu.

— Pourquoi, Margot ?

Elle prit une immense inspiration, la relâcha lentement. Le temps qu'elle le fasse, il aurait bien juré que son cœur avait battu cinquante coups.

— Je ne pouvais pas rester loin de toi. Je me réveillais toutes les nuits, dans cet appartement si calme. J'avais envie de t'entendre respirer à côté de moi, comme cette autre nuit que nous avons passée ensemble, finit-elle par lâcher avant d'émettre un petit rire triste. Je passais mon temps à me demander ce qui aurait pu arriver si j'étais restée un autre jour ici, avec toi. Et puis un autre, jusqu'à ce que, mis bout à bout, ils finissent par constituer une longue et heureuse période. Parce que, comme tu me l'as toi-même dit, cette maison est plus un foyer que tout ce que j'ai jamais eu, Clint, et tu n'y es pas pour rien.

L'émotion pure qui transparaissait dans ses paroles le frappa, et il eut un mal fou à trouver ses mots :

— Mais pourquoi ne m'as-tu pas dit tout ça l'autre jour ?

— J'ai pensé que si je devais te dire adieu en face, je n'y arriverais pas.

Il secoua la tête, et fut à deux doigts de renoncer. Parfois, ce qu'elle disait n'avait pas de sens.

Mais, Dieu lui vienne en aide, il comprenait la plupart du temps ses pensées insensées — maintenant, par exemple.

— Je me suis lourdement trompée. Et c'est pour ça que je suis venue, pour te dire tout ce qui était écrit entre les lignes de cette lettre que je t'ai laissée, reprit-elle en grimpant, et s'immobilisant, sur la première marche. Je t'ai dit que tu finirais par trouver une fille qui saurait t'écouter et t'aimer alors que je savais déjà que je pouvais être cette fille. C'est toujours moi qui suis partie… La pensée de ce qui pourrait arriver si je m'investissais trop avec toi et que tu me quittais un jour m'était insupportable.

Il la regarda gravir deux autres marches.

— Pourquoi penses-tu que je voudrais te quitter ?

Elle agrippa de nouveau la rambarde.

— Parce que tu crois que je suis une femme qui réussit, et que dans un avenir proche, quand tu découvriras que je ne le suis plus, tu changeras d'avis à mon sujet.

— Mais de quoi parles-tu ?

— Ma carrière d'écrivain part en fumée, répondit-elle, le corps soudain contracté, comme si elle anticipait une réaction violente.

— Tu plaisantes ?

Elle lui jeta un regard perplexe.

— Margot, dit-il en descendant une marche, tu es la dernière personne au monde qui échouera.

On aurait dit que l'air crépitait entre eux.

Elle baissa la tête et poursuivit, manifestement gênée :

— Tu es le premier à qui je l'avoue, ça doit bien vouloir dire quelque chose, non ? Que tu es le seul en qui j'ai eu assez confiance pour le faire, alors qu'il n'y a pas si longtemps je n'avais aucune confiance en toi ?

Il descendit les marches de l'escalier pour la retrouver, et lui passa une main sous le menton pour l'obliger à le regarder. Elle avait les yeux luisant de larmes.

— Tu ne sais pas à quel point je suis honoré d'être le seul à qui tu l'aies dit.

Elle se mordit la lèvre, puis hocha la tête et s'accrocha à son bras plutôt qu'à la main courante.

Il lui effleura la mâchoire du bout des doigts en ayant encore du mal à croire que cela arrivait vraiment.

— Alors, je suis revenue pour te présenter plus que des excuses et des explications, poursuivit-elle. Tout d'abord, je tiens à te soutenir dans ton conflit avec tes frères.

La gorge de Clint se serra à ces mots. Il pouvait lui offrir un foyer, mais elle lui offrait le soutien auquel il avait toujours aspiré, même s'il ne le comprenait que maintenant.

Elle n'avait pas terminé :

— Je veux être cette fille hors de son élément, cette vraie fille de la cambrousse qui vit là où tes parents ont vécu si heureux.

Il referma les bras sur elle, et elle eut enfin l'impression d'avoir trouvé sa place. Elle était née pour être là aujourd'hui, tout contre lui, là et nulle part ailleurs.

Epilogue

A l'approche d'Halloween, Clint et Margot avaient décoré le ranch de citrouilles évidées et sculptées et de bandelettes de fantômes en papier suspendues dans toutes les pièces du rez-de-chaussée.

Clint s'était planté près d'un squelette grandeur nature que Margot avait exhumé du grenier après y avoir déménagé ses affaires.

— Tu es sûre que c'est ce qu'il faut pour une pendaison de crémaillère ? demanda-t-il à Margot, qui ébouriffait la perruque d'une sorcière montée sur son balai.

— Je pense que nos invités ont vu plus effrayant, rétorqua-t-elle en venant se nicher contre lui.

Il lui passa un bras autour des épaules — son oisillon cow-girl en jean et chemise de rodéo. Sauf que ce n'était pas un costume. C'était juste Margot, juste sa personnalité de fille qui a trouvé son élément.

Il l'embrassa longuement, délicatement. Rien ne pressait à présent, ils avaient tout le temps devant eux.

— Margot, murmura-t-il en lui mordillant l'oreille.

— Je t'aime tant, Clint.

Une vague de chaleur le submergea.

— Vrai ?

— Vrai, répondit-elle, les yeux un peu écarquillés, comme si rien au monde n'avait plus d'importance.

Il dut prendre trop de temps pour lui répondre, car elle lui donna un petit coup de coude.

— Et toi ?

— Oh ! oui, répondit-il gaiement et en l'attirant de nouveau entre ses bras. Tu m'as juste coiffé au poteau, car je voulais t'en dire autant.

Il la faisait pirouetter autour de lui en riant quand la porte fut ouverte.

— Le barbecue est prêt !

C'était la voix de Riley.

— On arrive, lança Clint.

Puis il attrapa Margot, la souleva de terre et la jeta sur son épaule comme un poids plume. Elle rit de plus belle.

— C'est comme ça qu'on mate les femmes dans un ranch, claironna-t-il en l'emportant.

Mais elle riait et gigotait tant qu'il dut finir par la remettre sur ses pieds.

— Essaye ça ce soir et je pourrais bien…, gronda-t-elle en repoussant les mèches qui lui étaient tombées sur la figure.

— Tu pourrais quoi ?

Elle éluda d'un mouvement d'épaules et s'éloigna vers la porte en ondulant outrageusement des hanches.

— Je pourrais bien te ligoter.

— Des promesses, des promesses…

Il lui donna la chasse jusque dans le patio, à l'arrière de la maison. Dani aidait Riley devant le gril et Leigh déambulait plus loin sur la pelouse, une bière dans une main et son téléphone dans l'autre.

Clint et Margot s'installèrent à table côte à côte, devant une sélection de salades variées, de saucisses caramélisées à la cassonade, de haricots et de petits pains au miel. Dani et Riley ne tardèrent pas à les rejoindre en apportant les côtelettes grillées.

Quand Dani tendit la main vers le plat de crudités, y prit un bâton de céleri et le donna à la becquée à Riley, Clint et Margot échangèrent un regard complice.

Leurs deux amis avaient décidé de tout reprendre depuis le début et se faisaient une cour effrénée. Il y avait encore parfois des frottements, comme si tout ce qui s'était passé entre eux depuis un mois était encore un peu dur à avaler, mais leur nouveau départ était des plus prometteurs.

C'étaient Dani et Riley, après tout. Ils trouveraient toujours un moyen de tout aplanir entre eux.

— Mange, conseilla Riley à Clint en posant le plat de porc grillé sur la table alors que Dani croquait la fin du céleri. Il va te falloir des forces, demain.

— Bah, ce sont les frères de Clint qui vont avoir besoin de protéines. Notre avocat a tout ce qu'il faut pour les passer à l'essoreuse. Et il attend le rendez-vous en affûtant ses crocs, répliqua Margot qui coupait déjà sa viande, la mine gourmande.

Les jumeaux n'avaient toujours pas renoncé, mais, alors que Clint faisait le tour de la table des yeux, il se rendit compte qu'il s'était trouvé une famille à lui, infiniment plus agréable.

Et une compagne unique.

Il embrassa de nouveau Margot, qui lui décocha ensuite un sourire confiant et un peu coquin. Depuis deux semaines qu'elle vivait ici et qu'elle avait démarré son blog intitulé « La citadine a viré rustique », elle avait déjà pris de belles couleurs.

Leigh regagna l'assemblée d'un pas lent, et tous les regards se braquèrent sur elle.

— Qu'est-ce qui ne va pas ? s'écrièrent à l'unisson Dani et Margot.

— C'était Beth Dahrling que j'avais au téléphone, leur précisa-t-elle en tirant une chaise pour s'asseoir en bout de table. L'homme qui a acheté mon panier revient la semaine prochaine. Il se demande si nous pourrions arranger une rencontre à…

Clint s'éclaircit la gorge, évitant à Leigh de terminer sa phrase.

Margot posa son couteau.

— Qu'est-ce que tu comptes faire ?

Leigh regarda longuement son amie, assise si près de Clint, et eut comme une pointe d'envie dans les yeux.

Se demandait-elle ce qu'un panier pourrait bien lui apporter, à elle aussi ?

Elle tendit la main vers le plat d'asperges.

— Je vais lui dire que je suis disponible, et nous verrons bien ce qu'il se passe.

— Même si tu n'as aucune idée de son identité ? s'étonna Margot.

Leigh marqua une hésitation, puis hocha affirmativement la tête.

— Fonce, Leigh ! rugit Dani.

Tous levèrent leurs verres dans sa direction comme pour lui porter un toast et répétèrent en chœur :

— Fonce, Leigh !

Elle leva aussi son verre, la mine toutefois un peu méfiante quant à cet admirateur secret, mais l'envie était toujours présente dans son regard. Elle ne disparut que lorsqu'elle ferma les yeux et but une grande gorgée de sa bière.

Sous la table, Margot serra le genou de Clint. Elle aussi avait surpris l'expression de son amie.

Il lui prit la main, entrelaça ses doigts aux siens et songea à tous les voyages qui restaient dans son panier.

Et à tous les autres qui les attendaient et dont ils sauraient profiter.

Le 1er mai

Plus fort que le destin - Sara Orwig

De retour à Royal, sa ville natale, Lila est hantée par le souvenir de l'aventure brûlante qu'elle a partagée avec Sam Gordon quelques mois plus tôt. D'autant qu'elle va devoir l'affronter, même si c'est la dernière chose qu'elle désire. Car elle a une nouvelle à lui annoncer : elle porte son enfant. Et un pacte à lui proposer : il pourra jouer un rôle dans la vie de leur bébé, mais elle l'élèvera seule en Californie. Seulement voilà, dès que Sam l'approche, ses résolutions volent en éclats. Car il est diablement irrésistible, et garder ses distances va se révéler plus difficile qu'elle ne l'avait prévu...

Un rêve interdit - Victoria Pade

Subjuguée, Heddy vacille : jamais elle n'a vu d'homme aussi beau que celui qui se tient devant elle, dans sa petite boutique. Or, son attirance est on ne peut plus malvenue, car son entreprise bat de l'aile, et elle n'a pas de temps à consacrer aux hommes. Surtout pas à Lang Camden, héritier de la famille qui a jadis porté préjudice à la sienne. Et quand elle découvre que Lang est venu lui proposer un accord commercial, elle frémit de rage. Elle ne l'acceptera jamais ! Car elle est prête à tout pour lui résister. Même si elle doit pour cela ignorer le désir qu'il éveille en elle...

Série : «Le trésor des Drummond»

On raconte qu'une malédiction pèse sur la famille Drummond depuis plusieurs siècles : aucun héritier de cette noble famille ne connaît les joies de l'amour et le feu de la passion. Mais si les trois morceaux d'une coupe perdue il y a très longtemps étaient réunis, les Drummond pourraient retrouver le bonheur. C'est comme cela que l'aventure commence pour Sinclair, Jack et James...

Le vertige d'un clair de lune - Jennifer Lewis
Sinclair

Il veut Annie plus que tout, il en est sûr. Mais pour l'avoir, il va devoir apprendre à faire confiance à une femme...

Un baiser au parfum d'océan - Jennifer Lewis
Jack

Il y a six ans, il a quitté Vicki parce qu'il avait peur de s'engager. Aujourd'hui, il est prêt à tout pour réécrire l'histoire...

Les brumes du désir - Jennifer Lewis
James

Il a demandé Fiona en mariage parce qu'il avait besoin d'une femme pour la façade. Maintenant qu'il en est fou amoureux, il doit la convaincre que son amour est sincère...

Au défi de t'aimer - Sarah M. Anderson

Une douce sensation l'envahit, et Josey se sent défaillir... Elle ne s'attendait pas du tout, lorsqu'elle a décroché à grand-peine cet entretien avec le puissant Ben Bolton, à se trouver face à un homme aussi incroyablement attirant ! Si attirant que, sous l'emprise de son regard ardent, elle se sent sur le point de perdre tous ses moyens au beau milieu de son argumentaire. Pourtant, elle a intérêt à se reprendre, et tout de suite. Car elle a une mission à mener à bien : obtenir de Ben les fonds pour le projet qui lui tient à cœur. Et si elle veut le convaincre à l'aider, elle ne doit en aucun cas laisser son trouble transparaître...

Un amant à conquérir - Tracy Madison

Partir. Sur-le-champ. C'est ce qu'Haley devrait faire, elle le sait. Comment Gavin Daugherty ose-t-il la chasser comme il vient de le faire, alors qu'elle est venue lui proposer son soutien ? Bourru, rude, sauvage... Et pourtant, la force qui émane de lui la séduit et la trouble plus que de raison. Que faire ? Peut-elle vraiment l'abandonner à sa situation difficile ? Impossible. Car son intuition lui dit que derrière sa méfiance et sa fierté, cet homme solitaire cache un cœur tendre et brûlant. Un cœur qu'elle a très envie de découvrir...

L'espoir d'un Fortune - Cindy Kirk

Un insupportable sentiment de trahison. C'est ce que Shane Fortune ressent quand Lia, la mystérieuse brune avec qui il a partagé une nuit inoubliable quelques mois plus tôt, lui annonce qu'elle est enceinte. Se pourrait-il que cette femme qui hante ses jours et ses nuits depuis leur étreinte passionnée essaie de le manipuler pour atteindre la puissante famille Fortune ? Et pourtant, se perdant de nouveau dans ses yeux pailletés d'or, Shane a tellement envie de la croire. Tellement envie que ce bébé soit vraiment le sien...

Une émotion incontrôlable - Stella Bagwell

Rosa vient à peine de serrer la main de Tyler Pickens qu'une vague d'émotions aussi douces que brulantes la submerge. Tout en lui embrase ses sens : son regard, sa voix, sa détermination. Hélas, malgré l'étrange pouvoir qu'il exerce sur elle, et auquel elle aurait tellement envie de succomber, cet homme si ténébreux est aussi le seul qu'elle ne pourra jamais avoir. Car elle mène une enquête dans laquelle Tyler semble être impliqué, et elle a tout intérêt à se tenir aussi éloignée de lui que possible...

Chantage ou promesse ? - Kate Carlisle

Du calme. Tu n'as pas bien entendu, c'est impossible ! Ellie, abasourdie, tente de se ressaisir. Aidan Sutherland lui a-t-il vraiment dit qu'il est prêt à lui faire un enfant ? Aidan, son patron ? D'accord, un bébé c'est ce qu'elle veut à tout prix, et, elle le lui a annoncé, elle va abandonner pour cela sa carrière sur l'île d'Alleria et rentrera aux Etats-Unis. Mais tout ce qu'Aidan veut, lui, c'est la garder ici, au vu du rôle essentiel qu'elle joue dans sa prestigieuse entreprise. Accepter sa proposition ? Inconcevable. Et pourtant...

Une rencontre renversante - Crystal Green

Ses fossettes. C'est ce que Donna voit en premier. Puis son regard bleu, brûlant de désir, rivé sur elle. Un véritable choc. Et son cœur chavire : serait-elle à l'aube d'une aventure avec Caleb Ranger, qui travaille dans le ranch qu'elle vient d'hériter ? Car, elle le sent, un seul geste, un sourire de sa part, et elle se retrouvera dans les bras de ce cow-boy qui la trouble tant. Mais elle doit arrêter de rêver : cela n'arrivera pas. Elle a passé les derniers mois à remettre en état sa propriété, et, maintenant, elle n'a plus qu'une seule envie : repartir au plus vite pour New York et reprendre sa vie d'avant. Hors de question, donc, de changer ses plans, même pour les beaux yeux de Caleb...

Le secret d'Annie - Debbi Rawlins
Série : «Les amants de Blackfoot Falls - Tome 3»

Ces cheveux blonds, ce corps à faire perdre la raison à l'homme le plus aguerri, et ce regard innocent... aucun doute, c'est elle ! Maintenant qu'il a retrouvé la femme sans scrupule qui a envoyé son jeune frère en prison, Tucker n'a plus qu'un but : se rapprocher d'Annie Sheridan et la forcer à avouer son crime. Pourtant, rapidement, le doute s'insinue en lui. Annie semble si différente de la manipulatrice qu'on lui a décrite... Mais comment être sûr que ce n'est pas le désir fou qu'elle lui a tout de suite inspiré qui obscurcit son jugement ? Le meilleur moyen serait peut-être d'y céder, de vivre entre ses bras les fantasmes brûlants qu'elle éveille en lui, avant de reprendre le cours de la mission qu'il s'est fixée ?

Une exquise tentation - Janelle Denison

Depuis qu'elle travaille pour la célèbre agence de publicité Perry&Associés, Chloé n'a qu'un but: accéder au statut d'associée. Aussi est-elle bien décidée à remporter la mise lorsqu'elle apprend que tout se jouera entre elle et Aiden Landry, son séduisant collègue. Mais dans l'avion qui les emmène aux Bahamas, où ils seront en compétition pour remporter l'important contrat qui les départagera, Chloé sent son imagination s'emballer : une semaine sur une île paradisiaque avec Aiden ? Aiden au regard brûlant et au sourire sexy... Et si c'était l'occasion de s'offrir une parenthèse torride... et sans lendemain ? Car elle n'ignore pas que les relations entre collègues sont strictement interdites chez Perry & Associés...

BestSellers

A paraître le 1ᵉʳ mars

Best-Sellers n°599 • historique
Le tourbillon des jours - Susan Wiggs

Londres, 1815

Rescapée d'un terrible incendie, Miranda a perdu la mémoire : pour tout souvenir du passé, il ne lui reste qu'un médaillon où est gravé son prénom. Perdue dans une Angleterre tout juste libérée de la menace napoléonienne, elle ne reconnaît ni le décor qui l'entoure, ni le visage des deux hommes qui prétendent tous deux être son fiancé. Auquel doit-elle faire confiance ? Et que signifient ces images fugitives et incompréhensibles qui surgissent parfois dans sa mémoire ? Résolue à comprendre ce qui lui est arrivé, et à retrouver son identité, Miranda se lance alors dans une quête éperdue qui va l'entraîner dans la plus folle – et inattendue – des aventures…

Best-Sellers n°600 • suspense
Un cri dans l'ombre - Heather Graham

Des corps en décomposition, cachés sous des branchages et de vieux emballages… Face à l'atrocité des clichés étalés devant elle, Kelsey O'Brien ne peut s'empêcher de pâlir. Des cadavres, elle en a pourtant vu des dizaines au cours de sa carrière d'agent fédéral. Mais la mise en scène sordide choisie par le tueur en série qui sévit depuis quelques mois à San Antonio fait naître en elle un puissant sentiment de dégoût et de révolte. Et puis, qui sont ces jeunes femmes qui ont été sauvagement assassinées, et dont personne n'a signalé la disparition ? Autant de questions qui obsèdent Kelsey et la poussent à accepter d'intégrer la célèbre équipe de l'inspecteur Jackson Crow, et de mettre à son service le don qu'elle a jusqu'ici toujours voulu garder secret : celui de communiquer avec les morts… Un don qui, elle le comprend bientôt, pourrait bien la rapprocher malgré elle de Logan Raintree, ce policier aussi introverti que taciturne avec lequel elle est obligée de collaborer...

Best-Sellers n°601 • suspense
Kidnappée - Brenda Novak

Un déchirement absolu, irréductible. C'est ce que ressent Zoé Duncan depuis que Samantha, sa fille adorée, a disparu. Déchirement, révolte aussi. Car elle refuse de croire un instant à une fugue, hypothèse que la police de Sacramento s'obstine pourtant à avancer. Certes, Sam traverse une crise d'adolescence difficile, mais elle ne serait jamais partie comme ça. Cela n'a pas le moindre sens.

Persuadée que quelque chose de grave est arrivé à sa fille, Zoé est prête à tout pour la retrouver. Même si elle doit pour cela perdre son nouveau fiancé, son travail, sa splendide maison de Rocklin. Même s'il lui faut revenir sur son passé douloureux et dévoiler ses secrets les plus intimes à Jonathan Stivers, le détective privé à la réputation hors du commun qu'elle a engagé. Jonathan, le seul homme qui a accepté de se lancer avec elle dans cette bataille éperdue pour sauver Sam – et où chaque minute qui passe joue contre eux.

Best-Sellers n°602 • thriller

La petite fille qui disparut deux fois - Andrea Kane

Il aurait suffi qu'elle tourne la tête… Elle aurait alors aperçu, dans une voiture, sa petite fille qui luttait pour échapper à son ravisseur. Mais Hope n'a rien vu de tout cela car elle ne pensait qu'à une chose : rentrer à la maison où, pensait-elle, l'attendait son petit ange.

La juge aux affaires familiales Hope Willis de White Plains n'a désormais plus qu'une raison de vivre : retrouver sa fille Krissy, cinq ans, qui vient d'être enlevée. Aussi, luttant contre le désespoir et refusant d'envisager le pire, elle décide de faire appel à la profileur Casey Woods et à son équipe peu conventionnelle de détectives, les Forensic Instincts – des enquêteurs privés réputés pour leur ténacité et leurs succès dans des affaires particulièrement délicates.

Très vite, alors que des secrets du passé refont surface, Hope comprend que le temps est compté et que le sort de Krissy se joue sans doute à très peu de choses. A un détail jusqu'alors passé inaperçu, au passé trouble de sa propre famille… Quoiqu'il en soit, elle va la retrouver, dût-elle pour cela tout perdre et affronter l'inconcevable.

Best-Sellers n°603 • roman

Rencontre à Seattle - Susan Andersen

Depuis qu'elle a croisé l'inspecteur Jason de Sanges, Poppy Calloway n'arrive pas à chasser cet homme de ses pensées. Il faut dire que dans le genre beau flic ténébreux et incorruptible, il est tout simplement irrésistible. Si bien que quelques mois plus tard, lorsqu'elle apprend qu'elle va devoir travailler avec lui à la réinsertion de jeunes de son quartier, elle sent un trouble intense l'envahir… avant de déchanter devant les manières glaciales de Jason. Loin d'être un héros chevaleresque, comme elle l'avait pensé, c'est un homme froid et cynique, dont le caractère est à l'exact opposé du sien ! Comment va-t-elle réussir à collaborer avec Jason, qui non seulement a le don de la mettre systématiquement hors d'elle, mais qui, en outre, semble pertinemment conscient de l'effet incroyable qu'il a sur elle ?

Best-Sellers n°604 • historique

La rose des Highlands - Juliette Miller

Ecosse, XIIIe siècle

Roses est révoltée. Comment le seigneur Ogilvie a-t-il osé utiliser la force pour tenter d'abuser d'elle ? Elle qui travaille depuis toujours au château est désormais contrainte à la fuite. Une fuite dans la lande glaciale au cours de laquelle elle aurait sans doute péri, si un mystérieux highlander ne lui avait porté secours et donné refuge… dans la forteresse qui appartient au clan ennemi de celui des Ogilvie.

Dès le début, Wilkie MacKenzie, qui possède toute l'autorité et la noblesse d'un grand seigneur, se conduit comme tel avec elle. Pourtant, Roses sent que sa présence dérange les autres membres du clan. Pire, qu'elle représente un danger pour eux : n'est-il pas évident que le seigneur Ogilvie va vouloir la récupérer, par les armes s'il le faut ? Mais si elle se sent la force de faire face à cette hostilité, et à cette menace, Roses ne sait si elle pourra cacher les sentiments brûlants que lui inspire Wilkie, alors que celui-ci va bientôt devoir se choisir une épouse de son rang…

OFFRE DE BIENVENUE

2 romans Passions et 2 cadeaux surprise !

Vous êtes fan de la collection Passions ? Pour prolonger le plaisir, recevez gratuitemer
2 romans Passions (réunis en 1 volume) **et 2 cadeaux surprise !**

Une fois votre colis de bienvenue reçu, si vous souhaitez continuer à recevoir nos romar
Passions, cela se fera automatiquement. Vous recevrez alors chaque mois 3 volume
doubles inédits de cette collection au prix avantageux de 6,98€ le volume (au lieu de 7,35●
auxquels viendront s'ajouter 2,99€* de participation aux frais d'envoi.

*5,00€ pour la Belgique

▶ **Vous n'avez aucune obligation d'achat et cette offre est sans engagement de durée !**

Les bonnes raisons de s'abonner :

- Aucun engagement de durée ni de minimum d'achat.
- Vos romans en avant-première.
- - 5% de réduction systématique sur vos romans.
- La livraison à domicile.

Et aussi des avantages exclusifs :

- Des cadeaux tout au long de l'année qui récompensent votre fidélité.
- Des réductions sur vos romans par le biais de nombreuses promotions.
- Des romans exclusivement réédités pour nos abonné(e)s notamment des sagas à succè
- L'abonnement systématique à notre magazine d'actu ROMANCE.
- Des points cadeaux pouvant être échangés contre des livres ou des cadeaux.

Rejoignez-nous vite en complétant et en nous renvoyant le bulletin !

N° d'abonnée (si vous en avez un) ⎵⎵⎵⎵⎵⎵⎵⎵⎵⎵⎵ | RZ4F09 |
| | RZ4FB1 |

Mme ☐ Mlle ☐ Nom : .... Prénom : ....

Adresse : ....

CP : ⎵⎵⎵⎵⎵   Ville : ....

Pays : .... Téléphone : ⎵⎵⎵⎵⎵⎵⎵⎵⎵⎵

E-mail : ....

Date de naissance : ....

☐ Oui, je souhaite être tenue informée par e-mail de l'actualité des éditions Harlequin.

☐ Oui, je souhaite bénéficier par e-mail des offres promotionnelles des partenaires des éditions Harlequin.

Renvoyez cette page à : Service Lectrices Harlequin – BP 20008 – 59718 Lille Cedex 9 - France

OFFRE DÉCOUVERTE !

2 ROMANS GRATUITS et 2 CADEAUX surprise !

Vous souhaitez découvrir nos collections ? Recevez gratuitement **2 romans et 2 cadeaux surprise !**

Une fois votre colis de bienvenue reçu, si vous souhaitez continuer à recevoir nos romans, cela se fera automatiquement. Vous recevrez alors chaque mois vos romans inédits en avant première.

Vous n'avez aucune obligation d'achat et cette offre est sans engagement de durée !

☛ COCHEZ la collection choisie et renvoyez cette page au
Service Lectrices Harlequin – BP 20008 – 59718 Lille Cedex 9 – France

- ❑ **AZUR** .... ZZ4F56/ZZ4FB2 ....6 romans par mois 23,64€*
- ❑ **HORIZON** .... OZ4F52/OZ4FB2 ....2 volumes doubles par mois 12,92€*
- ❑ **BLANCHE** .... BZ4F53/BZ4FB2 ....3 volumes doubles par mois 19,38€*
- ❑ **LES HISTORIQUES** ...... HZ4F52/HZ4FB2.........2 romans par mois 13,12€*
- ❑ **BEST SELLERS** .... EZ4F54/EZ4FB2 .... 4 romans tous les deux mois 27,36€*
- ❑ **MAXI** .... CZ4F54/CZ4FB2 .... 4 volumes triples tous les deux mois 26,51€*
- ❑ **PRÉLUD'** .... AZ4F53/AZ4FB2 ....3 romans par mois 17,82€*
- ❑ **PASSIONS** .... RZ4F53/RZ4FB2 .... 3 volumes doubles par mois 20,94€*
- ❑ **PASSIONS EXTRÊMES** ..... GZ4F52/GZ4FB2 ... 2 volumes doubles tous les deux mois 13,96€*
- ❑ **BLACK ROSE** .... IZ4F53/IZ4FB2 .... 3 volumes doubles par mois 20,94€*

* +2,99€ de frais d'envoi pour la France / +5,00€ de frais d'envoi pour la Belgique

---

N° d'abonnée Harlequin (si vous en avez un) | | | | | | |

Mme ❑ Mlle ❑   Nom : _____

Prénom : _____   Adresse : _____

_____

Code Postal : | | | | | | Ville : _____

Pays : _____   Tél. : | | | | | | | | | |

E-mail : _____

Date de naissance : _____

❑ Oui, je souhaite recevoir par e-mail les offres promotionnelles des éditions Harlequin.
❑ Oui, je souhaite recevoir par e-mail les offres promotionnelles des partenaires des éditions Harlequin.

Date limite : 31 décembre 2014. Vous recevrez votre colis environ 20 jours après réception de ce bon. Offre soumise à acceptation et réservée aux personnes majeures, résidant en France métropolitaine et Belgique, dans la limite des stocks disponibles. Prix susceptibles de modification en cours d'année. Conformément à la loi Informatique et libertés du 6 janvier 1978, vous disposez d'un droit d'accès et de rectification aux données personnelles vous concernant. Par notre intermédiaire, vous pouvez être amenée à recevoir des propositions d'autres entreprises. Si vous ne le souhaitez pas, il vous suffit de nous écrire en nous indiquant vos nom, prénom et adresse à : Service Lectrices Harlequin BP 20008 59718 LILLE Cedex 9.

Harlequin® est une marque déposée du groupe Harlequin. Harlequin SA – 83/85, Bd Vincent Auriol – 75646 Paris cedex 13. SA au capital de 1 120 000€ – R.C. Paris. Siret 318675191000069/APE5811Z.

Composé et édité par les

éditions ✛ **HARLEQUIN**

Achevé d'imprimer en Italie (Milan)
par Rotolito Lombarda
en mars 2014

Dépôt légal en avril 2014